Un avion

sans elle

直到那一天

[法]米歇尔·普西（Michel Bussi）——著　梁若瑜——译

湖南文艺出版社
HUNAN LITERATURE AND ART PUBLISHING HOUSE　博集天卷 CS-BOOKY

图书在版编目（CIP）数据

直到那一天 /（法）米歇尔·普西（Michel Bussi）著；梁若瑜译. —长沙：湖南文艺出版社，2017.1
书名原文：Un avion sans elle
ISBN 978-7-5404-7850-6

Ⅰ. ①直… Ⅱ. ①米… ②梁… Ⅲ. ①长篇小说—法国—现代 Ⅳ. ①I565.45

中国版本图书馆CIP数据核字（2016）第270639号

著作权合同登记号：图字18-2016-113

Un avion sans elle by Michel Bussi
© presses de la Cité, un département de Place des Editeurs, 2012
Simplified Chinese edition arranged through Dakai Agency Limited

ZHIDAO NA YI TIAN
直到那一天

作　　者：［法］米歇尔·普西（Michel Bussi）
译　　者：梁若瑜
出 版 人：曾赛丰
责任编辑：薛　健　刘诗哲
监　　制：蔡明菲　潘　良
策划编辑：马冬冬
特约编辑：温雅卿
版权支持：辛　艳
营销支持：张锦涵　李　群
版式设计：潘雪琴
封面设计：利　锐
出版发行：湖南文艺出版社
　　　　　（长沙市雨花区东二环一段508号　邮编：410014）
网　　址：www.hnwy.net
印　　刷：北京嘉业印刷厂
经　　销：新华书店
开　　本：880mm×1270mm　1/32
字　　数：370千字
印　　张：12.5
版　　次：2017年1月第1版
印　　次：2019年1月第4次印刷
书　　号：ISBN 978-7-5404-7850-6
定　　价：39.00元

若有质量问题，请致电质量监督电话：010-59096394
团购电话：010-59320018

献给和这个故事一起诞生的小蜻蜓玛露

目录

一九八〇年十二月二十三日，午夜十二点三十三分

从伊斯坦布尔飞往巴黎的 5403 号空中巴士往下掉了。短短不到十秒钟，垂直掉了近一千米，然后才又稳定下来。乘客们大多在睡觉。他们猛然被吓醒，那感觉非常恐怖，像是醒来才发现自己坐在过山车上一样。

把依洁从浅浅睡眠中瞬间惊醒的，不是飞机的晃动，而是乘客的惊叫声。涡旋和乱流，对她而言早已是家常便饭，她进土耳其航空公司服务以来，周游全球各地已将近三年。现在是她的轮休时段，她睡了才不到二十分钟。刚稍微睁开眼睛，她便看到正在值班的资深同事梅荷，挺着丰满的胸部迎面而来。

"依洁，依洁！快！有点乱。外面好像有暴风雨。听机长说，能见度是零。你能来支援吗？"

依洁露出一副无奈又无所谓的表情，她可是个经验丰富的空服员，不会这样就大惊小怪。她从座位上站起来，整理自己的制服，略微拉了拉裙子，从面前关闭的屏幕上，欣赏了一下自己土耳其娃娃般姣好身材的映象，随即走向右侧通道。

醒来的乘客们不再惊叫，却个个瞪大了眼睛，眼神中惊愕多于恐惧。飞机依然摇晃不稳。依洁冷静地着手安抚每个人。

"没事的，不用担心。现在只是刚好经过汝拉山区上方的一场暴风雪，再过不到一个小时就到巴黎了。"

依洁的笑容并不是勉强装出来的。她的思绪已飘向巴黎。她打算在那里

待三天，一直待到圣诞节。一想到能去花都巴黎，假装自己是个投奔自由的土耳其人，她就兴奋得像小孩子一样。

她自信满满地，先后安抚了一名紧抓着祖母手臂的十岁男童、一位衬衫皱了的年轻商务人士（她非常乐意隔天在香榭丽舍大道上再次与他不期而遇）、一位土耳其女士（大概是忽然惊醒的缘故，她的面纱乱了，眼睛被遮住了大半）以及一位蜷缩着身子的老先生（他把双手夹在两腿间，对依洁投以惊恐无助的眼神）……

"没事的，我保证没事的。"

依洁继续沿着通道前进。这时空中巴士的机身再度倾斜，尖叫声此起彼伏。一个坐在依洁右侧、双手抱着录音带随身听的年轻人，故作轻松地大声说：

"等一下要来个翻跟斗吗？"

少许几个人回以腼腆的笑声，但立刻被一名婴儿的哭喊声给覆盖了。婴儿躺在安全座椅里，就在依洁前方，离她仅几米而已。依洁的目光落在这个仅几个月大的小女婴身上，她穿着一件有橘色小花的白色长裙，外面罩了一件提花原色羊毛衣。

"不行，小姐。"依洁劝阻，"不可以！"

婴儿的母亲就坐在旁边，她解开了自己的安全带，俯身去照顾女儿。

"不行，小姐。"依洁极力坚持，"您必须系好安全带，这是规定，这……"

那位母亲连头都没转过来，根本不理会依洁。她一头披散的长发，垂落在婴儿安全座椅里。小女婴的哭喊声更大了。

依洁一面走上前去，一面犹豫着该采取什么样的态度。

飞机再度往下掉。短短三秒钟之间，说不定又是一千米吧。

这一掉，爆出几声短促的尖叫声，但乘客们大多保持沉默，并不作声。他们现在知道，飞机之所以摇晃，只不过是强劲冬风所导致。这一阵晃动，害得依洁摔向一旁。她的手肘，把位于她右侧的那台录音带随身听，戳向它主人的胸膛，戳得他瞬间喘不过气来。她甚至没停下来道歉，而是立刻站起来。她正前方那名三个月大的小女婴依然哭喊着。那母亲再度俯身安抚孩子，还企图解开孩子身上的安全带……

"不可以，小姐！不可以……"

依洁忍不住暗骂了一声。她下意识地整了整自己破了的丝袜上被撩起的裙子。真是乱成一团！到时候去巴黎玩三天两夜，实在是她应得的呀！

接着一切发生得很快。

有那么片刻时间，依洁仿佛听到飞机上她左侧稍远处，有另一个婴儿的哭喊声如回音般传来。那个带着随身听的年轻人慌乱的手，轻轻拂过她腿上的灰色丝袜。那位土耳其老先生，一手搂着面纱女士的肩膀，一手带着哀求之意向依洁挥舞着。她面前的那位母亲站了起来，伸出双手去抱她安全座椅上挣脱了安全带的女儿。

这些是碰撞前的最后画面，接着空中巴士扑向了山壁。

撞击力道将依洁抛到十米外的安全门上。她那两条穿着黑灰色丝袜的可爱细腿，宛如落入一个凶残小女孩手中的塑料洋娃娃般被蹂躏扭曲；她纤细的胸部整个挤压在白铁上；她的左侧太阳穴被门板的边角撞爆。

依洁当场丧命。从这方面来说，她算是很幸运。

她并未看到灯光熄灭。她并未看到飞机在触碰到那一整片森林时，如一个汽水易拉罐那样扭曲成一团；森林里的树木仿佛一棵接一棵地牺牲自己，好让这架疯狂暴冲的飞机减慢下来。

等一切好不容易停下来时，她并未闻到弥漫的汽油味。当爆炸将她的身体，以及靠她最近的二十三位乘客的身体炸得支离破碎时，她并未感受到丝毫痛苦。

熊熊大火吞噬困在机舱内的一百四十五位幸存者时，她也并未听到凄厉哀号。

十八年后

∞

第一部分　一目了然的答案 ✈

难以置信的事让爵爷震惊错愕，仿佛全身遭受突如其来的强烈电击。
他双眼所看到的是不可能的事，他很清楚这一点！
食指轻轻放开了扳机。

1

一九九八年九月二十九日，晚上十一点四十分

现在，你全都知道了。

爵轻信把笔停下，眼神飘向正前方，望向巨大饲养箱的清澈的水里。他的目光随着绝望飞舞的大蜻蜓游移了一会儿。不到三个星期前，他花了将近两千五百法郎买下它。这是一种很罕见的品种，体型属世上最大的一种，与它史前时代的祖先几乎是同一个模子刻出来的。这只又长又大的蜻蜓，在各侧玻璃之间飞来飞去，身边环绕着数十只慌乱的其他蜻蜓。它们被囚禁了，被困住了。

每一只蜻蜓都感觉到自己正在死去。

圆珠笔笔尖再度落在纸面上。爵轻信激动地奋笔疾书。

我在这本札记里，记录了所有的蛛丝马迹、所有的线索、所有的假设。整整十八年的调查，全记录在这一百多页之中。假如你已仔细读完，那么你现在知道的和我一样多。也许你比较厉害？也许你能发现什么我所忽略的调查方向？也许你能发现什么关键，如果真有的话？也许……

又有何不可？

对我而言，已经结束了。

圆珠笔笔尖停了下来，在纸面上方几毫米处颤抖着。爵轻信蓝色的双眼再度望向饲养箱光滑的玻璃里，接着目光移向壁炉，壁炉内的熊熊烈火正吞噬着一大堆报刊、文件和一盒盒的档案匣，他又看了札记本最后一次。笔尖滑动了。

若说我既无悔恨也无遗憾，那是言过其实，但我尽力了。

爵轻信凝视了这最后一句话许久，然后缓缓合上淡绿色的札记本。

我尽力了，他如此对自己说，并终于对这结论感到满意。

晚上十一点四十三分

他把圆珠笔收进面前的笔筒里，从办公桌右方取了一张黄色的便利贴，贴在札记本的封面上。他的手再度伸向笔筒，手指拿了一支签字笔，在便利贴写上大大的三个字"给丽莉"。他把札记本推到桌边，然后站起来。

爵轻信的目光在办公桌上停留了片刻：桌上有个闪闪发亮的铜质头衔牌。爵轻信读了读牌子上所写的"私家侦探／爵轻信"，感到很讽刺。他露出冷涩的笑容。从很久以前起，大家便以姓喊他作"爵爷"，现在已没有任何人使用他那可笑的名字"轻信"了。没有任何人了，大概只剩米莉和马克而已吧。也还难说，毕竟那是以前他们小时候的事了，距离现在恍如隔世。

爵爷走向厨房。他最后一次瞥向灰色的不锈钢洗碗槽、八角形的白色地砖，和合上的浅色原木壁橱。每一件东西都已整理好、擦干净、收拾妥当了；先前生活的痕迹均已被仔细抹去，就像一间租来的要还给房东的屋子那样。到了最后，到了最后一口气，爵爷依然一丝不苟，这他心知肚明。这能说明很多事。其实，甚至能说明一切。

他转回来，走到壁炉边，直到几乎能感受到火焰舔舐他的双手。他低头，丢了两盒数据匣到壁炉里，然后稍微向后退，免得被蹿起的火花烧到。

走投无路了……

他曾花上万个小时，把这件事任何的蛛丝马迹都查得彻彻底底……所有那些线索、那些笔记、那些调查，现在统统化为云烟。这起案件的痕迹短短几个小时内便消失无踪。

十八年的调查，最后只是一场空。

真是讽刺……

他的一生，尽在这团仅仅他一人目击的焚火里。

晚上十一点四十九分

再过十一分钟，丽莉就满十八岁了，至少按官方说法是如此……她到底是谁呢？依然无法断定。二分之一的概率，就像第一天时一样。不是正面，就是反面。

到底是丽萝还是米莉？

他失败了。柯玛蒂花了一大把银子，十八年的薪水，结果都是枉然……

爵爷走向办公桌，替自己又倒了一杯黄色烈酒。这酒的酒龄有十五年，是莫妮卡的特别私酿，到头来，这或许是整起案件唯一的美好回忆吧。他一面微笑，一面把酒杯提到嘴边。他一点都不像刻板印象中的那种酒鬼老侦探，反而喝酒喝得很节制，只有在特殊场合才开酒。譬如今晚就是个特殊场合，是丽莉的生日。而且最起码，也是他人生的最后几分钟。

爵爷把这杯烈酒一口饮尽。

这美酒无与伦比的滋味，绝对会是少数令他怀念的感受之一。它穿越他全身，以一种美妙的痛楚灼烧他，让他得以暂且忘记这个执念、这个耗费了他一辈子的无解之谜。

爵爷把酒杯放到办公桌上，把淡绿色的札记本挪来挪去，犹豫着是否要再翻开它最后一次。他凝视着那张写着"给丽莉"的便利贴。

以后将会留下这本札记，留下最后这几天所写的这一百多页内容……给丽莉，给马克，给柯玛蒂，给韦妮可，给那些警察，给那些律师，给任何愿意跳进这个深渊的人……

读起来一定扣人心弦，这是毫无疑问的。绝对是一部旷世巨作，是令人屏气凝神的一起精彩案件……一切都在这里面了……

只可惜缺了结局……

他撰写了一部被人撕去了最后一页的推理小说，整个悬疑故事的最后五行字被抹掉了。

结果只是一场骗局……

想必未来的读者将自认比他聪明，将义无反顾地投入……他们将认为自己能解开这团谜。

毕竟，他自己也曾经如此深信不疑……他一直有一种说不上来的信心，相信存在着某个证据，相信这道谜题是可以解开的，相信他只是忽略了某条线索。那是一种感觉，只是一种感觉，但始终挥之不去……就是这份信心支持他一直活到今天这个期限，再过十分钟就是丽莉的十八岁生日……也许只是他的潜意识在死守着这个幻觉，免得自己彻底绝望。如果这么多年来都是在试图解开一个其实没有答案的谜，未免太残酷了……

我尽力了，爵爷又读了一遍。现在，剩下的已不关他的事了。

他环顾屋内最后一眼，克制着不要去收拾那空酒瓶和脏酒杯，并忍不住笑了自己一下。再过几个小时，来勘查他遗体的警察和法医，才不会在乎一个没洗干净的杯子。他黏稠的鲜血和脑浆，将溅满这张桃花心木办公桌和上过蜡的地板，把整个地方搞得恶心兮兮。只不过，最有可能发生的事，是大家并不会马上发现他失踪了（说穿了，有谁会想念他呢？），要等他尸体发臭了才会引起邻居注意，到时候这个腐烂的躯体，将布满已开始大快朵颐的腐食性小虫的粪便。

所以更没必要收拾了，爵爷心想。

他弯下身子，把一小片漏烧了的卡纸丢进壁炉里。

这是他最后的尊严。

爵爷缓缓走向位于壁炉对面角落的桃花心木办公桌。他打开中间的抽屉，从皮套里拿出一把手枪，是一把马特巴左轮手枪，几近全新，灰色的金属枪身在灯光下闪闪发亮。爵爷的手往抽屉更深处摸索，摸到了三颗子弹，都是点38的规格。

爵爷微笑了，他熟练地把弹巢弹开，轻轻把子弹放入膛室。

一颗子弹就足够了，虽然他微带醉意，虽然他会发抖，且一定会犹豫，但毫无疑问地，他仍能够把枪口抵在太阳穴上，仍能够把枪稳稳握住，并扣下扳机。

就算血液里已有六百二十毫升的酒，他也不可能射偏。

他把枪放在办公桌上，打开左侧抽屉，拿出一份报纸，是一份年代久远的《东部共和报》，早已泛黄。打从好几个月以前，他便已开始构思这令人毛骨悚然的一幕，这场象征性的仪式将帮助他一了百了，帮助他永远飞翔脱离这个迷宫。

晚上十一点五十四分

最后几张纸在壁炉火焰的啃噬下扭曲殆尽。爵爷的目光移向饲养箱和那些发出哀戚嗡嗡声的蜻蜓。电源三十分钟前已被切断。没有了氧气，没有了食物，这些蜻蜓无法存活超过一星期……然而他当初可是花了天价，才购买到这些最稀有且最古老的品种；多年来，他花了大把时间维护这个饲养箱，四处找各种小虫喂食蜻蜓，让蜻蜓苗壮成长，让它们繁衍，甚至在他出任务时，还请一家专门公司的人员来照料它们。

如此大费周章，最后却是放任它们死亡。连它们也要死了……

其实也还挺愉快的，爵爷心想，能够这样主宰生杀大权，能够先保护再决定生死，先给予希望再将之牺牲。能够玩弄命运，像个狡猾而高深莫测的神一样……毕竟，他自己也是这样一位残虐的神手下的牺牲者……

爵轻信坐在办公桌前的椅子上，忍不住把淡绿色的札记本往桌边再推远一些，仿佛怕血滴弄脏了它。

他把《东部共和报》摊开，摆在面前。这份报纸是一九八○年十二月二十三日的。他再一次重读了头条：《恐怖峰的奇迹生还女婴》。

标题横跨报纸头版整个版面。正下方，一张相当模糊的照片显示了一架飞机破碎的机身、许多连根拔起的树木和被救援队员脚印弄脏的雪地。照片下面有几行字简述这场灾难事故：

一九八〇年十二月二十二日至二十三日的夜里，从伊斯坦布尔飞往巴黎的 5403 号班机，在法国、瑞士边界的恐怖峰不幸发生坠机意外。飞机上共一百六十九名乘客和机组人员之中，一百六十八人当场死亡或受困而遭大火夺走性命。唯一奇迹生还的是一名三个月大的婴儿，在飞机碰撞地面时她被抛出来，机舱随后付之一炬。

爵爷抬起头。他决定死时要先稍微向前倾，再朝自己脑袋开一枪。他将倒在这份报纸上。他的鲜血将染红十八年前这场悲剧的照片，与一百六十八位罹难者的鲜血交织在一起。再过几天、几个星期，他将会这样被人发现。没有任何人会怀念他……柯家人是绝对不可能的……韦家人嘛，或许会有一点难过……米莉和马克吧。妮可会是最难过的。

造化弄人呀，真是讽刺到了极点。

他将被人发现，这本记录了他短暂一生的札记将会被交给丽莉。这是他的遗嘱。

爵爷从那块铜质头衔牌中最后一次看了看自己的映象，几乎要感到自豪了。说到底，这样的结局挺不错的，比其余的部分好多了。

最起码，他曾有过机会：十八年的调查呀……

晚上十一点五十七分

是时候了。

他小心翼翼把《东部共和报》摆好在自己面前，把椅子向前拉，然后用濡湿的手心坚定地握住手枪的握把。

他的手臂缓缓举起。

冰冷的枪口碰到他的太阳穴时，他仍不禁打了个哆嗦。但他准备好了，酒精会帮助他的。

他试着放空，试着不要去想那颗子弹，不要去想脑袋里那即将划过他头壳的短短几厘米弹道……

什么都别想，只专注于虚空。

他的食指弯向扳机。只要按下去，一切就结束了。

要闭上眼睛还是睁开呢？

一滴汗水从他额头滚下来，落在报纸上。

睁开吧，然后一了百了。

他的身体向前微倾，双眼凝视面前二十厘米处的报纸。他最后一次看了看照片上焦黑的机身，还有另一张照片上，消防员站在贝尔福-蒙贝利亚医院门口，小心翼翼抱着那冻得发蓝的小身躯，那个奇迹生还的小婴儿。

扳机上的食指更坚定了。

晚上十一点五十八分

爵轻信的目光又往下沉了一些，这目光已变得空洞，迷失在这份旧报纸头版的黑色油墨里。子弹即将穿透他的太阳穴，如入无人之境。他只需要把手指再多弯一点，再多个几毫米就行了。他的视线忽然凝住了，再也不动了；报纸上的黑色油墨忽然变得清晰，就像开向世界的最后一扇窗，就像相机的镜头，在一切都将变得朦胧模糊前，忽然调整了焦距而清楚起来。

食指。扳机。

睁得大大的眼睛。

难以置信的事让爵爷震惊错愕，仿佛全身遭受突如其来的强烈电击。

他双眼所看到的是不可能的事，他很清楚这一点！

食指轻轻放开了扳机。

爵爷起先以为是幻觉，是因为即将死亡而导致的错觉，是他脑袋所制造出的一种自我保护机制……

但不是！

他在这份报纸上所看到的、所读到的，是千真万确的。也许因岁月而泛黄，有些模糊，然而，容不得半点疑虑。

一切答案都在这里。

爵爷的思绪开始运转，多年以来，他堆砌过足足上百个假设，但现在有了一个出发点，只要抽一抽线头，整团谜都将不费吹灰之力，自己解开。

一切都很清楚，很显而易见了……

他把枪放下来，不由自主发疯似的笑了一声。

他看了看时钟。

晚上十一点五十九分

他依然无法相信自己所看到的。他的双手颤抖着，从脖子到腰的整片脊背不寒而栗。

他成功了！

答案就在这份报纸的头版上，打从一开始就在了。它耐心等待着：在十八年前的当年，无论如何都不可能发现这个答案。这份报纸，大家都看过，都详读和分析过千万次，然而在一九八〇年和之后的所有日子里，任谁也不可能想得到。

答案一目了然……但有个前提。

只有一个前提。一个非常夸张离谱的前提。

就是要等十八年后再翻开这份报纸！

2

一九九八年十月二日，早上八点二十七分

这两人究竟是情侣，还是兄妹？

这个问题已令茉莲苦恼快一个月了。茉莲是"列宁酒吧"的老板娘，这家酒吧位于斯大林格勒大道和自由路的路口，与巴黎第八大学校园相距仅数米。现在时间还早，店内有四分之三是空着的，茉莲趁这个时间把桌椅排整齐。

这两人和平常一样，坐在靠里面窗边一张很小的双人桌边，彼此手牵着手，含情脉脉望着对方的蓝色眼睛。

是情侣？

是朋友？

是手足？

茉莲叹了口气。一直看不出端倪，令她心烦气躁。通常，只要是学生们关于感情的事，她可是看得相当准。她加快手脚，因为得拿海绵把每张桌子抹一抹，或许还需要把地扫一下；再过几分钟，地铁 13 号线的终点站第八大学站，将涌出上千名已然仓促、焦急且忙碌的大学生……这个地铁站四个月前才刚启用，它的落成已改变了这一带的生态。从今以后，第八大学与巴黎的市中心直接相连。

茉莲只是把椅子大略靠向桌子而已，她深知在上万名用功上进的学生中，仍有一定比例的人会来列宁酒吧做或短或长的停留，也许喝杯咖啡，也许想趁上课前安安静静再抽支烟，也许想拖延去被关在阶梯形大教室里的时刻……也许想等迟到了再去上课……或干脆逃课不去了……茉莲很熟悉八点四十五分时的兵荒马乱。她目睹巴黎第八大学——一所叛逆又高傲的人类科学、社会科学和文化科学学府——缓缓变成一所又乖又普通的郊区大学。如今，被指派来第八大学的教授们，大多是心不甘情不愿的，他们的志向是第四大学索邦大学，或起码也是第六大学……在地铁站启用以前，教授们必须穿越整片圣丹尼平原，也多少必须面对当地的人文环境。现在，有了地铁，这一切也结束了。教授们钻入13号线的地铁站里，就能直奔巴黎的文艺地段、图书馆、研究室、行政单位、高层单位等。

茉莲回到柜台拿了块海绵，顺便偷偷瞥了两人一眼，漂亮的金发女孩和憨厚的高大男孩，令她百思不得其解。

这两人害得她快抓狂了。解不开的谜在她脑海里挥之不去。

他们到底是什么人？

茉莲从来就搞不懂高等教育的运作方式，搞不懂段考、课程或罢工罢课那些的，但没有人比她对下课时段的事情更了解。她从来没读过卡斯特尔[①]、德勒兹[②]、福柯[③]、拉康[④]等这些第八大学明星教授的著作，顶多曾在她店里或校园里与他们擦身而过一两次，然而她却自认是大学生感情生活方面的心理分析、社会学和哲学专家。她扮演保姆的角色，呵护着店里的熟客，以不输专业的能力照料着学生们的感情心情。

茉莲再一次把头转向窗边的那两人。可是这两人的关系，却是超出她的经验和直觉所能理解的。

米莉和马克。

---

① 卡斯特尔（Robert Castel，一九三三至二〇一三），法国社会学家。

② 德勒兹（Gilles Deleuze，一九二五至一九九五），法国哲学家。

③ 福柯（Michel Foucault，一九二六至一九八四），法国哲学家。

④ 拉康（Jacques Lacan，一九〇一至一九八一），法国精神分析学家。

迟迟没个定论，令她心烦极了。

究竟是暧昧情侣，还是亲人？

真是个谜。茉莲始终无法下结论。有哪里怪怪的。长得如此相像，彼此却又如此相异。茉莲知道他们的名字。所有熟客的名字，她都记得。

男生叫马克，到现在已在第八大学就读两年了，他是列宁酒吧的忠实顾客。身材高大，算是帅哥一个，但看起来有点太好说话，有点像个头发乱乱的"小王子"，有点心不在焉的样子，似乎也欠缺某种格调感；他是个典型的还不懂大学生活潜规则的学生，带着一丝乡下气息刚来到巴黎，口袋也不深，还没添购够潮、够时髦的行头……功课方面，马克显然不是太抢眼……据她所了解的，他正温温暾暾地研读欧洲法律……两年来，他一直是个淡定的旁观者。后来茉莲明白其中的原因了。

他在等她。他的米莉……

她于今年九月到来，所以她应该比他小个两三岁。

是的，他们是有一些共同特征。她说起话来有一种耳熟的口音，茉莲不确定是哪里的口音，但绝对和马克的口音一模一样。然而，这个口音却显得与米莉的气质格格不入，连"米莉"这个俗气且普通的名字也是……米莉的头发是金色的，和马克一样，她有着一双蓝眼睛，也和马克一样……他们长得相当像。但马克的举止笨拙、简单且有些不自然，米莉举手投足却有一种说不上来的不一样，仪态流露着一种贵气，一举一动都透露着一种高贵的优雅，一种似乎遗传自某个稀有血统的雅致，受过特殊的教养……这种气质在其他大学，在名门望族的圈子里，在明星学府，在高等师范学校也许很常见，但在平凡的第八大学校园这里，简直显得突兀。

另一个谜是有关金钱的，米莉与马克的生活水平似乎有着天壤之别。茉莲有本事一眼断定学生们身上服饰的出处、质量和价格，从平价的 H＆M（瑞典品牌，主要经营和销售服装和化妆品）到 Zara（西班牙服装品牌），再到 Jennyfer（法国服装品牌）或较高档的 YSL（法国著名奢侈品牌，主要经营时装、香水、护肤品等），统统逃不过她的眼睛……

米莉不是 YSL……但也相去不远了。她身上的行头既大方又利落，一件橙色丝质衬衫和一件不对称剪裁的黑色短裙，想必所费不赀……不，米莉和马克就算来自同一个地方，也必定各属于不同世界。

然而他们形影不离。

他们之间有一种无法伪装的默契，绝非短短几个月的大学生活能培养出来的，仿佛他们一直以来都生活在一起……这可以从马克对米莉无数呵护备至的小动作看得出来，低调却无微不至，一手搭在她肩上、替她把椅子向前推、细心帮她把门扶住、为她把水杯倒满等。

茉莲知道如何解读这些小动作：是哥哥对妹妹的熟练照顾！

她把一张椅子擦拭干净，把它用力放好，脑海里仍不断想着这两个人。

米莉于九月来到第八大学，马克仿佛是来打头阵似的，比她早两年先来教室和列宁酒吧窗边的位子替她暖场。茉莲觉得米莉应该是个优秀、上进、学习能力强且很有定力的学生，艺术和文学气息很浓厚。每当她拿出课本或讲义时，这种定力特别显而易见，她能快速浏览复习笔记，然而同一份笔记，马克却得吃力地磨上好几个小时。

姑且先不论两人的社会特质为何如此迥异，所以他们是兄妹喽？

可是马克深深爱恋着米莉！

这也是很显而易见的。

不是哥哥对妹妹的爱，而是浓情蜜意的男女之爱！这对茉莲而言再明显不过了，从随便一个眼神都看得出来。那是一种很深情的迷恋，绝对不可能弄错。

茉莲实在想不通。

她偷窥他们已经一个月了，本性难移呀。有报告或考卷放在桌上时，她曾匆匆瞥看上面的姓名。她知道他们的姓氏。

韦马克。

韦米莉。

唉，这样依然没什么进展。最合理的假设是他们是兄妹……可是那些不该出现的亲昵小动作，该做何解释？马克的手常搭在米莉的腰间。或许他们根本只是夫妻。可是一个十八岁，一个二十岁？这在大学生之中并不常见，但并非不可能……最后只剩下两人刚好同姓的可能，可是茉莲不相信有这么巧的事，除非他们是远房亲戚，是堂兄妹，或有个重新组合过的家庭，真复杂……

茉莲手上的抹布烦躁地横扫一整排椅子，椅子把酒吧里的地砖撞得咣咣响。

米莉似乎很在意马克。然而，她的眼神比较复杂，难以解读，经常很蒙眬，尤其是她独处的时候，仿佛她想掩饰某个脆弱伤口、某种很深的悲伤……这种抑郁的神情，赋予米莉一种超然的特殊气质，仿佛与世隔绝，使她与校园内的其他肤浅女孩显得截然不同。列宁酒吧里，男生们的眼睛莫不直愣愣地盯着美丽的米莉，但大概是因为这种疏离和拘谨的感觉，从来没有人敢跟她搭讪……

只有马克除外！

米莉是他的，这是他来这里的目的。他不是来念书，也不是来拿文凭的，只为了来这里陪她，来保护她。

他是个护花使者。

这一点，茉莲看得很明白。

可是其余的呢？他们之间是什么关系？茉莲曾试着与米莉和马克攀谈，什么都聊，常常找机会聊；但聊不出个所以然。

算了，她暂时放弃；总有一天，她会知道的。

她正忙着打扫最后几张桌子时，马克举起了手。

"茉莲，"他说，"请你给我们两杯咖啡，再多给米莉一杯开水，好吗？"

茉莲忍不住莞尔。马克自己一个人从来不点咖啡，和米莉在一起却总会点咖啡。一杯美式淡咖啡。

"没问题，情侣咖啡马上来。"茉莲应答。

试探看看嘛。

马克露出尴尬笑容，米莉倒是没有，她微微低着头。茉莲直到现在才发现，米莉今天早上气色很不好，看起来很憔悴，仿佛整夜没睡，纵使她脸上挂着标准式笑容，纵使她的优雅气质有加分也一样。为了考试而紧张？熬夜复习功课？赶报告？

不，是别的事。

茉莲把咖啡渣倒进垃圾桶，冲了冲咖啡壶，开始煮两杯份的咖啡。

是严重的事。

仿佛米莉将不得不向马克宣布一个痛苦的消息。这种分手约会、这种令人心碎的碰面，茉莲看得太多了，被甩的男生独自落寞坐在咖啡杯前，女生则有些尴尬地离去，但从此自由了。米莉看起来像个那种思考了一整夜、天亮时终于做出决定、准备好要承担一切后果的女生。

茉莲缓缓走向店里后方，手上的托盘端着两杯咖啡和一杯开水。

可怜的马克，他是否知道自己的命运已注定？

但茉莲也懂得要尊重隐私。她把咖啡放在桌上后，即转头离去，并未偷听。

3

一九九八年十月二日，早上八点四十一分

马克等了一会儿，等茉莲离开。他低头翻找自己放在旁边椅子上的
Eastpack（著名专业包囊及器材品牌）后背包，拿出一个仅几厘米大、用银
色包装纸包着的小方盒。

"米莉，生日快乐。"马克以雀跃的口吻说。

他把小方盒递给她。

米莉翻白眼假装生气的样子。

"马克！"她责备道，"不到一个星期，你替我庆生三次了……你明知
道我不需要这些……"

"嘘……快打开。"

米莉皱起眉头，把礼物包装拆开。里面是一个银质饰品，是个形状复杂
的十字架，各个末端均为小菱形，只有顶端除外，顶端是个有着皇冠的大圆环。
米莉把十字架拿在手中。

"马克，你疯了……"

"这是个图瓦雷克十字架！听说总共有二十一种不同款式。撒哈拉沙漠
中每座城市都有各自的代表款式。这个呢，是阿加德兹城的十字架。喜欢吗？"

"当然喜欢，可是……"

马克滔滔不绝：

"据说，菱形象征东西南北四个方位……把这个十字架送给某人，意思等于把世界送给她……"

"我知道它的传说。"米莉温柔地轻轻说，"'我把世界的四方送给你，因为我不知道你将死于何方。'"

马克不禁尴尬地笑了笑。当然了，丽莉早已对图瓦雷克十字架了如指掌，对其余的事也是。他们沉默了片刻。米莉把手伸向自己的那杯咖啡。马克下意识地也做出相同动作。他的手指游移着，期待能与她的手指相遇。忽然，马克的手在桌上动弹不得，仿佛被钉住了。丽莉的无名指竟戴着一枚戒指！是一枚纯金戒指，做工非常精细，还镶着一颗浅色蓝宝石；是个极为精美的古董首饰，想必价格不菲。马克之前从来没见过它。他的视线因油然而生的嫉妒之意而模糊了好几秒钟，每当某个他所无法理解的小事，拉大丽莉和他之间的距离时，这股雾气般的妒意总会将他笼罩。他好不容易才结结巴巴吐出一句话：

"这个……这个戒指……是……是你的？"

"不是……是我今天早上从凡登广场那里偷来的！"

马克并未搭腔。他的眼皮轻微颤抖着。尽管他刚送给她的图瓦雷克十字架，是他在法国电信公司打了一个周末又三个晚上的工才换来的，但比起戒指，十字架根本成了个不值钱的小玩意。况且，丽莉已经把他的非洲小饰品放回小方盒里。而精致的戒指却……

他勉为其难喝了一口咖啡，喃喃地问：

"这个……你的戒指。是……是礼物吗？生日礼物？"

米莉缓缓低头。

"算是吧……说来有点复杂……很漂亮吧？"

她停顿片刻，在斟酌用字。

"我会再详细说给你听，别担心，不用担心这件事。至少你不用担心这个戒指……"

米莉把手放在马克的手上。

"别担心，不用担心这件事。至少你不用担心这个戒指……"

这字字句句在马克脑海里翻腾着。她这话是什么意思？虽然丽莉脸上像平常一样挂着笑容，并加水把咖啡冲淡了一些，但她今天早上的气色很差，仿佛整夜没睡一样。忽然，米莉像做出重大决定似的，眼神亮了起来，她啜了几口咖啡，也低头去自己的背包里翻找。她拿出一本淡绿色的札记本，把它推向马克。

"喏，马克，轮到我了。这给你！"

一股无声的不安感再度向马克袭来。

"这是什么？"

"是爵爷的札记。"米莉不给马克喘息的机会，立刻答道，"是他前天，也就是我生日的当天，送来给我的。其实应该说，是他放在我信箱里的，或请人放在我信箱里的，我昨天早上才发现。"

马克小心翼翼以指尖碰了碰那本札记。他的眼皮再度颤抖了。

原来是这本札记呀，爵爷的札记……他现在明白了。米莉之前的一天一夜都在反复阅读这本札记……是那个疯癫老私家侦探整整十八年的调查心得。十八年，堪称一辈子了，米莉的一辈子。连日子都算得准准的。

这种生日礼物真要命！

马克试图从米莉的眼神中寻找线索。她从这本札记中看到了什么？发现了什么真相？一个新的身份？终于找到内心的平静了？还是什么也没有？净是些没有答案的疑问……

米莉表面上丝毫看不出异状。在这方面，她太厉害了。她如仪式般把水缓缓加入自己的咖啡中，小口小口啜饮着。

"马克，这本札记呀，他终于交给我了。他一直都说会给我，果然遵守诺言，把事情的真相，作为我的成年礼物。"

米莉哈哈大笑，笑声中焦躁多过自在。马克犹豫着是否要把札记本接过来。

"所以呢……"他喃喃说，"札记里，有什么重要内容吗？你……你现在终于知道了吗？"

米莉又逃避了，她把目光移向窗外和第八大学的校园，学生们三三两两地经过。

"知道什么？"

马克心中忍不住感到一阵恼怒。字句在他脑海里咆哮着，却未脱口而出："知道那个私家侦探之所以能领这么多年薪水的原因呀！知道你是谁呀，丽莉。知道你是谁！"

米莉的左手漫不经心玩弄着戒指的戒台。马克越来越不耐烦，但她也许是疲倦，也许是冷漠，似乎对此无动于衷。

"轮到你了，马克。这本札记，轮到你读了。"

马克的思绪一片混乱，他甚至无心再去想米莉所戴的那枚怪异戒指。是谁送她的？什么时候送的？为什么要送？他只看到自己把札记本拿过来，并听到自己说：

"好，小蜻蜓，我答应你……这本该死的札记，我会读它……"

他停顿了一会儿，又说：

"可是你呢，你还好吗？"

"还好……别担心。我还好。"

米莉把嘴唇浸入咖啡，仅轻轻沾一下，仿佛喝得很不情愿。

不！一点都不好。

米莉有事情瞒着他。是某件爵爷所发现的、写在札记本里的事情。是她的身份吗？

"爵爷有没有说什么？我是说，札记本送米时附留言了吗？"

"没有，但要说的话统统在札记里了……"

"所以呢？"

"你就读吧。还是你自己读一读比较好。"

"爵爷呢？他现在人在哪里？"

米莉的眼神变得蒙眬，仿佛心中隐藏了一个她不愿透露的可怕消息。她毫不掩饰地看了看手表。马克吓了一跳：

"你这么快就要先走了？"

"对……我今天早上没课。可是你有哦！十点！'欧洲宪法'。年轻的葛兰汀老师精彩的专题！马克，我该走了。"

马克摆出臭脸。

"你要去哪里？"

米莉把最后一滴开水倒入咖啡里，把剩余的咖啡缓缓饮毕，再度带着倦意望着马克。她又低头翻找背包，随即站了起来。

"我……我还有个礼物要给你。"

她递给他一个小礼物盒，只比火柴盒略大一些。

马克愣住了。

他有一种不祥的预感。米莉的态度、她那欢快的神情，和那故作自然的举止，都显得不对劲。

"但你不可以马上打开。"米莉随即说，"要等我离了以后才能打开。要再等一个小时！说好了哦！可以相信你吧？就像玩捉迷藏，必须给我时间躲起来，你要闭上眼睛，数到……数到一千好了……"

米莉似乎把仅存的精神，都用来把这项叮咛，伪装成一场微不足道的情侣小游戏。马克可没那么容易上当。

"说好了哦？"米莉坚持地又问了一次。

马克无奈地点了点头。他们互相凝视了许久。米莉的眼皮率先按捺不住。

"才怪，你不会照做的。马克，你是不会听的，我太了解你了，只要我一转身，你一定马上把它拆开……"

马克并未否认。米莉优雅地举起手。

依然是那枚该死的戒指。

"茉莲！"

酒吧老板娘一直留意着他们的一举一动似的，立刻有所回应，且瞬间来到马克和米莉的桌前。

"茉莲，我有个任务要交给你。请你帮我保管这个小盒子。一个小时以后再给马克，不可以提前哦！就算他求你、贿赂你，或威胁你都不可以。而且我刚好想到，再过一个小时，请你顺便帮我叫他去 B 3l8 教室上课，不许逃课哦！"

小盒子交到了茉莲手上。

"就拜托你了，茉莲。"

她别无选择。米莉旋即站起来，把装着图瓦雷克十字架的小盒子塞进包包里，并在马克脸上留下纯洁的一吻。半是在脸颊上，半是在嘴角上。很暧昧模糊，仿佛故意吊茉莲的胃口……

米莉推开列宁酒吧的玻璃大门，如幽魂般奔向人行道，消失在学生人潮中。

大门又关上。

茉莲手里紧握着小盒子。她当然会遵守刚才答应米莉的事，但她并不喜欢玩这种游戏。情侣分手的场面，茉莲看得多了，这种时刻，女人往往拥有惊人的决心和想象力。

米莉也属于这种女人。

这整场戏俨然是个天大的谎言。米莉正远走高飞，而她手中的这个小礼物是颗定时炸弹。马克根本不该让她这么一走了之。这个大男生太天真、太自信了……茉莲依然无法断定远走高飞的这个女生，究竟是他妹妹、妻子、情人，或女友，她无法厘清他们之间到底是什么关系，但她很确定米莉心里只有一个念头。

切断这段关系。

4

一九九八年十月二日，早上九点零二分

马克凝视着吧台后方的茉莲。这位老板娘尽管忙着招呼客人，却趁着空当，把米莉托付给她的小盒子，一面放入她的柜台里，一面一副没的商量的模样看了他一眼。这方面是没的指望了，只能遵守米莉所定的时间。女生自然站在同一阵线了。他无计可施，目光便落到了爵轻信的绿色札记本上。米莉知道自己在做什么。得在这里等上一个小时了，一个小时后要去上第一堂课，是一堂关于欧洲宪法的专题课程，指导老师是一位年轻教授，他课堂上将近一半的时间都在接电话。米莉摆了马克一道，他被困在这里了，有整整一个小时得消磨。

列宁酒吧现在爆满了。一个大个子问马克是否能挪用他面前的那张椅子，马克心不在焉地点点头。红白色相间的马丁尼酒商赠品挂钟，显示着九点零三分。马克别无选择，却仍迟迟不想翻开札记本的封面。他的手缓缓滑向它的亮面厚纸封面，等了一会儿，再度抬头看。马丁尼挂钟的黑色指针简直像用胶带粘死了似的。

九点零四分。

马克叹了口气。

他一直没喝自己的咖啡，摆到现在也不想喝了，他从来就不怎么爱喝咖啡。

一位老教授端着一杯啤酒站在吧台前，一面浏览着《巴黎人报》，一面觊觎马克的座位。教授的觊觎是有道理的，此时此刻，马克只想做一件事，那就是站起来，逃离这里，去追米莉，把札记本扔进垃圾桶。

他望向窗外，仿佛想从越来越浓密的人潮中，寻找熟悉的米莉的身影，仿佛这一大群人，能使她放慢离去的速度，并自动向两侧退开，在她与他之间形成一条由人围成的通道。他的视线变得模糊，心跳变快了，觉得喉咙有一种窒息感。他很熟悉这些初期症状，心跳加速、呼吸困难……于是很明智地，他把目光从大学校园的方向挪开。

呼吸立刻顺畅许多。

他的手指再度落在淡绿色的札记本上。

米莉这次又要赢了，向来都是如此。他也将不得不面对自己的过去。

马克深深吸了口气，把札记本翻开。爵爷的字小小挤挤的，很工整，有点神经质，但非常清楚。

马克低头。他潜入字里行间的蓝色波涛中，犹如闭气潜入一片满是疑惑的汪洋。

爵轻信的札记

一切要从一场灾难说起。我想，在一九八〇年十二月二十三日以前，应该几乎没人听说过恐怖峰。像我就没听过。恐怖峰是汝拉山脉的众多小山峰之一，位于瑞士和法国边境，就挤在杜河的某个弯道边。那里是个遗世独立的牧牛山区，在法国这头是蒙贝利亚市，在瑞士那头则是波朗特吕镇。这个山峰不太高，精准来说是八百零四米，但依然不易进入，尤其是大雪覆盖的冬季。知道恐怖峰的人，主要是少数几位历史学者，因为它在法国大革命期间，曾是法国和瑞士共治的一个省份。从那之后，除了当地的数百位居民外，大概大家都把它忘了，而恐怖峰也更常被称作"孔布峰"……当然，十二月二十二日至二十三日的夜里，当这架从伊斯坦布尔飞往巴黎的 5403 号班机，撞上属于法国境内的山峰西南侧山腰时，比起"孔布峰"，记者们更喜欢"恐怖峰"这个名字。也不能怪他们，毕竟以大标题来说，"恐怖峰惨剧"比"孔布峰惨剧"更有轰动性嘛！

　　一般大众或许仍有印象吧，也或许不记得了。空难一桩接一桩，且彼此很相像。几个月之前，一架波音747坠毁在加那利群岛的特内里费岛附近，一百八十六人丧生。恐怖峰空难的第二年，一九八一年十二月一日，从斯洛文尼亚首都卢布尔雅那飞往法国科西嘉岛上第一大城阿雅克肖的道格拉斯DC-9客机，坠毁在科西嘉岛的圣佩卓山上，一百八十人丧生……那是科西嘉岛飞行史上唯一的一次事故。在那之后，大家都忘了圣佩卓山的这起空难事件。只有科西嘉岛的居民还记得吧，也还难说。如今，大家对圣奥蒂尔山的意外[①]记忆犹新，但这记忆也将被下一起事故冲淡。

　　在一九八一年，当时，受诅咒的说法立刻甚嚣尘上！

　　那是鬼扯！统计数据摆在眼前！不骗你啦，我曾花上好几个小时查阅有关空难的网站，其中之一包括1001crash.com。你自己上去看看就知道，他们的资料详细得惊人，有死亡人数，还有坠机前最后一刻的一大堆细节……听起来也许很不可思议，但四十年来，他们共记录了超过一千五百起航空事故，和两万五千多名罹难者……如果你去算一下，等于是每年有将近四十起坠机事件，亦即这世上几乎一星期就有一起航空事故，而且还不是只在中国内陆或西伯利亚的偏远地带……

　　所以你想，发生于一九八〇年的空难，恐怖峰上的惨剧，大家早就忘了嘛！一百六十八人死亡……九牛一毛啦……根本微不足道。

　　我也是，当年我根本不在乎恐怖峰上的这起灾难。当天早上，我对这则新闻几乎是听完就忘了。我正在昂代伊[②]那一带埋伏跟踪，调查一宗赌场洗钱且可能涉及西班牙黑道的案子……那案子挺刺激的。当年那时候，我经常接一些刺激的案子，那是我的专长。我自立门户当私家侦探快五年了，之前将

――――――――――――――

① 发生于一九九二年一月二十日，一架因特航空班机于法国阿尔萨斯的圣奥蒂尔山区坠机，造成八十七人死亡。

② 昂代伊（Hendaye），位于法国、西班牙和大西洋海滨交界处的法国城市。

近二十年，我在世界各地做接案子的工作。我年纪已坐四望五，身体状况不太好，腰杆随时会散掉，脊椎歪得跟一条蛇一样；埋伏跟踪害我几乎一星期胖一公斤，之后要花一个月才减得回来，这还是状况好的情况下……总之，当私家侦探呀，就算是调查一些有点烂的案子，还是挺合我胃口的。

我应该和大家一样，是早上听收音机时得知坠机的消息，我正在昂代伊赌场前的停车场上跟监，并未对这则新闻特别留意，也不知道再过几个月，这场意外将成为我人生的单行道。真是造化弄人！要是我早知道……

从伊斯坦布尔飞往巴黎的 5403 号空中巴士，于十二月二十三日深夜坠毁在恐怖峰上，准确来说是午夜十二点三十七分。没人知道那一晚到底发生了什么事。那年冬天一直相当暖和，但从那天早上便开始下雪下个不停。到了夜里，风雪变得更加剧烈。恐怖峰有点像是瑞属汝拉山区和法属汝拉山区之间的一个台阶，而飞机驾驶员可说是没踩稳台阶而摔跤了。当年的传言便是如此，就这么简单，把一切过错推到那位可怜的驾驶员头上，他也和其他人一样，在机舱里被烧成焦炭了。你会说，那黑匣子呢？它没能提供什么信息，顶多就是飞机飞得太低，且最后失控了……罹难乘客家属和机组人员家属所组成的自救会曾企图挖掘更多线索，但并无斩获。所以大家就怪罪驾驶、大雪、风暴、高山、命运、墨菲定律、运气不好……当然，这案子上法庭审理过。罹难者的家属要求真相，可是没人在乎这件事，一般大众所热衷的并不是这场审判。

飞机于十二点三十七分坠地……这是专家们事后计算出来的，因为现场并没有目击者。目击者只有机上的乘客，但他们无一幸存，什么也没留下，连一支显示了坠机时刻的手表也找不到。圣诞节前的那段日子，环保人士为了汝拉山上的每一棵圣诞树，可说是捍卫到底。但短短几秒钟内，被这架空中巴士连根拔起的圣诞树，比一整个世纪的圣诞晚会都多。尽管下着大雪，没被连根拔起的树也难逃火劫。飞机在森林中勾勒出一条跑道，有好几百米那么长，最后气力用尽才瘫停下来。它于几秒钟后爆炸，然后继续燃烧了一整夜。

直到一个多小时后，第一批赶到的救援人员才发现那陷入火海的机身。耽误了很久才有人通报这场灾难。方圆五公里内并无人居住，是熊熊烈火引起了山下居民的注意。后来大雪阻碍了救援，直升机无法起飞，第一批消防队员是凭步行艰难穿梭在蹿着火焰的树林间才抵达灼热的现场的。清晨时，风势和雪势趋于平缓，恐怖峰则在接下来几个小时里，成为全世界瞩目的焦点。好像还特别开庭审理过，或至少展开调查过，想厘清为什么救援人员这么慢才抵达现场，可是，这同样也没多少人感兴趣。一般大众所热衷的也不是这场审判。

救援人员心里八成在想，反正，急也没用嘛，显然不会有任何生还者了。他们站在冒着熊熊烈火的破铜烂铁前时，发现确实如此。但消防队员们是一群有良心的好汉，就算当时是深夜一点半，就算那里是汝拉的深山，就算头上飘着大雪也一样。于是，他们仍然展开搜寻，也不知道要搜寻什么，但既然都好不容易来到这里了——这场大火吞噬了整片山壁，它与大雪联手合作，把一百六十八位受尽惊吓旅客的躯体变成灰烬和云烟——总不能只来火边取取暖就走人吧。

他们找呀找，眼睛被浓烟和绝望刺得疼痛不已。结果，一位很年轻的消防员，隶属于索绍分队的穆提利，是他发现的。经过了这么多年，居然还能描述得这么详细，一定让你很惊讶吧，但请相信我，我句句属实。我后来曾和他本人当面谈了好几个小时，把他在手忙脚乱中度过的那短短几秒钟无限放大延长，我不断追问每一个细节，简直要吹毛求疵了。那一夜，在当下，他一时之间没意会过来。他起先以为自己发现的只是一具尸体，是个小婴儿的遗体。但好歹是整架飞机唯一一具没随着其他一切燃烧殆尽的乘客遗体。她几乎才刚出世，至少是个不到三个月大的孩子。坠机时，她从飞机的左前侧舱门被弹出来，那道门在撞击力道下已局部变形。这一切，是专家们事后所还原的，也非常严谨地经过证实了，他们在法庭上曾试图确认小婴儿和她的父母，在飞机上原本坐在哪个位子。请放心，这部分，我之后会再详述。请少安毋躁……

那个年轻的消防队员穆提利，真的以为自己发现的只是个已无生命的小躯体：这小婴儿在大雪中已经待一个多小时了……然而，他低头查看时，注意到孩子的脸、手和手指几乎没变蓝。这个小身躯所躺的地方，距离大火三十多米。炽热机舱的温度包覆且保护了她。于是，年轻消防队员穆提利，立刻完全按照人家之前教他的，万分小心地，对孩子进行人工呼吸和心肺复苏术。他想都没想过自己有一天竟需要拯救一个新生儿的性命，而且还是在这种情况下……

小婴儿仍有呼吸，只是有些微弱。接下来的几分钟，由急救人员接手。后来，经由医生们证实，是燎原的大火和着火机舱所散发的温度，救了这个新生儿一命，她是个有着蓝眼睛的小女孩，以她这年纪而言，眼珠颜色出奇湛蓝，依她浅色的皮肤看来，分析是法国籍。她所被抛到的那个位置，恰好让她不至于被活活烧死，又能够在寒冷的夜里享有火焰的温暖。实在是很讽刺呀，救了她一命的，竟是夺走机上乘客和她父母性命的这场大浩劫。当时医生们是这么解释这项奇迹的。

因为确实是奇迹呀！

法国报社大多于深夜时，以快报的方式报道了这场空难，但未能等到搜救结果出炉再发报。只有一家日报《东部共和报》决定冒险等待，他们暂缓印刷程序，请所有工作人员待命，并拟定了一套特殊的通报流程。想必是某位总编辑嗅到了什么吧。《东部共和报》拥有一支强大的记者兵团蛰伏在汝拉地区的各个角落，守在警车附近、医院门口……奇迹生还者的消息于深夜两点左右传出来。《东部共和报》于一九八〇年十二月二十三日发报时，得以印上这个标题：《恐怖峰的奇迹生还女婴》。这个称呼从此沿用至今。不仅如此，记者们在一张雪原上飞机焦黑残骸的照片旁，甚至附上一张一位消防队员在贝尔福 - 蒙贝利亚医院门口抱着那个新生儿的照片，是彩色的，还以人工的方式让她的脸、四肢和眼睛的颜色显得略微更蓝一些。解说的文字很简略："一九八〇年十二月二十二日至二十三日的夜里，从伊斯坦布尔飞往巴黎的5403号班机，在法国、瑞士边界的恐怖峰不幸发生坠机意外。飞机上共一百六十九名乘客和机组人员之中，一百六十八人当场死亡或受困而遭大火夺走性命。唯一奇迹生还的是一名三个月大的婴儿，在飞机碰撞地面时她被抛出来，机舱随后付之一炬。"

法国全国上下在这个不幸噩耗的愁云惨雾中醒来。家家户户无不为这名大雪中的孤儿而落泪。整个上午，《东部共和报》的第一手报道，被各报纸杂志、广播电台和电视频道争相引用。现在，你差不多想起来了吧？举国感伤的泪水淹没了那年哀戚的冬季……

有个小问题。《东部共和报》拍到且刊出了奇迹生还小女婴的照片，却不知道她的姓名……深夜两点，想要查这种事还真不容易——必须联络法国航空的伊斯坦布尔办事处才行。那位总编辑心里一定是这么想的。其实，小女婴的姓名也不是那么重要啦。把蓝眼小孤儿的名字连同照片一起登在头版上，当然一定能增加感人指数；不过，《恐怖峰的奇迹生还女婴》也已经很不错了……这样可以先留一手，等小婴儿的身份确认后，第二天早上再公布。

之后再说吧……

最好是啦……

这个姓氏、这个名字……我寻寻觅觅十八年了！

5

一九九八年十月二日，早上九点十分

十米外，一张独脚小圆桌周围挤了五个大学生，他们尖锐的爆笑声使马克分了心。几个男生似乎正在桌上传阅照片，想必是最近参加大学生狂欢派对的照片，也是那种他们几乎要偷偷摸摸地，半是光荣、半是羞愧地珍藏一辈子的照片。马克约略认得他们，他们全是校内一个经常举办校外联谊活动的学生会的成员。筹募会费、提供考古题和课堂讲义复印件，以赞助派对和联谊活动。

马克抬起头。

如果马丁尼挂钟准确的话，现在才九点十一分。

茉莲根本也没再盯着他，正在柜台那头，和一名从头到脚打扮一身黑的女孩聊天，女孩穿着又黑又垂的裙子，露出一截精心搭配的丁字裤，活像学生版《阿达一族》里的妈妈。

马克叹了口气，只好认命地继续阅读。

爵轻信的札记

是喽……恐怖峰之谜便是从这一刻登场。你现在应该多少想起来了吧？

然而一切似乎正按照正常流程进行着。年轻消防队员所发现的那名小孤儿，被送到贝尔福－蒙贝利亚医院的小儿科，由一整支医疗团队密切监控着。

我后来巨细靡遗地重建了整个事件的始末，但在此就不拿我录了好几个小时的目击者访谈来疲劳轰炸你了。我想，一篇概括的重点整理应该就足以说明。

柯雷昂是从早晨六点的广播新闻快报，同时得知了空难和奇迹生还婴儿这两个消息的。柯雷昂向来习惯天亮时起床。他以一通电话，推掉了当天一整天原本爆满到几乎一分钟都不剩的行程，下一秒立刻搭私人飞机赶往蒙贝利亚。当年五十五岁的柯雷昂，是法国产业界最活跃的一百名企业家之一。他是工程师出身，借着在世界各地装设管线而赚了大钱。柯雷昂的企业承包的对象，都是数一数二的石油和天然气跨国大厂。柯家之所以如此成功，倒不是因为在输油管或输气管方面研发出了什么创新技术，而是地球上最危险或最棘手的地方，不论是深海里、高山上或地震带上，他们都有办法架设管线。柯氏企业真正起飞，是二十世纪六十年代，当时他们发明了一种革命性的新科技，即使在永久冻土——即几乎全年结冻的地层——也能牢固地装设输油管……于是就在冷战时期，他们开始外销这种管线，不但销到西伯利亚，也销往阿拉斯加……

在贝尔福－蒙贝利亚医院白色的回廊里，柯雷昂喜怒丝毫不形于言表，令被媒体穷追不舍的院方人员印象极为深刻。

"请随我们来。"一位女护士匆忙地说。

"她在哪里？"

"在育婴室。请放心，她很好……"

"是谁在照顾她？"

护士有些讶异，迟疑了一会儿，支支吾吾回答：

"是……是莫伦兹医生。昨晚是他值班……"

柯雷昂眼神中流露出质疑之意，他一个字都不必讲，护士便自动补充：

"柯先生，您运气很好，他是我们医院的王牌之一。他还在，您若有问题统统可以问他……"

　　柯雷昂嘴角微微上扬，可能代表满意，也可能是存疑。他毫不犹豫地以坚定步伐继续前进。院方特别把他即将经过的廊道都先清空。

　　昨晚，这位企业家在恐怖峰的空难中，失去了他的独子和儿媳妇。是这位擅长布局的企业总裁，在两年前要求儿子去掌管柯氏企业的土耳其分公司。年轻的柯亚历，是父亲跨国企业的内定接班人，这已经是公开的秘密。交棒的过程必须慢慢来。柯亚历在土耳其表现得可圈可点，他除了拥有扎实的理工学历背景，还充分利用了自己巴黎政治大学的文凭。他必须调和土耳其执政当局的不同派别，周旋在军方派和民主派之间……最终目标攸关整个柯氏企业的未来，接下来的数十年都系于这纸关键性的合约：柯亚历带着妻小离乡背井远赴土耳其，为的是能亲自交涉巴库①—第比里斯②—杰伊汉③这条输油管，它是世上第二长的输油管，长度近两千公里，从里海一路通至地中海，其中一千多公里横跨土耳其境内，终点在地中海东南岸、紧邻叙利亚边境的土耳其小港杰伊汉，杰伊汉也是柯亚历一家人的据点。这是放长线钓大鱼——两年来，案子一直停滞不前。柯亚历与妻子美珞，和他们的女儿薇娜，一年之中大多时间都待在土耳其。薇娜当年六岁，其中两年是在土耳其度过的。美珞自从怀孕就不曾再回过法国：她身子虚弱，导致怀孕过程十分艰辛，医生不建议她长途跋涉，搭飞机更是根本不准……分娩过程倒是非常顺利，地点在伊斯坦布尔巴克阔区一家最大的私立妇产医院，小薇娜也得以抱一抱心爱的妹妹丽萝……远在法国的柯雷昂和他太太玛蒂，收到一张漂亮的报喜卡片，和一张有点模糊的小孙女照片。反正不用急，预计一家人一九八〇年圣诞节就能团圆了。按照每年惯例，薇娜于圣诞长假一开始便先行飞回法国，比她父母早一星期。家中的其他成员，亚历、美珞和小丽萝，预计再过几天，

---

① 阿塞拜疆的首都。

② 格鲁吉亚的首都。

③ 杰伊汉（Ceyhan），土耳其南部城市。

十二月二十三日晚间，搭乘从伊斯坦布尔飞往巴黎的班机与他们会合……坐落在马恩河畔古福蕾区、占地辽阔的柯家豪宅，已笼罩在浓浓节庆气氛中。薇娜这个淘气又人见人爱的六岁褐发小丫头，不论在土耳其或在法国都像个小将军，为了迎接妹妹，她指挥了家中上上下下的用人，从大门口到丽萝的房间，包括樱桃木的大阶梯在内，一路挂满了白色和粉红色的毛线球。

说到薇娜呀……

请容我搁置正在蒙贝利亚医院廊道里昂首阔步的柯雷昂，容我暂且离题一下，先好好介绍介绍薇娜。这很重要，你听了就知道。

所以，来说说薇娜。

我想，若说有谁打从一开始就没喜欢过我，她算是其中一个……这么说还算是客气的了。奇怪的是，我对她也是一样。尽管我一再试图说服自己，说她的疯狂举止并不能怪她，说若不是这场悲剧，她想必会成为一个优秀又有魅力的女人，会成为一个出身良好且嫁入好夫家的大家闺秀……但是，这些年下来，这个丫头越来越变态，总是令我浑身不自在……她和她祖母恰恰相反，她从来就不信任我；她大概感觉到我老是当她是怪物。对，真的是怪物！这些年下来，那个人见人爱的六岁小女孩确实成了个怪物。一个丑陋、尖酸且捉摸不定的神经病……但，算了，不提了。现在依然不是谈这个部分的时候……倒霉一点的话，这本札记有可能落入那个疯婆子的手中，谁知道她读了这些字句会有什么反应！

还是回来谈谈把她逼疯的事情吧，谈谈那个奇迹，或严格来说，是那个看似奇迹的幻影。

在贝尔福－蒙贝利亚医院里，柯雷昂一直保持某种疏离感，这次终于没人再把这认为是冷漠，而是勇敢镇定。他表现得很淡定，即使是他首度见到孙女，隔着玻璃听不到她的哭声时也一样。

"这就是她。"护士小姐说，"就是你面前的这个床位。"

"谢谢。"

他的音调清晰、平静且镇定。护士向后退了三步。她听说丽萝是柯雷昂如今仅存的骨肉……

此时此刻，这位杰出企业家的信念应该崩溃了吧。至少也该动摇了……当然，柯雷昂并不像妻子玛蒂，是个那么虔诚的天主教徒。他之所以信教只是因为受洗了，也为了社交方便，以便让科学的理智别在他丈人家族里，和在古福蕾地区影响力庞大的天主教善良风俗圈里，惹来太多的非议。但在这种时刻，即使是最理性的人，应该也很难不去想死后的世界吧。很难不一方面对一位夺走你独子的残酷上帝感到愤怒，一方面又对一位基于愧疚，或许基于补偿心态，而答应救你孙女一命的小气上帝心存感激和原谅。就只救她而已……

丽萝在她的玻璃箱里无声哭泣着。

"这是奇迹。"声音从他背后传来，是莫伦兹医生，他穿着一身白袍，有着牧师般的笑容。

多年后，当我和他见面，听他叙述这一切时，他的笑容依然没变。

"她的状况出奇地好，没有任何后遗症。只是为了安全起见才把她留院观察，她其实已经完全恢复。要我说的话，这真的是奇迹呀……"

还是谢谢那上面的你了，柯雷昂应该还是这么想过。

就在这时候，一位护士来找莫伦兹医生，说有一通找他的电话。对，很急。很急而很奇怪。莫伦兹医生留下柯雷昂独自站在他小孙女的玻璃箱前。

医生心想，让柯雷昂独处，柯雷昂就有机会能好好哭一哭了。莫伦兹医生和大家一样，喜欢看到悲剧的结局是圆满的，或至少希望结尾能比开头圆满。他从护士手中接过电话筒时，心中仍是感动的。

电话另一头的声音仿佛是从天涯海角传过来的，语气既严肃又焦急。

"医生，您好，我是飞机上小婴儿的祖父。您知道的，就是夜里汝拉山上的那场空难。是总机帮我转来您这里……她还好吗？"

"好……很好，请放心，一切都非常好。我想她甚至再过几天就能出院了。况且，她的爷爷已经赶来了。需不需要请他来接电话……"

电话那头一片沉默。这一刻起，莫伦兹医生马上感到有哪里不对劲。

"医生……抱歉，您可能弄错了……我就是婴儿的爷爷。而且我的孙女并没有外公，我的儿媳妇是孤儿……"

莫伦兹医生的手指感到一阵焦躁的刺搔感。他沸腾的脑袋里急速想象着各种可能性。一场恶作剧？记者为了打探消息所使出的伎俩？他必须进一步厘清。

"请问您指的是昨天夜里从伊斯坦布尔飞往巴黎的班机的事故，对吧？奇迹生还的小女婴？小丽萝？"

"不，医生……"

医生从对方语气中，感觉到对方如释重负地大大松了一口气。

"不，医生，"那个声音放心地说，"您误会了。生还的小婴儿不叫丽萝……她叫米莉。"

莫伦兹医生的额头直冒汗珠，他从来不曾这样，即使在手术台上也不曾如此。

"先生；很抱歉，可是不可能呀。孩子的祖父已经赶来医院了，柯先生现在人就在这里。他去看她了，也确认是她了，确认她就是丽萝……"

接下来是一段使电话线双方都很尴尬的沉默。

"您……您住的地方离蒙贝利亚远吗？"莫伦兹医生试着问。

"迪耶普……上诺曼底的迪耶普。"

"哦……那么……那么我想最好的办法……请问贵姓？"

莫伦兹医生笨拙地拖延时间。

"姓韦，韦皮耶……"

"那好，韦先生，我想最简单的办法，就是打电话去蒙贝利亚派出所。他们应该正在确认乘客的身份。我只知道这样了……他们应该有更多信息可以提供给您。他们可以回答您所有的问题……"

当下，莫伦兹医生感到愧疚，自己竟然像个踢皮球的公务员，把一个沮丧的可怜人踢去对面的窗口。他感觉得出来，在电话线的另一头，在迪耶普那里，一旦挂上电话后，对方一定会崩溃，仿佛他的小孙女又死了一次。但莫伦兹很快就放宽心。说到底，这也不是他的错。这整件事情太扯了。这个家伙一定是弄错了。

他们挂掉电话。

莫伦兹医生开始犹豫着是否该把这通奇怪电话的事告诉柯雷昂。

韦皮耶缓慢放下电话筒。他的妻子妮可忧虑地站在他身旁：

"结果呢，米莉还好吗？他们怎么说？"

她丈夫无比温柔地望着她，他向来都是这么温柔。他语调轻柔，仿佛是他的错似的：

"他们说生还的小婴儿叫丽萝，不叫米莉……"

有很长一段时间，韦妮可和韦皮耶一句话也没说。人生并未特别眷顾他们。把两个歹命人放在一起，有时能得到正面的结果，就像负负得正那样。他们携手并肩，曾一同熬过捉襟见肘的日子、意外事件、疾病和生活的柴米油盐，且从不怨天尤人。永远都是这样，不懂得哭闹就讨不到糖吃……由于韦家人从来不曾对人生表达过什么不满，人生便也毫不客气地让厄运一而再、再而三地降临。二十多年来，韦皮耶和韦妮可把身体搞坏了，皮耶是背坏了，而妮可则是肺，他们开着一辆特别改装过的橘色和红色的雪铁龙H款厢型车，四处贩卖薯条、热狗和其他油炸食物，足迹遍及迪耶普的海岸和北部的所有海边，就看有什么活动、什么节庆，或看天气如何……天气呀，很少是晴朗的。他们挤出时间生了两个孩子，反将人生一军，人生则夺走了其中一个。他们的长子尼谷，在一个下雨的夜晚，在离家不远的克里意苏美市骑电动脚踏车不幸身亡。

厄运对他们穷追猛打，然而破天荒头一遭，就在距离现在刚好两个月前，他们赢得了某样东西：博德鲁姆甘贝特的十五日旅游行程。

博德鲁姆甘贝特？博德鲁姆甘贝特在哪里呀？

在土耳其。是个伸入地中海的半岛，半岛沿岸林立着四星级饭店度假村，是个可以把折叠躺椅放在清可见底海水里的人间天堂。一切费用均已包含在内。那饭店简直像皇宫！这是他们偶然赢得的，是家乐福周年庆举办抽奖时，他们随手把一张抽奖券投入透明抽奖箱而得来的。被抽中的是他们儿子帕斯的那张抽奖券。只有一个问题：必须在一九八〇年年底以前出发才行。可是这样真的有困难……帕斯和他的妻子黛芬，两个月前才刚迎接了可爱女儿小米莉的到来。照顾上，他们的长子马克已经两岁了，倒不是问题，爸妈出去旅行时，他可以暂住祖父母家。可是小米莉就比较麻烦了，黛芬仍在喂母乳，再说她一点都不想丢下女儿，自己出远门十五天……机票限本人使用，不可转让……如果不想错失机会，就只能带着小女儿一起去。

结果他们去了。他们从来没坐过飞机。黛芬的梦想都藏在那双爱笑的眼睛里，她觉得世界就像个等着人去啃的大苹果。在她的小天地里，她一直以为那是自己无缘一尝的禁果。

他们以为，既然好运终于微笑了，就该欣喜迎接它才是。但他们其实应该要慎防才对，永远都要慎防微笑。帕斯、黛芬和米莉预定于十二月二十三日降落巴黎戴高乐机场，在巴黎逗留一天，逛一逛圣诞橱窗。这又是黛芬的梦想之一。黛芬是孤儿，很讨人喜欢，韦家上上下下都很疼爱她。黛芬也以相同的温暖回报他们。其实，就算没有这趟土耳其之旅，她也已经很幸福了。她最幸福美满的童话故事，就是她心头的两个宝，马克和米莉，还有宠爱他们的爸爸和爷爷奶奶。

韦皮耶和韦妮可，是于早上七点收听法国联播网电台的新闻快报时，一同得知了不幸消息。

他们每天早上都会收听广播。

他们面对面，各自坐在拥挤厨房里小餐桌的两侧。许久，两个几乎还没开始饮用的陶碗——皮耶的碗里装了咖啡，妮可的碗里则装着茶——就这么一动也不动，毫无半点波纹，仿佛结冰了似的，被这一秒愣愣凝固在这里。在柏磊区——这个宛如小岛般坐落在迪耶普港都中心的旧渔村区的伯修尔街上的这栋渔民小屋里，这一秒仿佛瞬间夺走了所有生命。

"为什么是丽萝？"韦妮可忽然大吼。

街上所有房子是互相比邻的。这条巷子里有十来户人家，家家外观一模一样。在这里，谁家发生什么事，大家都听得一清二楚。妮可的呐喊穿透了所有邻居家的墙壁。

"那小婴儿，她为什么会叫丽萝？啊？谁告诉他们的？难不成是那孩子自己说的？是她自己把自己的姓名告诉消防队的吗？！既然飞机上有个三个月大的小婴儿，一个蓝色眼睛的小女孩……那就是我们家的米莉呀！她还活着。谁敢有意见？他们怎敢有意见？他们啰里啰唆，因为她是唯一的生还者，他们想要把她从我们这里抢走，因为只有她活了下来……"

妮可眼眶满是泪水。尽管天气很冷，但一些邻居纷纷从家里出来关切。她崩溃在丈夫怀里。

"不，皮耶，答应我……不，皮耶，不可以让他们抢走我们的孙女，她好不容易才从飞机逃出来，不可以再被他们抢走。你一定要答应我。"

在紧邻着客厅的小房间里，年仅两岁的小马克被祖母的呐喊给惊醒，开始放声大哭。然而以他的年纪，明明还无法理解这些事，他后来甚至对这个不幸的早晨一点记忆也没有。

一九九八年十月二日，早上九点二十五分

马克从爵爷的札记本上抬起头来。他激动落泪。

是的，他当然对那个不幸的早晨一点记忆也没有。直到读了这篇记录……

像这样重新认识自己儿时悲剧的每一个细节，有一种怪异、不真实的感觉。

列宁酒吧里，他四周的躁动令他头晕目眩。学生会的那五个家伙离开了，离开时依然打打闹闹，酒吧的玻璃大门在他们身后关上。马克的手捧着脸，不着痕迹地拭去眼角的泪珠。他缓缓深呼吸，一面思索着。毕竟，他几乎已经知道这个故事——他的故事的所有内容了。

几乎了……

马丁尼挂钟显示着九点二十五分。

但他其实还在故事的开头而已。

6

一九九八年十月二日，早上九点十七分

柯薇娜用她的毛瑟 L100 款手枪敲了敲玻璃箱。里面的蜻蜓几乎动也没动。只有最大的那一只——即身躯有着红色光泽且翅膀很大的那一只——试图飞起来，才飞起几厘米又掉回饲养箱底部，卡在十来只已经死亡的其他蜻蜓残骸之间。柯薇娜想都没想过要把饲养箱的通风系统再接回去，或把盖子打开好让还活着的蜻蜓能逃出来。她宁可看着它们这样受尽折磨。毕竟，这个乱葬岗也不是她造成的。

她用手枪的枪口再度敲了敲饲养箱，敲得更用力了。只要一晃动饲养箱，这些蜻蜓就在缺氧的空气中，吃力地挥动沉重的翅膀，它们的困兽之斗令她看得着迷。

薇娜就这样待了好几分钟。这些蜻蜓呀，都去死吧！她才不管呢。她不是为了它们而来的。她是为了她自己唯一仅有的蜻蜓——丽萝而来。薇娜在屋内走动。客厅的镜子映出了她的身影，令她吃了一惊。她忍不住端详自己的映象，心中蹿起一股恶心反感的感觉。她讨厌从准准的正中央，把她又直又长的头发分成左右两半的这条白色头皮；她讨厌自己身上的天蓝色蕾丝高领毛衣；她讨厌自己扁平的胸部、干瘦的手臂，和仅仅四十公斤的身体。

走在街上，路人总以为她是十五岁少女……至少从背影看起来是如此。

转到正面一看——她对他们眼神中的讶异早已习以为常——他们愕然发现眼前的竟是个老女孩：一个二十四岁、一身二十世纪五十年代打扮的老女孩。

她才不管。

十八年来一直对她说着相同的话的所有那些人，她觉得他们烦死了：包括十几位陆续放弃的知名心理医生、小儿精神科医生、营养师、有水平没水平的专家……还有她的祖母。他们那套陈腔滥调，她听得都会背了。拒绝成长……拒绝增重。拒绝老化。拒绝放下。拒绝忘记丽萝。

丽萝。

放下，忘掉她……

那样根本是在说，杀了她……

她转过身来，走向壁炉。她不得不从那个尸体上跨过去。她打死也不要放开右手里握着的毛瑟手枪。这种事谁也说不准，就算这个姓爵的王八蛋不可能再站起来也一样。他心脏中了一颗子弹，头部倒卧在壁炉里。

她用左手抓起拨火棒，不太灵活地拨弄灰烬。

什么也没有！

这个混账爵轻信什么也没留下！

薇娜越来越焦躁地舞动那根铁棒，不时敲到爵轻信的脸，掀起一阵黑色尘烟。总该有个蛛丝马迹、一页没烧完的纸张，或一丁点的线索吧……

她不得不面对现实。她拨弄的只是一些小得不能再小的焦黑纸屑罢了。

一盒盒的数据匣在地板上一字排开。数据匣侧面以红色麦克笔标记着日期：一九八〇、一九八一、一九八二至一九八三、一九八四至一九八五、一九八六至一九八九、一九九〇至一九九五、一九九六……

全都是空的，完完全全的空空如也。

就像某些时候那样，一股无法压抑的无声愤怒，在薇娜心中咆哮着。所以，这个该死的爵轻信真的把他们当白痴耍了！她祖父母十八年来支付薪水给他，年复一年地核销他出差时的每一笔花费，难道就为了这个？

为了一把灰烬！

薇娜任由拨火棒掉落在地上，在木质地板留下一道黑色印痕。这个浑蛋是用他们家的钱才买下了这栋房子的，这栋位于凯伊丘精华地段的豪宅……是用他们家的钱买的！结果到最后，怎样？居然把证据统统烧光，嘴巴也闭上。而且是永远闭上了！

她握手枪握得更用力了。

柯薇娜对爵轻信的同情，并不比对死在饲养箱里的蜻蜓来得多。

应该还更少。

这个浑蛋最后中枪死在自己家里，鼻子、眼睛和嘴巴埋在自己谎言的火堆里，只是罪有应得而已。他想赌一把，想脚踏两条船，结果输了。她可不会为了他这下场掉眼泪。说到底，唯一会令她遗憾的，是从今以后他再也不能说话了……但她不会放弃，现在这样就更不会了。她绝不会抛下妹妹。她会像一直以来那样，永远为她挺身而出。她的丽萝呀，她的蜻蜓。她必须继续寻找，必须查出真相。

好比说那个札记本，也就是爵轻信这些年来天天做笔记的那个札记本。据她的了解，是一个淡绿色封面的本子。到底被他藏去哪里了呢？他把它交给谁了？

薇娜走到厨房里，环顾四周。一切似乎干净又整洁。一根钉子上挂着一条蓝色抹布。反正，每个角落她都搜过了，什么也没发现。不论是厨房或其他房间，全都井然有序。这个姓爵的果然是个龟毛的家伙。

这套屋子是个死胡同，她必须好好想想。

薇娜回想起姓爵的二十九日晚上打来给祖母的那通电话。他声称有了新发现。终于！经过了这么多年，还是在丽萝成年前几分钟。甚至还更好，是在午夜的几分钟前。他提到一份旧报纸《东部共和报》，说他十八年后只因重新翻开了这份报纸，居然有了新发现！

最好是啦！

那个王八蛋，一定在瞎掰！

她祖母如果还愿意听爵轻信鬼扯，很可能会再上当一次。但她可不会……《东部共和报》。整整十八年后？刚好半夜十二点的时候？哪儿有这么巧的事……

太扯了。

他只是想拖延时间啦。他的合约正是到丽萝年满十八岁的当天为止，之后就不能再花钱如流水了，他是随便搪塞个说法，好在最后再揩一点油而已。她祖母老糊涂了，别人说什么都照单全收，她太相信这个姓爵的，这么多年来，他已经吃定她了。薇娜凝视着办公桌上的铜质头衔牌。爵轻信，私家侦探。

怎会有人取这么呆的名字！

对，他自以为吃定他们了，吃定她的祖父和祖母了。

可是她才不会像他们一样！

她是自由的，她脑袋清楚得很。她看穿了他的双面人把戏。姓爵的向来比较喜欢那些姓韦的。他是他们那一国的！一直以来，爵轻信都不信任她，仿佛她是个怪物。他总是防着她。

防不胜防呀！

薇娜朝办公桌看了最后一眼，悻悻地离开客厅，走进屋内的小玄关。她锐利的眼神，望着收在一个大花瓶里的几把伞，和挂在挂衣钩上的几件长外套。这里也一样，毫无异状。

她忍不住在门口窗台边停了下来，望着上方那几张用磁铁吸附的照片。有一张欧纳金和他那个肥胖如牛的土耳其老婆的结婚照，欧纳金是爵轻信的得力助手；当然，还有一张韦妮可的照片，她穿着那件丑死人的卖薯条爆乳装。每天早上，姓爵的披上外套、拎着小雨伞出门前，大概总忍不住对着那个姓韦的女人的奶子色迷迷地流一番口水吧。

薇娜漫不经心浏览着玄关里的其他照片。都是些山区风景照，八成是汝拉山区吧。恐怖峰、蒙贝利亚。

她仍记得。在那边的医院，她认出那个小婴儿是她妹妹。当年她六岁，是唯一尚在人世的证人。

丽萝还活着。有人抢走了她的妹妹。

拒绝放下那些什么的鬼话，他们爱怎么说就怎么说。

她永远、永远也不会抛下她不管。

薇娜逼自己打起精神，她必须采取行动。她回到客厅，再度跨过爵轻信的尸体，最后一次扫视了壁炉、饲养箱、办公桌……她刚才是打破了外头有蜀葵花遮住的卧室窗户，偷闯进来的。现在屋内到处都是她留下的指纹；警方迟早会在邻居的通报下赶来。她必须谨慎为上，不是为了她自己，她才不在乎自己，是为了丽萝。她必须保持自由之身，她得把自己在这屋内所留下的痕迹一概抹掉才行。运气好的话，说不定还能发现某个之前忽略的细节。搞不好能意外发现那个该死的绿色札记本！

混账爵轻信在札记里到底写了些什么？他真的在丽萝十八岁当天，从札记里发现了什么，发现了真相吗？

什么真相？

他是胡扯的吗？

她有必要冒这个险吗？

她一定得找到札记本……

不管怎么反复推敲，都觉得他应该已经把它交给了韦家人……然后才朝自己心脏开一枪。这挺像是他会做的事。像是某种生日礼物一样。搞不好，这札记本呀，现在正在那个变态韦马克手中，搞不好他还正在读它呢。

7

一九九八年十月二日，早上九点二十八分

韦马克凝视着马丁尼挂钟。

他正前方最靠近的那张桌子，坐了一名头发剪成很短男生头的深褐发女大学生，她正用汪洋般的大眼睛凝望着马克，一般男人必定毫不犹豫跳入这片海洋。

马克无动于衷地别过头去。

结果想必更激起了这位美女的兴致。这个若有所思的金发男生，似乎沉浸在自己的悲伤里，那双透着泪光的眼睛，竟对她视若无睹，仿佛她是隐形人。能够对她的美貌不为所动的男人，应该少之又少。所以，会吸引她的，总是一些心有所属的男人，或无法探入的空壳。

马克反复思索着爵爷对他父母帕斯和黛芬的描述。他对父母的记忆只剩下一些老照片了。他举手呼唤茉莲。她以为他想提前跟她索讨礼物，想少等个几分钟，她一脸不以为然地望向挂钟。

"茉莲，给我个可颂面包好吗？我今天早上都还没吃……我不习惯跟丽莉约这么早！"

茉莲放心了，露出大大的笑容。

过了几秒钟，她用盘子把面包端来。列宁酒吧里变得闹哄哄的。有着深邃眼眸的美女大学生依然对马克锲而不舍，殷殷渴望他回她一个眼神。

白费力气。

马克撕下半个可颂，一口吃掉。

九点三十三分。

他再度沉入爵爷的笔记里。

爵轻信的札记

我想，你一定也同意，对于韦家人和柯家人来说，人生实在是个不可理喻的神经病……它先告诉他们，一架空中巴士摔了，没有生还者，瞬间夺走他们未来所仰赖的两代骨肉，儿子和孙女……然后，过了一个小时，它又喜滋滋向他们宣布，奇迹出现了：最小、最脆弱的孩子躲过了一劫。使人简直要感到快乐，简直想要感谢老天，简直要忘掉失去至亲的痛苦……可是，人生把刀子抽出来，只是为了第二次能插得更深。万一这个奇迹生还的小生命、这个你骨肉的骨肉、这个你最宝贝的宝贝，其实不是你的呢？

一九八〇年十二月二十三日这天，一大清早，蒙贝利亚警察局里便忙得不可开交，由局长瓦特列亲自坐镇。瓦特列是个老练又有干劲的警察，一脸的棕色大胡子率性没刮，但和他身上的皮夹克倒是颇为相称。土耳其航空公司早上七点就把旅客名单传真进来了。偏偏就有这么巧的事，伊斯坦布尔阿塔图尔克国际机场的那些柜台服务人员一定啧啧称奇吧，那架班机上，居然有两个小婴儿，两个几乎在同一天来到世界的法国小女生。

柯丽萝，一九八〇年九月二十七日出生

韦米莉，一九八〇年九月三十日出生

也未免太巧了吧，你一定这么想。我后来查过数据，飞机上出现小婴儿，根本不是什么罕见稀奇的事。这种事反而很常见，尤其是旅游旺季的远程航班。如今经济已趋全球化，一家人总有某些场合需要聚在一起，譬如聚在圣诞树前、围着庆生蛋糕、参加婚宴、出席葬礼或其他活动……平常不太会去注意，但如今我清楚地知道，飞机上到处都是小婴儿呀！

瓦特列后来告诉我，起先，他的下属们感到挺有趣的……两个小婴儿……怎么知道生还的是哪一个呢？其实，警方应该觉得这案子很快就能终结。要叫一个小婴儿说话并不难：眼睛、肤色、血型、消化道残余物、衣着、个人物品、亲人……这么多的线索，大概有些还用不上呢……

只不过动作得快。有一大群记者紧追在警方背后跑，这个案子对媒体而言堪称天上掉下来的礼物……你想嘛，小孤儿只有一个，却有两家人抢着要！再说，这毕竟关系到一个小女孩的未来，总不能都过了好几个月，还让她待在贝尔福-蒙贝利亚医院的育婴室吧，必须即刻展开调查，厘清真相，做出决定，把她交还给她的家人。一九八〇年十二月二十三日，才下午两点，柯雷昂招来的一支巴黎律师团队已抵达蒙贝利亚，全都是用天价请来的，他们负责每一步都紧跟着瓦特列的那些调查警察，并确认每一项细节……

就法律层面而言，这案子很棘手。然而，司法部短短几个小时就做出了裁示：由蒙贝利亚分局负责侦办调查，但最终将由一位儿童法官，在聆听各方说法和证词后做出判决。整个过程当然不对外公开。判决最晚以一九八一年四月底为限，以免影响该名孩童的身心健康，其间她将先由贝尔福-蒙贝利亚医院的育婴室照护。一如众人预料的，司法部随即任命勒尚陆法官审理此案，勒尚陆是巴黎高等初审法院这个领域最知名的法官之一，著有十余部著作，论述父母不详之孩童、身份调查、领养……可说是不二人选。

隔天，十二月二十四日，勒法官到了傍晚才好不容易凑齐这个临时组成的工作团队，一想到部分的圣诞夜将不得不在这个案子中度过，成员个个显得意兴阑珊。成员包括蒙贝利亚分局局长瓦特列、从昨天起便一直监管着小女婴状况的莫伦兹医生，还有圣西蒙，他是驻土耳其的法国大使馆警察，通过电话和他们联络。

后来，我统统听过他们谈这场很超现实的会议，会议地点是巴黎叙弗朗大道上一间很大的会议室，窗外有着毫无遮挡的辽阔景观：冬季白色天空下装满了灯饰的埃菲尔铁塔……这年圣诞夜注定没有彩带也没有礼物了。他们自己的小孩在家里圣诞树旁等待的同时，他们必须在这里，精准且专业地评估一个三个月大小女孩的未来。

勒尚陆法官觉得自己很倒霉，他和柯氏夫妇算是略有认识。他曾在巴黎的一两次晚会上遇到过他们，这类晚会总是动辄上百人，各自赶往奥斯曼大道上不同的大楼会厅。让我想想，如果我是他，在他脑袋里，一定有个小声音一直悄悄跟他说：但愿这小女孩是柯家的孙女，不然我就吃不了兜着走了……

二分之一的概率……不是正面就是反面。

可是初步看来，这铜板并不想落在对的那一面。

多年后，我见到勒法官时，他和事发当年依然是一个模样：严格、精准、一丝不苟、淡紫色的围巾配上深红色的领带。真不晓得缠在这么紧的西装里，他到底怎么有办法获得受创孩童的信任，和搜集孩子们的证词。勒法官每次开会都有录像记录下来。他把影带统统交给我，面对柯家，他不能说"不"字。这样我就能还原当时：你既能听到声音，也能看到画面。至于要下什么定论，全凭你自己。

"我尽量简单扼要。"勒尚陆法官劈头就说，"我们都赶时间，不是吗？我先从有关柯丽萝的资料开始。她将近三个月前出生于伊斯坦布尔。只有她父母真正见过她，但柯亚历和柯美珞，把有关她的一切，统统带上了那架从伊斯坦布尔飞往巴黎的空中巴士。她的玩具、衣服、照片、药物、健康记录簿等，一切都随着飞机付之一炬了。圣西蒙，在土耳其那边，你挖到过别的证词吗？"

放在桌上的电话扩音器，传来这位驻大使馆警察充满浓浓鼻音的声音：

"不算有……除了曾隔着厚重蚊帐瞥过丽萝的几名土耳其用人之外，唯一亲眼见过丽萝的，仍旧只有她六岁大的姐姐薇娜而已……所以……"

勒尚陆已经开始觉得事态不妙。遇到这种时候，事情逐渐有点失控时，他总会站起来，拉一拉围巾的末端，好让顺着外套垂下来的两端能是一样的长度。也算是他的一种怪癖吧。当然，关于布料摩擦这种事的最神秘之处在于，该死的紫色围巾永远在滑来滑去，要么右边多滑一点，要么左边多滑一些，就算勒法官本人并不觉得自己有丝毫移动过脖子也一样。瓦特列警官看到勒法官与围巾纠缠，忍不住偷笑，连胡子都快遮不住笑意。他接着说：

"我和柯家的祖父母长谈过。其实，主要是和柯雷昂谈啦。他们对孙女的认识，只凭电话中的少许模糊描述而已。他们也有一张丽萝的照片，是她出生时连同报喜卡片一起邮寄来的……"

"照片上有什么特征吗？"

瓦特列警官眉头一皱：

"几乎没有。她母亲正在喂母乳给女儿。丽萝背对着镜头……隐约可以看到脖子和一侧耳朵，就这样而已了……"

勒法官焦躁地把围巾往右侧拉扯……看来，柯家人出师不利呀。

在此请容我透露一下，接下来的几个星期，柯雷昂找来一些非常权威的专家，信誓旦旦表示奇迹生下小女婴的耳朵，和丽萝出生照片上的一模一样。我后来自己也仔细看过照片和分析的文章：不论像或不像，还真得昧着良心才有办法把话说得那么死。勒法官还没沦落到那种地步，他继续剖析小女婴的家谱。

"丽萝的外祖父母呢？"他问。

蒙贝利亚分局局长瓦特列，惆怅地望了望如巨大圣诞树般闪闪发亮的埃菲尔铁塔，然后一面翻看自己的笔记，一面说：

"丽萝的母亲美珞，来自加拿大魁北克的贝氏家族，在家中排行第四。贝家一共有七名子女，且已有十一名孙子。美珞在多伦多的一场分子化学研讨会上认识亚历时，便已与娘家相当疏离。贝家人似乎是支持柯家的，支持得很低调。"

"好，这方面再想办法深入一点好了。"勒尚陆法官说，"来谈谈韦米莉。显然，她留下的证据比较多……"

"算是啦，"瓦特列忍不住叹气，"但她的健康记录簿、行李箱、奶瓶、围兜，也都随飞机一起化为乌有了。我简单说一下。从她出生到两个月大这期间，她的祖父母一共见过孙女五次，其中两次是在刚出生的那周，在迪耶普的诊所，一次是搭飞机的当天，帕斯和黛芬把马克送来给他们照顾。但当时米莉睡得很熟。"

瓦特列局长转向莫伦兹医生，莫伦兹医生首度开口了：

"他们来贝尔福－蒙贝利亚医院见到小婴儿时，我也在场。韦家夫妇立刻就认出是他们的孙女……"

"那是当然了。"勒法官插话说，"那是当然了，他们当然不会说不是……"

勒尚陆无奈地叹了口气，手指把围巾向左侧扯了一下。瓦特列警官提高了音调：

"总不能叫四个编了号码的小婴儿排排站，再要祖父母隔着单向玻璃指认吧！"

"你们搞不好就该这样。"勒法官并未微笑，严肃地说，"就能节省一些时间……"

瓦特列耸耸肩，继续说：

"重点是，韦家祖父母手上没有任何照片。据他们说，黛芬替女儿做了一本小相簿，内有十二张照片，她总是随身携带。合理的假设是，它也在大火中烧光了。"

"那底片呢？"勒法官问。

"为了找那些该死的底片，迪耶普警方搜索过韦帕斯的家，从地板到天花板都翻遍了。目前什么也没找到。黛芬大概也随时带在自己身上吧，或许就收在相机套里……"

或许……

后来，那些该死的底片呀，我自己也找过。你想嘛，要是能弄到一张孩子的照片该有多好！不必卖关子，至少在这件事上就免了。我现在就可以告诉你，根本从来没找到过！除了假设照片随飞机一起消失了，或假设韦家人私自动了手脚之外，我一直觉得柯雷昂也大可趁警方想到之前，先一步闯入韦帕斯和韦黛芬的家，销毁所有不利于柯家的证据。这种事，他是做得出来的。这样你大概就知道存在着多少种可能性了。

勒尚陆法官感觉自己的颈背在冒汗，围巾宛如肩膀上的一条蛇，老是滑来滑去。这个案子简直在整人嘛。

"好啦。"他说，"我们已经几乎兜一圈了。韦米莉其余的家人呢……也是没头绪吗？"

"或许可以这么说吧。"瓦特列局长答，"母亲黛芬是孤儿，父母不详，从小在奥德基金会鲁昂分会的孤儿院长大。她还不满十六岁时，在某家露天咖啡馆对韦帕斯一见钟情。简单来说，小米莉——如果生还的是她——在这世上的亲人，只剩下祖父母韦皮耶和韦妮可，及哥哥马克了。"

勒法官的目光迷失在大玻璃窗外的远方，在使埃菲尔铁塔宛如一个星座的众多灯光上方，寻找着一个方向，寻找着一颗可以在这个平安夜放心依循的指引之星。

我照这样下去还可以讲很久，讲时间是如何空转虚耗掉的，讲他们之间是如何提证和辩驳的。除了会议影片外，接下来几个星期之中，勒法官手上累积了近三千页调查报告，我都仔细读过了，我个人的调查记录就更甭提了。别担心，我之后会再谈这个部分，至少会再谈谈我认为重要的一些细节。但我想你应该也不难明白调查人员所遭遇的困难和窘境了吧。不容易下定论啊，是不是？

该让铜板落在哪一面呢？到头来，我还是不知道。

所有这些线索，统统留给你了。换你来大显身手吧……

但我已经可以听到你不服气地问了……

那科学鉴定呢？衣服呢？验血呢？眼珠的颜色呢？所有其他的那些呢？

我就快说到了。

你不会失望的。

8

一九九八年十月二日，早上九点三十五分

马克把剩下的可颂面包吃掉，丝毫没抬头看那个简直不动的挂钟、看他面前的那位碧眼美女，或看吊他胃口的老板娘茉莲。他四周变得热闹起来，窗外的第八大学校园也是。虽然他一点也不会去怀疑爵爷的笔记内容，他仍必须继续读下去，把所有这些大多对他而言是新信息的内容装进自己脑袋里。

毕竟这是丽莉所希望的……

爵轻信的札记

大约过了两个星期，勒尚陆法官于一九八一年一月十一日又召开了一次会议。相同成员、相同地点、相同会议室，又是巴黎叙弗朗大道，只不过这次是早上。埃菲尔铁塔在寒雾中打哆嗦，空中飘着蒙蒙细雨，在塔底缓缓形成浅浅水洼，简直快看不到泡在水里的塔脚了。观光客排队的人龙，形成一条越来越长的雨伞小路。这个全世界最多人参观的景点，居然没有提供任何躲雨的地方给排队的观光客，连个玻璃遮棚也没有。

真是很离谱。离谱的事太多了。

勒法官心情越来越闷。有人通过高层管道让他明白，许多极具影响力的重量级人士，对柯家抱持深深的同情。

勒尚陆不是笨蛋，他懂这话的意思……只是他也必须依据手上的证据说话。总不能叫他捏造事实吧！

莫伦兹医生把有关血型的问题做成简报，刚完成说明。他带来一些艰涩的医疗分析报告复印件供大家传阅。

"所以，总的来说，"莫伦兹医生说，"我们这位奇迹生还小女婴拥有的是最常见的Ａ型阳性，法国民众百分之四十以上属于这种血型。而如我刚才所言，迪耶普和伊斯坦布尔的病历数据告诉我们，韦米莉和柯丽萝，两人的血型都是最常见的Ａ型阳性，这一点是十分确定的……"

想也知道，勒法官心想。

"难道从医疗检验方面，没办法得到更深入的线索吗？"他感到不耐烦。

莫伦兹医生以专业的口吻解释：

"要知道，验血只能用来排除亲子或手足关系，并不能用来确认。只有在牵涉到不常见的血型，或罕见遗传疾病时，才能用来确认关系……但现在的情形一点也不是这样。我们无法利用科学技术判断这个孩子的血缘关系。"

说到科学，我听到你又不服气了，你自以为聪明：那基因呢？ＤＮＡ呢？亲子关系鉴定和那一大堆有的没的的呢？请别忘了时空背景，我们现在是一九八一年！当年，ＤＮＡ鉴定这种事仍是大方夜谭。世界上第一桩经由ＤＮＡ鉴定而获得真相的司法案件，是一九八七年的事……所以你想！话虽如此，我向你保证，我们之后当然会再回来谈ＤＮＡ鉴定的问题；这是迟早有一天必然会出现的疑问……但届时奇迹生还的小女婴已长大许多，这整个问题的性质也起了很大的变化。科学并不是万能，一点都不是的，你接着看就知道。

所以一九八一年当时，在叙弗朗大道上开会的这几位专家，只能以既有的办法去思考因应对策。莫伦兹医生把一系列照片摊在桌上。

"这是默东实验室所建立的模型。是以人工仿真老化的一套计算机运算技术，以奇迹生还小女婴的脸部为基础，模拟她五年后、十年后、二十年后的模样……"

勒法官瞥了照片一眼，难掩恼怒之意：

"我做判决哪能依照这种玩意儿！"

关于这一点，他是对的。至少对了一部分。客观来说，模拟照片上长大以后的小女婴，长得比较像韦家人，而不那么像柯家人，但不能说很明显就是了，而柯家的律师团也动不动就喜欢拿这件事当笑柄。十八年后，身为年复一年站在第一线亲眼看着奇迹生还小女婴长大的人，我可以告诉你啦，那些以人工模拟老化的运算技术，根本是骗钱用的！

"还剩眼睛的颜色。"莫伦兹医生继续说，"那是奇迹生还小婴儿唯一的具体特征……以她的年纪而言，算是出奇地蓝。眼睛颜色仍可能改变或加深，但这起码是一项确定的遗传特征……"

瓦特列局长接着说：

"小韦米莉的眼睛是浅色的，已逐渐偏向蓝色，所有曾亲近过她的人，包括她祖父母、几位友人、医院育婴室的几位护士，皆证实了这一点。她的父母、祖父母，乃至于韦家几乎所有成员，眼睛都是浅色的。不过在柯家呢，父母和祖父母均为褐发，眼睛颜色则为深色的棕色。贝家那边差不多也是这样，我查过了。"

勒法官似乎快受不了了。这样不妙，对柯家人非常不妙。这个警察搞得他很烦。外头，蒙蒙细雨转为滂沱大雨，逆来顺受的观光客躲在一把把的雨伞下，继续在埃菲尔铁塔底部等候，堪称现代版的古罗马龟甲阵式 ①。勒法官站起来去按了个开关，好让会议室内更明亮一些。他的围巾往右边垂，但他并未调整它。

"嗯，是啦。"他捺着性子说，"又是个假设，依然一个具体证据也没有。大家都知道，如果父母的眼睛是棕色或黑色，生出来的小孩眼睛各种颜色都

---

① 古罗马士兵彼此靠拢所排列而成的方形阵式。第一排士兵立盾牌面向前方，其余士兵举盾牌面向上方，形成龟甲般的盾牌护墙，可抵挡敌方飞箭攻击。

有可能……"

"确实如此。"莫伦兹医生附和，"之后，纯属概率问题……"

概率……不管再怎么努力，它似乎都不太有利于柯家。我还记得几星期后，《科学与生活》杂志曾以"恐怖峰的奇迹生还女婴"为例，说明为何无法从一个人近几辈祖先的基因组成，来可靠地预测此人的外表特征。这样一篇文章偏偏挑在这种时候刊出，令我一直强烈怀疑是柯雷昂直接或间接指使的……

勒法官接着通过扩音器，询问人在土耳其的成员圣西蒙。

"真是的，那女婴的衣服呢？从坠机当天她所穿的衣服来得到一点什么具体定论，是有多难吗？"

圣西蒙平静地答：

"各位，请别忘记奇迹生还婴儿身上所穿的，是什么样的衣服：一件棉质连身衣、一件有橘色小花的白色长裙，和一件提花原色羊毛衣。可以肯定的是，衣服是在全世界最大的室内市集——伊斯坦布尔的大市集所购买的……"

勒法官认为机不可失，立刻问：

"韦家人的这趟土耳其之旅仅十五天，在伊斯坦布尔才待两天而已！小韦米莉身上穿的应该是随行李带去的法国衣服才对。如果再过几个小时就要回法国了，她父母不太可能还特别费神帮她改换成在伊斯坦布尔买的衣服吧！既然生还小婴儿身上穿了来自土耳其的连身衣、长裙和毛衣，那么我觉得她应该就是柯丽萝。毕竟她出生于伊斯坦布尔嘛……"

圣西蒙当下便提出了反驳：

"只不过，勒法官，请恕我直言，小婴儿身上穿的土耳其衣服却是廉价品……我查证过了，它们和柯家位于杰伊豪宅家中收在丽萝衣柜里的其他衣服，完全无法相提并论。我会再寄一张详细的清单给你。他们给丽萝穿的净是名牌服饰，都是去伊斯坦布尔的加拉塔萨雷区买的……不是在大市集买的！"

圣西蒙还来不及分析伊斯坦布尔各个市区在社会经济条件上的差异，勒尚陆便冷冷打断他：

"好啦，我会再看看。瓦特列，可以跟我们概谈一下弹道学方面的调查结果吗？"

瓦特列搓了搓自己的胡子，不太信任地看了看勒法官，说：

"专家们尝试过还原小婴儿是如何和何时从机舱被弹出来的。我们知道每位乘客的座位位置。柯氏夫妇坐在第十排靠窗，在机舱的略偏后方；韦氏夫妇则坐在飞机的中央，大约在机翼的位置。所以两个小婴儿和机舱门的距离大致相等，机舱门在经历坠机的撞击力道和爆炸后整个解体，小婴儿也因此从破口弹了出来。关于这最后一点，各方的看法是相符的。我为各位把资料带来了。专家们精准地还原了当时的撞击力道，和机舱门的扭曲程度，他们一致同意：只有十公斤以下的生命，才可能从这么小的狭缝中生存下来……"

"好吧，好吧。"勒法官打断说。这天，他围了一条芥末黄色的围巾，与他墨绿色的外套算是配得有点勉强。"但后来出现了泰氏理论……如果我记得没错，物理系的泰赛吉教授证明过，婴儿之所以弹出来，不太可能是水平运动所造成的，换句话说，韦米莉被弹出的可能性较低，因为她的座位在机舱的中央……瓦特列局长，你怎么看？"

"要我老实说的话，泰教授的计算公式太难了，难到全法国的警察——就算是科学警察出身的人——也没有一个人敢反驳他。但我还是必须强调，泰赛吉曾经是柯雷昂就读巴黎综合理工学院时期的同窗，也是柯亚历在巴黎高等矿业学校硕士论文的指导教授……"

勒法官直盯着瓦特列局长，仿佛他刚说了一句什么惊世骇俗的话一般。他挥舞双手，扯了扯自己芥末黄色的围巾，但举止太过焦躁，难以使围巾好好地两侧对称。

"要是连在综合理工学院任教的专家说的话都不能信了……"

瓦特列仅回以浅浅微笑：

"这个嘛，我并没有要反驳任何事的意思。这个领域我一点也不懂。我只能告诉你，在综合理工学院，我遇到很多其他教授，一听到泰氏理论都是扑哧一笑……"

勒法官叹气了。外头，埃菲尔铁塔已完全消失在浓雾中，上百名淋雨排队的观光客，想必是白等一场了。

我可以继续用无数页这类技术内容淹没你。还有无数个小时的会议录音记录。但我们就省省吧，不用那么麻烦了，至少现在先不用。

好几个星期过去了，司法上和科学上，这个案子都呈现一潭死水的停滞状态，除了两家当事人外，大家渐渐对这件事失去兴趣。

警方继续调查。

记者们呢，则无聊得要命。

至于一般大众，在"奇迹"刚发生那几天，非常关切事件的发展，由于迟迟没有具体证据，很快也失去耐性……专家们之间的口水战听得大家烦死了。这个谜团似乎无解。锋头过去后，警察们办案时尽可能保持低调。在柯家律师团这方面，他们用尽各种办法，让审理过程别太引起公众注意。假如这起案子可以由几位高层人物彼此先谈妥，对他们而言绝对是最为有利的。勒法官是个明理的人。

这一切的开端《东部共和报》，是到最后唯一仍坚持每天报道"恐怖峰的奇迹生还女婴事件"最新发展的报纸；报道的篇幅越来越短就是了。负责跑这条新闻的记者牟露西，数十年来都在采访法国东部各种最骇人听闻的新闻，这类新闻还真不少。她很快就遇上一个难题：该如何称呼这个奇迹生还的女婴？如果想保持客观中立的立场，就不可能称她米莉或丽萝……如"恐怖峰的奇迹生还女婴""大雪中的孤儿""躲过火劫的小婴儿"这类的婉转说法，又太过冗长拗口，她向来喜欢把文章写得简洁直接，以符合一般读者的胃口。她于一九八一年一月底左右得到灵感。想必你还记得，当年这时期，有一首夏雷立·顾杜尔的歌，天天在各电台强力播送，很不幸地碰巧搭上了这则时事，歌名是《没了翅膀的飞机》①……

牟露西由于受不了勒尚陆法官审理案件拖拖拉拉且态度畏缩，于一月二十九日发刊的《东部共和报》头版，刊登了一张全版"奇迹生还女婴"的照片，照片上女婴躺在医院育婴室的玻璃箱里，无人闻问，一等就是一个多月，照片下方用粗体引用了《没了翅膀的飞机》的三句歌词：

> 哦，蜻蜓，
>
> 你呀，你有着脆弱的翅膀，
>
> 我呢，我有着破碎的身躯……

牟露西不愧是经验丰富的资深记者，一出手便扣人心弦了。任何人再听到夏雷立·顾杜尔的这首歌，都无法不想到奇迹般生还的女婴，想到她脆弱的翅膀，想到破碎的机舱。对所有法国人来说，雪地里的孤儿成了"蜻蜓"，这个昵称就此沿用下来。连她的亲人都这么称呼她。连我也是。

真是笨死了！

什么蜻蜓嘛！

我甚至还一头热地对这种奇形怪状的飞虫产生了兴趣；花了大把钞票搜集它们……现在回想起来呀，真是的……这么大费周章，只因为有个爱洒狗血的记者，成功玩弄了一般大众的情感……

警察他们呀，就没那么浪漫了。提到孩子时，如果不想特别指明是哪一家的孩子，他们会用一个名字的开头，配上另一个名字的结尾，形成一个新的中性缩写名字。因此丽萝配上米莉，便成了丽莉……

丽莉……

是瓦特列局长当着记者们的面，率先使用了这个名字。

不可否认，这名字取得不错。要是警察偶尔浪漫一下，也还行嘛。就像"蜻

---

① 《没了翅膀的飞机》(Comme un avion sans aile)，为法国流行歌手夏雷立·顾杜尔(Charlélie Couture) 一九八一年的单曲。

蜓"一样，"丽莉"这个名字也沿用了下来，有点像个昵称的小名。

不是丽萝，也不是米莉。

而是丽莉……

是个鬼魅，是个由两个身躯所拼凑而成的妖怪。

是个怪物。

说到怪物，该是时候了，我必须跟你谈谈柯薇娜所扮演的角色……我知道，柯薇娜一定会恨我，觉得我这样转得很硬……就请你见谅了。你看了就知道，这算是这场悲剧的某种不良副作用吧，如果可以这么说的话。

柯雷昂是个有主见且意志坚决的人，若想要得到什么，一定志在必得。然而，没有任何一个证据，没有任何一张文件是真的有利于他。于是他犯了两个错误。两个很严重的大错。他操之过急。

第一个错误是关于他的孙女薇娜。她当时才六岁，是个活泼的孩子，在养尊处优的环境里，从小被捧得像女王一样。当然，她父母意外去世，和妹妹生死未卜，对她而言会是艰难的人生关卡。但在一大群心理医生和家人的陪伴下，她终究能恢复的，她终究能重建自己的人生。

就像大家一样。

只不过她是唯一仍存活在这世上，且亲眼见过丽萝的人……只有她在土耳其曾于丽萝生命最初的两个月期间亲近过丽萝。说不定那就是丽萝这一生仅有的两个月生命了……

一个六岁的孩童，是否有能力认出一个新生儿？是否能很有把握地确认？能看出她和其他新生儿之间的不同？

这个问题实在值得深思……

面对韦家祖父母的证词，薇娜是柯家这边唯一的筹码，只有她能够认出丽萝。柯雷昂应该要悉心保护她，别让她出庭作证，把警察统统赶出去，对他而言这并非难事，什么也不许问她，别打扰她，让她多亲近大自然，让她远离这些纷扰，把她送去有钱人家孩子去的森林小学，去一个养了各种动物的开阔绿地，和其他快乐的小孩一起成长……可是非但没有如此，他还让薇娜大量曝光，让她当着十几个法官、律师、警察、专家的面，出庭做证十次、一百次……有好几个星期的时间，她往返于律师事务所、询问室、休息室和侦查庭之间，身边总是一群面无表情的西装男，还有几个保镖，免得被记者骚扰，这一点起码还算做得周到。

只要一有大人出现在薇娜面前，她一定不断重复相同的话：

"对，这个小宝宝是我妹妹。"

"我认得她，她就是丽萝没错。"

她祖父连强迫她都不必了。她非常笃定，没有任何疑虑，错不了的。

摆在她面前的确实是妹妹的衣服，她认得那张脸是妹妹的脸，她听到的是妹妹的哭声没错。她愿意发誓，可以当着法官的面，以《圣经》发誓，或以她的洋娃娃发誓都行。她年仅六岁，却甚至能和韦家祖父母唇枪舌剑！

从那之后，我看着薇娜长大，唉，说长大好像有点言过其实……姑且说，我看着薇娜变老，看着她从儿童变成少女，再变成大人。我看到癫狂的因子逐渐在她内心生根，那是一种暴怒的狂躁。

她令我浑身不自在，这是真的；我觉得她真正的位子应该在精神病院，由人密切监控着；但我不得不承认一件事：在她身上所发生的这一切并不是她的错。她的祖父柯雷昂是唯一的罪魁祸首。他对于自己做了什么，是心知肚明的。他利用了自己的孙女，而且是故意的。他不顾所有医生的忠告，也不顾自己妻子的苦苦哀求，一意孤行地牺牲了孙女的心理健康。

最惨的是，结果没用，一点用也没有！

因为柯雷昂犯了另一个错，或许比第一个错更夸张离谱。

9

一九九八年十月二日，早上九点四十三分

丽莉已原地待了半个小时。她坐在荣军院广场的大理石护栏上。石块冰冷的感觉沿着她两腿上来，但她一点也不在意。天气很干燥，整片天空几乎只有白色这个颜色，她前方的荣军院拱顶宛如和天空融合为一。

有十几个家伙不顾刺骨的寒风，来这里练直排轮，就在她面前练。他们甚至故意多耍一点花招。

荣军院广场虽然也有些固定常客，却不是巴黎最热门的直排轮场地。观光客大多聚集在特罗卡德罗花园、皇家宫殿前、市政府广场、巴士底广场……这里的观众比较少……而观众当中，居然出现一个像丽莉这么漂亮的女生，可就稀奇了。一个这么漂亮的女生，不畏寒风，也不怕屁股底下冰冷的大理石，竟然待在这里观赏了他们这么久。

她所为何来？想找一夜情吗？

直排轮玩家们尽管一头雾水，却个个卖力演出。荣军院广场这块场地，主要被用来练习加速、绕锥和跳跃。他们放置了两排橘色塑料小三角锥，进行百米对决。有点像是现代版的中世纪对决，速度最快、撑最久的人，就能赢得美人芳心。

丽莉喜欢直排轮的速度感，喜欢玩家们的喊叫声和笑声。外在的喧闹有助于她保持自己内心的平静。这并不容易。所有事情都纠结在一起。她想起爵爷的札记。她把它交给马克，到底对不对呢？他会读吗？会，当然会……可是读完后他能明白吗？马克和爵轻信之间的关系有些复杂，不像是替代父亲的角色，不，一点也不是那样，但这些年来，他好歹是他生活中少数仅有的男性之一。就像马克自己说的，他也有他自己的看法、自己的直觉，和自己所相信的事。他是否已准备好要接受事实……一个不一样的事实呢？

她反复思索这些问题，已经想了好久。实在是无解。

在她面前，有个年纪较大、头发已几乎灰白、或许有四十多岁了的直排轮玩家，始终直盯着她看。和其他玩家比赛竞技，到目前为止一直是他大获全胜。他脱掉了身上的皮夹克，不放过任何机会卖弄 T 恤下的结实肌肉。他以深邃又锐利的目光，如猛禽般扫视整个广场，这目光最后总是落在丽莉的蓝色眼眸上。他身上一切的一切，从绕转塑料三角锥时的那份优雅，到有棱有角的细致五官，一再令人想起掠食的猛禽。

一群直排轮玩家之中，丽莉根本连注意都没注意到他。她在想着送给马克的那个礼物，想着这一场灰暗的布局。

真的有必要吗？

她眼角开始涌出泪水。她别无选择，非得先支开马克不可，支开几个小时或几天，别让他蹚这浑水，保护他。然后，等一切结束了，或许她才有勇气向他说明吧。马克那么在乎她。在乎她……说到底，到底是在乎谁呢？

她微笑了。

他的丽莉，他的蜻蜓……天哪，她愿意付出一切，只为能够拥有一个正常普通的名字。只要一个就好了！

那个银发直排轮玩家从丽莉身边呼啸而过。她吓了一跳，从思绪中猛然回过神来。她不由得莞尔一笑。虽然天气很冷，应该不到摄氏十度吧，那个猛禽男却脱掉了 T 恤。他穿着紧身牛仔裤，打着赤膊，在她面前翩翩起舞。

身材很完美，除过毛且净是肌肉。

他现在放肆地打量丽莉的身体，仿佛在衡量优点和缺点。他似乎彻彻底底变回一只鸟了。他的求偶舞练得非常纯熟，跳起来毫不别扭。这种事，他做过多少次了？有多少女孩落入过他的魔爪中？

全部？

丽莉直视了他片刻，也端详了他的外表一番。她几乎无动于衷。她早已习惯了，她的曼妙胴体，没有男人见了不心动的。然而令她感到讶异的是，竟然还有人想看她、想要她。她觉得自己根本像空气……

她再度坠入自己的思绪中。她千万不能自怨自艾。眼下，最要紧的不是她的姓或名。她必须赶快采取行动，而且要单独行动。

她已下定决心。既然她已经知道真相，知道了那可怕的真相，就没的选择，必须面对才行。

那是昨天才刚发生的事，她的生活从昨天起天地变色。一切发生得好快，但她在更早之前便已铸下大错。从那之后，她便仿佛卷入一个巨大齿轮，从此别无选择，只能继续前进，不然会被夹得粉身碎骨……

猛禽男不死心。他用腿充当圆规，在地上画着大圈圈，头部却一厘米也不差地定定面向丽莉。

丽莉的目光迷失在远方。她想着被困在酒吧里的马克。

是她把他困在那里的。还剩十五分钟。之后，他会想办法打电话给她，那是一定的。她把手提袋拿过来，把手机关机。她必须保持隐形，不与外界联络，至少暂时必须如此。马克一定不会认同她的做法。他会想要保护她，他只会看到风险和危机。

她太了解他了，他会说这样是谋杀。

谋杀……

一如一声枪响吓飞一群燕子，那十几个直排轮玩家忽然在银发老大的一声令下之下，朝荣军院的方向离去，他大概是求偶不成，感到挫败或恼怒吧。塑料橘色三角锥、夹克和 T 恤，统统如一阵旋风般消失无踪，只留下空荡荡的灰色柏油路。

谋杀……

丽莉焦躁地笑了。

毕竟，是啦，确实可以这么说，是谋杀没错。

流血是无法避免的了。

不得不杀。

不得不杀掉一个怪物，才能继续活下去。

或至少是苟活下去。

10

一九九八年十月二日，早上九点四十五分

马克抬起头。

马丁尼挂钟：九点四十五分。

天哪，指针到底有没有在走呀？他心中浮现一种奇怪的感觉。丽莉送的、现在收在茉莲柜台里的那个礼物，那个小盒子……其实是个陷阱，是个借口，是个幌子。让他在这里痴痴等候一个小时，只是为了让丽莉能够离开，能够脱身，能去躲起来。

为什么？

他不喜欢这样。仿佛每过一分钟，他又离丽莉更远一些。然而他仍低头望向札记本。他大约知道接下来的发展，知道柯雷昂所犯的第二个错误是什么。这次，他再度成为目击证人，据人家后来告诉他的，还是个哭哭啼啼的目击证人；假如爵爷的版本与伯修尔街上流传的版本相符的话，他接下来一定读得很高兴。这样也算不错了。

爵轻信的札记

柯雷昂认为凡事都能靠钱解决。

尽管司法部曾要求且也与勒尚陆法官达成协议，要让这整件事情在奇迹生还小女婴年满六个月之前搞定，但案子迟迟没有进展。

六个月。

对柯雷昂而言，那样太遥远了。

然而，他所有的律师都告诉他，只要把时间拉长就对了；疑虑最终对他们是有利的，他们已掌握了正确的管道，一切会随着时间而有起色，连媒体、连记者、连瓦特列局长都将倒向他们这一边。既然没有证据，整起案件只不过是专家之间的口水战而已。勒法官最终的决定将是可想而知的。韦家人根本不够分量，他们毫无经验，没有任何后援……但柯雷昂想必不如表面上看起来的那么平静、那么淡定、那么漠然。他决定以他向来经营企业的方式——像个老大那样，凭自己的直觉——单枪匹马去把这件事做个了结。

一九八一年二月十七日，中午左右，他简简单单拨了通电话（他倒还记得别把这件事交给秘书去做），和韦氏夫妇相约隔天上午碰面……其实，不算是和韦氏夫妇相约，应该说是和韦皮耶相约。这又是他所犯下的另一个大错。日后，妮可曾巨细靡遗讲给我听过，她讲的时候可开心呢。

隔天上午，在迪耶普，伯修尔街的街坊邻居们，很意外地看到一辆简直比一栋房子还长的奔驰轿车，在韦家门口栅栏前停下来。柯雷昂像电影里那样，高深莫测地提着一只黑色手提箱进入屋内。

太经典了。

"韦先生，请问我是否能和你单独谈谈？"

韦皮耶犹豫了，他太太倒没有。这个问题，其实是在问她。她毫不尴尬地回答：

"不能，柯先生，没办法。"

韦妮可怀里抱着年幼的马克。她并未放开他，还把他抱得更紧了。她继续说：

"你知道的，柯先生，就算我去厨房，还是能听得一清二楚。我们家很小。就算我去邻居家，也还是听得到。在这里，大家什么都听得到。就是这样。墙壁不厚，没办法有秘密。或许也是因为我们不想要有秘密吧。"

她怀里的马克眼泪还没干。她拉了张椅子坐下来，把他放在自己腿上，也摆明了自己不会回避。

妮可的一番话似乎并未对柯雷昂产生多大影响。

"随你便。"他带着标准笑容继续说，"不会耽搁太久。我的提议，几句话就能说完。"

他在屋内稍微走了几步，短暂瞥了角落正播映着不知名美国电视剧的小电视机一眼。客厅小得不能再小了，顶多十二平方米吧，摆的仍是二十世纪六十年代的那种橘色小茶几。柯雷昂所站的地方，距离韦氏夫妇不到两米。

"韦先生，我们就把话直说了吧。永远没有人会知道这场空难幸存的到底是谁。还活着的是谁？丽萝或米莉？永远不会有任何真正的证据，你永远都会认定是米莉，就像我也永远深信存活的是丽萝一样。不论发生什么事，我们都会坚持己见。这是人性。"

到目前为止，韦氏夫妇都同意。

"就算是法官，"柯雷昂继续说，"就算是陪审团，也无从知道真相。他们将被迫做一个决定，但谁也不知道那决定是否正确。只会是二选一而已。韦先生，你真的觉得一个孩子的未来可以赌吗？"

不同意也不否定，韦氏夫妇等着听下文。从电视机传来愚蠢的笑声。妮可走向屏幕，把声音关掉，然后回来坐好。

"我坦白跟你说吧，韦先生，还有韦太太，我打听了你们的背景。想必你们对我也做了相同的事。"

韦妮可越来越不喜欢他那得意的笑容。

"你们很有骨气地把孩子们拉扯长大。大家都这么说。对你们而言，这并不容易。我听说了你们长子尼谷四年前车祸的事。我也听说了皮耶的背和妮可的肺的情形。以你们的工作，也难怪了……好啦，我的意思是，你们早该改行了。为了你们自己，也为了你们的孙子。"

终于把话说白了。妮可把马克抱得太紧，他掉了几滴眼泪。

"柯先生，你到底想说什么？"韦皮耶忽然问。

"我相信你已经听懂了。我们的立场并不是对立的，恰恰相反。为了我们的蜻蜓好，完全该反其道而行，我们应该要协力合作。"

韦妮可猛然站起来。柯雷昂沉浸在自己的思绪里，或者说，在自己的执念里，根本连发现都没发现。他径自继续说：

"老实说，你一定梦想过要让你的孩子、你的孙子，去念真正的大学……去好好度个假。你想实现他们的愿望，那是他们应得的。送他们一份人生的大礼。真正的大礼是有代价的。任何事情都有代价。"

柯雷昂越陷越深，但浑然不自觉。韦家人惊愕地不发一语。

"皮耶，妮可……我不知道我们的蜻蜓，到底是我的孙女，还是你们的孙女，但我愿意供给她所想要的一切，满足她的任何需求。我发誓，我愿意让她成为世上最幸福的女孩。甚至不只如此，如我所说的，我很敬重你们一家人，我也愿意在经济上协助你们，协助你们将你们的孙子马克抚养长大。我深知这场不幸的意外，对你们的打击比对我的打击更大，你们将不得不再多工作好些年，才能喂饱这多出来的一张嘴……"

韦妮可来到丈夫身旁。她越来越怒不可遏。柯雷昂停顿了片刻，或该说是犹豫了一下，随即又说：

"皮耶，妮可，请你们答应放弃对这孩子、对丽莉的监护权吧。请你们同意她叫作丽萝，柯丽萝。那么我承诺一定会好好照顾你们、照顾马克……你们只要想见丽莉就能见到她，不会有什么不同，你们仍然就像是她的祖父母一样……"

柯雷昂的眼神流露着恳求之意，几近温馨了。

"我恳求你们，接受吧。请想想她的未来，请想想丽莉的未来……"

韦妮可准备开口，但皮耶抢先回答，语气出奇平静：

"柯先生，我并不想回答你这个问题。米莉不是拿来卖的，马克也不是，这里没有人是要卖的。柯先生，并不是什么事都能用钱买。难道你儿子的意外，连这一点都没能让你明白吗？"

柯雷昂大吃一惊，顿时抬高了音调。他向来的规矩就是绝不当挨打的一方。马克在祖母的怀里哭号。应该整条伯修尔街都听到了。

"不，韦先生！你少在这种时候还跟我来这套。难道你以为我大老远跑来这里向你做出这项提议，我不委屈吗？我给你一个千载难逢化解危机的机会，你居然还不领情。有骨气固然好，可是……"

"出去！"

柯雷昂不为所动。

"出去，现在就出去！别忘了带走你的手提箱。里面有多少？你觉得米莉值多少？十万法郎？一部好车……还是三十万，一栋北部的海景别墅给我们养老？"

"韦先生，是五十万法郎。如果你愿意，等法官做出判决后，我还可以再加码。"

"给我滚！"

"你会后悔的……你正在失去一切，因为爱面子而失去一切。你和我一样心知肚明，都知道你对法官的判决没有任何影响力。我手下有十几个律师，都和专家及负责这个案子的警察很熟。巴黎高等初审法院有一半的法官和我有私交。这个圈子不是你的圈子。这场游戏胜负已定，韦先生，你自己也很清楚。你一直都很清楚。就算找到了不容辩驳的铁证，飞机上奇迹生还的女婴仍然会叫作丽萝。活下来的是丽萝，这是早就注定的，事情就是这样。韦先生，我并不是以敌人的身份来这里，我其实没必要跑这一趟。我只是来尽量均匀分配资源而已。"

马克在妮可怀中大声哭号。

"给我滚！"

柯雷昂拿起手提箱，走向门口。

"韦先生，谢谢你，至少我心里舒坦了……而且一毛钱都没花到！"

他离开了。

韦妮可紧紧抱住马克。她把脸埋在他头发里哭泣。她哭，是因为她知道柯雷昂并没有说谎。他所说的统统是实话，韦家人知道厄运是什么模样，他们太常遇上了。他们总是很有骨气地面对。但她清楚知道他们毫无胜算。韦皮耶环顾了客厅一圈，凝望着那台无声的电视机许久。他心想，此时此刻，背不痛了，痛的是别的地方，他还想着，痛苦并不会累加，只会重叠，这真是值得庆幸的事。

韦皮耶最后一次望了望电视的那个小屏幕。终于，他眼神中出现了反击之意。他简直是自言自语地喃喃说：

"不，柯先生，不会让你得逞的。"

过了这么多年，如果容我事后发表个人的看法，我会说，那天早上，柯雷昂犯了个严重的错误：唤醒韦家的愤怒。若不是因为这样，他一定能不着痕迹地打赢这场官司。韦家再怎么喊冤，也不会有人理他们。

奔驰轿车都还没离开小岛般的伯修尔街，韦皮耶便已从拥挤的柜子架上抽出一份报纸。

"我们怎么办？"他太太问。

"反击……要他好看……"

"怎么反击？你也都听到了，他说的有道理……"

"不……不，妮可。米莉仍然有一丝机会。他忘掉了一个细节。他说的那一大套，在之前是成立的，在蜻蜓之前，在帕斯和黛芬去天堂之前是成立的。但现在不一样了！妮可，如果我们要的话，我们也可以是有分量的！别人对我们很有兴趣。报纸上、广播上，都有人在谈我们……"

他转向客厅的角落。

"电视上也有人在谈我们。那个姓柯的大概不看电视，所以他不知道。这年头，电视和报纸呀，就算不比钱有分量，至少也是一样有分量……"

"你打算……你打算怎么做？"

韦皮耶在报社的电话号码下方画了一条线。

"就从《东部共和报》开始，他们对这整件事最熟。妮可，你还记得写专栏的那个记者吗？"

"拜托，上星期的专栏才五行字而已！"

"所以呀，更应该找他们了。你能帮我找找她叫什么名字吗？"

韦妮可把马克放到一张椅子上，就在电视机前。她把收在客厅桌子下的一个活页夹拿出来，里面仔细收集了有关恐怖峰空难的所有相关报道。她花了几秒钟的时间翻找。

"牟露西！"

"好……反正我们也没什么好损失的。走着瞧……"

韦皮耶拿起电话筒，拨了报社总机的号码。

"是《东部共和报》报社吗？……你好，我是韦皮耶，是恐怖峰空难奇迹生还小婴儿的祖父……对，'蜻蜓'……我想找贵社的一位记者，牟露西小姐，我有一些有关案情的事情想跟她说，很重要的事情……"

韦皮耶立刻感觉到电话线的那一头忙碌了起来。不到一分钟，一个有点气喘吁吁，且以女人而言出奇低沉的嗓音，把他吓了一跳：

"韦皮耶吗？我是牟露西。你说有新消息，是真的吗？"

"柯雷昂刚从我家门出去。他说要给我五十万法郎，叫我放弃这个案子。"

紧接着的三秒钟沉默，对韦皮耶而言宛如永无止境。牟露西的老烟枪沙哑声音再度打破沉默，把他又吓到一次：

"你有证人吗？"

"整条街的邻居都可以作证……"

"我的天哪……你待着别动，别告诉任何人，我们来想办法，我们马上派人去你那里。"

11

一九九八年十月二日，早上十点

马丁尼挂钟显示十点了。十点整！

马克刚才刻意把阅读的速度，调整成和时针移动的速度一致，一眼瞥着札记，一眼盯着时钟。

他把绿色札记本合上，塞进 Eastpack 后背包里的活页夹笔记本之间。他带着自信的笑容，走向列宁酒吧的柜台。茉莲忙着擦拭杯子，背对着他。马克把手放在金属柜台上，假装按铃。

"铃铃铃，"他以尖锐的声音说，"时间到！"

茉莲转过来，用一条抹布从容地擦了擦手，再把抹布折好放下。

"时间到了！"马克又说。

"好啦……"

茉莲抬头看挂钟。

"还真是一分钟也不差呀……我看你圣诞夜一定都不睡觉的吧……"

"的确不太睡……好啦，快点啦，茉莲……刚才丽莉告诉过你了，我要赶着去上课……"

茉莲瞪大了眼睛。

"这种话你去跟别人说吧，别想唬我……好啦，喏，你的礼物！"

她拉开一个抽屉，拿出那个很小很小的盒子，交给马克。他一把抓过来，随即转身往列宁酒吧的大门而去。

"你不现在打开吗？"

"不行……万一很私密怎么办……搞不好是情趣玩具……小内裤什么的……"

"我不是开玩笑的，马克。"

"那不然为什么要我当着你的面打开它？"

"因为我已经大致猜到里面有什么了，傻瓜。万一你腿软了我才来得及扶你一把。"

马克一脸不可置信地盯着茉莲。

"你知道盒子里有什么东西？！"

"知道……大致知道。这种时候，总是大同小异……"

一位显然在赶时间的客人，在马克背后直跺脚，不耐烦地盯着架上的一排万宝路香烟。

"什么叫这种时候？"

茉莲叹了口气。

"……就是女生提前一个小时离开的时候呀，小笨蛋。提前一个小时离开，还把男生自己一个人晾在我酒吧里的椅子上。"

马克闷不作声。他顿时想起丽莉手上的那枚蓝宝石戒指。想起她没立刻把图瓦雷克十字架戴在脖子上。他故作不在乎地耸了耸肩。

"茉莲，明天见。相同时间、相同位子。靠窗，两位！"

他力求镇定地一手抓着小盒子，随即步出酒吧。

茉莲一面把三包烟递给客人，一面望着马克离去。这回，她太多嘴了。她其实不是那么有把握……马克和米莉真是奇怪的一对，和其他人都不一样，但有一件事她很笃定，就是接下来的几个小时将赌上马克的命运，他没什么本钱，只能看所做的决定好或不好了……

马克也消失在巴黎第八大学的校园里，仿佛他的灰色外套溶解在了柏油路里似的。茉莲对着络绎不绝的往来人潮发呆了片刻。

可以确定的是，马克死守着自己所相信的事，而在逃避着。然而，茉莲心想，只要一个小细节、一粒沙子，就可能颠覆一切，就可能推翻他最深信不疑的事，推翻他整个人生。

也许是一只蜻蜓拍拍翅膀而已。

马克很快远离了列宁酒吧，沿着斯大林格勒大道前进，有点漫无目的地走向德隆体育场。早晨的匆忙上班族人潮逐渐变得稀疏。现在出现在人行道上的，更多是老人家，以及带着小孩子、推车上挂着塑料袋的家庭主妇。他沿着大道又走了大约五十米，放眼望去几乎只剩他一人了。他以颤抖的双手撕开银色包装纸，把包装纸随便塞进牛仔裤口袋里。结果是个小纸盒。纸盒被他紧张的手指打开了。

那个东西掉到他手心里。

马克差点站不稳。

片刻之间，他的双腿不听使唤。他像个断了线的傀儡木偶般，倒退了两米。他的背撞上了冰冷的金属路灯。他缓缓深呼吸，试着站稳脚步和调整气息。

别慌，慢慢来，让自己镇定下来。

这个路段依然只有他自己一个人，但只要他大声呼叫，就会有人听到，就会有人赶来。不，他必须冷静下来。

他的呼吸不由自主地变得急促，喉咙也紧缩了……永远都是相同的那些症状，从两岁以来，他就一直患有恐慌症。

慢慢深呼吸，让自己平静下来。

一般经常认为恐慌症是畏惧空旷场所或畏惧人群，但并不是那样的……它其实是害怕没人来营救自己……有点像是对"恐惧"这件事感到恐惧……理论上，最常出现这种恐慌的场所，是令人感到孤立无援的地方，例如荒漠里、森林里、高山上或海上……但也可能是在人群之中，在大教室里，或在运动场上；一条街道，不论是万头攒动或空无一人，同样都可能引起恐慌症发作……

长久下来，马克早已习惯了，只要发作别太严重，他还是能应付得来。

如今很少出状况了。他已经能够在座无虚席的教室里上课，能够搭地铁，也能去听演唱会……

他深呼吸。

渐渐地，他的呼吸恢复规律。尽管冷冰冰的路灯令他的背很不舒服，他仍继续倚靠着它。

马克低头看自己的手心。

他手上捧着一个袖珍小玩具。

是一架飞机。

是个缩小版的模型：A300型空中巴士的复制品，铁制的，拿起来沉甸甸的，除了机尾是红白蓝三色外，整个机身如牛乳般雪白。这是Majorette①玩具公司出品的玩具，每个小男生的房间里总有无数个这种小模型。马克的手颤抖地合起来，握住冰冷的机身。

这是什么意思？

恶作剧吗？

难道阅读爵爷的札记，还附送应景小礼物？

太可笑了吧……

马克必须仔细想想。除了这个玩具，没有其他东西了吗？

马克翻找自己牛仔裤口袋，把飞机模型皱巴巴的包装纸摊开来。他忍不住对自己生气：他发现刚才仓促撕开的包装纸里，夹了一张手写的白色纸条。马克立刻认出是丽莉的字迹。他把背向后更用力倚靠路灯，开始阅读：

马克：

我不得不走。别生我的气，这是我一直答应自己要做的事。等我一满十八岁就走。离开，去很远的地方……去印度、去非洲、去南美洲……或去土耳其，有何不可呢？别担心，别怕，我对飞机很习惯了，不是吗？我很强的。

这一次，我也会活下来的。

_____

① 法国著名玩具品牌。

假如让你知道了，你一定不会同意。但假如你仔细想想，那么会的，你也会和我抱持相同的看法。我们不能在疑惑中再这样下去了。所以，马克，我必须远离。远离你。我必须把事情想清楚，也必须剪掉枯枝……

马克，别来找我，也别打电话给我，什么都别做。我需要距离，需要时间。

我真的这么想。

有一天，我们将会知道我们是谁，将会知道我们各自是谁，以及我们对于彼此是谁。

你自己好好保重。

米莉

马克觉得自己的呼吸又加速了。他努力推开在脑海里翻腾的各种思绪。

做事，行动。

他向前跨了一步，把后背包打开，把飞机模型、纸条和包装纸都塞进去。他深呼吸一会儿，然后拿出手机。在法国电信公司打工，让他得以替他自己和替丽莉弄到最新款的高档手机，能自动记录来电号码。

他不假思索地滑动联络人清单，在"丽莉"停了下来，按下绿色通话键。屏幕亮了起来，电话铃声仿佛响个没完没了。

他打给丽莉时，她经常不接。响完整整七声后，电话会自动转入语音信箱。响到第四声时，他便已不抱希望了。

"你好，我是米莉。请留言，我会尽快回电，拜拜，kiss。"

马克哽咽了。听到丽莉的声音，令他有想哭的冲动。

"丽莉，我是马克。拜托你，不论你在哪里，快回电话给我。拜托你，快打给我。我很想你。我很在乎你，我最在乎的就是你。快打给我，快回来。"

马克挂掉电话。他缓缓地走在斯大林格勒大道的人行道上，一面回想着丽莉的字句。

"远离"……

"把事情想清楚"……

"剪掉枯枝"……

这话到底是什么意思？

马克并不笨，丽莉的十八岁只是个借口，这整场布局必然和爵爷的札记本脱不了关系，丽莉昨天一整夜都在读它。她从中发现了什么？又从中猜到了什么？

"将会知道我们是谁，将会知道我们各自是谁，以及我们对于彼此是谁"……

不！马克并不像丽莉那样困惑。这世上没有任何东西能撼动他内心所深信的事。

马克来到乐克雷将军广场。成排的公交车在盖比尔佩里街和发毕昂上校大道上互相交错着。

他能怎么做？如何才能找到丽莉？踏上她走过的路？把爵爷的札记本一路读到最后一页，猜出丽莉所猜到的？

马克不禁骂声连连。广场上的公交车来来去去，他却站在原地不动。他觉得自己没办法静静坐下来读这上百页内容，说不定里面根本没有他所要找的线索。他再度拿起手机，滑动屏幕，在"工作"停了下来。

广场上车阵的噪声太吵，马克稍微远离那里。

"喂？珍妮？……太棒了，我是马克。抱歉，我有一件超级急的事。我需要打听一个数据，是我私人要用的，我需要查一个住巴黎的人的电话号码和地址……你方便抄一下吗？……他姓爵，叫爵轻信……对，我知道，这名字很特别。这样，起码不会弄错……"

珍妮是他在法国电信公司的同事，和他同年，是应用外文系的学生，马克猜想，她大概已经不小心爱上他了。往下方过去几个路口，圣丹尼大教堂矗立在一排楼房之间。他手机贴着耳朵，抬头眺望了白色天空下大教堂尖顶的三座大钟一会儿。

"有吗？……真的，你查到了？太棒了！"

马克匆匆把爵爷的电话号码和地址抄下来。他仓促向珍妮说了声"谢谢"后马上挂断，随即拨打爵轻信的号码。电话响了很久都无人接听，最后再度转接到语音录音机。马克忍不住在心中暗骂。算了，他必须开门见山，不能浪费时间：

"爵爷？我是韦马克。我需要马上跟你联络，可以的话，能见到你更好，越快越好。是有关丽莉的事，也有关你的那本札记，就是你写给她的那本。它现在在我手上，她把它交给我了，我正在读。这样吧，如果你听到留言，请回电给我，打我手机。我现在立刻去你家，最慢再有四十五分钟就会到……"

马克把手机放入口袋，他现在心意已决。他原路折返，大步大步走在斯大林格勒大道上，朝地铁 13 号线的终点站而去。爵爷住在凯伊丘街二十一号。马克在脑袋里排列出巴黎地铁的主要路线。他自己一个人已在巴黎溜达了两年，如今就算不看地铁路线图，也能知道方位。第 13 号路线，若搭往夏提翁蒙沪日的方向，将通向市中心，途中经过圣拉扎尔火车站、香榭丽舍大道、荣军院、蒙帕那斯……凯伊丘应该位于 6 号线往纳逊方向的路上，介于格拉谢和意大利门之间。首先，他必须去蒙帕那斯转车。总共二十几站吧，也许再多一点。

几分钟后，马克再度来到巴黎第八大学门口的列宁路上。他从远处瞥了茉莲的酒吧一眼，随即进入地铁站。廊道里，就在第一个拐弯处，比较没有风吹的地方，有个人睡在一条脏毯子上，他的狗——一只很瘦的黄色杂种狗守在他身旁。这个人甚至没在乞讨。马克几乎未放慢脚步，直接在毯子上放了两法郎。狗儿转过头来，讶异地望着他离去。马克在巴黎地铁里已溜达了两年，每次只要遇到潦倒的人，几乎总会给几个铜板，这是他自迪耶普养成的习惯，他祖母每每遇到流落街头的人，总会给他们一点钱，她年复一年地教导他、让他明白做人的道理，教他要尽量帮助别人，别害怕穷人，别觉得给别人钱是丢脸的事；现在这已成为他自己的处世态度，在迪耶普，或在巴黎，或走到世界上任何城市都一样。对他而言是很大的开销呀！丽莉常常善意地挪揄他。没有巴黎人会这么做啦！那么他不当巴黎人就好了嘛。

从圣丹尼往巴黎方向的站台上几乎空无一人。运气很好嘛，马克心想。四十五分钟的地铁，二十站……这样就能继续阅读爵爷的札记，试着也把事情弄清楚。

踏上丽莉的步伐。

有四个字在马克的脑海挥之不去。

"剪掉枯枝"……

丽莉这话是什么意思？

剪掉枯枝？

列车进站了。马克登入车厢，拿出绿色札记本。

一个疯狂、偏执的念头，在他心里越扎越深。万一这玩具飞机只是幌子，只是调虎离山之计呢？丽莉并没有跟他把话说清楚，譬如那枚戒指。她手上戴的那颗蓝宝石，是哪里来的？有太多疑点了。

万一丽莉从来就没远走他方呢？万一丽莉一直都待在附近，不曾走远，且另有企图……

支开他。

支开他，因为她打算做的事情太棘手、太危险了。

支开他，因为他一定不会同意。

剪掉枯枝……

万一丽莉发现了真相，一心只想报仇呢？

12

爵轻信的札记

遇上地方媒体的记者时，好处就在于他们极少比巴黎更早抢到头条。就算一个事件正当着他们的面、在他们自家门口发生，巴黎的媒体仍然比他们更早一步听到风声，抢先赶到现场，并且当天晚上就能刊出主要当事人的采访内容。所以，如果地方媒体能掌握到一则全法国都感兴趣的新闻，他们可就不客气了……不只如此，他们还会发挥创意巧思，让这则新闻开花结果、榨出所有能榨的汁液，直到最后一滴为止。

韦皮耶打完电话的十五分钟后，一名《迪耶普消息》的记者便抵达他们位于伯修尔街的家。牟露西分秒必争。《迪耶普消息》是当地的周刊，与《东部共和报》共属于同一个出版集团。这位迪耶普记者的任务是搜集第一手消息、拍摄第一手照片，然后把东西统统传真到位于南锡市的总社。牟露西把这篇独家报道拿去找"FR3 弗朗什 - 孔泰台"和"FR3 高诺曼底台"等地方电视台洽谈。这个策略是经过精心计算的，为的是让隔天的报纸销量一飞冲天：必须引起大众的注意，在晚间透露少许细节给电视台，好让每个人都想要读隔天《东部共和报》第二版的韦家独家完整专访。地方电视台的简短报道，当晚便被全国性的电视台拿去转播。"TFI 电视台"的一个采访小组，甚至在柯雷昂位于古福蕾的家门口，顺利趁他进家门前堵到他。他的律师团根本来不及介入和要他闭嘴，他就自己火上浇油了。

不，他不否认。

是，他提议送钱给韦家。

是，他深信空难生还的小女婴是他的孙女丽萝，他的这个举动纯粹是基于慷慨，也可能是觉得韦家可怜，他似乎难以区分两者的差别。上帝眷顾的当然是他家，这是一定的，没有别的可能。

隔天，一九八一年二月十八日，他甚至在 RTL 电台早上十点的现场直播新闻时段又说：

"倘若有疑虑、无法确定真相为何时，法官应该考虑孩子的福祉，且仅考虑孩子的福祉。可能的话，应该由孩子自行选择。如果这个婴儿能够自己选，她怎么可能不选我提供给她的未来，而去选韦家给她的未来呢？"

通过调查这个案子，我了解到，媒体的运作方式好比让一颗巨大雪球从山坡滚下来，没有任何人能控制得了它。如果你如今对这个"蜻蜓"事件仍有印象，那么印象最深刻的一定是判决前的那几个星期。一九八一年二月到三月之间，当然除了总统大选之外，最热门的话题就是这个案子了。法国全国分成对立的两派，如果用很粗浅的话来形容，就是有钱人对穷人。所以两边并不是势均力敌。如果依平均财富把法国切割成上下两半，那么下半的人将远比上半的人多。因此绝大多数的法国人决定力挺韦家，韦家也加倍出现在电视上、电台上和报纸上。你想，这可是一出还不知最后结局如何的连续剧！

柯雷昂不得已扮演了坏人的角色。当时美国电视剧《豪门恩怨》正开始在法国获得回响。外表上，柯雷昂与剧中男主角 JR 尤鹰毫无相似之处，但大家并不介意把两人相提并论。这种机会实在太难得了。而且就像《豪门恩怨》里的那样，柯 JR 仍有可能得逞。

紧张紧张，刺激刺激。

当年，说不定连你也选边站了？

我倒没有。那时候，我对"蜻蜓"事件一点兴趣也没有。所有的详情，我都是后来进行漫长而详细的调查时才知道的。一九八一年二月的时候，我仍然在忙赌场的案子；从原本的西班牙北部，转到意大利这头的蔚蓝海岸一带。又是跟踪呀，继续跟踪。这份工作极其无聊，收入也越来越少。不过我还记得某天晚上深夜，窝在某个旅馆房间时，曾经碰巧看到一个节目的片段，有点像是时下流行的那种真人秀节目。这一集的来宾是韦妮可。韦家之中，逐渐演变成由她负责和媒体打交道。韦皮耶从很久以前就无法再应付这个由他所启动的庞大媒体机器。他对镜头避之唯恐不及。要是有办法，他说不定会把这一切统统停掉，全部交还给司法，就算落得全盘皆输也没关系。

当年韦妮可年约四十七岁。她是个年轻的祖母，人长得不算漂亮，不是典型的美女，但绝对是媒体所谓的——这也是我后来才学到的——吸睛卖点。她拥有一种渲染力，她的官司是一场圣战，她就是这场圣战的圣人和烈士，她豪爽直言，以独特的诺曼底东北部口音号召着追随者……她诚恳、单纯、动人、风趣，这一切让她在镜头前效果绝佳。她那张布满皱纹的脸，饱受英法海峡多年海风的侵蚀，特写时并不特别美观。以一个四十七岁的女人而言，她算是相当有吨位了……跟名模几乎不沾边……

只不过这天晚上，尽管我对整个事件或她的圣战一无所知，我一个人在电视机前时，这个我素未谋面的女人竟令我怦然心动。我是指，以外表而言。

应该不是只有我有这种感觉。当然，因为她有一双足以傲视命运和所有厄运的水汪汪湛蓝眼眸……但重点在她的胸部。一直以来，韦妮可很自然地习惯把丰满的上围，紧包在低胸的洋装或敞开的衬衫里。在迪耶普海边摆摊时，这样想必对生意有一定的帮助。除此之外，她几乎总会加披一件罩衫或小外套，然后一天到晚拉扯这罩衫或外套的领口，想遮掩自己裸露的部分。后来我经常观察她，发现这俨然是她的一种癖好、一种反射动作：你若和她交谈，过了一会儿，哪怕只是一瞬间，你的目光就会不小心转移；于是，几乎在同一瞬间，韦妮可虽然若无其事继续畅谈，却下意识地感到不自在，伸手去拉领口，但没过几秒钟，领口再度松开。

这把戏很怪异，也很勾魂，一直令我难以抗拒。

到了电视上，这把戏更变态了。她那罩衫领口，随着主持人的目光，如帘幕般在胸部前开开关关，主持人不由得越来越尴尬。可是，主持人转过去访问节目的其他来宾时，观众求之不得的机会就来了：丰满胸部的帘幕门户大开，摄影师带着强烈暗示意味，鬼鬼祟祟地用了特写镜头，不过妮可的下意识警报系统什么也没察觉，罩衫领口自然也不会合上。

韦妮可本人或许浑然不觉，但一九八一年二月，她以她独特的魅力，令全法国怦然心动。我明明不认识她，一直到好几个月后才正式见到她，但这天晚上，我也怦然心动了。这整整十八年来一直心动不已。连如今，她近六十五岁了，依然令我心动。六十五岁，正好也是我的年龄，我们只相差几个月而已。

你也看得出来，韦家和小米莉的这场官司，很快变成一场值得投入的战役。法国最顶尖的一些律师，至少那些尚未效力柯家的律师，争相表示愿意协助韦家。当然，是免费义务协助！这个案子是众所瞩目的焦点，所有舆论都站在他们这一边……一个千载难逢的机会呀！这下子，双方加入战局的专业人士已是势均力敌。

韦家这群能干、有影响力、懂得和媒体周旋的新律师所做的第一件事，就是于一九八一年二月至三月间，集中火力专攻勒尚陆法官。他们质疑他的正当性，认为他最终会偏袒柯家，认为勒尚陆和柯家是同一个圈子的人。狮子会、扶轮社、共济会、大使馆官邸的晚宴，这些统统被曝了出来，而且其中的暗示多半贬多于褒……司法部最后让步了！勒法官于四月一日递出辞呈，这日子实在太巧了，然后由一位新法官接手，即斯特拉斯堡法院资深的威柏尔法官，他是个戴眼镜的耿直小个子，有点像是艾略特·奈斯[1]和伍迪·艾伦的综合体……后来再也没有人质疑过他的公正性，连柯家人也不例外。

第一批证人的出庭于四月四日登场。无论如何，再过一个月，答案就将

---

[1]　艾略特·奈斯（Eliot Ness，一九〇三至一九五七），美国禁酒令时期芝加哥的知名执法人员，生平事迹后被拍成电影《铁面无私》（The Untouchables）。

揭晓。法官非做出决定不可。双方都同意不接受任何折中方案、任何双重身份的判决、任何共享抚养权的安排，譬如平日住甲家，假日住乙家之类的。总之就是不接受造就一个拥有两个名字的怪物，不接受当丽莉一辈子。

不，威柏尔法官必须定夺，必须做出一个生死攸关的判决。判定是谁生还了，是谁罹难了。是柯丽萝，还是韦米莉？后来，我一直在想这个问题。换作别的法官，是否有机会拥有这样的生杀大权：杀掉一个孩子，好让另一个孩子能活下来？同时既是救星，又是刽子手。一个家庭大获全胜，另一个家庭失去一切。大家都认为，还是这样比较好……

做出决定。

当然。但要以什么为依据？

后来，我把威柏尔法官手上那份上百页的调查报告反复读了十数遍，也反复听了长达十几个小时的审讯录音记录，那是多年后，我拜柯家之赐而得到的特权……

全是鬼扯！那些鉴定和复核鉴定内容，既可支持一种主张，也大可支持彻底相反的主张。听证的内容根本是双方请来的专家之间的口水战，两边提出的都是片面武断之词。那些不武断的专家根本没什么好说的！经过好几天的审理，案情依然原地踏步：小婴儿的眼睛是蓝色的……和韦家人一样。韦家暂居上风，但仅是微幅领先，柯家的律师团在最后一刻，曾找到一位有着浅色眼睛的远房表妹……最好是啦！

威柏尔法官大概口袋里摆了一枚铜板，在看似没完没了的开庭期间，暗自掷来掷去。

柯家律师团把全部的精神，都用来让大家淡忘柯雷昂在媒体面前一塌糊涂的表现，以及改变他的形象，和扭转大众对他的看法。这实在不容易，但他们好歹成功了，起码成功了一部分。他们公开抨击他们口中的"韦家帮"；所谓的"帮"，指的既是韦家，也是韦家的街坊邻居，和所有当地人……

面对韦家帮，面对不利于自己的舆论，柯雷昂是孤立无援的，他只剩下自己的尊严、原则和信念。律师团费尽九牛二虎之力，让他披上无辜受害者的外衣，扮演一个对众人指控逆来顺受的木讷之人的角色；他们把他塑造成一个强硬却诚实的铁汉，努力打拼了一辈子且成功了，最终却连休息的权利都不被允许拥有。那是他享受含饴弄孙的权利，或该说是扮演巴纽笔下人物让·德·弗洛雷特 ① 的权利。让·德·弗洛雷特一生作恶多端，但到了最后，他的遭遇急转直下时，读者不但没有大喊"活该！"，反而还感动落泪。

面对记者时，这才是柯雷昂该扮演的角色：一个身心俱疲的铁汉！于是大众和记者们不免心生疑惑：万一到最后，说真话的其实是柯雷昂呢……万一大家都被擅长操弄媒体的韦家人给要了呢，误信了他们那毫无保留的装可怜模样……误信了韦妮可巨大的胸部……

柯家的律师团真的很有两把刷子……因此不管怎么看，最后似乎都会形成平手的局势；尽管期限迫在眉睫，大家已准备好要进入延长赛，而且是无限延长。

就在这时候，在审理的最后一天，韦家最年轻的律师——黎格恩律师上场了。我可以告诉你，从那之后，他在巴黎地区可说是一战成名。他在高级地段圣奥诺雷路上拥有一栋占地三层楼的法律事务所。但在一九八一年当年，他仍是个无名小卒。他也是免费替韦家辩护的义务律师之一。从这里我们可以得到一个心得，那就是替身无分文的孤儿寡母辩护，也仍有可能发大财……

黎格恩为了这次的效果，事前做了万全的准备。他请求威柏尔法官让他最后一个发言，仿佛想要在最后一刻，从袖中掏出关键性的证据……

---

① 让·德·弗洛雷特（Jean de Florette），是法国作家马瑟·巴纽（Marcel Pagnol）所著同名小说《Jean de Florette》的主角。该书后被拍成电影《男人的野心》。

13

一九九八年十月二日，早上十点四十七分

　　圣拉扎尔火车站。

　　一阵突如其来的骚动，惹得马克转过头来。车厢门打开了，站台上拥挤的人群，费力挤入原本几乎空空荡荡的车厢。这并不是早上或傍晚的通勤人潮，但每平方米的站立人数忽然激增，迫使马克不得不站起来。他原本所坐的折叠椅"啪"的一声弹起来靠向金属椅背。马克退到角落，紧贴着窗边。他并未放开札记本。他略微跨开两腿以保持平衡，就地稳稳站好。有个家伙握着金属扶手的手，直接横在马克鼻子底下，还有个家伙则正读一本口袋本的推理小说，读得津津有味。马克稍微侧身，以便也能继续阅读。车子摇摇晃晃，爵爷又紧又小的字迹宛如在他眼前跳舞，但对阅读并不构成问题。

爵轻信的札记

　　黎格恩律师站了起来，准备发言。一九八一年四月二十二日这天，这间法庭里有三十几个人，包括当事的两家人、亲友、律师团、几位证人和警察。黎格恩首先询问在场的警察：

　　"各位，"他问，"请问奇迹生还女婴被发现的时候，身上是否佩戴着任何饰品？譬如项链之类的，或坠饰。或者，一条刻了名字的手链？"

侦办本案的警察们个个一头雾水。坐在第一排的瓦特列局长在自己的大胡子底下咳了几声。当然没有！说得好像小女婴手腕上戴了一条清清楚楚写着"丽萝"或"米莉"的手链似的！这个趾高气扬的年轻律师到底想说什么？

"好。"黎格恩继续说，"韦夫人，小米莉当时是否佩戴着任何首饰、手链或手镯呢？"

"完全没有。"韦妮可答。

"你确定？"

"确定……"

韦妮可忍住泪水，接着说：

"对。我们原本打算等米莉从土耳其回来后，受洗时送她一条刻了名字的手链。我们已经去欧芳维尔市的乐思尔银楼定做了，可是她却没机会戴了。"

这次，她字字句句都伴随着泪水。她低头翻找手提袋一会儿，拿出一只长方形红色珠宝盒，呈到威柏尔法官面前。她打开盒子，把一条很小很小的纯银刻名手链放在他手中。

一条既脆弱又无意义的手链。

在场的人无不深受感动，包括柯家阵营在内。

手链上的名牌以斜体稚气、几近欢乐的草写字体，刻着"米莉"的字样，以及米莉的出生日期，一九八○年九月三十日。

后来韦妮可向我坦承了，我才知道：这其实是精心策划的布局！受洗的仪式确实预定在下个月举行，但韦家并未定制任何刻名手链。纯粹是故意演一场戏，有点冒险，但很有效果。这样是埋下伏笔，等着最后来个致命的一击。

年轻的黎格恩于是转向柯雷昂。

"柯先生，请问丽萝是否拥有什么首饰，譬如刻名手链之类的？"

柯雷昂不安地望向他的律师团。威柏尔法官追问了：

"麻烦你，柯先生，请回答黎格恩律师的问题。"

柯雷昂正打算开口，但黎格恩更精明，根本不给对方回答的时间。他一派得意地，从自己厚厚的红色卷宗中，拿出一张收据复印件，可不是随便什么收据，而是由凡登广场上珠宝精品名店 Philippe Tournaire[①] 所开出的收据。

威柏尔法官检视过了。收据上明确注记着售出一条纯金刻名手链，还注明了手链上的名字"丽萝"和生日"一九八〇年九月二十七日"是以手工精雕的。收据日期是一九八〇年十月二日，也就是丽萝出生后的不到一个星期。

这并不能证明什么，根本什么也证明不了，可是这是自开庭以来，柯雷昂首度退攻为守，他的律师们对此毫无准备，措手不及。

"柯先生，"黎格恩继续说，"请问丽萝平常是否都戴着这条手链？"

"我哪儿知道？丽萝一出生，我就把它寄去土耳其给我儿子了。但我猜他大概很少帮她戴上吧……只有特殊场合的时候……毕竟那手链是贵重物品。"

"你猜的？还是你确定？"

"我猜的……"

"好，谢谢你。"

黎格恩律师从红色卷宗中拿出另一张复印件，是一张从土耳其杰伊汉寄出的明信片的复印件。

"柯先生，丽萝出生大约一个月后，你确实收到过你儿子从土耳其寄来的这张明信片吧？"

"你怎么会有这个东西？！"柯雷昂大吼。

"你是否收到过这张明信片？"黎格恩不为所动，又问了一次。

柯雷昂让步了，他别无选择。铁汉节节败退。

"收到过，当然收到过……"

"'亲爱的爸爸'……"黎格恩开始朗读，"细节我先跳过，以下是我们感兴趣的部分。'谢谢你寄来的手链……让你们破费了，它非常漂亮，丽萝天天戴在手上……只有这个东西让她在这里还像个法国小姑娘'……"

黎格恩停下来，在一片哗然中一副得意扬扬的模样。

---

① 法国珠宝品牌。

我从来不知道是谁出卖了柯家，八成是某个员工吧。黎格恩为了这张明信片，应该付出了一个天价……不过，说是天价……一切都只是相对的……比起圣奥诺雷路上的三层楼豪宅，这又算得了什么！

"这并不能证明什么！"柯家的一位律师反驳，"太离谱了！手链有可能上飞机前先被收起来了，也可能在坠机时断裂脱落了……"

黎格恩锐不可当：

"失事现场的每一寸土地都进行过地毯式搜查，飞机残骸附近，可曾发现过任何手链，或类似的首饰？"

法庭里一片安静，包括瓦特列在内。他双手插在皮夹克口袋里，想都没想到自己所侦办的案子，居然被一个野心勃勃的年轻律师给后来居上。

"不，当然没有……是吧，局长？奇迹生还女婴的手腕上，是否曾发现任何手链被扯断所留下的痕迹？是否有任何红肿迹象？"

停顿的时间拿捏得恰到好处。

"不，当然没有，医生们并没有发现任何这类情形……我们来想得更远一点。小宝宝的手腕上，是否发现过任何印子，这印子的颜色比手臂其他部位的颜色淡些，不像手臂晒得那么黑，譬如长久戴着某个首饰，而留下颜色较浅的那种印子？……"

时间宛如暂停了。

"不，当然，完全没有……谢谢，我诘问完毕。"

黎格恩律师回去坐在自己的席位上。柯家律师团再度大喊荒谬，大喊这条手链根本不代表什么……黎格恩一概不予回应。他知道对方律师团越是大声辩解，反而越让这个小问题变得有分量。

假如这个细节一点也不重要，柯雷昂为何从头到尾对法官只字不提呢？

过了这么多年再回头看，这手链的事，其重要性并不少于也不多于其余的部分。只不过是诸多疑点中的一个疑点罢了……但在开庭的这当下，手链摇身一变，成了一件不利于柯家的具体物证。它是整起案件的一个新元素，是大家从调查一开始就巴望着出现的东西。所以，就算很勉强，就算轻如鸿毛，这个新元素也足以使天平的摆荡起变化……

威柏尔法官凝视了柯雷昂许久。这位企业总裁欺骗了大家，虽然是因疏忽而隐瞒，但仍不啻欺骗。他被当场逮个正着！既然没有更好的参考依据了，光凭这一点，难道抚养权不该交给另一方吗？

依然是疑虑重重……

至于柯家的手链，它荼毒了我的人生好多年。一想到我费了多么大的力气去寻找它、去追踪它的下落……一想到我差点就把它握在手中，只差那么一点点……抱歉抱歉，我又多话了……

威柏尔法官的判决于几个小时后揭晓。恐怖峰奇迹生还女婴的名字是韦米莉。她的祖父母韦皮耶和韦妮可，以及她的哥哥韦马克，即日起成为她的法定监护人。

柯丽萝已死，随着她的父母，在从伊斯坦布尔飞往巴黎的 5403 号空中巴士机舱里，活活被烧死了。

柯家律师团用尽各种手段想再提上诉。结果是柯雷昂自己放弃了。他那身心俱疲的铁汉角色，已不再是一时披上的外衣而已。

来年，在短短几个月之间，几乎可说是接连发生的两次心脏病发作，使柯雷昂后半辈子成了只能呆坐轮椅的半植物人，而这似乎是早就可以想见的事。

14

一九九八年十月二日，早上十点五十二分

"把爵轻信的尸体藏起来！"柯玛蒂的语气容不下半点商讨的余地。

然而柯薇娜在电话中仍试图争辩：

"可是，奶奶……"

"我叫你把爵轻信的尸体藏起来！柜子里、家具底下，随便藏哪里都行。必须争取时间。他的邻居、清洁工、情人……任何人都可能来他家。警察迟早会来。你这个笨蛋，一定在整个屋子里都留下了指纹。还不快统统擦掉！"

薇娜咬了咬自己的嘴唇，祖母说得对，她太鲁莽了。她在客厅里来回踱步，就在爵轻信的尸体和饲养箱之间，饲养箱里的那些虫子迟早会完蛋。她必须赶快行动，但不能逗留太久，她必须告诉祖母。

他要来了。

"奶奶，还有一件事……"

电话的另一头，柯玛蒂停顿了片刻。她一手拿着电话筒，一手继续修剪长长的一整排玫瑰花。她从孙女的语气中，立刻就感觉到这件事很重要。

"怎样，薇娜，怎么了？"

"不到五分钟前，韦马克打电话来爵轻信家。他在语音录音机留言了……"

柯玛蒂忍住不打断孙女。她握着花剪，敏捷准确地剪下一截茎枝。

"他说他要来找爵轻信……再过半个小时就会到，他搭地铁来，想谈丽萝的事。还有……还有……他说爵轻信的札记本在他手上，丽萝昨天读过了，她今天早上把它交给了他……"

又一截自根部剪断的玫瑰茎枝掉落地面。枯竭花瓣如下雨般散落在柯玛蒂的黑色长裙上。

"所以了，薇娜，你动作要更快了。照我说的去做，把所有痕迹清除干净，离开那屋子。"

"然……然后呢，奶奶？"

柯玛蒂首度犹豫了。吞噬着茎枝的花剪，张开着停在半空中。她到底能利用薇娜到什么地步？到底能控制她到什么程度？可不能再擦枪走火了……

"薇娜，你……你在那附近守着。韦马克不认识你。你去街上躲着，观察他、跟踪他。但除此之外，其他什么也别做，等一发现他，你马上打电话给我。给我听清楚了，你其他什么也别做！还有，一定要把尸体藏起来！"

"我……我知道了，奶奶。"

她们各自挂了电话。

金属钳剪如利齿般，铡断了玫瑰枝。

柯玛蒂了解薇娜对韦家的怨恨有多深。她也知道孙女随身带着一把毛瑟L100款手枪四处闲逛。那枪是上了膛的，功能完全正常，这些她都很清楚。那么，没有想尽办法避免让她和韦马克在凯伊丘街上爵轻信的家门口相遇，是否明智之举呢？

明智！

柯玛蒂很久以前就把这个词抛出脑海了。

最简单的办法，就是听天由命，听从上帝的安排。向来如此。

玛蒂不禁微笑了，并继续出奇灵巧地修剪那排玫瑰。她修长的手指如有天赋，很懂得如何捏住茎上没有刺的部位，从来不会被刺到，并能利落地把茎枝扭向花剪锐利的刀口。柯玛蒂的动作迅速而机械化，几乎不需低头检视，就像裁缝师缝纫时根本不需要盯着针看那样。

她优雅的黑色长裙沾染了泥土、草屑和花瓣。柯玛蒂并不在意。她把头转向辽阔的"玫园"。柯雷昂坐在轮椅上，在大枫树下的草地中央，头歪向一侧。他距离她有三十多米，玛蒂却能听到他打鼾的声音。她犹豫着是否要把护士琳达叫来，让琳达替他把头扶正，在脖子下垫个枕头，顺便把他推回屋内，毕竟天气有点凉。

她耸耸肩。那样又怎样呢……

她丈夫沦落成这植物人般的模样，至今已将近十七个年头。第一次心脏病发时，他很努力对抗，曾于几个星期间逆转颓势，但第二次病发时完全失去招架之力，事发当时他正在位于贝西体育场后方的公司总部八楼召开全员会议。急救人员让他保住一命，但脑部缺氧的时间太久了。

柯玛蒂继续检视所种的玫瑰，目光一面随着她脖子所戴的十字架投射在褐色泥土上的影子而游移。

这次，又是上帝的安排。

恐怖峰空难发生后，她丈夫一如往常，要求全权处理这件事。她退让了，任由他去做，毕竟他有权、有势、有人脉……

她真是大错特错！他们唯一的儿子亚历过世后，雷昂的脑袋也糊涂了。他接二连三犯错！拎着一整皮箱的现金去送给韦家、对那条手链只字不提，还拉着可怜的薇娜到处做证了好几个星期。

更别提其他那些不可告人的事了。

对，玛蒂对这个废人只感到不屑。过了这么多年，大概只剩飞机失事这件事不能怪在她先生头上。

玛蒂的手指在各株玫瑰之间飞梭着。玫瑰的刺只是不堪一击的装饰品，丝毫无力反击。茎枝一一倒落。

这么说还算客气的了……巴库—第比里斯—杰伊汉输油管的这整件事，当初可是他自己想出的主意。派她唯一的儿子，带着怀孕的媳妇，去土耳其住上好几个月，迫使她的孙女只好在国外出生！结果落得一场空！到了一九九八年，这条该死的油线连一根管子都还没动工架设。

柯雷昂全盘皆错。

她嫌恶地望着十几片枫叶，掉落在她先生身上、头发上、肩膀上、手臂上，堆积在两腿之间。

玛蒂剪完最后一根枝条后，后退观看成果。

十几株玫瑰已被剪到最短。玛蒂犹记得她祖母的告诫："剪玫瑰永远不嫌短；剪短一点，再短一点，别心软而把剪子往上移，反而要往下，永远要再往下十厘米。"

"玫园"于一八五七年落成，门廊上方的大理石上仍刻着当年的年份。玛蒂知道这些玫瑰全是那一年种下的，而且从那之后，一直由柯家人自己照顾。他们请了十几名人员负责打扫、下厨、除草、擦亮铜器、清洗窗户、巡逻家园……但好几个世代以来，玫园一直是由柯家人亲自打理。玛蒂自从会走路起，就开始学习园艺。除了玫瑰之外，在离庄园稍远处，她也亲手打造了一座温室。她端详了修剪完毕的玫瑰最后一次，然后，看都没看丈夫一眼，即朝温室走去。

她回想着薇娜最后说的那几句话。看来，爵轻信的札记本、他的遗嘱、他全部的调查结果，现在落到了韦马克手中……

真是讽刺！

她是否该再利用薇娜把它夺回来？是否该隐瞒下去，让薇娜继续活在自己的幻觉里？她后来得到的所有那些证据，也就是爵轻信提供给她的那些证据，她从来不曾让薇娜知道。

那样会要了薇娜的命！

她走进温室，一如每天早上，逗留了许久，呼吸着那各式各样不可思议的气味。这里是她的避风港，是她的心血结晶。这里，这个温室里，才是她觉得自己最亲近上帝的地方，她在这里最能感受到他的创造，最能静心祈祷，远远胜过去教堂。

薇娜……

她那疯狂的孙女呀！

这也要怪她丈夫。她仍记得薇娜六岁时，是个多么甜美可爱的小女孩，仍记得她在樱桃木大阶梯上的笑声、在庭院里玩捉迷藏的淘气模样、和她一起阅读植物图鉴时她那双惊奇不已的眼睛……现在，除了隐瞒她，还能怎么办？把她关进精神病院？如今薇娜之所以仍有起床、穿衣和吃饭的动力，全凭她的执念：丽萝还活着，虽然十八年前法官做出了那样的判决，丽萝仍生还了下来——唯有身为姐姐的薇娜，能让妹妹复活，就算经过了这么多年也一样。

让她复活，尽管手里握着的是毛瑟 L100 款手枪……

柯玛蒂低头望着一丛君子兰，它是秋季最晚开花的植物之一。玛蒂每年都成功让她温室里的君子兰一直开花到十二月。她最自豪的事之一，就是圣诞夜餐桌能摆上一束有着君子兰的红红白白的鲜花。玛蒂很仔细控制水量，湿度是种这种花的关键，也是它们鲜艳和长寿的秘诀。

她的思绪再度飘向薇娜，薇娜是她复仇的左右手。如今总得有个人站出来捍卫柯家的权益。既然如此，为何不能是薇娜呢？

接下来几天、接下来的几个小时，事情将起变化。如果丽莉已经读了爵爷的札记本，那么就不再只有薇娜是在街头游荡的不定时炸弹了。爵爷送了丽莉一个有毒的生日礼物。那是她这一生的缩影，那一百多页内容道尽了家中的所有秘密。

是两家人的秘密，双倍的痛楚。

足以把丽莉也逼疯，或是气疯吧。

柯玛蒂继续往前走。她温室里的紫菀，花瓣已快掉光，只剩几道放射状的细长紫色花瓣仍连在金黄色的中心上，仿佛有个犹豫不决的恋爱中女孩潜入了这温室，一瓣一瓣地剥掉了整朵花。

玛蒂脑海里浮现一幅奇怪的画面。几乎像梦境，像预言。她看到丽莉出现在这里，在玫园的园区里，手里握着一把毛瑟 L100 款手枪，手指紧扣着扳机。她缓缓走在草皮上。

是呀，如果爵轻信在札记中揭露了一切，那么丽莉确实该来这里复仇。玛蒂不禁微笑。但仍有一个问题。扣着扳机的那根手指呀，那根食指上，是否会戴着那枚戒指呢？那颗浅色的蓝宝石……这根一心想复仇的手指，是否会因宝石的光芒而闪闪发亮呢？

画面渐渐消逝。眼前又是那朵紫菀，除了仅存的三个花瓣，已几近光秃。

柯玛蒂自言自语地喃喃道：

"丽莉，生日快乐。"

假如当年她早知道，绝不会雇用爵轻信进行愚蠢的倒数计时调查。

她又往前走了一些，并回头张望，以确定只有她一人。这里确实只有她自己一个人。没有任何人隔着温室的玻璃偷窥她。她探向她的秘密花园，推开挡在前面的鸢尾花，露出几朵不易察觉的小黄花，那是仅几寸高的白屈菜。柯玛蒂很喜欢观赏这十字形如小阳伞般的四片金黄色花瓣。白屈菜以前又被称作"鸡眼草"，因为据说能用来治疗鸡眼，但玛蒂更喜欢白屈菜的另一个面貌，这个十字形的花朵其实含有剧毒，说不定是最致命的一种植物，它的汁液里有一种特殊的生物碱……

这是她的癖好。

愿上帝原谅她。

她转身步出温室。柯雷昂依然瘫软无力地坐在轮椅上，仅规律地轻轻颤动，顺便带动落在身上的红色枫叶。

他是一棵槁木，形状丑陋的槁木。

柯玛蒂的目光环顾整个庄园，玫园、豪宅、庭院……

不，也许一切仍有挽回的余地。姓氏、血脉、名誉。

丽莉。

她竟和薇娜抱持相同的想法。

还剩下最后一丝希望，就是昨晚爵轻信死前打给她的最后那通电话。他宣称有了一项新发现，推翻了先前的所有定论。他表示是三天前，在他合约到期的最后几分钟，据说是通过阅读《东部共和报》而得到了灵感。竟是半夜十一点五十五分的时候！

她是否要那么天真地相信他？他吹牛吹得如此离谱，她是否要那么愚蠢地随之起舞？

爵轻信不肯多透露什么，只说他需要去确认最后一些细节。她回想起薇娜和她的手枪。爵轻信就像侦探小说里的那些证人一样，想要哄抬价码勒索，却连个数字都还来不及说，就心脏中弹死了。

柯玛蒂走向被剪下来的玫瑰枝条。她弯下身去，用双手抓起整把枝条，毫未蹙眉、毫未流露出任何明显疼痛的感觉。

她虽然不情愿，却忍不住想要相信爵轻信最后说的那几句话。

那是个出路，是最终的希望。

而一如这整个事件一直以来的模式，那也是命运的天平。一个家庭如果获得希望，另一个家庭就必须输掉一切。

15

一九九八年十月二日，早上十一点零一分

米洛梅尼站。

香榭丽舍大道站。

地铁站一站一站过去。每停一次车，车厢就清空一些。列车猛然启动，不一会儿又放慢下来，宛如一连串盲目无尽的短跑冲刺。

一个漂亮的女生在荣军院上车。那修长的身形，和梳理整齐的一头金发，刹那间，马克还以为看到了丽莉。但只是刹那间而已。地铁里到处都是金发美女，如果想找到丽莉，凭的不是运气，也不是在她语音信箱拼命留言，而是要仔细阅读这本札记，是要无论如何尽快见上爵爷一面。

法伦站。

现在车厢里几乎只剩下马克。金发女生早已下车。马克赫然发现，车上现有的十一人当中，有七人是黑人。简直要让人以为如今仍有法律，禁止非洲人公然走在他们头顶上的格贺奈尔街、法伦街、巴比伦街等那些奢华地段。唉，马克实在无法适应巴黎，无法适应巴黎的疾苦、冷漠和孤独。他很想念迪耶普，那个他童年时期的共产党港都。他叹了口气。他其实别无选择，眼下还有更急迫的事。他认命地坐下来，继续阅读。

爵轻信的札记

威柏尔法官的判决书，于一九八一年五月十一日早晨，以正式信函送抵伯修尔街韦家的信箱。宛如某种象征一般。

昨晚一整夜，迪耶普的整片海岸摇身一变，成了一场临时而盛大的平民狂欢会。大家在海滨草地上，彻夜唱歌、喝酒、大笑、打赤脚跳舞。迪耶普这个红色色彩浓厚、因工厂陆续关闭而变得萧条的工人港口小镇，把五月十日这天当成最伟大的一次国庆节，大肆庆祝了左派候选人密特朗当选法国总统；这是历史性的一刻，左派终于掌权，共产党入主总统府了……改变、新气象！人人齐声喊着口号。连镇上年纪最大的老太太，这一晚也穿上了年轻时初次参加舞会穿过的洋装。而且穿起来依然好看呢！

韦皮耶和韦妮可也以他们自己的方式共襄盛举，这一刻，他们等了几十年。几十年来，他们努力打拼、抗争游行、到各个市集上发宣传单……他们的小餐车在海边几乎一整夜没关，大家在一片欢乐气氛中，恣意享用可丽饼、松饼和糖粉炸面团，配上香槟和苹果酒……不分男女老少。但韦家人仍无法真正放松。他们在等法官的信函，等最终的判决；他们仍怕柯家最后又来个回马枪。他们想等确实拿到正式文件，等把仍在蒙贝利亚育婴室的米莉拥在怀里了，再来好好庆祝这样的一场胜利。

他们仍不敢相信这是真的。

但毕竟，就算在迪耶普这种地方，一九八一年五月十日以前，又有谁真正相信左派会胜选呢？

皮耶早上八点左右拆开了法院寄来的信函，双手颤抖得很厉害。他昨晚只睡了两个小时。威柏尔法官在信中说得很清楚，恐怖峰空难生还女婴的姓名为韦米莉。她的祖父母今后成为她的法定监护人。他们当天早上即可前往蒙贝利亚接她。

在迪耶普的柏磊区，大家并没有把笛子、香槟、烹炸食物的油和烤盘收起来。剩下的东西，大家分着享用，狂欢会加码延长。一九八一年五月十日和十一日，连庆两天。

那是他们一生中最美好的两天。

柯玛蒂等到傍晚，天色几乎全暗后，才走近韦家的厢型餐车。她耐心等最后几个客人离开。这个时间点也是她刻意挑的，因为只有韦妮可一个人在。韦皮耶每周三晚上都会出席柏磊区的居民会议，一九八一年五月十三日这天也不例外。他认真考虑参选一九八三年的镇长一职。五月这一天的天气很好，只不过风太大了，这里的风总是太大。

该是向你好好介绍柯玛蒂的时候了。她于欢腾落幕的整整两天后加入战局。我对她的描述实在很难客观公正，你在接下来这几页就会明白。我为你绘制的这幅肖像，不论在形式上或内容上，都将力求翔实，但如果你觉得我好像流于片面，请至少相信我的出发点是诚挚的。整个开庭期间，柯玛蒂一直选择相信丈夫；相信丈夫和上帝。这辈子到目前为止，她对于上帝，或甚至对于丈夫，从来没有什么好抱怨的。她的家族原是安杰地区的望族，后移居至巴黎的新建市郊。她优雅、聪明、不吝关怀他人，马尾绑得高高的，带有一丝罗密·施奈德①般的俏皮，才二十岁就很快被欣赏、被嫉妒，和被追求。但这并未持续很久……她选择相信上帝。她爱上了出现在她人生路上的第一个男人，并发誓永远对他坚贞不渝。这个男人就是雷昂，一个优秀、有着雄心壮志却一贫如洗的年轻工程师。这个工程师把玛蒂所有的优雅和关怀之心，渐渐一点一滴消耗殆尽。既然上帝的旨意是如此……

玛蒂带来一个价值连城的嫁妆：她的姓氏。姓柯名玛蒂。贵族的出身、高贵的血统、一股代代相传的贵气……婚后雷昂从妻姓。想必你也同意，一个男人居然改姓妻子的姓氏，实在不常见呀！这个姓氏至少必须是历史悠久，且出自名门望族，才会让他甘愿这么做……玛蒂把自己的姓氏送给

---

① 罗密·施奈德（Romy Schneider），二十世纪六七十年代的知名欧洲女星。

了丈夫，除此之外，别忘了还附上了价值数百万法郎的国债，亦即日后柯氏企业的起步基石。雷昂的经营头脑造就了其余的一切：倍增成数千万的本金、柯氏企业在商场上的无往不利、收益丰硕的独家专利、遍及五大洲的分公司，等等。截至此时，玛蒂一定觉得，用自己姓氏所做的这项投资真是非常划算……

飞机失事，上帝带走了玛蒂的儿子时，她的信念并未动摇。你可能觉得这样很奇怪，但这么多年下来，我发现以宗教信仰而言，考验不但不会撼动信念，反而会更加深信念。奇怪的是，上帝不公平的时候，人反而会顺从而不会反抗。仿佛惩罚会逼得人不得不听话似的。尤其是不公平的惩罚，譬如这种莫名其妙遇上的惩罚。柯玛蒂披上丧纱默默赎罪，天知道是什么罪。她信任上帝的正义，也信任凡人的正义，毕竟上帝的旨意能照亮凡人的洞见。

然而，威柏尔法官将她的孙女判死刑时，玛蒂首度心生怀疑了。哦，不是怀疑上帝，不是的。而是怀疑凡人的正义，也怀疑她的丈夫。

她的信念改变了。

它不但没有动摇，想必还比之前更坚定不移。但它不一样了。她的信念不再只是旁观的、被动的和逆来顺受的。柯玛蒂如今意识到，自己是这世间上帝与凡人之间的桥梁，而她的信念就是她的力量和武器。她意识到她的信念给了她一个方向，而且她被赋予了一个神圣的任务，她必须采取行动。

我很知道这种思维逻辑可能带来什么样的后果，导致什么样的幻想。世界上处处可见人以上帝之名互相残杀，但他们各自所崇拜的神明，明明什么也没要求。我很久以前曾近距离接触过这种思维，后来才金盆洗手，改当私家侦探。

幸好对柯玛蒂而言，这个转化过程算是温和的，至少我是这么认为的。一九八一年时，她觉得某些人对上帝的旨意充耳不闻，既然上帝让她拥有这么多钱，用这些钱来改变事情的走向，应该也并不违背他的旨意。

于是，柯玛蒂抱持着这些新信念，做了两个深思熟虑的决定。第二个决定与我有关。第一个决定是在五月的这个晚间，去迪耶普海边找韦妮可。那次见面的情形，任何一个字、任何一次停顿的沉默，二十个月后，我见到韦妮可时，她仍记忆犹新。

一见到柯玛蒂，韦妮可心中极为警戒。她下意识地把裸露胸部上方的罩衫领口拉起来。法院审案期间，她们曾有机会擦身而过和互相打量。现在情况完全不同了，韦妮可明白了自己所拥有的权利。米莉是她的孙女，再也没有任何人，没有任何一个姓柯的，可以改变这一点。基于这个理由，也只因为这个理由，她姑且愿意听一听柯玛蒂想说些什么。

柯玛蒂站在雪铁龙 H 款厢型车前，韦妮可则在车内，柯玛蒂比她高了二十多厘米。语气中听不出任何情绪：

"韦太太，我就直说了。有些死去的方式叫人特别难承受。你知道，威柏尔法官的决定，是判了死刑！为了让一个孩子活过来，他杀了另一个孩子……"

韦妮可露出不耐烦的举动，仿佛想把自己的铁卷门关上，让对话到此为止。柯玛蒂非常轻微地略扬起音调：

"不，不，拜托你，请别打断我。哦，今天才过了仅仅几天，事情还看不太清楚。你多了一个小婴儿要养，而丽萝依然活在我们的记忆里。可是再过五年，再过十年，再过二十年呢？丽萝将不曾存在过，不曾嬉戏过，不曾就读过任何学校……米莉却将一直存在，她将会一直活着。大家都将忘记这场空难，忘记这个不解之谜。她将永远是韦米莉，而就算她不是她，她也将渐渐变成是她。谁也不会再管她出生时的这段插曲。

"妮可……你容许我直接称你妮可吧？对，有些死去的方式叫人很难承受。我将没有任何墓园可以献花，没有任何墓碑可以刻名。因为最糟糕的是，妮可，要是我那么做了，要是我把丽萝当成死了那样地哀悼，要是我祭拜了她，我岂不成了罪大恶极的魔头？因为我埋葬了她，她却也许仍好端端活在人世……"

"说了半天，原来是为了这个！"韦妮可冷冷打断她。

西部强劲的海风，似乎完全无法撼动柯玛蒂一丝不苟的发髻。

"不，妮可！请耐心听我把话说完。我并不是要来夺走米莉。对你来说，事情很简单。假如她真是你的孙女，那就太好了。假如她不是，那么她顶多像个被你领养带大的小孩……对你来说，真相如何一点都不重要，就像一个父亲永远也无法知道孩子究竟是不是自己亲生的那样不重要。但对我来说，真相……"

"你到底想怎样？"韦妮可几乎是用吼的语气。

她的领口随风飘扬，宏伟的胸部挺了起来。这件事爆发后，由于媒体、律师团和警方的缘故，韦妮可越来越有自信。她以相同的音调继续说：

"难道你希望孩子喊你'奶奶'？希望她偶尔打电话给你？希望邀她每个月的第一个星期天去你家吃饼干？"

柯玛蒂眼睛眨也不眨，丝毫不为所动。

"妮可，不必这么凶，真的不必。丽萝已经死了。你一定能体会我的感受……你捧在心头的这个宝贝，你们将喊她米莉，但在内心深处，你永远也无法确定。你我都无法确定。人生把我们困住了。"

韦妮可叹了口气。

"好，说吧。你到底想怎样？"

"只单纯想帮助这个孩子。如果她是丽萝，那么我就心安了。假如她是米莉，那么……对她也好。"

韦妮可从车内拼命往外探，怒气冲冲说：

"什么帮助？探视她？"

"不……我想她还是别认识我比较好。不晓得你是否会想让米莉知道这一切，我是说，以后。不晓得你是否想过这些事，但我觉得应该尽量瞒着她比较好。我一点都不想守在远处，等她下课偷偷看她，一点都不想躲在车子里看她长大，不想盼望着看到她和我儿子之间有什么神似之处。不，这样太不像我的作风，这样已超出我所能忍受的痛苦。"

柯玛蒂不禁轻轻笑了一声，很不像她会有的笑声。

"不，妮可，有钱人可以用更简单的方法来让自己心安……"

"钱？"

"对，钱。妮可，你犯不着摆出高姿态，我和我丈夫不一样，不打算用钱来买孩子。不是勒索，也不是交易，完全不是那回事。就只是送给她的一份礼物，我不求任何回报。"

韦妮可原本打算回呛，她的怒火越来越强，就像灌进车内的海风一样。柯玛蒂完全不给她时间：

"别拒绝嘛，妮可……你已经拥有了米莉，你赢了。我不是要收买你，我什么也不想收买。你只需要想想，既然有一笔钱要送给米莉，既然有一笔钱从天而降，为什么要替她拒绝呢？"

"我没说要拒绝。"韦妮可冷冷地说，"也没说要接受……"

她的语调忽然降了下来：

"你的这项提议，很复杂……"

玛蒂的声调犹如回音般升高了：

"你只要做一件事就行了：用米莉的名字去银行开个户头……"

韦妮可的嘴唇颤抖着。

"然后呢？"

"米莉的这个账户每年都将会收到十万法郎，直到她十八岁为止。这笔钱只能用在她身上，用在她的学费和休闲开销上，让她能享有最好的机会。当然，这十八年当中，如何运用这笔钱，由你决定。你高兴怎么用就怎么用。我给你材料，方法随你。这样算仁至义尽了吧……"

韦妮可任由海风把她的罩衫吹得飘曳不已，任风吹拂她赤裸的胸口，直至感到寒意。海边的小石子被一波又一波的浪潮永无止境地冲刷着，她任由自己沉浸在石子的声音中。

衡量利弊得失。

终于，她开口了：

"柯太太，为了米莉，我会去开这个户头，因为如果不这么做，我可能会怪自己，或说，她可能会怪我。你高兴的话，就把钱汇进去……"

"谢谢。"

"……但我们一毛钱也不会碰！"

韦妮可简直是用吼的语气。

"米莉受的教育将和她哥哥马克一模一样，而且我们无论如何都会做到这一点，该缩衣节食的时候，我们就缩衣节食，但我们就算咬牙也会做到。等米莉十八岁成年，她可以自己决定要怎么使用那笔钱。如果她想要那笔钱，钱就是她的，不是我们的。你明白吗？"

柯玛蒂嘴角扬起一抹微笑。

"妮可，你很残酷，但我仍然谢谢你。"

她犹豫了不到一秒，又说：

"我能不能再请你帮一个忙？"

韦妮可无奈地叹了口气：

"我也不知道，快说吧，我要打烊了。"

柯玛蒂从长外套口袋里，掏出一个皇家蓝色的小珠宝盒。她把它打开，上前来，把它放在餐车的吧台上。韦妮可不由得直盯着这枚浅色的蓝宝石戒指。

"我们家族有个古老的传统。"玛蒂以平静的语气说，"家里的女生年满十八岁时，会得到一枚镶着和她眼睛颜色相同的宝石的戒指。这个传统已经传承了好几个世代。像我就戴着一枚我母亲三十多年前送给我的戒指。可惜我没有机会也送戒指给丽萝。"

终于，韦妮可抬起头。

"大概是我笨吧，我听不明白……"

"戒指留给你，请你好好保管。或许再过三年，再过十年，和米莉朝夕相处后，你心里就会有底。你会知道她到底是不是你的孙女。这种感觉是勉强不来的。如果是这样，如果在你内心深处，你逐渐相信你所带大的这个孩子，并不是你儿子的亲生骨肉，我想你会把这个秘密藏在自己心底……"

她激动地呼了一口气，又说：

"这样想必也比较好，至少对孩子而言比较好。但假如确实如此，假如多年下来，你有充分证据足以相信她并不是你的亲生孙女，那么等到她十八岁的那一天，请把戒指送给她。除了你和我之外，没有任何人会知道其中的含义，连她也不会知道。但如此一来，你和我，都将得到一个公道……"

韦妮可本想拒绝，想退回戒指，想大喊她觉得这个构想荒唐又邪恶，但柯玛蒂根本不给她机会。她连等都没等回应，已径自转身离去。她深色的长外套已开始与渐正降临的夜色融合为一。

皇家蓝色的珠宝盒，就这么留在吧台上。

第二部分　我是谁，丽萝还是米莉 ✗

哦，蜻蜓，
你呀，你有着脆弱的翅膀，
我呢，我有着破碎的身躯……

16

一九九八年十月二日，早上十一点零八分

　　薇娜手上缠着抹布，把身后的窗户关上，然后把抹布塞进外套口袋。她用这条抹布把屋内统统擦拭过了，又有谁会发现爵轻信厨房抽屉里的那叠抹布少了一条呢？

　　她得意地缓缓溜到小院子里，免得引起街上路人注目。她躲在屋子的角落边，等了两辆车子先过去。四下无人后，她跨越大约仅一米高的石砌矮墙。她来到马路上了，没有任何人看到她出来。没有任何人知道她闯进爵轻信家里过。她终究不像大家想的那么笨呀！她回过头来。有个细节，让她觉得碍眼。从人行道上仔细看，便会发现玻璃窗户的右下角破了，那是她为了把手伸进去开窗而砸破的。她耸耸肩。那不太重要。

　　她在凯伊丘街上快步前进。此地不宜久留，踪迹很容易被人发现。那个姓韦的随时都可能出现。

　　那个王八蛋呀，她想到了一个办法可以等他和堵他。她又往前了一些，然后从口袋掏出一把车钥匙，启动自动开锁系统。薇娜把自己仅四十公斤的身躯滑进小车子里。她的车子是一辆 Rover Mini①，在巴黎不管哪里，几乎都

---

①　路虎集团旗下一款汽车，1994 年被宝马收购。

能找到车位，包括距离爵轻信家仅几米的地方。这辆车不算很低调，但姓韦的不可能认得出它。

薇娜拼命把自己缩进前座和踏板之间。虽然车内空间狭小，如果她尽量压低身体，经过的路人仍可能以为车上无人。而薇娜自己呢，既可通过前方也可通过后视镜，不用改变姿势就能监控街上的动静。再理想不过的躲藏地点了！假如姓韦的坐地铁从寇维萨站过来，就会从路口那头出现，不会经过她的车子，而她呢，倒是老远就能发现他的踪影。太完美了。

她扭缩身体，把毛瑟 L100 款手枪握在手里，然后把枪放到驾驶座底下，一个随手可得的地方。

只有一件事仍令薇娜介意：这个时刻的凯伊丘街仍有太多路人往来，尤其五十米外的那家面包店，老是有一大堆客人进进出出；会有太多目击证人了，不过他们离这里有一段距离，少说也有五十米吧，这样的时间够她行动了。她回想起祖母的命令："你观察他、跟踪他。但除此之外，其他什么也别做，等一发现他，你马上打电话给我。"薇娜忍不住把手伸向座位底下，摸一摸手枪，仿佛想确认它仍在原地。金属枪身的冰冷触感，让她安心不少。仔细想想，她都二十四岁了，难道什么事都还非听祖母的不可吗？

马克几近盲从地在蒙帕那斯站无尽的长廊里前进，一面仍尽量留意往 6 号线方向的路标。

丽莉确实戴着那枚戒指，那枚和她眼睛颜色一模一样的浅色蓝宝石。

所以两天前，她满十八岁时，妮可把它送给了她。他祖母遵守了协议。她没有向任何人提起过，从来没有，连丽莉也没有。

可是她把戒指送出了！

如今马克知道这其中的意义，知道这是他祖母多么沉痛的告白。

他必须打电话给祖母，必须和她谈谈。他会去做这件事，晚一点吧。目前最迫切的，是丽莉。他一面走着，一面用没拿东西的那只手，按着手机上的按键，发出一条短信：

丽莉，快回我电话。马克。

他决定一个小时后要再重复这个动作，只要丽莉没回电话，就继续给她发。

她到底会在哪里？他想起背包里的飞机小模型。她说要去世界的另一端，是认真的吗？对……丽莉只要一满十八岁，就有足够的经济能力，能去世上任何地方，还能待上好些年。

马克一面在乘客之间穿梭，一面回想着爵轻信笔记的最后几行字。丽莉的银行账号、柯玛蒂那个包藏祸心的礼物：那个老太婆很清楚自己在做什么……多年下来，马克最后说服自己相信，是因为钱的缘故，丽莉和他之间才出现了差异，才解释了那不正常的情感，才说明了为什么拥有相同父母血缘关系的一个男孩和一个女孩之间，会出现那种违反天性的吸引力。

一切都能用钱解释。然而，在他内心深处，有个声音却一直告诉他，不是那样的！不是的！不是的！

那个声音是对的！不是钱的缘故。如今他已掌握了证据，证明他祖母就算不曾表示过什么，心里却和他是一样的想法！

丽莉戴着柯家的戒指。

祖母送戒指给她，等于承认了这一点。丽莉不是他妹妹！他们是自由的。

马克有一种飘飘然的喜悦感。他敏捷地跳上往纳逊方向的列车，轻轻推挤了几位乘客，钻到车厢的中央走道，争取多一点空间，一点关键的很小的空间，好把札记本打开。

再五站到寇维萨站，从那里去凯伊丘的爵爷家只要几步路就到了。

还来得及再读几页……

爵轻信的札记

轮到我登场了。终于！

爵轻信，私家侦探。

大家期待我很久了吧？我也同意，我出现的这个时间点，算是有点迟了。这甚至是我最大的问题所在。

　　柯玛蒂于见完韦妮可的隔天，走进了我位于贝维尔区阿曼迪耶路上的事务所。她给我的感觉，像是藏在一身墨黑之中，仿佛用衣服诉尽所有苦痛。我想，前去和韦妮可碰面这件事，令她元气大伤，这是她自己做的决定，并未和丈夫讨论过。柯玛蒂在迪耶普海边受尽屈辱，但她知道，唯有这样的牺牲，才可能使韦妮可让步。在那个当下，必须让韦妮可觉得自己比较强，不然，她永远也不会答应以米莉之名去银行开户。

　　后来，柯玛蒂心里一定暗自想着，永远、永远不要再受这样的屈辱了。为求安心，她付出的代价很大，远比一年给丽莉一张十万法郎支票大得多。所以，迪耶普的这次谈判后，柯玛蒂犹如结冰了。她走进我的事务所时，只是一颗又黑又硬的冰块。

　　她走上前来。

　　"我听说了不少你的事，爵先生……"

　　哦？

　　她自我介绍后，我隐约回想起电台和电视大肆报道了好几星期的那个事件，当时我根本没去注意。

　　"爵先生，听说你的优点是低调、坚持、耐心、严谨……正是我所要求的。要请你办的案子很简单：把整起恐怖峰意外事件，从头开始，重新调查，一一过滤所有细节。如果可以，请找出更多线索。"

　　当年，业界有十几名私家侦探，而我只是其中之一，但我已逐渐建立起口碑。顾客委托的小案子，我统统一一解决了，包括滨海赌场的那档事和其他几个案子。我还没失败过，就像个拳击手，只赢过小比赛，但没失手过，就以为自己打遍天下无敌手了。我不知道她为什么挑中我，但话说回来，又为什么不能是我呢？无所谓，我才不会放过这个大好机会。

　　柯玛蒂又上前一些。我继续坐着，我个子并不很高，乍看之下，她应该比我高出至少五厘米。我还是在椅子上坐挺了些，摆出一点姿态。

　　"柯太太，这件案子很复杂，不是轻轻松松就能办妥的……这件案子需要时间……"

　　"我不是来讨价还价的，爵先生……"

轰！

她直挺挺站在我面前，黑色的身影如庞然大物般震慑了我。我就算想站起来也已太迟……

"爵先生，我的案子，你要接就接，不接拉倒……相信我轻而易举就能找到别人，但我想你应该会接下。从今天起，接下来的十八年，你每年会收到十万法郎，直到我的孙女丽萝——如果她还在人世的话——成年为止，也就是到一九九八年的九月底。会是九月三十日而非二十七日，毕竟司法是如此判定……"

每年十万法郎！乘以十八！我都数不完有多少个零了。那些零在我脑袋里变成一串长长的珍珠项链。整整十八年。简直是公务员才有的收入，再也不用当穷酸侦探了……

只不过……虽然我的名字"轻信"听起来白痴得要命，我仍需要多了解一点详情……对，我在此向你证实，虽然很怪，但"轻信"确实是我的本名。

"柯太太，这么大一笔金额，请问你对我到底有什么要求？要是十八年后，我什么也没查到，要退还给你吗？"

这是个未卜先知的问题吗？早该引起我的戒心。对，说到底，"轻信"这个名字，我还真是当之无愧……漆黑的身影又靠过来一些，把我压得更低了。

"爵先生……这件案子是凭我对你的信赖，也只凭这份信赖。你对结果不需负任何责任，但我要你用尽各种办法竭力解开它。我希望任何事，任何一条线索或任何一种假设，都别放过。你将有充裕的时间和金钱去完成这件事。如果有任何关于恐怖峰生还女婴身份的证据，我都要你把它查个水落石出。你听清楚了，爵先生，不论实情如何，我要知道真相，就算它不利于我也一样。"

我开始感到一股天旋地转的晕眩。

"而你认为，这样的一场调查，需要花上……十八年？"

"我将付你十八年的酬劳，所以你将有十八年的时间可以查出真相。我不要求你所有这些年统统只用来调查这件案子。我只是尽可能提供调查此案所需的资源：时间和金钱。"

"要是……要是我五个月就查出了真相呢？"

"天真。"对，我妈当初帮我取名字，应该取"天真"，而不是"轻信"。

"你没听懂吗，爵先生？我说得还不够清楚吗？无论如何，你都将收到十八年的酬劳……爵先生，这是我们之间的口头约定。我只要求你用尽各种方法查出生还女婴的身份，这是我唯一在乎的事。"

她再度朝我压迫过来，脖子上戴的木质十字架在我眼前晃来晃去。她继续说：

"爵先生，假如让我觉得你没有认真投入调查，我保留单方面随时毁约的权利……假如让我觉得你只是在利用这个机会的话。但这种事并不会发生，是不是？我听到的传言，都说你是个言出必行的人……"

居然不用签合约！有这种事？我碰上了一个有钱没地方花的疯老太婆了！

真是奇迹。她疯了……她到底愿意配合到什么程度？

"必须去土耳其当地。"我说，"得待上一阵子……"

"除了每年的固定报酬外，你出差开销都可以报账……"

要再得寸进尺一些吗？

"我……我不会说土耳其语。光凭我一个人没办法……"

"如果调查有需要，你当然可以聘请人员。他们的开销也可以报账……"

我的天哪……

这并不是随口问问而已，我脑海里已浮现一个人选，至少刚起步的时候，我想和他一起搭档调查。他叫欧纳金，我曾经和他一起在中亚鬼混了几个月，他是全法国我唯一认识的会讲土耳其语的人，也是唯一我大略信任的人。

柯玛蒂现场签了第一张支票给我，十万法郎，在当年堪称巨款，然后就像来时那样，幽幽地离开了我的事务所。我并未特别注意到，这个冷酷的蛇蝎魔女离开后，我事务所里的空气是何等寒冻冰冷。我只觉得自己像中了乐透头奖，而且连下赌金都不用：我的姓氏和名字，终于头一遭可以相称地并列在一起了。

"轻信"因为我相信这个案子可行，相信自己时来运转，相信自己发了大财……

"爵"则因为我为了庆祝自己这么好运，接连过了三天大爷般的挥霍生活……而且一毛也没花到我的那十万法郎。

可以报账嘛……

在那当下，我哪儿知道自己即将坠入一个万丈深渊？哪儿知道那吸引我的光芒，会让我如飞蛾扑火？

那是一个黑洞。

那个跳板的下方深不见底。

17

一九九八年十月二日，早上十一点十三分

尚玛利杰戈巷是一条陡坡，大约五十米长，直通上方的凯伊丘；它是一条明信片风景般的漂亮小巷子，让人感觉仿佛置身于某个小镇上，仿佛由此能通往镇上的广场，看到小教堂、镇政府、小酒吧，和法国梧桐树荫下的滚球场地，等等。但这里却是巴黎市中心呢！马克约略知道，凯伊丘是巴黎仅存的几个旧式传统小区之一，他以前某天晚上曾来这里的"樱桃时光酒吧"喝过两杯。一个家境富裕又爱耍文艺腔的大学同学——他最讨厌这种人了，印象中好像是个外交官的儿子或什么之类的——曾告诉他，建筑商无法开发凯伊丘，因为这里地底下曾经是石灰岩矿场，无法在这里盖任何高楼。马克只记得在这个昂贵地段，随便一栋房子都是天价。

马克爬完一座二十几阶的楼梯，抵达凯伊丘顶处。他扶着楼梯扶手，拿出手机，再度发信息给丽莉。

一模一样的信息，他已经背熟了。

丽莉，快回我电话。马克。

为求心安，他检查了语音信箱，但白费力气，半则留言也没有。

凯伊丘街上相当清静，只有面包店有人进出，看来是这条街上唯一有生意的商店。至于其他的店铺，现在时间还太早，餐馆似乎仍无客人上门。马克往前走，抬头望向外墙面，来到二十一号的门牌前。映入眼帘的是一栋仅一层楼的小屋，坐落在一个约二十平方米大的别致小庭院中央……这种毫不起眼的小屋子，在法国乡下随处可见，没什么了不起的……但这里可是巴黎市中心，俨然是一种顶级奢华！这房子是独栋的，没有加盖楼层，周围还有自己的院子！就算每年能从柯玛蒂那里拿到十万法郎，这样一栋豪宅仍不像是爵轻信买得起的……

马克继续检视这栋房子。浅绿色的窗板是关起来的。有点生锈的黄色信箱和斑驳的围栏之间有个门铃，他试探性地按了按。

没人。

他等了一分钟，又按了一次。依然无人应门。他用手抓了抓头发，一面思索该如何是好。爵爷不在家，这也是常有的事。他更仔细地打量了整个屋子和院子，想激发一点灵感……他来到马路上。

忽然灵光乍现，想到办法了。

屋子的右侧，有一扇窗户的一角破了个洞。运气好的话，他说不定可以把手伸进去，握住把手，把窗户打开，进入爵爷家。马克环顾四周：街上没人注意他。他毫不犹豫一跃翻过石砌矮墙，来到几乎可以不被闲人看见的窗户边。他把手放在窗框上。出乎意料的是，才仅仅这样一个举动，窗户就自己打开了，它居然一推就开！

没想到运气这么好，爵爷家竟如无人之地，马克不禁感到意外，但随即将其抛诸脑后。下一秒，他已溜入爵爷家中。

那个小杂种进到姓爵的家里了，薇娜心想。她从后视镜清楚看到韦马克走过去并翻过石砌小矮墙。像老鼠一样偷偷摸摸，薇娜又想。他背着一个背包！爵轻信的札记本，想必就在背包里。情况不错。薇娜试着稍微移动，让头别再贴着车门，也让腿伸展一下。为了把自己的高度压得比方向盘低，她开始脖子痛了，但她不管。她很愿意继续保持这个姿势好几个小时，就算后半辈子要一直戴护颈套也无所谓，只要能够等那个姓韦的出来、当场逮住他，能够翻开那本该死的札记，一页一页撕掉里面的连篇谎言，就像逼供时把一个人的指甲一片一片扯掉那样。把手指一根一根扯断。用她的枪架着那个姓韦的，也逼他说话。她就即兴发挥吧，到时候，自然会想出一套好玩又变态的拷问规则。

余烬和烟雾立刻呛入马克的喉咙，仿佛屋内的壁炉连烧了好几个小时，却一直没有开窗通风。马克被呛得咳嗽。他站在一个小仓库里，有点像是堆放库存物和各式园艺或水电工具的储藏室。他把门推开，爬了三阶水泥楼梯，又推开一道门。这里应该就是爵爷家的客厅。

烟雾的气味立刻变得更浓烈。马克又咳嗽了。他的目光被正前方的大壁炉所吸引。有个事实摆在眼前：有人用这个壁炉烧掉了好几公斤的纸类文件。他查看了木质地板上的空档案盒。显然爵爷来了一次大扫除，而且是最近这几天的事！

马克还不及仔细判读眼前的景象，从他的右后方，传来一个令他胆战心惊的怪声音；那是一连串短暂碰击所造成的一种闷闷砰砰声，仿佛某种机械玩具卡住了似的。马克忐忑警戒地转过身来。他赫然发现那个大饲养箱，箱子里几乎所有蜻蜓都奄奄一息躺在潮湿的底部。他走上前去。只剩最大的、身躯有着红色和金色光泽的那只，仍吃力地试图振翅。仿佛它发现屋内有人来了，可能是救星，所以虚弱地挥动翅膀，拍打饲养箱的玻璃箱板。片刻之间，马克一动也不动，看蜻蜓的垂死求生举动看得出神。一只蜻蜓呢！被困住了，奄奄一息了，就像其他的十几只蜻蜓一样。马克不假思索走去，双手捧起饲养箱的玻璃盖子。盖子相当沉重，但仅仅是放着而已。马克不费力气把它掀了开来，放到一旁墙角靠着。大蜻蜓立刻嗅到新鲜空气，才挥几下翅膀便逃了出来。马克凝视它飞翔，它起先略显犹豫，随即优雅而大气。蜻蜓在屋内盘旋了许久，随后在客厅的窗台上停歇。

马克油然生起莫名的感动。

因为拯救了这只蜻蜓，他感受到一股强烈、几近稚气的喜悦。

这是他的蜻蜓。

他从来不知道爵爷养蜻蜓。既然养了，为什么又要让它们这样垂死而不管呢？

　　马克进一步检视爵爷的办公桌。一切收拾得井然有序，有笔、便利贴、一小瓶居然会出现在这里且已喝光的酒，以及一个杯子。这个场景有些不对劲：不管怎么看，都让人觉得爵爷想把所有牵涉到这个案子的东西，毫不遗漏地一一做个了结。档案烧光了，蜻蜓饿死了，还有遗嘱，也就是他背包里的那本绿色札记，爵爷在丽莉满十八岁的夜里书写完毕后，也送交给她了。

　　对爵爷而言，人生已一了百了。整个过程经过了周全的考虑规划。

　　那么到底发生了什么事？为什么爵爷不在家？

　　马克觉得这屋子里弥漫着一种紧迫不安、仓皇逃离的感觉；譬如那个没收拾的小酒瓶，和那个破了一角且一推即开的窗户。还有那股味道。不是壁炉的余烬烟味，而是隐约藏在烟味里的另一股味道。

　　有哪里怪怪的……

　　马克的脸忽然亮了起来。他在爵爷的办公椅上坐了下来，把背包打开，拿出绿色札记本，迅速翻页，在爵爷字迹的最后一页停下来。

　　如果想知道爵爷最后关头在想些什么，其实非常简单：只要读一读他笔记的结尾就行了……就像一本很无聊的推理小说，让人忍不住跳到最后直接读结局，就算心里会有一丝作弊的感觉，也很快就忘掉了。

　　马克集中精神。爵爷札记的最后一页只有二十几行字，字依然紧密而工整。

　　就这样了，能说的都说了。

　　今天是一九九八年九月二十九日，现在是半夜十一点四十分。东西统统收拾好了，一切到此为止。再过几分钟，丽莉将满十八岁。我将把笔收进面前的这个笔筒。我将坐到这张办公桌前，把这份该死的一九八〇年十二月二十三日的《东部共和报》摊开来，然后心平气和朝自己脑袋开一枪。我的鲜血将沾满这份报纸泛黄的纸张。我失败了……

　　我身后姑且留下这遗嘱，给丽莉，给任何有兴趣的人。

　　我在这本札记里，记录了所有的蛛丝马迹、所有的线索、所有的假设。

整整十八年的调查，全记录在这一百多页之中。假如你已仔细读完，那么你现在知道的和我一样多。也许你比较厉害？也许你能发现什么我所忽略的调查方向？也许你能发现什么关键，如果真有的话？也许……

又有何不可？

对我而言，已经结束了。

若说我既无悔恨也无遗憾，那是言过其实，但我尽力了。

马克缓缓重读最后一句话，我尽力了。他停顿了一会儿，努力压抑心中越来越强烈的那股不舒服的感觉，然后循着字迹往回倒退了几行。

朝自己脑袋开一枪。我的鲜血将沾满这份报纸泛黄的纸张。我失败了。

马克抬起头。

爵爷提到自己有寻短见的打算。

那么，为什么他办公桌上没有半点血迹呢？没有报纸，也没有枪。所以三天前，晚上十一点四十分到十二点这段时间，爵爷忽然决定不寻短见了……为什么？这么大费周章，为什么又在最后一刻改变主意？

难道爵爷临时胆怯了？还是他后来去了别的地方朝自己脑袋开枪？还是他在札记中关于寻短见的部分是骗人的？其余的部分呢？还是……有可能吗?！他在十二点之前又发现了什么？一道曙光、一个点子、一条最后的线索……

马克缓缓重读笔记的最后几行字。

爵爷并未留下任何线索。只有一件事是确定的：他并未头部中枪倒卧在办公桌上。

马克合上札记本，不由得又咳嗽。他依然闻得到那股恶臭，且越来越刺鼻。又传来一阵机械般的声音，比之前更大声了，他忍不住转头看。有十几只蜻蜓，因呼吸到新鲜空气而获救，从饲养箱逃出来，在客厅里飞来飞去；它们飞不远，仍飞得不太灵活，从柜子飞到架子，或从椅子飞到桌子，或从帘子飞到杆子。不再奄奄一息了。这些小飞虫显然比想象中更耐活嘛。马克微笑了，他的思绪飘向丽莉，她是他的蜻蜓，是他唯一真正想救的蜻蜓。如果有必要，他愿反其道而行，用玻璃盖将她罩起来。马克感觉自己思绪变得紊乱。在他面前飞舞的这些蜻蜓，令他眼花缭乱，宛如昏倒前眼冒金星一般。

他站起来。必须动一动才行。

天哪，这味道到底是哪里冒出来的？！

他往前走了几步。越靠近厨房，味道越重。厨房干净整齐，连垃圾桶都清空了……可是这味道，绝对是从洗碗槽旁那个又高又窄的柜子冒出来的。

马克缓缓把门打开。

几乎在同一瞬间，尸体砰的一声掉落在他脚边。

已经僵硬了，和蜡像没两样。

马克脸色发白，惊骇不已向后退。吓死人了。

尸体掉在他面前。衬衫上有一摊暗红色的污渍。

是爵轻信。

死了，就像札记里预告的那样。

只不过，如果一个人朝自己心脏开了一枪，之后应该不太可能还花力气把枪藏好、把四溅的血迹擦干净，再把自己藏进柜子里。

马克又退了一步。

爵轻信不是自杀，而是遭人毒手。

18

一九九八年十月二日，早上十一点二十七分

柯薇娜头也不抬地用指尖把手机挪过来，从这辆 Rover Mini 外面，根本看不出车内有人。

电话响了几乎一声都不到。

"他来了。"薇娜低声说，"那个姓韦的在爵轻信家里了。"

"这是意料中的事。你没留下指纹吧？"

"没有，没有，奶奶，别担心。我甚至把壁炉里爵轻信烧焦的睫毛、头发和脸，也顺便擦过了。"

说完，她发出一阵神经质的尖锐笑声。她祖母总认为她很笨。

"奶奶？"

"怎样？"

"他有可能会发现爵轻信的尸体。我把它藏起来了，可是它……它……味道很重……"

她注意到她祖母在电话另一头沉思着。

"奶奶？"

"嗯，"柯玛蒂终于说，"……那么，如果被他发现……就算了。或许也好。毕竟他是擅自闯进去的，马路上一定有目击证人。屋里到处都会是他留下的指纹……这正是你求之不得的事，不是吗？"

薇娜感到一阵欣喜的战栗。祖母说的有道理，她说的总是很有道理。韦马克这下子惨了，活该！

"奶奶，他背了一个背包。我猜爵轻信的札记本就在里面，你觉得……"

柯玛蒂的音调变得冷酷："不行，薇娜，不许轻举妄动，只要跟踪他就好。不可以光天化日之下在大马路上乱来。你听清楚了吗？"

"好啦，奶奶，我知道了。我再打电话给你。"

薇娜掂了掂座椅底下的手枪。对，她祖母总是说得很对，几乎啦。但这次不一样……

几只蜻蜓在爵轻信尸体上方飞旋。

马克感到恶心反胃。惊恐的感觉忽然袭来，然而他必须镇定。现在这个时候，千万不能惊恐症发作……

报警？

马克很快想了一遍。他是从一扇破角的窗户擅自闯进爵爷的家的，还留下了自己的指纹。报警并不是个好主意。尤其是，警察一定会讯问他、要求他待在当地的派出所里，至少也得耗上好几个小时。他不能那么做！现在这种时候不行。丽莉需要他，很紧急。报警绝对不是个好主意。

怎么办？

他的目光落在那具尸体上。他对医疗解剖毫无概念，但觉得命案似乎是不久前才发生的。僵硬的程度啦、味道那些的，都让他觉得尸体几个小时前才开始腐烂。马克回想起爵爷札记本里的最后几行字。他预告了自己将寻短见。和这命案有何关联？他到底发现了什么，结果落得被灭口的下场？

马克在客厅里来回踱步，不耐烦地挥开一只嗡嗡扑向他的脸的蜻蜓。

怎样都兜不起来。爵爷是几个小时前遇害的，不是三天前，不是丽莉生日前一天晚上。马克再度环顾客厅、办公桌、壁炉和饲养箱。

这真是超现实的一幕！那些蜻蜓一只接一只苏醒过来，越来越有自信。它们在屋内飞窜，撞向窗户，被从窗板透进来的一道道光芒所吸引。

马克四处走动，为求慎重，逐一巡视每个房间。他并未发现异状，但这样有系统地搜寻，让他至少得以平静下来，恢复几乎正常的呼吸节奏。他走到玄关，立刻感到血液奔腾，宛如滂沱大雨后溪流暴涨那样。他的手指、脖子和太阳穴都发红了。玄关的墙上贴满了照片。有欧纳金、丽莉、恐怖峰……

有张照片令他愣住了：是他祖母！爵爷家里的门口，居然留有一张妮可的照片。照片上的她，比现在年轻很多，大概才五十岁吧，背景是迪耶普的海边。马克既愤怒又错愕，感觉心脏快要跳出来了。他只记得祖母如今的模样，一个因多年来吃尽苦头而显得疲惫倦怠的六十五岁妇人。对于这个微笑、丰满，甚至堪称动人的女人，他几乎没有印象。

他别过头去，希望让心情平缓下来。他快窒息了，必须赶快离开这里。焦虑感、幽闭恐惧……恐慌症随时可能发作。离开爵爷家前，他想到也许该善后一下，该拿抹布擦一擦他触摸过的所有东西，饲养箱盖子、办公椅、门把、窗户……但他懒得那么做，也没时间。

必须逃离，离开弥漫恶臭的屋子，回到马路上。

他有什么好怕的？又不是他杀了爵爷。爵爷几个小时前就死了。当时他根本不在凯伊丘这一带。

马克跨越窗台，迫不及待大口大口吸着新鲜空气。

对，他现在才没空打扫屋子，他有更急迫的事。

当务之急是找到丽莉。

还有打电话给他身在迪耶普的祖母，问个明白，弄清楚为什么有人杀害了爵爷。

关于最后这个问题，他心里大致有个想法。这个想法和他接下来要去的地方有直接关联。

他出来了，走在庭院里。

他没注意到，在他身后，那些蜻蜓正从打开的窗户飞向天际。

薇娜往 Rover Mini 车子底部又蜷缩了些。从车外的后视镜，她可以清楚看到韦马克的身影。他越来越靠近。这个背着背包的笨蛋，浑然没发现有人在监视他。薇娜把手伸向座位底下摸索，握住毛瑟手枪。再几米，他就进入射程范围了。她将把枪口对准他的老二，这样他就没的选择了，只能把那个破背包和里面那个姓爵的混账的札记本，统统乖乖交给她。

然后，看着办吧。或许她可以打爆他一颗鸟蛋，或两颗都打爆也行……她还没决定到底要怎样。

快了……

剩十米。

薇娜抬起头，握紧手枪。路口那头，有几个老人在面包店里聊天。她无所谓。那样正好，他们距离太远了，根本看不清楚。她转头望向右侧的人行道。不怕一万，只怕万一。她把脖子又抻长了些。

同一瞬间，她呆住了。

有三个年约三四岁的小孩子，正嘻嘻哈哈朝她吐舌头！他们脸上挂着鼻涕，探头探脑地隔着车窗往内看，仿佛她在玩捉迷藏而躲在方向盘和驾驶座之间。哇哈哈，抓到你喽……

一位甜美娇小的女老师出现，把三个小萝卜头带走了。这次，薇娜完全坐正了。

可恶的小鬼！

现在，一整班的幼儿园学童成群结队走在人行道上，至少有三十几个孩子吧，正要去吃营养午餐、去对面的公园玩，或不知去哪里。

下一刻，韦马克从圣安妮幼儿园中班全班的学童身旁经过，顺带对女老师礼貌地微笑一下，然后若有所思地匆匆离去，看都没看停在人行道一旁的Rover Mini 一眼。

"喂，奶奶？我是薇娜。我错过他了，奶奶……"

"什么叫你错过他了？！韦马克？你是说你朝他开枪了……"

"不是……才没有，我根本来不及。"

柯薇娜听到祖母松了一口气。

"好，薇娜。他现在呢，在做什么？"

"他正在离开，越走越远了，应该是去搭地铁吧。要不要我跟踪他？"

"薇娜，你别动……"

"可是……"

她祖母疯了。居然叫她别动？

"……可是，奶奶，爵轻信的札记本怎么办？"

"我叫你别动！"

"可是……"

薇娜知道自己仍来得及追上去，只要手里握着枪，就能在地铁站的走廊里逮住他，抢走他的背包，一脚把他踢到轨道下……

"回来，薇娜，回玫园来。这样比较好……"

"我还来得及抓他，奶奶……真的……"

她祖母的声音变得既温柔又坚定，就像晚上她在她床边，念《圣经》给她听时一样。

"薇娜，你听我说。那个姓韦的一定读了爵爷的札记。他的第一个反应很正常，就是冲去爵爷家。他一定发现了尸体，所以第二个反应也是可想而知……"

薇娜听不明白。她祖母到底想说什么？

"你可以回来了，薇娜。韦马克正前往古福蕾的玫园，直奔我们家而来。"

薇娜暗自咒骂，骂自己怎么这么笨。

她的后视镜有个小黑点越来越大，一会儿出现，一会儿又不见，仿佛故意吊人胃口。又飞了几圈后，有着红色和金色光泽的漂亮蜻蜓，停落在了Rover Mini 的蓝色车顶上。

19

一九九八年十月二日，早上十一点三十一分

马克停下来，休息一下。他倚扶着通往布朗基大道那两条陡峭阶梯中间的金属扶手。冰冷的金属冻僵了他的手。

马克脑袋里已规划好路线。搭地铁，6 号线。到纳逊站换车。转郊区快车 RER 的 A4 路线，往马恩瓦雷方向。在倒数最后一站瓦欧洲站下车。最多再过一个小时，他就到古福蕾了。柯家的确切地址一点都不是问题，只要像之前打听爵爷的地址那样，打电话问幸好今天刚好值班的同事珍妮就行了。

不需要事先通知柯家的人，到了那里，总会有人能回答他的问题，那个坐轮椅的祖父，和深宫太后般的祖母，应该不常出门才是……就算需要买生活必需品也不用出门……这种事，他们都花钱叫别人去做，连这种事也是。

马克不禁微笑。他打算给他们一个惊喜！毕竟，从今以后，他和柯家的目标一致了：证明丽莉不是他妹妹，证明她身体里流的不是韦家的血液……这样总能达成某种共识吧。

共识……

马克一回想起爵爷的尸体，就忍不住打寒战。

他拿出手机。一如刚才所设想的，他必须打电话到迪耶普。

结果又是语音录音机！

他从很久以前开始，便直呼祖母的名字"妮可"了。这是他自己想出的办法，以彻底解决十岁以前一直困惑着他的疑问：到底该喊"妈妈"还是"奶奶"？

"妮可，我是马克。有没有丽莉的消息？我是说，你今天早上九点以后和她联络过吗？快回我电话，有急事。"

他停顿了一会儿，又说：

"对了，妮可，虽然我一点也不记得了，但你五十岁的时候很漂亮！爱你。"

马克的左手很用力握住冰冷的金属扶手，仿佛希望手心就此黏住扶手，并在松手后扯下自己的皮肉。他另一手的手指则快速按着手机按键。

响了七声。

"丽莉，搞什么，你到底在哪里？快接啦！快接我电话！别走。我刚从爵爷家出来。他没有自杀。他是……他有……他有新发现，我可以查得出来。我就快知道了。快打电话给我。马克。"

他踏进地铁站。这个时段，站台上几乎没人。马克的目光迷失在轨道另一侧，阿拉伯联合大公国巨幅观光宣传海报上的神秘国度里。但列车不一会儿便进站，驶入那华丽东方宫殿前、一千零一夜星空下的金色流沙之间。

从寇维萨站到纳逊站，一共八站。

爵轻信的札记

所以我接下了一个长达十八年的调查案件！很不可思议吧？这个案子纠缠了我整整十八年，像一小团粉红色的脑瘤，令我绞尽脑汁，一绞再绞，绞到一点味道都没了。你如果正在阅读这些字句，当心哪！那一小团粉红色的脑瘤，也可能因为你发挥想象和不断做假设，最终渗入你的思绪，没完没了。

开头几天，开头几个月，调查这件案子令人非常兴奋。眼前有足足十八年的时间，我却想要速战速决。不到十五天，我就把上百页的判决书和所有证据消化完了。开头的两个月，我拜访了数十名证人，譬如去恐怖峰救援的那些消防队员啦、贝尔福 - 蒙贝利亚医院的所有人员、莫伦兹医生、柯家的亲朋好友、韦家的亲朋好友、瓦特列局长和所有警察、黎格恩和其他那些律师、勒尚陆和威柏尔两位法官，还有其他好多好多人……

我废寝忘食，每天工作十五个小时，早上醒来或晚上睡前想的都是这个案子，仿佛想快快解决掉这件事，仿佛希望向我的案主邀功，希望她对我满意，希望能把合约延长成终身约……换成一般杂货店老板的说法，就是要培养顾客的忠诚度嘛。

事实上，我是不计成本。这个案件令我着迷，我深信自己能发现新证据，能发现大家都遗漏了的新线索。我的笔记、照片、录音记录飞速累积……让自己忙得跟什么一样……当时我并不知道，我正在一步一步把自己逼疯。

花了几个星期分析判决书中的所有证据后，我下了第一个结论。当时，我觉得自己真是天才。

名牌手链！

也就是祖父送给柯丽萝，她在飞机上应该戴着的那条该死的纯金名牌手链。它让威柏尔法官临时改变心意，是司法天平上关键的一粒沙，是黎格恩律师的制胜秘密武器。我深信这个秘密武器是一把双刃剑。倘若没有这条手链，怎么想都会觉得生还的女婴是韦米莉……但若从机舱弹出来的小婴儿是丽萝，也不能排除这条细小的手链在碰撞时断裂脱落了。假设是如此，如果在飞机残骸附近能找到这条手链……那么整件事就大翻盘了。它将成为生还女婴就是丽萝的铁证！

我这个人很有耐心，很坚持，很顽固。我跟你保证，说到工作，我可以变得非常执着。尽管警方曾花了好几个小时的时间，对恐怖峰上的失事地点进行地毯式搜寻，我仍然自己又重新来一遍。我带着金属探测器，于一九八一年八月底，在恐怖峰上待了十七天，一寸一寸侦测森林里的每一块土地……坠机意外当晚下着大雪，名牌手链很可能陷入雪中，卡在地下的泥里……事故后负责搜索的警察，手指冻僵，脚也湿透了，一定不会仔细翻找。

我却会。

结果白忙一场！

在此姑且不提我所挖到的啤酒酒瓶盖子、易拉罐、铜板和各式垃圾……到头来，我居然因此认识了负责维护高汝拉自然生态公园恐怖峰的人！他叫孟凯戈，是个留着胡茬、有着哈士奇犬般眼神的浪子帅哥，脸晒得黑黑干干的，仿佛每个周末回家前都先去非洲爬一趟乞力马扎罗山似的……我们越混越熟……

从山上扛了三大袋各式各样的垃圾下来，名牌手链却连个影子也没有！

说真的，我倒也不觉得失望。我早料到可能会如此，而且之前就说过了，我这个人很固执。我只不过是遵从柯玛蒂的指示罢了——别放过任何线索，我觉得挺好的，一步一步慢慢来，不急。

我其实另有打算。

假如飞机失事的那一夜，手链确实掉落在生还女婴的附近，它大有可能被某人捡到，譬如某个消防队员、警察或护士，并中饱私囊……或者飞机残骸冷却后，附近有居民回来拾荒也不一定……它可是一件纯金饰品，在当年价值为一万一千五百六十法郎整，有收据可以为证。手链上刻着"凡登广场Tournaire"的字样。这样一件饰品，很可能引人觊觎。这种事屡见不鲜，灾难现场经常有人抱着挖宝的心态去翻找，尤其是谁会知道，这条该死的手链，后来竟然变得那么重要……

我的构想很简单，甚至很老套：在当地到处发小启事。只要有人能替我们找到这条手链，必有重赏。赏金必须远远高过手链本身的价值才行……征得柯玛蒂同意后，我打算逐渐增加诱饵的分量。我们刚开始从基本的两万法郎起……像这样钓鱼需要耐心，需要技巧，鱼才会上钩。我有信心……假如手链被人捡走了，假如它躺在某个抽屉里，被某个贪财之徒小心翼翼收藏着，迟早有一天将浮出水面，会有迹象出现的。

我是对的。至少在这一点上，我是对的。

我调查的最初六个月，另一个重点是我后来所谓的土耳其假期。我在土耳其前后总共待了将近三十个月，大多集中在最初的五年。

我身边还多了欧纳金，他立刻就答应做我的调查助手。当年，他在工地当工头，算是做黑活的吧。他也快五十岁了，老是在一些局势不稳的地方打零工，成天和一些狂热分子为伍，他实在也腻了。重点是，他遇到了爱情。他在巴黎和爱菈住在一起，爱菈是个胖嘟嘟但非常可爱的女人，和他一样来自土耳其。也不知道为什么，这两人爱得难分难舍……爱菈比较像情妇型的女人，是个十足的醋坛子，每当我需要把纳金一起带去土耳其，都必须跟她千拜托万拜托好几个小时才行。一到了那边，他必须每天打电话回报……我想爱菈从来就没弄懂这整件案子在干吗，更糟的是，她从来就没相信过我们……但她从来没怪我，一九八五年六月，甚至是她要求我当他们的结婚证人……

虽然爱菈不乐意，我还是常常拖着纳金一起往土耳其跑，请他当我的翻译。到了伊斯坦布尔，我总是住雅斯阔饭店，它位于金角湾，靠近加拉塔桥。纳金他呢，则住伊斯坦布尔郊区埃育普区的爱菈亲戚家。他身不由己呀！我们都约在饭店对面艾汉伊席克街上的"德尚咖啡"碰面。纳金乘机猛喝茴香酒，顺便教我抽水烟。

就说是土耳其假期嘛。

开玩笑啦！必须承认，对于世界文化风情、海外旅游、异国情调这类的刻板印象，我向来不以为然。你要说是一种歧视也可以，但并非针对特定对象，没有特别冲着谁，就只是对全体人类存有一种普遍性的怀疑，八成是因为我以前待过很多角落，做尽各种扒粪工作，这世上的肮脏事见太多了。

不到一星期，土耳其式的生活就令我大感吃不消。清真寺尖塔从早到晚的召唤钟声、街头无所不在的杂货市集、蒙面的妇女、妓女、茶、香料味、横冲直撞的出租车、时时刻刻一路塞到博斯普鲁斯海峡的拥挤车阵……所有一切的一切！到最后，纳金的八字胡成了我唯一还能忍受的东西。

好啦，我也不是人类学专家，在这里高谈阔论，你大概也没兴趣听。这不是重点，你说得对。只是想说明，调查这起案子，并非一般想象中的浪漫"地中海假期"。我不骗你，我都是用工作来麻痹自己。起初几个月，和纳金呀，我们忙得像神经病一样。我们花了无数个小时在伊斯坦布尔的大市集里四处向商家打听，看能否查出生还女婴身上穿的衣服是向谁买的。一件棉质连身衣、一件有橘色小花的白色长裙、一件提花原色羊毛衣……你能想象吗？伊斯坦布尔的大市集，全世界最大的回廊商场，商场内有五十八条室内巷道，四千多家商店……几乎没有店员想通过纳金翻译，都想用英文夹杂法文比手画脚直接找我，仿佛我额头上贴了一面法国红白蓝国旗：

"兄弟，小宝宝要穿的吗？你要替你的小宝宝找衣服吗？找我就对了。你的小朋友是男生还是女生？你预算多少……"

拜托，四千家店呢！店员人数是这数字的两三倍，他们五十米外就能认出西方国家来的肥羊。但我挺住了，坚守到最后。这座有着金色马赛克天花板的迷宫般商场，我在里面穿梭了十多天。最后，同时贩卖完全一模一样的棉质连身衣、白色长裙和毛衣这三件衣服的店铺，我一共归纳出十九家……可是没有一位店员有印象有任何西方人相貌的一家人，曾同时向自己买下这三件衣服。

徒劳无功。

迷宫中的死巷。

只剩下更深入了解丽萝和她的父母柯亚历及柯美珞这一条途径了。关于丽萝的身份，官方调查报告内的证据只有两件：柯家祖父母所收到的那张背影照片，以及薇娜的证词。所以我们必须从头来过，从他们位于土耳其杰伊汉海边的住处查起。我对此抱持一定的乐观态度。小丽萝出生后的三个月之中，总该遇见过不少人吧！

很快，我就泄气了。

柯亚历和柯美珞显然并不热衷于社交，鲜少打入人群，或与当地人进行敦亲睦邻之类的活动。他们常窝在自己地中海边的白色海景别墅中。他们甚至坐拥一小片私人沙滩呢！

其实，家里主要是美珞在打理。非假日的时候，亚历几乎都在伊斯坦布尔忙公司的事。当然，他们偶尔也会请朋友到家中做客，一些同事、一些法国友人……但那是在丽萝出生之前！孩子出世后，美珞大幅减少了这类应酬。

经过交叉比对，我归纳出七个人，包括两对夫妻和三位柯氏企业的客户，曾在丽萝出生后造访过这栋位于杰伊汉的别墅。每次丽萝都在睡觉，这些客人只记得见到一团仅从棉被底下露出一点点的小身躯，棉被每隔一段时间会被掀开一下。只有一位荷兰客户见过醒着的丽萝……几秒钟而已。这位荷兰客户当时正喝着茴香酒，一面和亚历签合约，美珞离席去喂母乳，她总不能当着他的面哺乳嘛。后来，我好不容易找到这位壳牌石油公司土耳其分公司的营销主任，他坦言，要他指认丽萝的脸蛋或她母亲的胸部，对他而言，困难是相同的……

伊斯坦布尔巴克阔区美珞分娩的那家妇产医院，每星期都有三十多个宝宝诞生……它是一家很新、很时尚的私人医院，接待人员见到我时态度之客气谄媚，令我印象深刻。只有一位儿科医生追踪过丽萝的健康情形，他替她做过大约三次检查，他特别告诉我，他每天经手的新生儿不下二十个……他拿出一本笔记，上面记录了丽萝出生时的数据。体重：三千两百五十克；身高：四十九厘米。

孩子哭过吗？哭过。

她是否睁开过眼睛？睁开过。

除此之外呢？无记录。

有特殊异状吗？没有。

又是死路一条！

柯美珞在她家的别墅里应该无聊得要命吧！结果，她把手边的人力减少到最低。我只找到一名年纪有点大且我认为视力有点差的园艺师，他曾于某个傍晚，在棕榈树下见过丽萝……可是丽萝身上罩着一层厚厚的蚊帐！他能说出的描述非常模糊笼统，比薇娜那些疯疯癫癫的证词还不可靠。

在此，我就不唠唠叨叨赘述那几个月，我搜集到多少失败、模糊和不足为信的证词了。柯玛蒂说，别忽略任何一条线索。我着迷似的乖乖听从她的指示；毕竟，只要一个有效证词，一个就好，就足以解开这整个谜团。

伊斯坦布尔阿塔图尔克国际机场有位空姐，记得那年十二月二十二日，在飞往巴黎的飞机起飞前，她曾摸了一个小宝宝的下巴三下。

"只有一个宝宝，不是两个？"

"不是，只有一个。"

至少她是这么以为啦，但她并不确定。对确切日期或航班也不确定。但至少一个小宝宝是有的，这她倒还记得……

这位天兵空姐，把原本一头雾水的我搞得更困惑了。

飞机上只有一个小婴儿？

毕竟，谁能百分之百确定那天晚上飞机上到底坐了哪些人？乘客名单列得很清楚，可是万一其中有人没在最后一刻赶上飞机呢？譬如，没上飞机的是个小婴儿。搞不好是丽萝，有何不可？也许迟到了。也许最后一分钟遇到突发状况，也许她妈妈临时改变主意，或被绑架了，或这一切只是个幌子，搞不好弄了半天，丽萝根本不在这架 5403 号空中巴士上，而还活得好好的，人在土耳其的某个地方……或其他地方！

离谱到不行的假设！

甚至还可以反过来思考……说到底，关于丽萝这个三个月大的孩子，居然具体证据这么稀少，不觉得奇怪吗？目击证人那么少，没有疼过她的亲朋好友，没有抱过她的保姆，没有任何照片。或说几乎没有啦。仿佛这个孩子从来没存在过，或说得更直白一点，仿佛有人刻意想把她藏起来……

一天到晚绞尽脑汁思索这个案子，弄得我整个人变得神经兮兮的。如果丽萝没搭上那班飞机，也许是因为她在更早之前就死了！在自己家里发生意外？一出生就罹患不治之症？被杀害？这个秘密已经随着柯亚历和柯美珞而离开人世了。

也许只有薇娜知道吧。她才会因此发疯了。

我在德尚咖啡把所有这些假设讲给纳金听时，把他逗得哈哈大笑。他的八字胡浸入了茴香酒里。

"被杀害？你脑袋烧坏了，轻信！"

他一面抽着水烟，一面帮我厘清思路。他只相信具体的实体线索，只相信摸得到的证据。

"毕竟，轻信，你那个小女娃，她那三个月又不是被关禁闭，总曾出门过吧，搞不好有人，譬如路人或观光客之类的，曾经见过她，拍照片或影片时曾刚好拍到过她……也难说。"

"你到底想说什么？"

"我也不知道。反正你有的是钱嘛，你就挑一些土耳其报纸到处登小启事嘛，附上《东部共和报》登过的那张女娃照片，看看会怎样。"

纳金说得对！这个主意真棒……于是我们在土耳其各大报纸杂志刊登启事，说明我们所要寻找的东西，和我们所提供的赏金，一笔极为优渥的巨款。

一九八二年三月二十七日——我永远都会记得这个日期——一大清早，一封信在雅斯阔饭店柜台我的收件格里等着我。是一个家伙亲自送来的，内容再简单不过，有一个名字"塞乌奈"、一个电话号码……重点是，有一张照片的复印件。

我如疯子般硬是横闯车辆川流不息的艾汉伊席克街。纳金已经在德尚咖啡等我了。

"阿信，怎么了？"

我把照片塞到他毛茸茸的粗壮手指之间。他瞪大了眼睛，盯着照片猛看，就像几分钟前的我那样。

场景是海边。

前景是个身材窈窕匀称的褐发女生，她肤色晒得刚刚好，笑得很甜美，穿着一套不会太性感的比基尼泳衣，是个土耳其模特吧。背景可看得出是杰伊汉山丘，以及由绿油油山坡环绕的柯家别墅。

介于前景和背景中间，泳装美女背后几米处，一条铺巾上有个只看得到腿部的女人，她身旁躺了个婴儿，一个才几星期大的小婴儿。纳金看得目瞪口呆，照片差点从他手中滑落。

这个婴儿，就是蜻蜓，就是恐怖峰的奇迹生还者丽莉，没有错，绝对是的。一模一样的双眼，一模一样的脸蛋……

韦帕斯和韦黛芬赴土耳其旅游期间，从来不曾到过杰伊汉，甚至方圆两百公里内都不曾靠近过。不会错的，这就是证据了，终于。我们赢了！

恐怖峰雪地里的奇迹生还女婴就是柯丽萝。

我简直要喜极而泣了。纳金撅着浓重的八字胡对我欣慰地微笑着，他也明白了，高兴得像个小孩子一样。

一九九八年十月二日，早上十一点四十四分

手机响了一声，一声而已。在闹哄哄的地底下，几乎听不到。

不是有来电的铃声，而是语音信箱有留言的铃声。一个未接来电。

马克手指颤抖地，把手伸入口袋。

20

一九九八年十月二日，早上十一点四十二分

欧爱菈心不在焉切着烤羊肉，薄肉片纷纷落在不锈钢盘上。爱菈在想着别的事情。这样并不会耽搁她的工作，她沉思时制作沙威玛反而更有效率，不会因为和客人聊天说笑而浪费时间。

排队的队伍越来越长，每天中午以前都是这样。她这间位于哈斯拜大道上的小店，有很多客人是熟客。

爱菈表面上看不出来，但她很担心，担心得要命。纳金已经两天没和她联络了。他以前从来不会这样！电动刀继续让肉片如雨般落下。爱菈想象着电动刀拂过纳金的后脑勺、脖子和鬓角的模样。她很喜欢替她心爱的纳金理发。爱菈的手有些颤抖；她替纳金理发时从来不会颤抖。

担心害怕呀，一点都不是爱菈的风格。一九八二年九月十二日土耳其政变，她随父亲逃离故乡投奔巴黎时，大风大浪早就见多了。当年她父亲是土耳其民主左翼党的高层干部之一，他们差点就被军方抓走……短短几天内三万多人被逮捕！她整个家族几乎都沦为阶下囚。

她到巴黎时没有行李，没有朋友，什么都没有……那时她三十八岁，几乎不会说法语，没有任何文凭证照。

她仍然活了下来！人只要有坚强意志力，总有办法活下来。

　　她在哈斯拜大道上，开了巴黎最早的一家沙威玛店。当年，没有法国人喜欢当着路人的面，在空气污浊且苍蝇围绕的街头吃烤肉。她的客人主要是土耳其人、希腊人、黎巴嫩人、南斯拉夫人……她就是这样认识了欧纳金。

　　他每天中午都来。他的八字胡太好认了！过了将近一年，确切来说是三百零六个中午，爱菈仔细算过，欧纳金才约她共进午餐……地点是阿徕希雅路上的一家土耳其餐厅，但这家可是高档餐厅。从那之后，他们再也没有分离过，或几乎再也没有分离过。

　　他们结婚了，终生相守。

　　爱菈不禁打了个寒战。

　　再也没有分离过，或几乎如此。

　　只有时不时跟着爵爷跑去土耳其，去调查那个什么死于空难的千金小姐的事，那个有钱人委托他们的私人案子。她拿起三个用锡箔纸包着的热腾腾的沙威玛，大声喊：

　　"十一号！十二号！十三号！"

　　客人们纷纷举手，像小学生一样，像去公家机关办事要抽号码牌一样。爱菈没有三头六臂，没办法再更快了。她把一袋冷冻薯条丢进滚烫的油里。

　　那些调查呀，她明明以为已经结束了。凭着这间小餐厅，如果这称得上餐厅的话，她日复一日、一点一滴存了些钱。其实，也算是相当可观的一小笔钱呢。

　　如今，她已不再年轻，不想再扛一袋又一袋的肉，也不想油炸时再被烫伤手。她梦想着和纳金一起回土耳其，与家族亲人团聚。土耳其安塔利亚海边有一栋小房子，只要稍加整理就会是笔划算的买卖，她反复算来算去，发现自己几乎买得起了。那里天气总是很好。她和纳金还有很多好日子要过呢！来日方长。

　　这个笨猪，现在到底在做什么呢？又被爵爷拖去搞什么鬼呢？

　　又是三张锡箔纸。她把它们包得宛如银色的礼物包裹。

　　十四号、十五号、十六号……

　　"最后一次，"纳金曾这么告诉她，"这就是最后一次了！"两天前，接到爵轻信的电话时，纳金又变得很兴奋，他双眼雀跃发亮，像个小孩子一样。爱菈好喜欢他的这种小孩子眼神。他把她拥入怀里，不费吹灰之力把她抱起来。只有纳金有本事这么做。

"咱们要发财喽，爱菈。只要再搞定最后这件事，咱们就要发大财喽！"

发财？爱菈无所谓。他们已经够有钱了，至少几乎买得起安塔利亚的那栋房子了。

"最后一次？你保证？"

爱菈的手颤抖了。肉块上的电动刀偏移了，把肉切得支离破碎，不能用了……

她越想越觉得这整件事很可怕。怎么这么沉默，忽然音讯全无。以前纳金就算去土耳其，也会天天打电话给她。而且爵轻信家的电话也不通，她已经连打两天了。对，她越想就越觉得每一分钟都令她坐立难安，仿佛有不祥预感。要不是现在还有客人，她一定会像疯子般直奔凯伊丘街，去爵爷家。等店一打烊，这就是她要做的事。

十七号、十八号……

她也知道她的纳金并不是什么纯洁善良的天使。这么多年下来，他甚至向她坦承做过一些很可怕的事，他总是一面说一面和她做爱，用他的八字胡搓刷她的每一寸肌肤，她痒得忍不住缩扭且哈哈大笑，他那调皮的胡子，搔弄她的乳房、大腿、私处……然后，他高潮以后，便会向她吐露一切。他实在憋不住，从来没有什么事瞒过她。姓名、地点，乃至于纳金把证据藏在哪里，她统统知道。她简直是他的保险公司呀！有钱人委托他们的私人案子……还是小心为妙，假如钱来得太容易，就算过了很长的时间，人家迟早有一天还是会来找你算账。

也是因为这样，她才想去安塔利亚，好让纳金把所有的纷纷扰扰留在巴黎这里。

十九号。

她叹了口气。不，纳金有时难免鬼迷心窍。若没有她在身旁，他无法做出正确抉择，无法分辨善与恶。

21

一九九八年十月二日，早上十一点四十五分

　　地铁列车驶入意大利广场站时速度放慢下来，无数的人造光源瞬间照亮了黑暗。马克用几乎不听使唤的手指把手机拿出来，凑到耳边。

　　"马克，跟你讲，你打多少电话都没用，你再别打电话给我，别想联络我，别来找我。已经跟你说过，我昨天做了一个重要决定。很难，我犹豫了很久，但最后还是决定了，我自己决定的。我打算去做的事，你不会明白的。或应该说，你不会答应的。马克，我知道你的用意，你是好意。别生气，我说'你是好意'，是赞美的意思。还有你的道德感和你的用心也是。我知道如果我请你接受和原谅，你一定会毫不犹豫点头。但我不希望这么做。马克，我在信里说要远走他方，并不是骗你的。明天早上即将出发，这是一趟不归路。现在没人能阻止了……就是这样。你多保重。米莉。"

　　马克听完留言简直要崩溃。他差点把手机朝车厢的另一头砸过去。地底下的信号时有时无，也许两站之中只有一站收得到信号，也还难说。

　　丽莉曾回电话给他……

　　可是收不到信号！可恶！她的电话被转入他的语音信箱！

　　手机宛如一块湿掉的肥皂，在他冒汗的手心里滑动。马克颤抖着。丽莉说的到底是什么意思？

"明天早上即将出发……"

"这是一趟不归路……"

"现在没人能阻止了……"

万一……

马克不愿去想象那种可能性。

那么黑暗，那么绝情。

丽莉才不会那么做！

然而，他越想越觉得字句间的弦外之音变得清晰。

这是一趟不归路……

现在，他很黯然地确定了。

那个飞机模型玩具。她于十八岁当天所下的决定。

一切都说得通了。

丽莉决定彻底摆脱她的困惑、那些纠缠她的念头，和她的过去。

丽莉决定结束自己的人生。

就在明天。

丽莉把锡箔纸包着的沙威玛丢到湖边的垃圾桶里。那沙威玛她几乎没碰，她不饿。

她走了几步，来到水边。她觉得蒙苏里公园，尽管号称是巴黎最大的公园，却也是最让人惆怅的公园。至少十月的时候是如此……冰冷的湖水单调又肮脏，光秃秃的树犹如一群骷髅，公园外的海依大道上，高度不一的各式灰色楼房，宛如一道修剪不整齐的水泥围篱……

住在那里的鸭子早就滚蛋了，静静不动的情侣石雕，在他们的大理石基座上直打哆嗦，让人觉得他们只想做一件事：把衣服穿上，也立刻走人吧。

丽莉继续沿着湖边小径走。真奇怪，她心想，地方会随着你的心情不同而变得不同。仿佛地方本能地知道你脑袋里在想什么，而也会变得和你一样。仿佛那些树知道她心情低落，于是也低调地缩起来，为了支持她和同情她，而让自己的叶子掉落。仿佛太阳也尴尬地躲了起来，不好意思在这个有个垂泪女孩的公园上方闪耀。

丽莉再度将手机关机。几分钟前，她妥协了，回了电话给马克，毕竟他留了那么多信息给她，应该担心得要命，她好歹该回个电话。结果被转入语音信箱，她倒是大大松了一口气。这样就不需面对他的逼问。仿佛先进的科技、那些联系着千万部电话的无线电波，也本能地察觉到她并不是真的想和他通话。

丽莉转入一条小径，在一张长椅上坐了下来。小游戏区传来孩童嬉笑声，她忍不住转头看。

两个约莫两岁大的孩子正在玩耍，她们的母亲坐在一旁，双眼盯着一本白色和蓝色封面的口袋书，一面不时注意她们的动静。

两个小女孩是双胞胎，穿着一模一样的米色长裤，一模一样的前扣式红色上衣，脚上穿着一模一样的Kickers（英国著名休闲品牌）鞋。

根本分辨不出谁是谁！

然而，她们的母亲每次抬头，总是能明确地提醒："珠丽，在秋千上坐好，别站起来""安娜，在旋转轮上不可以推妹妹"，或"珠丽，溜滑梯是从上面往下滑，不是从底下爬上去"……

两个小女孩跑来跑去，每种设施都玩一玩，有时牵手，有时分开，仿佛这样也是一种游戏。到底谁是谁？丽莉的目光紧盯着她们，就像紧盯着街头卖艺魔术师手中转来转去的纸牌那样。她每次都输，不一会儿就分不清谁是珠丽，谁是安娜了。她们的母亲总是只抬头不到一秒，却从来不会弄错："安娜，你的鞋带松了！""珠丽，过来，我帮你擤鼻涕"……

丽莉不由得感到心中萌生一股强烈的情绪，但也说不上来为什么。就只是因为看到了这两个长得一模一样的小女孩……然而，她们各自知道自己是谁，安娜不是珠丽，珠丽也不是安娜……不是因为她们自己觉得自己有什么不同，不是的，而是因为她们的母亲能清楚分辨她们，能喊出她们的名字，从来不会弄错。她们的名字是自己独有的。

丽莉待在那里凝望了她们许久。终于，那位母亲把书收好，站起来，喊道：

"珠丽，快从松鼠屋出来，安娜，别爬绳梯了。要回家喽，爸爸在等我们吃饭。"

那位母亲把手轻轻放在隆起的肚子上。她怀有身孕，三四个月了。

双胞胎？

再一个女儿？

丽莉闭上双眼。她看到一个小婴儿，一个几个月大的小婴儿，独自在世界的顶端哭号着。哭喊声迷失在辽阔的森林里，迷失在大雪纷飞的迷蒙空气中。

丽莉莫名其妙、无法克制地，崩溃大哭。

22

一九九八年十月二日，早上十一点四十八分

杜高米耶站。

多梅尼尔站。

依然收不到信号！

丽莉的留言令马克心中很忐忑，他感到不安，觉得无力。

他还能怎么办？大概只能几近盲目地，在巴黎的街头到处寻觅吧。还有，继续阅读爵爷的札记本。

抵达纳逊站前，马克还有几分钟的时间。

贝艾尔站。

地铁列车刹车，停下来，启动，再度上路。没有任何乘客。依然收不到信号！

读吧，再读一些。

试着理解丽莉并找到她。

但愿来得及。

爵轻信的札记

　　柯雷昂第一次心脏病发作时，我人在土耳其，当时是一九八二年三月二十三日，过了几天，塞乌奈才把在杰伊汉海边拍到的那张柯丽萝照片，送来我的饭店。

　　所以两件事之间并没有关联。

　　老实说，柯雷昂心脏病发作，我内心有点不痛不痒。为了调查，我经常见到他。我想，他眼中的我，不过就像是他老婆又买了一个天价小玩意罢了。说真的，我觉得他最无法接受的，是他老婆居然没先和他商量，就自己决定聘请我。他的蛮干策略失败了，而我就是活生生的证据。他接受我询问时，总是面带微笑，有一搭没一搭的，叫一些已经忙得焦头烂额的秘书把我所要求的资料转交给我。所以他直挺挺倒在玫园的草坪上时，你就能明白为什么我没痛哭流涕了。毕竟签支票给我的人，是他老婆，不是他！

　　好啦，我是什么心态，你才懒得管。你有兴趣的是杰伊汉海边的那张照片？你想知道这件事的结局？好啦，我就快说到了，就快了……

　　塞乌奈实在是个狡猾的家伙。我和他通过几次电话，我已经提议用二十五万土耳其里拉，重金向他买下那张杰伊汉海边照片的原版和底片。这件事已经拖了一个星期。我感觉得出来，塞乌奈还想要更多，想看看价码能哄抬到什么程度。

　　四月七日一大早，他终于和我相约碰面，在托卡比皇宫山脚下，面向博斯普鲁斯海峡的肯尼迪大道上。他是个举止粗鲁的小个子，眼神飘忽不定，一眼瞄向欧洲，一眼瞥向亚洲。纳金陪我一起，去当我的翻译。塞乌奈要求我无条件先给他五万里拉订金，不然他就把照片卖给别人。

　　卖给别人？给谁？给韦家？分明是想敲竹杠。

　　当然，我没上钩。不给我底片，一毛钱都免谈。他也没让步。我们在那里，当着土耳其国父的雕像，差点动手打起来。纳金不得不把我们拉开。

　　回到饭店，我有一种奇怪的感觉。一点都不像是我刚铸下什么大错一样，恰恰相反，而是好像逃过一劫。我打电话回法国，请人以最快的速度，把曾报道过恐怖峰事件的所有报纸杂志寄给我。三天后，四月十日，我全部收到了。不出一个小时，我就有了答案。茶几上那个丑死了的蓝色瓷瓶摆饰，被我砸到挂在我卧室墙上的鲜红色壁毯上，砸得粉碎。

　　塞乌奈倒也没花太大力气嘛！一九八一年一月八日的《巴黎赛事》周刊，曾刊登丽莉一系列在贝尔福－蒙贝利亚医院育婴室里拍的照片。其中一张照片上，丽莉的姿势和土耳其海边那张照片上的姿势一模一样，但土耳其照片理论上是一个月前拍摄的。她略微侧躺，面带笑容，右腿微曲，左手臂枕在头下；完全是相同的姿势，连眨眼的模样和手指张开的程度都一样。

　　塞乌奈的照片是伪造的，伪造得很粗糙！伪造照片并不困难，只把医院的床单，用相同颜色和材质的沙滩巾替代而已。至于其余部分，找一张他女朋友的照片就行了。

　　我很想把我卧室墙上的所有壁毯都扯下来，那种土耳其壁毯，在这该死的伊斯坦布尔，只要脚一踏出来到马路上，立刻有人向你兜售。兜售壁毯，或烤肉，或各式各样的东西，他们所有的家当，就这么一件一件摊在马路上，甚至兜售他们的小孩、老婆、他们自己、一条手臂、一条腿、一个器官、一颗心脏……真是个杂货铺民族！

　　我在房间里打转了两个小时。然后，渐渐平静下来；到最后，我甚至不怪塞乌奈了……他这招不错，挺高明的，很有可能得逞。区区一张伪造照片，就可能把二十五万土耳其里拉骗到手，这么做也是情有可原的。那个塞乌奈，我再也没见过他。我还有别的事要忙。

　　在土耳其的接下来几星期，我都在构想一些不同的假设。在德尚咖啡，纳金觉得这些假设一个比一个离谱。他是对的。八成是抽水烟害的。到最后，虽然不太情愿，但我渐渐对伊斯坦布尔的紧张生活步调上瘾了。水烟、茴香酒，和经典的土耳其式下午茶：银色的小托盘装着精致的玻璃茶杯。我们一面喝着烫手的热茶，一面聊着荒谬的问题。

"纳金，要是丽萝不是柯亚历的亲生女儿呢？"

"那又怎样？"纳金叹了口气，一面吹了吹茶，"轻信，那样有什么差别？"

"当然有！假设基于某种原因，柯亚历不是丽萝的父亲……假设美珞有情夫……一个有着蓝眼睛的情夫……眼睛的颜色、基因上的概率、我们所找的所有外表相似性，这下子就统统不一样啦……你不觉得吗？"

"情夫吗，轻信？"

纳金觉得有趣，用他那帅气的深褐色眼睛凝视着我，这眼神一定会把他的爱菈迷得神魂颠倒。

据说，在私家侦探这个行业，通奸案子是浑水，是为了糊口而不得已接下的苦差事……鬼扯！坦白说，偷窥客户的性爱隐私，算得上这一行比较美好的部分……

我才稍微查了一下，就发现柯亚历不是什么新好男人，这么说还是委婉的了。我早隐约料想到会是这样……毕竟你有钱有势，又年轻，住的城市千年来男人妻妾成群，老婆还在你工作地点的五百公里外带孩子……随着时间一天天过去，我找到了约莫半打女人曾和帅哥柯亚历有过一腿。怪的是，如果情夫已不在人世，女人很容易坦承曾经有过的不伦恋……如果连情夫的老婆也死了，坦承起来就更容易了……

感情这种事，真的很奇怪。

柯亚历的情况很典型，在伊斯坦布尔颜尼卡布区的公司里，和女秘书在玻璃办公桌上乱搞。两者我都见到了，我是指玻璃办公桌和女秘书。美丽又冰冷。他也曾泡过一个身材火辣的伊斯坦布尔女孩，两人关系持续了三个月，她才刚成年不久，总是穿着极短的迷你裙，露着肚脐，在加拉塔一带晃来晃去，引来蒙着黑色面纱妇女们的侧目。她常拉着他跑夜店。我找到了她，她已嫁作人妇，有两个小孩，还没开始披面纱，但不再穿迷你裙了。至于在大众浴池的耳鬓厮磨，与陪坐小姐的逢场作戏，就姑且不提了，那些场合往往还是和客户一起去的。根据我的调查，他最固定的情妇是高宝琳，一个事业女强人型的法国女人，单身，在道达尔石油公司担任营销主管。按照她自己的说法，她是最后一个和柯亚历做过爱的女人，当天是一九八〇年十二月二十二日，也就是一家人搭上 5403 号空中巴士的同一天……回想起来，让一个不到二十四小时后，即将在一架飞机上被烧成焦炭的男人高潮了好几次——她特别向我强调这一点——显然令她非常亢奋。那个女生的长相普通，身材相当撩人。我甚至发现，只要稍微顺水推舟一下，她很乐意在自己的猎艳名单上加上一个私家侦探。当下，我顿时性趣尽失。

由此衍生出第一个问题：柯美珞对自己丈夫的风流账是否知情？

想不知道也难吧！第二个问题，亦即最主要的问题，于是浮现：她是否也以其人之道还治其人之身？我并未找到任何这方面的证据。一切迹象皆显示，美珞的心情相当低落，几乎总是自己一个人过生活，还有就是照顾女儿，先是薇娜，接着是丽萝……我之前也说过，她鲜少有访客……我曾试图从她周遭找看有没有可能的情夫兼丽萝生父人选。的确是有园丁的儿子，一个帅得像天神的年轻人，他个性温和，经常打赤膊在美珞百叶窗前拿锄头掘土，如果是对《查泰莱夫人的情人》深深着迷的郁郁寡欢西方女人，应该很容易对他产生性性幻想，但这年轻人不曾向我吐露过什么，而且他拥有一双深邃的乌黑眼珠，从基因的角度而言，对我一点帮助也没有……

我在柯家杰伊汉别墅一带，专门到处找蓝色眼睛的人。这种人少之又少。我一共找到了三人，其中一人也许有某种程度的可能性，是个在附近一带出租脚踏船、绑着马尾的帅气德国人。我拍了好几张他的照片，多年下来，我一直密切注意他与丽莉是否有神似之处。以这个“大家来找碴”的游戏来说，目前并未发现任何明显的相同处。这样也好！不然我实在不愿意告诉柯玛蒂，多年来她付了我那么多钱，结果发现丽莉确实从空难中生还……但她不是他们的孙女，不是柯家的人，而是个出租脚踏船的德国佬的女儿！

这段时间，在法国，名牌手链小启事上的酬金已高达四万五千法郎，仍无任何鱼上钩，连一次土耳其式的诈骗都没有。必须说，一条 Tournaire 出品的手工纯金手链，并不是那么容易伪造呀……

我秉持着“别忽略任何线索”的最高指导原则，配着两三口烟和酒，继续轰炸纳金：

"纳金，要是 5403 号空中巴士的事故不是偶然呢？"

当时是中午，德尚咖啡馆里坐满了在祷告时间喝茴香酒的土耳其上班族。纳金被我问得吓了一跳，差点撞翻服务员端来的托盘。

"轻信，你这话是什么意思？"

"这个嘛……回想起来，他们从来就没查出恐怖峰空难真正的失事原因。风雪太大、驾驶的人为疏失啦，这些都太理所当然了，你不觉得吗？有没有别的可能呢？"

"我洗耳恭听……继续说吧……"

"譬如可以是攻击事件呀，恐怖攻击事件！"

纳金的八字胡震动了一下。

"攻击谁？柯家？"

"有何不可？针对他们家发动攻击，针对亚历呀，他是唯一的继承人……我这么想也不是完全没道理。亚历正在交涉的建案风险很高，巴库一第比里斯一杰伊汉油管将横越库尔德族人的地盘库尔德斯坦。亚历直接和土耳其政府协商的同时，库尔德工人党正在土耳其境内到处发动攻击……"

纳金哈哈大笑。

"库尔德族！最好是啦！你们西方人呀，一有风吹草动就嚷嚷喊恐怖分子……库尔德族耶！不过就是一群农夫……"

"纳金，我是认真的。黑金油管从自家门前经过，自己却拿不到任何好处，库尔德工人党很不高兴，非常不高兴呢。如果柯家开着挖土机在库尔德斯坦领地上大兴土木，四周还有土耳其军队的战车层层戒护，库尔德工人党一定更火大了……"

"好啦，轻信，可是难道会因为这样就炸掉柯家少爷搭乘的客机吗……再说，对柯家发动攻击，到底有什么用？"

"搞不好是一场变态的阴谋呢？丽萝还没上飞机就先被绑架了，或柯家得知了恐怖攻击的消息，让替身代替一家人去搭飞机……"

纳金再度哈哈大笑，朝我背后用力拍了一下，又点了两杯茴香酒。我们一整夜望着金角湾来来去去的船只，聊案子聊得津津有味。我现在回想起来，那绝对是调查这个案子最愉快的时光。在土耳其，最开头的几个月，是我最美好的回忆。后来，一九八二年夏天之后，去土耳其的间隔就拉长了。

不过，一九八二年十一月七日，我却仍在土耳其，已经待了十五天。我是三天后通过纳金得知消息的。柯玛蒂居然连通知都没通知我。星期六至星期天的夜里，天亮稍早前，韦皮耶和韦妮可在特雷波港出事了。皮耶再也没醒过来，妮可仍在鬼门关挣扎。

从伊斯坦布尔远远看这件事，很难相信是一起单纯意外。

是职业病，还是内心直觉？我在我的雅斯阔饭店的房间里，忽然感到无以名状的恐惧。我头一次意识到，如果用自己的人生岁月，替柯家再继续调查这个案子下去，等于是在浪费这些岁月……且将毁掉余生的所有日子。

然而，我仍继续查了下去。

一九九八年十月二日，早上十一点五十二分

纳逊站。

马克抬起头。他的背冒着冷汗。

他必须在这里转车，换乘 RER 的路线。

马克手里拿着札记本，来到站台上，他气喘吁吁，疲惫不已。他走向面前的长椅，把札记本合上，把背包打开。他仍陷在自己的思绪里，无法自拔。

一九八二年十一月七日……

这个日期深深烙印在他记忆里。所有这些年来，它刻在他祖父的墓碑上，他太常盯着它看了，因为祖母哭泣时，他没有别的事好做。她天天去墓园。马克不用上课时，就会陪她一起去，一面推着在娃娃车里熟睡的丽莉。墓园很远，必须沿着海岸走很久，妮可总咳嗽个不停。

一九八二年十一月七日……

马克有点盲目乱走，在这个各路线错综复杂的庞大地铁站里，寻找 A 路线的方向。渐渐地，他的呼吸恢复平缓，能冷静思考了。RER 的路线图在他脑海里浮现。应该要往文森站的方向，然后是诺瓦吉勒葛宏站、卜熙圣乔治站……

他把步伐放慢，千万不能操之过急，不能因为这一连串事件而乱了方寸：爵爷的札记本和所透露的事情、爵爷的死、丽莉的人间蒸发，还有他祖父母的那场意外。

地铁廊道里的风，吹得他冒汗的脊背更加寒冷。

他并不笨，知道自己不能就这样直闯虎穴。总之，必须先采取必要的防范措施。地铁路线图再度浮现在他脑海。马克泛起笑容。对，往拉德芳斯的方向回头比较明智。只要一站就到了。才多花几分钟而已，却能让他已得知的信息安全无虞。

不到两分钟后，马克来到人满为患的里昂车站。他在宛如永无尽头的长廊里，被汹涌的乘客人潮推着走。接二连三的巨型海报，宣传着即将上映的电影：《马语者》《拯救大兵瑞恩》……

最新的书籍和演唱会。

马克几乎没转头去看。

一张暗色调的海报，预告着夏雷立·顾杜尔即将在巴塔克兰剧院开演唱会。

他的思绪飘向丽莉。

哦，蜻蜓，
你呀，你有着脆弱的翅膀，
我呢，我有着破碎的身躯……

马克拿出手机。这里终于能收到信号了。他拨打丽莉的号码。

响了七声，像平常一样。

转入语音信箱。

"丽莉，等一下，等我。别做傻事！快回我电话。我有线索了。我很快就知道了。"

知道什么？

别犹豫，勇往直前就是了。

马克来到主要路线的始发站站台。橘色车身的 TGV 高速列车并排停着，宛如即将往南进行一场五百公里的冲刺赛跑。置物柜位于稍右处，书报摊的后方。马克打开一道沉重的金属门，把背包塞进灰色的格子柜里。他才不要双手捧着爵爷的札记本送去柯家的玫园。爵爷是把札记本交给丽莉，并不是交给柯家二老，这其中必有原因。他要去见一见柯氏夫妇，跟他们谈一谈。然后，看着办吧……

必须输入一个五位数的密码。马克毫不犹豫按了"七一一八二"。

置物柜砰的一声关上了。马克松了一口气。有个摊位在卖三明治和饮料，他排队排了两分钟，买了一份牛油火腿三明治和一瓶水。

他的决定是正确的。确实应该暂时把札记本安置在别处，就算他迫不及待想继续读下去也一样。关于一九八二年十一月七日的那场意外，他极想知道爵爷的版本。

当年马克才四岁，记忆十分模糊。然而爵爷札记里写得非常清楚。

"从伊斯坦布尔远远看这件事，很难相信是一起单纯意外。是职业病，还是内心直觉？"

马克好想知道！

算了。

他忽然转身，回到置物柜前，输入密码。

七一一八二。

马克焦躁地翻找背包，拿出札记本。页面飞快翻动，马克迅速浏览。

等于是在浪费这些岁月……且将毁掉余生的所有日子。

然而，我仍继续查了下去。

就是这里。

马克用手指捏住了几页，然后，唰的一声把它们干净利落撕了下来。一共五页，亦即他所读到的地方的接下来五页。那是他祖父母在特雷波港那一夜所发生的意外，从爵爷的观点来看。

马克把纸张对折再对折，塞入牛仔裤后面的口袋，关上置物柜的门，然后再度进入里昂车站迷宫般的长廊中。

23

一九九八年十月二日，早上十一点五十五分

　　韦妮可缓缓走在芭尔街的人行道上。到了塞维涅小学的路口，她停下来咳嗽，咳得很厉害。她需要再爬完整条蒙提尼路，才能抵达尚瓦尔墓园。还有一公里多。她无所谓，慢慢来嘛。自从退休以后，她每天只剩这件事可做了，几乎啦，每天去一趟丈夫的坟上，接着回程到姬思兰的店里买面包，每两天买一次肉，再回自己柏磊区的家。她的腿已经没有以前那么好使唤了。

　　妮可勇敢踏上蒙提尼路的上坡路口，这里也是最陡的一段。才刚过游泳池旁的弯道，一辆镇政府的卡车从她旁边呼啸而过，跨停到她面前的人行道上。

　　镇代表巴斯汀一脸欢快，从车窗探出头来。

　　"韦妈妈，我们要去体育馆！要不要顺路载你去墓园？"

　　巴斯汀在镇政府属于年轻的一辈，也就是现在四十几岁的这一辈，但也是共产党员，且以此身份为傲。妮可从小看着他长大。是个很不错的年轻人，满腔热血，个性顽固，顽固但有骨气。虽然电视上大家普遍不看好共产党，但党里能有这样的人，一定还能撑很久。下一届镇代选举，他们一定会守住镇议会。一定！

　　韦妮可也就不客气了，立刻登上卡车的前座。与巴斯汀同行的还有阿狄，他是镇政府的职员，妮可也从小看着他长大。他并没有天才到能发明热水，虽然热水在迪耶普海边一定非常实用，但他非常擅长维护花坛，对地方上酒吧的生意也贡献良多。在迪耶普，小生意也很重要呀。

"韦妈妈，你看起来还是气色很好呀！"

"才没有……巴斯汀呀，以后要规划公交车，专门载像我这种老寡妇去墓园喽……"

巴斯汀笑了。

"呵呵……这点子不错，纳入施政计划好了！马克呢，在巴黎还好吗？"

"还好，还好……"

妮可不由得陷入沉思，回想起今天早上出门前，在语音录音机听到的马克留言。跟他说什么好呢？该怎么回复他呢？她当然知道米莉在哪里，她当然猜到了米莉将要做出什么不可挽回的举动。这么多年来，她最不希望的就是看到这种事发生。天不从人愿，该死的宿命。

阿狄高亢的声音把她拉回现实。他已经浑身的烧酒味。

"这个马克呀……还是像以前一样，围着丽莉团团转吗？他现在礼拜天都不回来迪耶普和大家一起打橄榄球了……不过呀，妮可，虽然他是你孙子，还是必须说，这样也不算是太大的损失啦，他的手太方正①了。方正的手，要拿圆形的球，不容易呀……"

阿狄自己哈哈大笑。

"闭嘴啦，阿狄。"巴斯汀插话。

"没关系。"妮可微笑着说。

她回头看。卡车后方，好几个纸箱里装了上百张小传单。

"巴斯汀，依然忙个不停呀？"

"就是呀！虽然希拉克解散了国会，但还是看不到有什么改革呀……就算政府里多了些党内同志也一样！"

"那些是什么？"

---

① 法语的一种说法，意指球技欠佳。

"抢救商业港口的传单……他们打算取消联结西非的航线，就是还没并到利哈佛港和安维港的最后那几条航线。香蕉啦，菠萝啦……你知道的。要是丢了那些生意，港口完蛋了，后果想也知道……下星期六，在鲁昂的省政府大楼前有抗议活动。"

阿狄用手肘推了推妮可。

"对啦，不过就算香蕉和菠萝没了，还是可以抓鱼嘛，对不对？"

巴斯汀叹了口气。妮可很能体会他的心情。

"你要的话，可以分一些传单给我……可以绕来我家一趟，送一箱过来。星期六的抗议活动，我不能保证什么，不过我可以在那之前挨家挨户去发传单。我还挺喜欢这样的，再说，我在迪耶普还算认识一些人，还有不少人愿意听我的……"

阿狄简直从座位上跳起来。

"这倒是真的呢，妮可！以前，我超爱看你上电视。那时候，我十五岁。你一天到晚把奶子遮来遮去，可是还是看得到，实在太妙了！"

巴斯汀不耐烦地猛地打了一下方向盘。

"阿狄，你干吗呢……"

"怎么了？"阿狄讶异地说，"又没有恶意。妮可都这个年纪了，总不会以为我在约她吧……这样是赞美呀，说了让她高兴的呀。"

妮可把手轻轻放在阿狄手臂上。

"你说得一点都没错，阿狄，我听了很高兴。"

在紧接着的短暂沉默片刻，妮可忍不住想起米莉。妮可多么希望此时此刻能在她身旁，一起陪着她。不是要劝她改变心意，不是的，只是陪着她而已。妮可也知道，米莉的纯真年华到此为止了。死亡的滋味将永永远远纠缠着她。还有那些回忆，和悔恨。

卡车停靠在路边。

"终点站到了。"巴斯汀说，"墓园站。我今天晚上送传单去你家如何？"

"好呀，如果你方便的话。"

"你是我们的生力军，真的。你……你应该来参加竞选……"

"是皮耶啦，原本应该是皮耶去。一九八三年的时候，都安排好了。"

巴斯汀尴尬地沉默了。

"我记得。"他支支吾吾说，"真是一大损失……真可惜！对了……"

他犹豫地问：

"那辆……那辆雪铁龙餐车，还在吗？"

妮可无奈地微笑了：

"还在。总得要继续赚钱打拼。再说，还有米莉和马克要养。"

"全北海岸最赞的薯条！"阿狄插话说，"妮可，我跟你保证，我每次上门绝对不只是为了偷瞄你的胸部！"

巴斯汀忍不住哈哈大笑。妮可也怀念地微笑了。她的蓝色眼眸依然闪烁。

"那餐车呀，仍在院子里。现在，再也没人要为了在院子里玩而叫我移车了。它就在外面乖乖地被风吹雨打……"

妮可打开车门。

"好啦，你们去忙吧！"

阿狄扶她下车。他们在空荡荡的停车场上待了一会儿，目送她离去。

妮可推开铁门的同时，再度陷入自己的思绪。

过不了多久，马克就会再打电话来。说不定会直接跑回迪耶普来。到时候她该怎么跟他说呢？米莉和马克呀，他们之间根本不可能，她是否该保留一丝机会呢……

她必须下决定，是要开诚布公，还是要守口如瓶。她知道，这件事刻不容缓，今晚就必须拿定主意。

妮可把身后墓园的大门关上。

她要去问皮耶的意见。皮耶一向都能做出正确的决定。

24

一九九八年十月二日，中午十二点三十二分

马克从 RER 的瓦欧洲站出来到雅利安广场上时，一道微弱的阳光迎接了他。这是他第一次造访这个几个月前才刚落成的新城市。这个圆形广场非常宽大，大得出乎他意料。他还以为会看到一个类似塞尔吉市或埃夫里市的那种现代化高科技新城市，结果却来到一个奥斯曼风格的大广场，和巴黎最早的市容简直像一个模子刻出来的，只不过这里并没有百年历史，而只有不到百天的历史！以新仿古。其实仿得挺不错的。

他正前方，在模仿传统建筑的屋檐排水管和兽形排水口上方，矗立着好几座工地起重机。一个路标上写着"艾灵顿商业园区"。商业区建设中的玻璃高楼，已经比仿古广场高出了好几十米。马克转头看：远方，环状铁路的后方，可见到迪士尼乐园的尖顶、睡美人城堡的钟楼、冒险矿车的红色砖石、过山车的拱顶……

真是个超现实的画面！

马克心想，都市计划的建筑师八成就是想要这样吧。

他回想起某次在妮可柏磊区家里的谈话内容。当时是几个月前的一个晚上，迪士尼的商业中心举行落成典礼，电视新闻报道了由该财团所主导的新城市建设计划。妮可在厨房里忍不住开骂了："我以前就搞不懂怎么会有人带小孩去迪士尼，把那只资本主义米老鼠养得肥滋滋！可是现在，居然还把我们的土地给他们，让他们来我们这里盖城市！"

丽莉正在收拾餐桌。关于这件事，她一如往常，了解得比他们深入。

"奶奶，那也是一种理想国呀。你知不知道，华特·迪士尼曾梦想在美国佛州打造一座理想城市，叫'庆城'，城内禁止汽车，不分贫富贵贱，还用一个大罩子罩起来，好控制气温。可是他还来不及实现梦想就过世了，他的后代又扭曲了他的本意……'瓦欧洲'是迪士尼在世上建造的第二座城市，是欧洲唯一的一座，也是法国最年轻的城市，居民有两万人……"

"才不是什么理想国！"妮可愤愤不平地说，"一栋房子要三百万！有高尔夫球场，还有私立学校……"

丽莉并未多说什么。马克猜想她一定想多谈谈那座城市的规划理念、都市设计风格、绿色空间、建筑巧思、环保的交通方式等，但丽莉一如往常不再多说。她面带微笑，拿了一条抹布去帮妮可。她仅晚上和马克简短又聊了一下而已。他们都知道，柯家所在的古福蕾市，是紧邻瓦德玛恩县的美丽小村庄之一，瓦德玛恩县有着浓浓的传统法国味，是美国人规划瓦欧洲市时的重要参考依据，当地的房价因此飙得更高了。传统与现代呀。

马克继续走着。这里的街道设计，替徒步行人设想得相当周到，这方面确实无可挑剔。古福蕾距离这里大约才两公里。他来到托斯卡纳广场。一看到有雕像的喷泉、露天咖啡座和暗红色的咖啡馆，他不禁莞尔。他从来没去过意大利，但他想象中的佛罗伦萨或罗马广场，确实就是这个模样，就算正值冬天也一样。他差点就觉得会看到卡通片《小姐与流浪汉》的两位主角坐在某个地方享用意大利面了。他继续快步前进。虽然这座城市为徒步行人设想周到，街头的行人却寥寥无几。马克现在正穿越高尔夫区。这一区流行的是英式小屋：圆弧形窗户、绿意盎然的树木、铁铸栏杆。马克感觉自己好像短短不到两公里内，横跨了风景明信片上的整个欧洲。

一些较为典型却不失贵气的小宅院，显示他越来越接近古福蕾了。他观看着一整排格式较熟悉的路标：市政府、学校、活动中心、图书馆、点字发明人路易斯·布莱叶出生地故居。珍妮已告诉他柯家的地址，在暖太阳巷，是一条位于古福蕾郊区树林里的死巷。古福蕾当初是在马恩河一处弯道的保留森林区里发展起来的。联结缪市和夏利菲市的运河，形成古福蕾的天然疆界，也以直线缩短了马恩河道的距离。这个田园天堂般的小天地，距离首都巴黎仅几公里，而运河又让这里更添诗意。有三名钓客坐在运河畔的石砌矮墙上。马克看到一个咖啡色指标上写着"列胥船闸"。他不再犹豫了，觉得很适合在这里稍作歇息，于是坐下来，把牛仔裤口袋里那五页从爵爷札记本上撕下的笔记拿出来读。

　　刚才地铁里太嘈杂，也可能会有陌生人从背后偷看，马克提不起勇气读札记。

　　他不愿意在那种情况下读这段往事，读他自己的往事。

　　他宁愿拖延。他查看了手机，没有他祖母的留言，也没有丽莉的留言。

　　这下子没借口了。他把那五页笔记翻开来。

爵轻信的札记

　　一九八二年十一月七日这个星期天，我整个周末都待在地中海岸的安塔利亚——这座位于南部的大城，有"土耳其蔚蓝海岸"的美誉，一年有三百天出太阳——一位土耳其内政部高官的别墅里；我缠着他好几个星期了，想确认十二月二十二日当天，在伊斯坦布尔阿塔图尔克国际机场，到底有没有人发现什么异状。这种事很难说，也许某个监视器拍摄到了什么画面。当年机场里到处有军人巡逻，说不定有人发现过什么，我希望去军中发一份简短的问卷，但想也知道，别人认为我是神经病。这位高官最后拗不过我，某个周末正好要在自家宴请土耳其国安单位的人，索性邀我一起去。纳金破天荒没随我同行，爱菈坚持要他回去，印象中，好像是因为她生病了……这样反而令我非常困扰，没人帮忙翻译的情况下，我整个周末都在鸡同鸭讲，而且其他那些人一心只想和老婆躺着晒太阳而已……一点都不觉得我的请求有什么好着急的。其实，连我自己也越来越意兴阑珊了。

我在意外发生的三天后，才在雅斯阔饭店得知了消息，是纳金告诉我的。后来，我和韦妮可聊了很多。她把详情巨细靡遗地告诉我。一九八二年十一月七日的那个周末，一如往年，特雷波港、欧市和梅尔莱班市三个姊妹市，共同举办联合海滨欢庆会，有点像是诺曼底地区缩小版的敦刻尔克嘉年华会。大啖淡菜配薯条、游船兜风、街头表演游行……当地顿时人山人海，都不知打哪儿冒出来的……韦皮耶和韦妮可每年都会参加特雷波港的节庆，从敦刻尔克到哈佛，北海岸各海港的抗议活动，他们也都尽量参与。一过了夏天旺季，这类周末节庆便成了他们主要仰赖的收入来源。他们把马克和米莉托付给邻居照顾，自己开着橘色和红色的雪铁龙 H 款厢型车出去一整晚。他们停车的地点是精心挑选的，总是尽可能靠近海边，然后把吧台打开，需要的话，把遮雨棚一并架好，不到半个小时便可提供薯条、可丽饼、松饼和其他小吃。通常，他们必须工作至深夜……尽管气候不佳，北海岸的节庆活动却往往到天亮才结束。为了节省时间和金钱，皮耶和妮可把餐车门关上后，会在煤气灶和冰箱之间仅有的空间铺一张床垫，就地睡上几个小时，星期天继续做生意，非常艰难，但这样一个周末所赚到的钱，比平日十天还多。

一九八二年十一月七日这个星期天，韦皮耶和韦妮可于清晨三点左右打烊。他们再也没开张过。报警的是去特雷波港堤上遛狗的民众。海风很大，但煤气味从餐车外都闻得到。其实，应该说是甲硫醇的味道，那是在煤气中另外添加的一种物质，因为该死的煤气本身是无色无味的。消防队员用斧头劈开餐车的后门，发现两人已失去意识。在这个九平方米的狭小空间，煤气已外漏至少五个小时。韦皮耶已无呼吸，消防人员连急救都没做。他们看得出回天乏术了。韦妮可仍一息尚存。她被紧急送到阿布维尔市。过了整整十五个小时，医生才宣布她脱离险境，但肺部受到永久性的损伤。

警方立即展开调查。四个煤气灶的其中一条煤气管有破洞，也难怪会发生这场不必要的意外了。保险公司按照惯例，仍是那么的温暖人心：他们认为，睡在煤气罐和尚未冷却的煤气灶之间的狭小空间，实在是非常要不得；车上设备老旧，虽然卫生条件合格，专家们很快就发现其他缺失……总之，保险公司轻而易举就找到各种借口不付赔偿金给韦妮可。

她只剩下那辆餐车……一条塑料管、一个有待换掉的车后门……两个有待养大的小孩。

或许就是这个原因，拉近了我和韦家之间的关系。同情，对，可以这么说吧，就是同情，这么说没有什么好丢脸的。

同情，还有质疑。

纳金打电话给我，告诉我在特雷波港发生了什么事时，我的第一个反应是不相信这只是一场单纯意外。命运就像学校下课时间的小孩，总是欺负弱者，这我同意。但总有个分寸吧！接下来几个星期，我见了柯家的律师，其中几人不是很光荣地向我透露了内幕。柯雷昂第二次心脏病发作前，曾要求律师团研究一个纯技术性的问题：“要是韦氏夫妇不见了，会发生什么事？小丽莉仍会是韦家人，而被送到寄养家庭，还是有别种可能性？在这种新情况下，丽莉被交给柯家的概率有多少？”

这个问题既变态又棘手。律师们彼此之间的意见仍有分歧，但大致认为，如果韦氏夫妇不见了，且如果小丽莉未满两岁，那么有可能重新开庭审议。他们特别强调，“这纯属技术性的假设”，但若真的重新审议，可以把攻防重点放在有关孩子身份的疑虑，以及孩子切身的福祉……既然要替顿失依靠的丽莉找寄养家庭，不如把她还给柯家嘛！

我知道多少，就告诉你多少，你自己看着办吧。

若说柯玛蒂疯狂到可以雇用私家侦探替她调查十八年，那么她老公比较没耐心，私下花钱买凶也是不无可能。餐车经常处于门户大开的状态，找个流氓无赖溜进去在煤气管上弄个洞，应该并非难事。我从来不相信柯玛蒂对这件事知情，更不相信她会下这种毒手。光是她的宗教信仰就足以使她却步了。倒是柯雷昂，完全有可能干出这种勾当。二十三个月后，二度心脏病发作使他彻底瘫痪，这其中或许有某种因果关系。韦妮可活了下来。或许韦皮耶的死，一直令他良心不安，但也无济于事，毕竟丽萝确定已经死了……

好啦，现在你知道的和我一样多了。柯雷昂已成行尸走肉，他的秘密将无人知晓。

这样对他是否是好事一桩呢？

好问题！

一九九八年十月二日，中午十二点四十分

马克看到，微弱的秋季阳光，再度被团团乌云围住。

那重重疑点呀……

意外发生时，马克才四岁，几乎什么也不记得，顶多只记得身边大人们的无尽悲戚。而他只有一个念头、一个本能，就是保护丽莉，用力握住她的手，绝不离开她，绝不抛下她。

他祖母从来没跟他仔细讲过这件事。他能理解，毕竟这种往事不堪回首。爵爷的叙述，比他多年来零星搜集到的片段加起来都更清楚。

马克打量着眼前那三名钓客，他们相当年轻，一动也不动，像是睡着了。花老半天的时间等待不会上钩的鱼，到底有什么意思呢？或许他们只是在天堂的这个角落，等待世界末日吧。

那重重疑点呀……

天堂的这个角落，其实住着恶魔？

马克拼命翻找记忆的深处。也说不上来为什么，但爵爷的叙述仿佛启动了他内心的某个警报。事有蹊跷……

有哪里不对劲！

马克试着集中注意力，但他越来越相信这个信息是他下意识记录下来的，他背得很熟，记得很清楚，却需要某个关键、某种提示、某个字眼的触动，才想得起来。

他又用力想了一会儿，却徒劳无功。他只知道，这个信息乖乖躺在迪耶普柏磊区伯修尔街家里的他房间里。只要回去找一找，就能找到……

很要紧吗？跟其余的部分有关联吗？和丽莉的那趟不归路有关系吗？

只要搭两个小时火车就到迪耶普了……他也必须和妮可谈谈。

再说吧。

他以颤抖的手，把撕下的纸张翻过来，继续读最后一页。

25

爵轻信的札记

特雷波悲剧一个月后，韦妮可再度开着餐车服务客人。她没的选择。很多人觉得很奇怪，甚至很变态，她居然还继续待在这个有轮子的棺材里，这个铁皮煤气牢笼明明夺走了她老公的性命，她现在每天忙进忙出所踩的这块地板，正是他一睡不醒的地方呀。

妮可总是笑笑说："很多人也继续住在亲人过世的房子里。依然睡在同一张床上，用他们用过的盘子吃东西，继续使用他们的杯子喝水……物品本身并没有错，而餐车也不过是件物品罢了。"

多年后我才明白，在内心深处，妮可其实喜欢做这份工作，喜欢在迪耶普海边，开着这辆雪铁龙H款厢型车提供餐点给客人，她和皮耶做这一行已经做了好多年，就算狭小空间内弥漫着各种味道和烹炸的油烟，使她肺部的情况越来越糟，咳嗽得越来越厉害，她也依然喜欢。皮耶在这辆餐车里一睡不起，仿佛不曾真正离开过，而如今孑然一身的妮可，相对其他任何地方，在这个流动小铺里，反而不那么孤单。唯一的例外，大概只有尚瓦尔墓园吧。

我大约是在这时候，也就是一九八三年的年中时，与妮可和她孙子之间的关系拉近了。我于四月的一个早晨第一次见到她，马克去上学了，丽莉还在睡觉。

妮可挡在门口，不让我进去。我吞吞吐吐说明来意：

"我是爵轻信，是私家侦探。我……我正在调查……"

"爵先生，我知道你是谁，你来这附近问东问西好几个月了……你知道吗，这里风声传得很快……"

"嗯……好……至少，可以替我们节省一点时间……柯玛蒂聘请我，把恐怖峰的空难事件整个从头查起……"

"起码希望她在酬劳方面没亏待你……"

"确实不差，甚至还相当优渥……"

"多少？"

韦妮可的眼睛炯炯有神。她在和我玩猫抓老鼠。何必瞒她呢？

"每年十万法郎。"

"你应该要求更多的，更多更多……"

韦妮可穿着一件相当薄的灰蓝色毛衣，非常低胸。那个 V 字形的领口开得很深。我感到非常不自在。她一动也不动，又问：

"请问你有何贵干？"

"我希望亲近丽莉，观察她，和她说说话。看她长大……"

"就这样而已呀……"

我深知这档事可有的耗了。我不知道自己眼睛该看哪里，到底是她闪亮的眼睛，还是她的胸部。韦妮可下意识地把毛衣往上拉。

"告诉你，我没什么好遮遮掩掩的。我大概和你想的不一样，其实我呀，也想知道真相……你发现了什么吗？"

我犹豫了。难道我扳回一局了吗？但好景不长，毛衣领口又垂了下来。

"我查了很多可能的线索，大多不了了之，但我也发现了几个耐人寻味的细节……"

韦妮可似乎犹豫了。她的目光飘向伯修尔街。

"柯玛蒂有叫你签保密协议之类的东西吗？有要求结果只能让她知道吗？"

"完全没有。她付钱给我，只要求我找证据。"

"证据？就这样而已？我没钱能付你……但柯玛蒂的钱付两人份也绰绰有余。"

她微笑了，再度拉了拉毛衣领口。

"来个交换如何？进来喝杯咖啡吧，你把所有事情慢慢说给我听，顺便等丽莉醒来。"

韦妮可选择信任我。为什么？天晓得！

我清楚知道自己这样是脚踏两条船：万一真有什么新发现，就算保持立场中立，我在两个寡妇——或几乎可说是两个寡妇啦——之间的角色，也将很难拿捏……可是越来越难保持中立呀！若要从纯朴的韦家和高傲的柯家之中二选一，答案太明显了。柯雷昂该是肌肉的地方只有死水，柯薇娜该是脑袋的地方只有糨糊，而柯玛蒂该是心肠的地方只有冰块。我是他们花钱雇来的走狗，但我对韦家绝对是更有好感的。

马克和丽莉这两个孩子可爱得不得了。我后来经常来探望他们，至少每逢丽莉生日一定会来。有时候还带着纳金一起来迪耶普。他粗粗的八字胡把他们吓坏了，但重点是，妮可的活力、幽默，和独力抚养马克和丽莉的坚毅，深深打动了我。她咬牙硬是撑住了，柯玛蒂汇入丽莉银行账户的那一大笔资金，妮可不曾碰过半毛钱。

妮可意志坚决且信守了诺言。真是个了不起的好女人。好几个月、好些年，就这么过去。

我呢，也是每年都长途跋涉一趟，不曾松懈。该是提这件事的时候了。它很重要，你意想不到地重要。每一年，到了十二月二十二日左右，我都会回恐怖峰一趟。我住在那附近位于杜河畔的一家民宿"克莱毕福"，然后上山，重回失事地点。每年至少会待上几个小时，去走一走和沉思，并重读自己写过的笔记。

仿佛那个地点终究会向我吐露它的秘密……

我总是独自前往，不找纳金。

如今我已认得那里的每一条小径、每一块石头、每一棵树。我感觉自己必须设法亲近这个原始的山林角落，必须静下心来聆听它，和它培养感情。说穿了，有点像亲近韦家那样。

你一定不相信，但这招奏效了！山信任了我。整整过了三年，跑了三趟后，一九八六年十二月，山向我吐露了它的秘密，也是调查十八年以来最惊人的秘密。

一九八六年十二月二十二日这天，傍晚的时候，在山上，一场突如其来的大雨淋得我措手不及。为了下山，我在雷雨交加的恶劣天气中，徒步走了至少两个小时。我想找个躲雨的地方，随便什么地方都好。空难事故后重新种植的那些小树，实在不足以为我遮风挡雨。

我盲目乱走了一两公里路。结果踏破铁鞋无觅处，得来全不费工夫。我全身湿透了，原以为自己在做白日梦，以为是自己出现幻觉了。我在泥泞中继续前进，前方的画面越来越清楚，如假包换。

滂沱大雨已无所谓。我的心脏简直要跳出来了。我不可置信地一路走到……

✈

马克恨恨地骂了一声。

被撕下的那一页只到这一行字为止。

"我不可置信地一路走到……"

他气愤地踢了面前的砾石一脚。钓客们惊讶地抬起头，瞪了他一眼。句子的后半段在札记本的下一页上，距离这里要一个小时的地铁车程，锁在里昂车站只有他才知道密码的置物柜里。

马克把纸张塞回口袋，站了起来。他对自己感到生气，也很气爵爷这么咬文嚼字，记录事情不能简单明了，而偏要把自己的调查过程写得像推理小说一样……

他由一座小桥跨越运河。古福蕾的街上相当平静。迪士尼乐园近在咫尺，使古福蕾流露着几分人造气息，仿佛这个古朴小镇也是用厚纸板搭起来的道具布景。到了镇上以后，右侧的第一条巷子就是暖太阳巷。与其说是巷子，还不如说是小径，幽暗的森林小径。马克战战兢兢前进。说到底，柯家人到底是怎样的一家人？像他一样，是命运的受害者，还是像他所希望的，是丽莉真正的家人？但他们或许也是他祖父命案的教唆者？

敌人？朋友？两者皆是？

马克努力把呼吸放慢。

他千万不能迟疑。恐慌症任何时候都有可能发作，这里这么安静，这么绿意盎然，未尝不可能发作……

巷子里停放了几辆汽车，多半是高档名车。奔驰、萨博、奥迪，马力都很强大，只有一辆比较小，一辆蓝色的 Rover Mini。马克愣住了，仿佛内心忽然有警报被触动了。

才没多久以前，他见过这辆车！

哪里？

应该不难回想，马克今天几乎一整天都在地铁里。他唯一回到地面上的时候，是来古福蕾这里，还有……

去爵爷家的时候！

一只手放在他肩膀上。

一个金属管子抵着他背后腰部。想必是一把枪。

一个尖锐的嗓音，使这一刻更令人毛骨悚然：

"你这该死的家伙，在找什么吗？"

26

一九九八年十月二日，中午十二点五十分

奇怪的是，马克并未感受到任何恐慌症发作的症状。既未呼吸急促，也无心悸的感觉。他只觉得心跳加快了。

别慌。

转过来。

暖太阳巷里半个路人也没有。私人土地上高耸的大树摇曳的影子落在浅灰色的砾石上。马克非常缓慢地转过来，一面把双手举高，以表明自己没有反抗的意图。

"姓韦的，别想要花招。"

马克眯起眼睛。他面前站着一个大约一百五十厘米高、体重顶多四十公斤的女生，打扮得活像刚从女子住宿学校出来的一样……只不过这个女生却有着一张三十岁的脸。

是柯薇娜！

马克从来没见过她，连她的照片都没看过，但绝对是她，错不了。她逮住了他，用枪口指着他，眼神中流露出诡异的盛气。马克的脑袋飞速分析着接连看到的每一项元素。一个小时前出现在凯伊丘街上，而几米旁，现在停在暖太阳巷里的这辆蓝色 Rover Mini，原来是柯薇娜的车子。这个女生几个小时前去过爵爷家……而且身上带着一把枪。

是她杀了爵轻信。而现在轮到他要被杀了。

薇娜盯着他看，从头到脚打量他。

"姓韦的，你跑来这里干吗？"

薇娜的语气中有一种几近可笑的成分，好比一只隔着铁网尖锐狂吠的无害小狗。马克知道，自己不能掉以轻心。这个女生什么事都做得出来，譬如一面哈哈大笑，一面突然朝你脸上开一枪。尽管如此，马克仍无法把这个打扮老气的小个子女生认真当一回事。奇怪的是，他依然感受不到任何恐惧、惊慌或惊恐症的症状。

"不准动，姓韦的，我叫你不准动。"

马克依然高举双手，但向前走了半米，脸上泛起笑意。

"别这样看着我！"薇娜一面退后，一面大喊，"你吓唬不了我的。你的事情，我统统知道。我还知道你和你妹妹上过床……居然和自己的妹妹上床，会不会太恶心了？"

马克忍不住又微笑了。这些话从薇娜的嘴里说出来，怎么听都觉得缺乏说服力，就像以前在迪耶普儿童活动中心，有些小孩子朝他叫嚣，他也不觉得怎样，那些小孩才八岁，只是虚张声势，其实内心怕得要命。

"如果从你的角度来看，我应该是和你的妹妹上床吧……"

薇娜没想到自己居然会被回呛，脑袋顿时犹如一台内存容量不足的计算机。终于，她好不容易想出反击之道：

"你说得对，你是和我妹妹上床，因为她太漂亮了，漂亮到根本不可能是个姓韦的丑八怪。可是丽萝已经满十八岁，再也不需要跟你这种脏鬼在一起……"

薇娜骂归骂，马克依然无感。大概是因为太老套了吧，太假了。他连驳斥都懒得驳斥，懒得告诉她，才没有，他没有和丽莉上床。马克撇下薇娜，开始径自往巷子里走，并尽量表现得很坚定果决的样子。薇娜拿着毛瑟枪更坚定地指着他。

"我说不准动。"

马克继续向前走，并未回头。

"抱歉，我不是来找你。我必须见一见你祖母，失陪了。这一栋就是玫园吧？"

"你再敢往前走，我就毙了你，听不懂吗？"

马克假装没听到，依然背对着薇娜。他这么做对吗？恐慌症的症状一个也没出现，他是否该相信自己的直觉？难道不会像爵爷一样，也被这个疯婆子朝心脏开枪打死吗？他背后腰部开始冒汗。他在玫园巨大的大门前停下来。

"你在干吗，我说我要毙了你！"

薇娜像个过于亢奋的小孩子，"蹬蹬蹬"跑到马克面前，继续拿枪指着他。她再一次仔细盯着马克，从头到脚打量他。

"你在找什么吗？"马克不无讽刺意味地说。

"你就这样子来，没带背包？你确定身上没有藏什么东西吗？藏在衣服里面？"

"你要我在这里当着你的面脱光光吗？是这样吗？"

"手给我举高啦！"

"还是你想自己来？用你的小手替我搜身？"

薇娜迟疑了。马克心想自己会不会玩得太过火了。这个女生似乎神经很紧绷，手指紧紧扣着手枪的扳机；这根手指上戴着一枚银戒指，戒指上镶着一颗精致的棕色透明宝石，和她眼睛的颜色一样，只不过更明亮一些。薇娜依然打量着他全身上下。显然，她在找爵爷的札记本，幸好他预先采取了防范措施。

他逼自己硬是再狠一些：

"抱歉，薇娜，我比较喜欢你妹妹。"

他不等薇娜有所反应，径直以颤抖的手指按了对讲机上的门铃，而不敢看这个疯婆子在他背后做什么。

"可恶，我要毙了……"

对讲机传出一个女性声音，打断了薇娜：

"请问哪位？"

"我是韦马克，来找柯玛蒂。"

"请进。"

大门应声而开。薇娜犹豫了，这下子她拿着枪似乎反而尴尬了。她用枪指着马克。

"你也听到啦，还等什么等？叫你进去！"

马克早有心理准备，知道自己会进入一栋华丽豪宅，是这个高级住宅区最奢华的一栋庄园，但这片绿地之广大，纵然现在已是秋天，花卉种类之多元，以及修剪得整整齐齐的花坛和玫瑰，仍然令他叹为观止。这里的面积有多大？一万平方米？一万五千？他走在粉红色细碎石铺的小径上，那个身高一百五十厘米的"保镖"依然紧跟其后。

"怎样，姓韦的，这么大一片土地，看得你目瞪口呆吧！这就是玫园！是古福蕾最大的庄园。从三楼就能看到整条马恩河弯道。姓韦的，都是你们，害得丽萝享受不到这一切！"

马克真想赏这疯婆子一巴掌。像她这样拼命无的放矢，最后终有几箭会中标。马克不由得比较起玫园的庭院和他伯修尔街家里的院子。家里院子只有五米长，三米宽，雪铁龙餐车一停进来，院子就满了。庄园里远方，靠近温室那里，有只松鼠经过，它以畏惧的眼神凝视着来者。

"现在你懂了吧，希望你至少后悔了！"

后悔？

马克耳边仍回荡着丽莉开心的笑声。还有孩童的欢乐喊叫声。只要妮可一把车开去迪耶普海边做生意，丽莉和他便会冲到小院子里玩跳房子或打球。在他们年幼懵懂的眼中，那个院子比任何一个庄园都更宽广辽阔。

三阶台阶。薇娜依然握着枪，走到前头，把厚重的大木门推开。

马克跟着进去。

他疯了吗，就这么放心进去？他这趟是只身前来，没人知道他在这里。薇娜向他指了一条大走廊，他们又上了三阶台阶。走廊墙上挂了一些乡间风景画；一些铁铸的挂衣钩上挂着毛皮大衣。走廊尽头一面椭圆形的镜子，使走廊看起来更加深远。

毛瑟枪口指向右侧的第一道门，是一道有着红色线脚装饰的厚重大门。他们进去了。

马克来到一个大客厅。家具、沙发和柜子，大多罩着白布，想必是在不接待客人时防尘用的。在他正前方，一座开放式的书柜占据了整面墙。在对面的角落，则放了一架白色漆木三角钢琴。是一架佩卓夫钢琴，最昂贵的品牌之一。马克知道这种琴的价位。

高大的柯玛蒂直挺挺站在他面前，身上仅有的装饰是脖子上的十字架和裙摆上些许突兀的泥巴痕迹。柯雷昂在一旁沉睡着，他一脸漠然，腿上铺着格子毯，几片枯黄的树叶卡在手臂间。黑寡妇和轮椅怪客，足以构成粗制滥造恐怖片的一幕画面了。

柯玛蒂不动声色，只朝他露出一抹诡异的笑容。

"韦马克，真是稀客呀……想不到，你有一天也会来到这里……"

"连我自己都想不到……"

那抹笑容拉得更大了些。薇娜退到一旁，守在钢琴边。

"薇娜，给我把枪收起来。"

"可是，奶奶……"

柯玛蒂的眼神没有商讨的余地。薇娜乖乖把枪放在钢琴上。薇娜显然只巴望一件事，即再度拿起枪并使用它。

马克呢，则依然看着钢琴，看得目不转睛。柯家当然会有钢琴，这太说得通了。就算他从没来过这里，也早就料到会是这样。这样才合情合理。韦家没有任何人有音乐细胞。不论是他父母还是祖父母，一辈子都不曾擅长过任何乐器。在柏磊区，连唱片都很稀奇。奇妙的是，丽莉才刚到伯修尔街住了几个月，就对声音，各式各样的声音，表现出高度兴趣；上了幼儿园，音乐玩具令她深深着迷；她才四岁就报名上音乐学校，上得理所当然，且几乎没花钱；老师对丽莉赞不绝口，马克记忆犹新，且与有荣焉。

"这是个好东西，不是吗？"柯玛蒂说，"是原厂正品，我父亲一九三四年订制的。想不到呀，马克，你也对钢琴有研究吗？"

　　马克陷入自己的思绪，并未回答。到了丽莉八岁时，音乐老师们开始力劝。丽莉是他们最优秀、最有热情的学生之一。她对所有乐器来者不拒，弹钢琴尤其上手。她应该多练习，不能只有上课时练几个小时，她应该天天都在家里练琴。家里空间不足的说法，很快就被迪耶普那些音乐老师推翻，现在市面上已经有很好的家用直立式钢琴了。只剩下价钱的问题。随便一架稍有品质的钢琴，就算是二手的，也等同于妮可好几个月的收入。连想象都难以想象。当妮可解释说，买琴超出家里的经济能力时，丽莉并未吵闹……

　　某种尖锐的嘎吱声把马克吓了一跳。在他前方的薇娜，把毛瑟手枪在佩卓夫的木质琴身上推来推去。

　　"薇娜，拜托你不要动那把枪！"柯玛蒂以平静的声音命令道，"马克，我以前也弹过琴……至少年轻的时候弹过。其实弹得不怎么样。我儿子亚历比我有天分多了……但你大老远跑来，不是为了跟我聊古典乐吧……"

　　柯玛蒂说出来的话，没有一个字是白白浪费的，这一点马克意识到了。

　　"你说得对……"他说，"我就直说了。我是来跟你谈爵轻信的调查。不瞒你说，他把他的札记本，也就是他十八年来的所有笔记内容，交给了我。其实，他是把它交给……"

　　马克犹豫了一会儿，随即说：

　　"……交给了丽莉，她今天早上要我读一读。"

　　"可是你却是两手空空而来？"柯玛蒂插话说，"马克，你很谨慎。你有所提防，但实在没有必要。以这本札记而言，我从来没要求爵轻信不准给别人看。到最后，就算丽莉知道了，也未尝不是好事。抱持怀疑，总胜过执迷不悟。就我而言，札记本里有什么内容，我想我相当了解。爵轻信曾经是个老实的雇员。"

　　马克从钢琴漆木表面的反光看到薇娜惊愕的表情，接着才忍不住讶异地问：

　　"曾经？"

　　玛蒂回答的时候，语气中满是嘲讽：

　　"对，曾经。爵轻信替我办事十八年了……但三天前已恢复自由之身……"

　　马克暗自咒骂。柯玛蒂一派嚣张的气焰下，原来是想套他的话！她当然已经知道爵爷死了。被她的孙女杀了。说不定还是她指使的……马克的双手不由自主颤抖起来。他跑来这里做什么？眼前，一个是尖酸刻薄的老巫婆，一个是恨不得等她一声令下一枪打死他的疯婆子。更别提还有轮椅上那个行尸走肉般的老头子了。根本是一场噩梦。来这里必然是自讨没趣，何况这么多年下来，梁子早已结得很深。

马克上前几步，仿佛想让自己更有自信。薇娜的手指握住了毛瑟手枪。他没的选择，反正也没什么好损失的，干脆大方一点吧。

"好，别拐弯抹角了，我就坦白说吧！十八年来，我们两家人各自坚持己见。柯家相信生还的是丽萝，韦家认为是米莉——法官也是这么说。"

马克喘了口气，斟酌用词。

"柯夫人，这些年来，我和丽莉一起长大，我越来越相信一件事。"

马克又犹豫了一下，然后说：

"柯夫人，丽莉不是我妹妹！你听清楚了吗？我们没有任何血缘关系……飞机失事那一夜，存活下来的是丽萝。"

毛瑟手枪在钢琴上滑动，发出嘎的一声。薇娜瞪大了眼睛，感到既意外又欣喜，仿佛忽然马克成了朋友，成了一个摘下面具表露自己真实身份的卧底。

他是他们这一阵营的！

柯玛蒂却依然纹丝不动，沉默了许久，然后只说了几个字：

"薇娜，带你爷爷去庄园里散步。"

"可是，奶奶……"

薇娜的泪水呼之欲出。

"听话，薇娜。你带着雷昂，一起去庄园里散步。"

"可是……"

这次，薇娜不再强忍眼泪。她推着轮椅出去，她祖父则在轮椅上继续沉睡着。

27

一九九八年十月二日，中午十二点五十五分

丽莉摇晃的模样很危险。酒吧里这种窄窄的高脚凳，应该是特别设计的，让坐在上面的客人不想喝太多酒时，可以直接摔倒。

应该就快摔了，丽莉心想。

这种晃来晃去的高脚凳，实在该去申请专利。

她把那一小杯琴酒凑到嘴边。现在喝起来没有灼热感了。除了晃来晃去的高脚凳外，她已没有任何感觉了。

她是拉普街上这家"巴哈孟迪酒吧"里唯一的女性客人。就算是大白天，这种酒吧也没有女生会单独前来，除非是刻意的。尽管酒吧里那些男人故意假装对她没兴趣，继续喝着自己的啤酒或勃艮地白酒、用力刮着彩票、盯着电视上不间断的体育赛事……她仍能感觉到他们色迷迷的目光，落在她赤裸的大腿上，沿着高脚椅旁的整条腿而下，也能感受到他们的目光顺着她的背部，一路上来到她的颈子……

忘掉……

丽莉把整杯琴酒一口饮尽，随即转向调酒师。调酒师是个神色淡然的人，仅头顶有一撮卷曲的灰发。

"你还有什么别的酒？"

她已尝试过伏特加和龙舌兰。到目前为止，她觉得伏特加比较好喝，好喝多了。但她的酒类入门只能算是刚开始，她十八岁以前一滴酒也没沾过。仅仅三天前喝过一杯香槟而已。她在赶进度。

"小姐，这样就行了吧。你已经喝了不少，不是吗？"

这个头上只有一撮杂毛的秃子，干吗多管闲事，难道他不知道她三天前就成年了吗？丽莉很想把自己的身份证举到他面前，亮给他看，但那可恶的调酒师已转身离去，看都没看她一眼。

一个穿着灰色西装、领带皱软的男人，坐在吧台前离她两米的地方，面前摆了浅浅一杯棕色的液体。酒吧里只有这个人并未一直盯着她看。丽莉凑向他，一面扒着吧台，一面继续在高脚凳上晃来晃去。

"你喝什么呢你？"

领带皱软的男子稍微抬起头。

"很普通，威士忌……"

"我也要！服务生，我要这个！"

调酒师神色依旧淡然，蹙起右侧眉毛：

"小姐，你确定？"

"没关系，夏尔，"领带男说，"这杯算我的。"

夏尔再度蹙眉，这次是左侧眉毛。看来这个家伙练过呀。

"那就最后一杯喽？我不想惹麻烦……"

领带男的高脚凳平衡技术远比丽莉的高明得多，他并未从椅子起身就直接贴到她旁边来。不是为了安慰她，一点都不是，恰恰相反，这个自身难保的家伙在茫茫酒海里载浮载沉，只喜欢找人同病相怜，借酒浇愁……

"你呢？怎么会沦落到这里？小姐怎么称呼？"

"蜻蜓。蜻蜓小姐！"

领带男似乎这才发现，身旁这个向他搭讪的女孩有着模特般的窈窕身材，而且酒吧里所有的人都关注着他们的一举一动，像在看好戏一样。

"蜻蜓……这名字很好听呀。我呀，是理查德……我是初中老师，在第二十区的布瓦尔迪厄初中教书，所以你想也知道……"

丽莉用手臂推开他，把那杯威士忌抢过来。她喝了一口，结果一脸嫌恶。看来，伏特加才是王道呀！理查德发现她对他学校里的烦恼一点兴趣也没有，于是换了个话题：

"像你这么漂亮的女生……不像是专业的。怎么可能？人长得这么漂亮，怎么会来这里？"

丽莉把高脚凳歪向理查德，理查德奇迹似的没被推倒。

"你，过来。"

丽莉忽然揪住他的领带，把他的脸连带拉了过来，把他的耳朵凑到自己嘴边：

"领带，我告诉你，事实上，我不漂亮。我是伪装的。"

理查德一脸错愕。

"啊？"

"我的腿……我的胸部……嘴巴……皮肤……在马路上，不管哪里，所有大家想碰、想摸的东西……其实统统是伪装，都是硅胶类的东西，像潜水衣那样。"

"你……你？"

"我不骗你。大家都以为我漂亮，其实，我里面是个妖怪！"

"你……"

"你是白痴吗？就告诉你，我和蜥蜴一样……有好几层皮。你知道的，就像电视剧《胜利大决战》那样，表面人模人样，骨子里却是恶心妖怪。尤其是他们的首领，那个女生，外表看起来是超级辣妹，其实是黏糊糊的爬虫。我也和她一样，和那些喜欢活吞老鼠的蜥蜴一样。好了，你听懂我的意思了吗？"

"呃，不太懂。你知道，我很少看电视剧，我是初中老……"

领带男被猛地一扯，顿时说不出话来。

"领带，我再告诉你一件事，一件更糟糕的事。我不是一个人，在这个外表底下，我们其实是两个人。同一个身体里有两个人，居然有这种事，你相信吗？"

"呃，这个嘛……我觉得……"

"嘘……什么都别说，这样比较好……我该走了。再过几分钟……你知道我要去哪里吗？我得去做一件肮脏事，一件我其实不太想做的事。连我都讨厌我自己，可是，非做不可……"

理查德揽住丽莉的肩膀，一定要这么做，不然会跌倒。他的手臂垂到丽莉胸前，嘴巴凑到丽莉脸旁，吞吞吐吐地说：

"为什么？又没有一定要怎样。如果我帮你……脱下你的伪装，看看你们里面的样子，看看你和你的朋友……"

理查德越来越得寸进尺。他的领带依然被揪着，能活动的范围不大，但他的右手伸到黑色裙子底下。丽莉并未吭声。

"告诉你，来不及了……你帮不了我，谁也帮不了我。待会儿呀，我要去杀一个无辜的人，杀一个会死得莫名其妙的人……没办法，就是这样……"

"好，好……不过还有时间，还有几分钟。你要先给我看看你的第二层皮……这样我才肯相信你……"

他的右手往大腿更上方摸索，左手则放肆地放在丽莉的胸部上。调酒师夏尔两边眉毛蹙成三角形，立刻介入。他把一个杯子用力放在吧台上。

"放尊重点，理查德，你放尊重点。别在那边毛手毛脚，难道你闯的祸还不够多吗？"

理查德犹豫了。领带被揪得更紧，他脖子都歪了。

"喂，你有没有在听呀？我说，我要去杀掉一个无辜的人！"

丽莉的身体更倾斜了些。这次，高脚凳撑不住了。她轰的一声摔倒了，摔倒时松开了领带，但理查德脖子已留下一大圈红色勒痕。

他像个本该被吊死却奇迹生还的犯人，不但没有怨言，还站起来搀扶丽莉。

"别碰我！"她大吼，"少对我毛手毛脚！滚！"

28

一九九八年十月二日，下午一点十一分

柯玛蒂轻轻拉开双层窗帘，从窗户观看孙女是否遵从她的指示。马克也朝相同的方向望去，他看了那只有皱纹的手一会儿，随即隔着窗内的白色细织薄纱，凝视绿色和土黄色的广大庄园。玫园的氛围死气沉沉，犹如三流电影里的场景：装潢华丽，但陈旧老气且色泽黯淡。薇娜出现在远处的粉红色砾石小径上，不耐烦地推着她的祖父。颠簸的路面使柯雷昂的头缓缓倾向一侧，他的脖子渐渐越来越弯曲：他空洞的眼睛大睁着看向白色的天空，也可能是看向树梢，看向高大枫树最后几片缓缓飘落的红色叶子。薇娜一次也不曾俯身把她祖父扶正。

玛蒂等了几秒钟。薇娜和雷昂顺着整排玫瑰，正朝温室和马恩河畔凉亭的方向远去。她把双层窗帘慢慢拉上。屋内再度显得有些幽暗，明亮的只有覆盖着白布而静静不动的家具轮廓；当然，还有佩卓夫钢琴的雪白漆木琴身。柯玛蒂转向马克。

"马克……我可以直接称呼你马克吧？我想我的年纪允许我这么做。既然你来了，我想问你一个问题，一个简单的问题。最近这几天，丽莉成年以后，你见到她时，她是否戴着首饰？一枚戒指？"

马克走到钢琴旁。他的手指在琴键上游走，但并未施力按弹。

何必隐瞒呢？

"她戴了……一枚戒指，一颗浅色的蓝宝石……"

柯玛蒂脸上并未出现笑容，没有任何胜利得意的神情，也没有任何喜悦感。马克感到很怪异。她的反应像个不敢相信流氓的供词的警察一样。

马克的手在钢琴上游移。毛瑟手枪依然放在白色琴身上，距离他手指约八十厘米。马克望向窗外，想再看看庄园里的薇娜，但窗帘被拉上了，只看得到一道淡淡的光束。

"她疯了。"柯玛蒂口气平静地说，"我的孙女几乎疯了。我想，你应该也发现了吧？"

马克并未表示什么，玛蒂继续说：

"你呢，马克，你怎么想？"

没什么好想的，马克等待着。

"发疯，马克，我指的是发疯这件事……你怎么想？"

马克的手指在白色琴键上舞动，好让颤抖别那么明显。

"我在跟你说话呢，马克。"柯玛蒂冷冰冰的声音坚持道，"我在说你。你小时候，小小的脑袋瓜子里，和薇娜一样，一定也历经了很大的疑惑。你妹妹到底下落如何？还活着？死了？到最后，你走出来了吗，你的状况比薇娜好吗？"

马克不发一语抬起头。

"所有这些年，真是折磨呀，是不是，马克？明明是自己全世界最爱的女孩，却不知道自己对她是何种情感。到底是纯洁的兄妹之情，还是炽热的男女之爱？抱持着这种疑惑长大，叫人情何以堪？"

她的语调变了，变得更强势，更有压迫感。柯玛蒂走向钢琴。

"为了活下来，为了存活下来，对感情也只好将就了，是不是，马克？儿时的所有那些日子，小马克一直希望赢得可爱妹妹小米莉的欢心……后来小马克长大了……何不好好利用这份疑惑，机会太难得了，不是吗？把小米莉埋掉，改爱上柯家漂亮又有钱的千金丽萝？"

柯玛蒂的手指离手枪更近了，语气也更加强悍：

"我很痛苦，马克，天哪，我真的很痛苦。所有这些年，我一直在赎罪，也不知道自己到底犯了什么罪，但我还是一直赎罪。马克，相信我，我赢了，却赢得很苦。"

马克咳嗽了。他的喉咙发不出任何其他声音。玛蒂站在他面前不到一米的距离。她说的赢，是赢什么呢？

忽然，柯玛蒂转过身去，走向客厅对角的书柜。她的身影，如一片灰纱般短暂笼罩了白色的钢琴。她毫不犹豫拿起一本马克看不到书名的厚书，翻开来，拿出一个薰衣草色的信封。柯玛蒂再度走上前来。

"爵轻信向你们靠拢了，马克，他甚至成了韦家的一个朋友。但别傻了，他仍是我花钱请来的人，几乎每个星期都会向我报告进度……至少开头几年是这样。调查进行了五年后，几乎没有什么线索了。八年后，根本没有东西可查了。"

爵爷尸体的画面从马克眼前一闪而逝。玛蒂把蓝色信封放在钢琴上，就放在手枪旁边。

"根本没有东西可查，除了一件事。最后唯一的一件事。当时是一九八八年……"

玛蒂又转身而去。这个女人一定非得这样走来走去吗？

"马克，我们时间充裕，我请你喝点什么吧？"

马克大感意外，不禁犹豫了。他来到玫园后，所经历和所发现的一切，似乎都像精心安排好的，仿佛早就料到他会来，譬如这间光线不佳的幽暗客厅、白色钢琴和放在琴上的手枪。还有被支开的柯薇娜和柯雷昂，他们也许在庭院里或在别的地方，隔着这层窗帘，根本看不到外面发生什么事。

"好……好呀。"马克不由自主结结巴巴地说，"有何不可？"

"花茶如何？我有很好的综合花茶，是我自己种的。"

马克点点头。柯玛蒂离开了好几分钟，留下马克独自站在薰衣草色信封和手枪旁。显然，这也是刻意安排的，是缓慢的折磨，是玛蒂的报复。马克努力放慢呼吸，就怕出现恐慌症的症状。虽然刚才面对拿着枪的疯子薇娜时，居然没有任何恐慌的感觉，但现在对上这个姓柯的老太婆，却完全不同了。他开始感觉到那股熟悉的刺麻感，涌向他的腿、手臂和手掌。

玛蒂回来了，手上端着一个小托盘和两个装着茶叶的杯子。她把热水倒入杯里，把其中一杯递向马克。

"喝吧，马克……"

马克犹豫了。玛蒂朝他爽朗一笑。

"我没下毒啦！"

他把杯子凑到嘴边，杯子热腾腾的。

"马克，"柯玛蒂说，"我就不再折磨你了。"

马克喝了一口，他喜欢这味道。原来这个老巫婆在自己广大的秘密花园里，栽种自己的魔草。

"从将近十年前起，"柯玛蒂继续说，"你也知道，真相变得唾手可得……只要做 DNA 检测就行了！万无一失。英国的实验室，只要花很多钱，给一点口水或血液，几天内就能告诉你结果。我又等了几年才下定决心。马克，相信你能理解，天主教和基因学向来有些歧见。我犹豫了很久。三年前，丽莉十五岁时，我做出了决定。某方面来说，那次算是爵轻信最后的任务吧。一切都交由他去打理。他在法国警界有人脉，钱则由我这边出。这种事一点都不合法。他在丽莉生日当天，取得了她的血液样本。我提供了我自己的血液样本，还有我丈夫和微娜的样本。想知道答案太容易了。"

马克感觉自己双腿不听使唤。他又喝了一口花茶。喝起来的味道越来越酸。他当然记得丽莉十五岁生日那天发生的事，爵轻信一如往年受邀前来，他送给她一只玻璃窄口小花瓶。瓶身实在很薄，或许原本已有裂缝了吧，丽莉才刚拿在手上，花瓶就破了，割伤了她的食指。爵爷深表抱歉。他一面收拾碎玻璃，一面喃喃着道歉的话……

爵爷是否会在笔记的接下来几页坦承自己的双面把戏呢？马克会记得仔细看。他感到喉咙像在灼烧。

眼下，他只想做一件事，把薰衣草色信封抢过来，拆开来看。

柯玛蒂再度朝他露出诡异笑容。

"马克，检验结果就在这信封里。我三年前就知道了，只有我知道。马克，你来到这里，刚好给我省点事。你把这信封带走。"

马克喝了最后一口热腾腾的花茶。他以颤抖的手指，拿起薰衣草色信封。柯玛蒂的脸得意地扭曲。

"可是马克，你不许打开！你要把这信封带去给韦妮可。这是她和我之间多年来的恩怨。今天，如果还有谁该知道真相，绝对非她莫属。"

一阵漫长的沉默笼罩在整个客厅里，犹如清晨时被单冰冷的一层寒霜。马克把薰衣草色信封缓缓塞进口袋。

"你怎么知道我不会一走出这里就把它拆开？"

"你是个乖孩子，不是吗？很听话的。你不会忤逆你祖母吧？这封信，我指名要交给她……"

"这是你说的……谁说我一定得照做？"

"马克，你当然会照做，因为你相信自己已经知道这信封里的答案了。"

马克感到窒息。他的喉咙和肠胃都像在灼烧。柯玛蒂又说：

"你有什么好怕的，马克？这不就是你所盼望的吗？丽萝活了下来，米莉死了。只有妮可会有点难过，这是一定的，但孙子的幸福会是很大的安慰，不是吗？"

马克感觉到恐慌症即将发作，他无法控制自己的呼吸，仿佛那滚烫的花茶在啃噬他的肠胃。柯玛蒂发出一阵僵硬而骇人的大笑声。

"马克，你到底希望怎样？希望迎娶丽莉？希望她一成年就把名字改成柯丽萝？希望成为我的孙女婿？希望去圣母院风风光光办一场婚礼？我先生大概很难牵着孙女走到神父面前，不过这事可以再想办法。然后呢？你每个星期天和丽莉一起来喝咖啡，在庄园里一面欣赏河景一面下国际象棋，我则和你祖母聊松饼和薯条？太可悲了吧，马克。太无奈了吧……"

马克想去拿茶杯，杯子却从他手中滑落，在地毯上摔破了，溅得钢琴脚到处都是茶水。

"马克，去把这信封交给你祖母。如果她愿意，看完就会让你看这份DNA检验报告。你也告诉她，我一点都不后悔，尤其不后悔汇过那些钱。我心安理得了。"

马克的视线模糊了。他身体的血液在血管里奔腾，犹如输油管起火燃烧了。他的两腿发软，犹如被大火吞噬的两座楼塔。他的两手在钢琴键上纠结，在他跌倒前的最后一刻压下琴键，不协调的音符发出凄厉呐喊。

29

一九九八年十月二日，下午一点十五分

　　欧爱菈站在凯伊丘街二十一号的门口。她踮起脚，努力朝院子里张望。没有任何动静。浅绿色的窗板关得紧紧的！爱菈按了好几次门铃，按了好久。没人在家！

　　最后她掉头离开，在马路上徘徊，希望能发现一点蛛丝马迹。她以前常常来爵轻信家，她下厨，轻信和纳金忙工作的事，往往讨论至深夜。她稍微听一下他们讨论的内容，然后被壁炉烘得暖暖的，一面数着饲养箱里的蜻蜓，最后总是在沙发上比他们先睡着。一个是她一生的最爱，一个是她至爱最好的朋友，这两个男人的说话声犹如摇篮曲。他们到底去哪里了呢？轻信的家里没人，纳金音讯全无，这样已经两天了，事情很不对劲。

　　爱菈行经一家酒吧，叫"樱桃时光"。她犹豫着是否要进去打听消息，轻信偶尔会来这里喝咖啡。她发现自己的模样不太自然，于是停下脚步。刚才离开哈斯拜大道的沙威玛店铺之前，爱菈顺手带了一把最锋利的大菜刀。她把刀用塑料袋包裹起来，贴着大腿藏在自己宽松的长裤里。刀太长了，无法装进背包。只是个武器，以防万一……危机四伏的感觉，迟迟挥之不去。

　　爱菈朝凯伊丘街上望了一眼。没什么人，只有一些母亲和小孩，面包店里有一些客人。

忽然，她愣住了。

她的心脏在厚重长外套下狂跳不已。

轻信的黑色 BMW X3^① 就停在路旁，距离他家约五十米。纳金的蓝色雪铁龙 Xantia^② 倒是不见踪影。纳金之前正是来找轻信的；假如他们一起离开了凯伊丘的房子，到底为什么宁可开那辆又脏又破的 Xantia，而不开 BMW 呢？尤其轻信那么挑剔，实在叫人想不通。

爱菈在附近一带徘徊。参森路、布瓦登巷、尚玛利杰戈巷、阿尔方路……她步伐缓慢，很勉强地拖着僵直的腿，因为长裤里藏着大菜刀。她心想塑料袋随时可能破掉，刀随时可能插入她腿里，她将像个笨蛋一样在大马路上倒下……

"你在找什么吗？"

有个遛狗的家伙一直盯着她看，他显然不太喜欢看到外地人在这里逗留。尤其这个外地人还是个对这附近停靠车辆探头探脑的土耳其女人。

"我……我是爵轻信的朋友。他住凯伊丘街二十一号，就是'樱桃时光'前面的那栋小房子。他不在家，但他的车子停在附近，一辆黑色的 BMW X3。请问……请问你有没有看到另一辆车？一辆雪铁龙 Xantia，蓝色的……"

那个家伙依然盯着她看，仿佛他是来这一区核发居留证的内政部移民局官员。他看了看他的狗。

"保险杆有撞痕？后视镜挂了一袋干燥花瓣？风挡玻璃上贴着土耳其国旗？你是不是说这一辆？"

遛狗的男子得意地沉默了片刻，爱菈则重新燃起希望，并摆出最灿烂的笑容点点头，不过比起土耳其美女的魅力，这个家伙似乎还是更相信他的狗的直觉。目前来说，那只浅棕色的混种狗倒是热情地贴在爱菈腿边。

"Xantia 最近这几天都停在这一带，"男子终于吐露，"但昨天就不见了……你一定找不到了，不用白费力气了。"

---

① 宝马旗下的一款车型。

② 二十世纪九十年代雪铁龙一款经典老车。

长裤里的大菜刀弄得爱菈很痛，这只笨狗再在她脚边转来转去，迟早会像沙威玛肉块一样被切成两半。她蹲下去驱赶小狗，一面试着改变自己的姿势。男子看她这模样，对她的戒心更重了。这家伙是个烂人，但或许有利用价值。爱菈对这个势利鬼嫣然一笑，并摸了摸小狗，好让他们乖乖的，谁也别吃醋。

"这……你好像对这一带很熟……最近这几天、这几个小时，你有没有发现什么和平常不一样的地方？譬如没见过的人？或没见过的车子？"

男子没想到她居然这么大胆，讶异地看着她。他下意识拉了拉狗链。爱菈继续追问，反正问一下也不会怎样。

"譬如外地来的人……"

他再度犹豫了，但一想到有机会可以八卦一下，就还是忍不住：

"我明白你的意思……"

他看了看自己的狗，仿佛想和它分享自己的雀跃：

"是有一辆挺新的蓝色 Rover Mini。车主几乎整个早上都待在这附近，她身材看起来像小女生，却有一张老脸，很怪的一个人，眼神飘忽不定……这就是你要找的吗？"

欧爱菈忽然脸色发白。当然了，她知道这男子说的是谁。纳金经常向她提起柯薇娜，提到薇娜怪异的外表、她的任性，还有她超有钱的祖母送给她的那辆 Rover Mini 汽车……纳金也常告诉她，自从飞机失事后，柯薇娜就成了个疯子。

疯癫且危险。

爱菈心思大乱。

"好……是。谢……谢谢……"

这下子，她该怎么办？冲去警察局？去报人口失踪？他们一定会问她很多问题。那么一来，她就必须招供自己所知道的一切，关于那个案子、关于柯家、关于纳金……他也才失踪两天而已。招供，无异于逼他投案。纳金绝对不会原谅她……

遛狗的男子渐渐远离，却持续对她投以异样眼光。不行，她必须自己想办法。她对柯家人有相当程度的了解。纳金每次做完爱，躺倒在床上，在枕边告诉过她的事，她全都记忆犹新。那个势利鬼和他的棕色小狗消失在参森路的转角。爱菈感到一股奇特的激动，既焦虑又兴奋。她回想着纳金的身体，回想着他八字胡拂过她肌肤的感觉。她好想窝在他怀里。好想在他面前跳舞，好想晃动她那圆滚滚的小肚子挑逗他，诱引他激烈地拥吻她。

爱菈弯身下去，紧握腿上的冰冷菜刀。她只有一个线索，柯薇娜！爱菈只能自立自强，但她并不笨。柯家住在东区的郊区，靠近马恩-拉瓦雷的地方。她总有办法找到。她毕竟和一个私家侦探同床共枕了二十年，总能想出办法的。

30

一九九八年十月二日，下午一点十七分

马克走在幽暗的走廊上。柯玛蒂只替他开了门，并未送他到门口，留下他和他满腹的疑惑。恐慌症逐渐平缓，他的呼吸恢复规律。花茶的燥热感也渐渐消退，仿佛他全身上下变得比较通风了。马克从走廊尽头的椭圆形镜子里看到自己惊慌的神情。他赶紧离开。

只要再下三阶阶梯即可。推开沉重的橡木大门。用最快的速度逃离这里。

马克的双腿几乎站不直。他的思绪非常混乱。是否该拆开这个薰衣草色信封，看一看这份 DNA 检验报告的结果？还是要忍耐好几个小时，等到了迪耶普再说？这或许是柯玛蒂设下的圈套也不一定……

一阶、两阶、三阶。

新鲜空气扑面而来，马克用力吸了好几口，感到通体畅快，他努力整理自己的思绪。在他前方，玫园的庭院里，半个人影也没有。这个庄园的凄凉气氛，让他联想到养老院，不然就是疯人院。

马克走向铁栅门。左方，红色枫树的后面，他看到了柯雷昂。他头垂在肩膀上，一个人沉睡着，被薇娜弃置在草地上。

粉红色的砾石在他脚下沙沙作响。

马克试着厘清思绪。他有三件事迫在眉睫，这三件事各以某种方式牵涉到命案。首先是几个小时前的爵爷命案。所有线索都指向是柯薇娜枪杀了他。接着是他祖父的命案，因为十六年前在特雷波港餐车上的煤气中毒事件，确实是一桩谋杀案。马克必须想出爵爷笔记内容的矛盾点究竟为何，那段记忆就收在迪耶普他童年房间里的某个地方。最后是丽莉，和她所说的那一趟不归路。是躲避？是复仇？还是有意寻短见？

这三个悲剧彼此是否有关联？有的，想必是有的。解开其中一件，就等于解开其他两件。

砾石再度发出沙沙声，这次来自马克的背后。

"姓韦的，你要去哪里？"

薇娜！

马克转过身来。

"我要走了。你祖母人很好，把我想知道的统统告诉我了……"

"最好是啦！她什么都没告诉你。奶奶虽然一副道貌岸然的样子，其实早就老糊涂了。"

马克叹了口气。

"真相只有我知道。"薇娜继续说，"我以前也在土耳其那里。其他所有人都在恐怖峰的飞机上死掉了，我没死，我提早搭飞机回来了。姓韦的，跟我来！"

马克望着薇娜，感到匪夷所思。

"我叫你跟我来啦！你看，我连枪都没了。你刚才说，十八年前，是丽萝活了下来，是韦米莉被烧死在飞机上，对吧？那就跟我来！"

马克不为所动。

"来啦，姓韦的，跟我来。告诉你，你一定会有兴趣！"

其实，又有何不可。

薇娜兴奋得像个小孩子，她顺着小径前进，再度打开橡木大门，穿越走廊，然后从樱桃木大阶梯上楼。马克纳闷地跟着她走。到了二楼，薇娜转过来，一根手指放在嘴巴前，几乎像在讲悄悄话：

"右边是我的房间。别傻了，我不会带你参观的。不过左边呢，是丽萝的房间。跟我来……"

马克走上前去。这次和薇娜在一起，他同样没有任何危急或紧张的感觉或症状。

薇娜推开房门。

马克愕然发现这是一间小女孩的可爱房间。所有东西一应俱全。最里面的粉红色小床上，摆满了绒毛娃娃；窗帘上印着巨大的长颈鹿，长颈鹿的头顶着天花板，脚贴着地板；橡木的换尿布台上，放了一条橙色浴巾；一座有着小花图样点缀的粉色调衣柜；一个格子柜上，有几个八音盒、一盏夜灯、一堆绒毛娃娃、一只蓝色大象、一只老虎、一只灰色和白色的兔子；地板上铺着一片很大的婴儿游戏垫，游戏垫上又是一大堆玩具，有几个手握摇铃、一只小象、一些布小丑……

马克只想拔腿狂奔，夺门而出，逃离这个疯人院，但他的腿不听使唤，仿佛薇娜的声音是无形的丝线，将他双腿缠住了。

"十八年前，奶奶布置了这个房间，准备迎接从土耳其回来的丽萝。从那之后，我们一直保留了这个房间，也许丽萝有一天会回来。你也知道，她任何时候都可能出现呀！"

薇娜敏捷地跨越各个玩具，跑进房间里。她把衣柜打开。衣柜里满是衣服，有各种尺寸的洋装、帽子和可爱小鞋子。一个很小的皮草绲边粉红色毛帽掉到地上。

薇娜神情淘气地转向马克，她说话时依然压低声音，非常投入，像个向大人介绍自己娃娃屋的小女孩：

"现在呀，都是我在收拾和整理。要是让奶奶来做，她一定会把这些统统丢进垃圾桶。统统丢进垃圾桶呢，有没有搞错？你呀，一定可以明白。我也知道丽萝现在长大了，可是她如果回来，看到她的这个房间、这些玩具和衣服，应该还是会很感动吧？"

马克稍微退后，但并未走出房间。他内心五味杂陈。

"喂，姓韦的，要不要看？你要不要进来？你到底在不在意丽萝呀？"

马克不由自主向前跨了一步。

"你看，连她的礼物都还在！"

马克已经感到不舒服了，想不到居然还可能更不舒服。他一脚踏入了一个恐怖的童话故事，和他交谈的是儿童玩具卖场里的杀人魔女。

"姓韦的，你看，这些是丽萝一岁以后，每一年的生日礼物，也有圣诞礼物。"

薇娜向马克指了指一堆大小不一的礼物包裹，它们有些散落在房间里，有些叠在一起。

"我全部可以倒背如流。最大的一个，摆在床上的那个，是她的第一个圣诞礼物。是圣诞节前，就在飞机失事的前一晚，我和奶奶一起去老佛爷百货挑的，我当年六岁，到现在还记得百货公司橱窗里的那些电动玩偶……"

她来到马克身旁，在他耳边低声说：

"你猜得出是什么吗？"

马克摇摇头，觉得既感动又嫌恶。

"是只熊，一只很大的熊，比她还大，橘色和咖啡色相间的。它叫班乔，是我替它取的名字。班乔。这么久以来，它一直是她的好朋友，它在等她，你知道吗？别动，我来替你们介绍一下……"

马克用手揉眼睛。这个白痴薇娜再这样发疯下去，害得他都要哭了。薇娜小心翼翼打开大纸箱，拿出一只眼神温柔的巨大玩具熊。这份温柔想必所费不赀。薇娜把班乔放在床上，用两个粉红色抱枕左右垫着它。

"哈喽，班乔！"她开心地说，"我要告诉你一个秘密哦，你很快就不孤单了，大日子快到了。说了你一定不相信，丽萝快回来了！"

马克心想，这是睡美人的房间。标本般的填充娃娃、干皱的衣物，只为了等一个已死去的孩子，根本是亡者的展览馆。

"然后呀，"薇娜继续说，"其他箱子，我就不一一打开给你看了，还有洋娃娃，这是一定要的，和一些很厚的书，我知道她很爱看书。六岁的生日礼物，在那边那一箱，是一把小提琴。我不确定小提琴合不合适，但钢琴呀，家里已经有了。后来，礼物越来越难挑，是比较小包的那些。有首饰，在那边，

庆祝她的十三岁生日。还有一只手表。也有唱片，不过那些唱片现在应该有
点不太流行了，对不对？小甜甜布兰妮、瑞奇·马丁、拉鲁莎①那些……你知
道的。这个大箱子是她的十六岁生日礼物，是一台迷你音响。然后最新的礼物，
庆祝她十八岁，是这个信封……你不猜猜看？"

马克再度摇摇头，一个字也说不出来。

"出国玩！套装行程，全部包在里面，跟里沃利街上的一家旅行社买的。
你觉得合适吗？你觉得丽萝还敢搭飞机吗？"

马克的脑袋里再度一片狂风暴雨：他好想把这个疯婆子在这里就地勒死，
用绒毛娃娃闷死她，好让她闭嘴，让她别再说了！

薇娜几乎靠在马克的肩膀上了。

"老实告诉你……我最喜欢的礼物，还是第一个，那只大熊班乔。它实
在很棒，对不对？我告诉你，起先，我太喜欢班乔了，简直有点嫉妒，我很
想自己留着它，但奶奶不答应。其实，她是对的。我相信丽萝一定也会很喜
欢它……你呢，你觉得如何？"

马克望着薇娜，不知该用什么样的态度看待她。那个铺着浅粉红色床单
的婴儿床，颜色和形状简直像大理石墓碑！那是个孩子的坟墓。这个房间是
个墓穴，这些年复一年累积下来的礼物，是献给牺牲者的祭品。如此悲戚，
上帝看了于心不忍，终于让死去的孩子复活了！

"喂，姓韦的，你一句话也不说，大开眼界了吧！现在发现这么多好东西，
丽萝居然无福享受，你一定觉得很难过吧。她在你家过圣诞节收过什么鬼东西，
我连想都懒得想！"

至少赏她一巴掌，狠狠伤她，在身体上伤她一次，然后赶快逃走。

马克努力克制住了。

"喂，姓韦的，过来，给你看个东西，最后一个……"

马克已做好最坏的心理准备。薇娜走到衣柜前，拉开一个抽屉，拿出一
本粉红色布质封面的册子，封面上有小花和彩球装饰。

———————————

①　拉鲁莎（Laetitia Larusso），法国流行乐女歌手。

"这本是丽萝的专辑簿。"薇娜悄悄说,"喏,你可以看,但拿的时候要小心。"

马克不情愿地把专辑簿接过来,翻开浏览。他的双手颤抖着。

又是个变态的东西。

我的名字:丽萝

我的别名:美珞、玛蒂、薇娜

我的爸爸:亚历

我的妈妈:美珞

我的生日:一九八〇年九月二十七日,在土耳其伊斯坦布尔

紧接着是一些其他数据,一项比一项令人毛骨悚然……

我的家:一张玫园的照片。

我的房间:一张马克所在房间的图画,是小孩子的手绘图画,想必是薇娜小时候画的。

我最喜欢的绒毛娃娃叫作:班乔

我最好的朋友是:我姐姐薇娜

马克惊骇地翻阅。这根本是个子虚乌有的人生,是个胎死腹中的生命。

我的手:一个水彩手印,是谁的手呢?

我最喜欢的颜色:蓝色

我最喜欢做的事:听音乐

页面顺着马克的手指翻动。

我的第一次生日:一张从《巴黎赛事》或其他杂志剪下来的丽莉照片,

粗糙地贴在柯氏一家人中央，柯家人正围着餐桌用餐，桌上摆了一个插着蜡烛的蛋糕，蜡烛蛋糕也是从杂志上剪下来的。

我的第一次度假：同一张丽莉照片被贴在一片原野上，四周满是盛开的龙胆花，背景是一处山区。薇娜在一旁草地上，笑得很灿烂。照片上的她八岁，花朵直达她腰际。

马克停下来，无法再看下去，他整个后脑和头顶发麻。薇娜应该注意到了，她把专辑簿从他手中夺过来。

"好了，你看完了？我去收起来。"

柯玛蒂从客厅的窗户，看着马克从小径大步离去。

他简直是跑着离开的。

薇娜那个小兔崽子终究忍不住，非要带他参观那个房间、里面的玩具和所有其他那些东西。她因此把祖父忘得一干二净，把他一个人晾在草地上，像个被丢在一边的推车，像个无聊的玩具，秋天时被丢在院子角落，到春天才发现已生锈坏掉了。

"活该！"柯玛蒂不屑地自言自语。

她看到马克来到玫园的栅门旁。她微笑了。他太急着想拆开信封，又不敢违背长辈的指示，正要冲去迪耶普他祖母家呢。可怜的小马克呀，等他看到 DNA 的检验结果后，一定不会失望的。

马克打开栅门，从她的视线范围消失，没入古福蕾树林和邻近其他庄园的茂密枝叶中。

玛蒂在客厅里默默地若有所思地来回踱步。她并未全部告诉韦马克。她并未提起爵轻信在丽莉生日前那一晚的最新发现，并未提到他打来的那一通让事情彻底改变的电话。爵轻信宣称发现了真相，一个完全不一样的真相……只因为看了一份十八年前的报纸！

柯玛蒂的手指轻拂钢琴的一个白键。

那个姓爵的是信口开河吗?

她很快就会有答案。她已向柯氏企业总公司的主任秘书,要一份一九八〇年十二月二十三日的《东部共和报》复印件。那个秘书够机灵的话,应该傍晚以前就会送来。她特别要求要用快递直接送到她手上。她的指示很明确,秘书并未多问什么。现在她只要耐心等几个小时就行了。到时候,她就知道爵轻信有没有骗她,就知道整件事是否真的结束了。

柯玛蒂在钢琴前的矮凳上坐下来,把手平放在面前。她好多年没弹琴了。这架钢琴安静、无用,宛如废物,就像屋子里的所有一切一样。

对,再过几个小时,整件事就结束了。

三个尖锐的音符撕裂了寂静。Do、Fa、So。

整件事都将结束,只剩薇娜不会这么想。

不论那本札记里的内容为何,不论爵轻信发现了什么,不论韦马克在札记里或薰衣草色信封里将会看到什么,丽萝将永永远远活在她姐姐薇娜病态的想象之中。她将继续活着,就像小女孩眼中的洋娃娃那样。只不过这个小女孩的娃娃推车里藏了一把毛瑟 L100 款手枪,而且沿路上,若有人敢告诉她,娃娃车里只是个死掉的玩具、一具冰冷的塑料尸体,她将不惜把他们一一击毙。

31

一九九八年十月二日，下午一点二十九分

　　马克快步走在暖太阳巷里。他心想，这条巷子的名称应该是古福蕾树林长出来以前取的。以目前来说，用"冷阴影"来形容这条贵气而枝叶茂密的巷子还更贴切一些。马克大感欣慰地再度看到古福蕾市中心，看到灰色的教堂钟楼、三角形的"当心学童"警示标、"戴赛尔小学"或"戴维杜耶体育馆"等咖啡色路标，更特别高兴看到一道硬是穿透了蒙蒙云雾的微弱阳光。

　　他放慢脚步，拿出手机，听取语音信箱。依然没有任何留言，不论是丽莉的还是妮可的都没有。

　　他一面走，一面打电话给丽莉。他实在恨死了那七声铃声！

　　"丽莉，我是马克，我们必须谈谈，越快越好。快回电话给我。我刚从柯家出来，对，你没听错，就是柯家。很重要，丽莉。先和我谈谈再说，别自己做决定。我好在乎你。马克。"

　　他一面挂上电话，一面几乎是闭着嘴唇地自言自语：

　　"快回电话给我，拜托，快回电话给我……"

　　马克持续快速前进，来到列胥船闸。刚才那几个钓客仍是一模一样的姿势。运河里的水依然慵懒地流着。马克浏览手机通讯录里的号码。

　　妮可。

响了一声半后，一个沙哑而熟悉的声音接听了电话：

"喂？"

马克如释重负松了一口气。

"妮可，我是马克，听到我的留言了吗？"

"听到了，听到了……我刚从尚瓦尔墓园回来，正要回电话给你。马克，你问的那些问题呀，我也没办法回答你。你在巴黎，应该比我更常见到米莉。这个嘛，我……"

"妮可，我人在古福蕾……刚从柯家出来。"

沉默。奥菲欧刚从地狱出来了，却没救出优丽狄玺。

马克必须硬着头皮继续说下去。

"妮可……柯玛蒂交给我一个信封，说是要给你的。是一份……一份一九九五年的警方 DNA 分析报告。爵爷当年偷偷取了丽莉的血。"

妮可沙哑的声音在电话中恳求：

"马克，别相信他们说的那一套。他们一直都……"

马克打断她：

"妮可，必须交给你亲自拆开。她是这么告诉我的。"

他们的对话再度陷入一阵长长的沉默。马克只听到妮可费力的呼吸声。

"马克，现在信封在你身上？"

"对。"

"是个什么样的信封？"

马克虽不明白祖母的用意为何，仍乖乖顺从：

"这个嘛，是个标准大小的蓝色信封，有点像薰衣草的颜色。就像医院和化验室常见的那种信封……"

"你拆开看了吗？"

"没有！妮可，绝对没有，我……"

"马克，千万别拆开看！柯玛蒂是对的，至少在这一点上是对的。别拆开看。你快来迪耶普一趟。实在不该跑去柯家。现在，你赶快来柏磊区，越快越好。"

妮可咳嗽了。她说起话来似乎很吃力。她再度咳嗽，这次是为了清喉咙。

"马克，事情从来就不像表面上看起来的那么简单。不论柯家告诉你什么，都别相信他们。还有很多事，他们其实并不知道。快回来，希望不会太迟。"

马克感觉自己像忽然掉进一块冰块里，像在运河混浊的水里窒息，无力抵抗而被卷入水底。

"妮可，什么东西太迟？谁太迟？"

"别浪费时间了，马克，我等你。"

"妮可……"

她挂断了。

在一个水泥电线杆后面，稍微远离了里昂车站的汹涌人潮后，马克查看他时时收在皮夹里的一张时刻表。

巴黎—鲁昂：16:11—17:29

鲁昂—迪耶普：17:38—18:24

他再过一个多小时才需要去圣拉扎尔火车站搭车，如此一来，他在抵达迪耶普前，有很充裕的时间可以把爵爷的札记读完。马克被人群推着走，一面朝地铁站的方向前进，一面试着回想自己从撕下来那几页所看到的最后几行字。爵轻信当时一如往年，去了恐怖峰，正在山顶上。结果下了一场突如其来的大雨，他想找地方躲雨……然后……

地铁列车驶入站台。一名年轻的音乐表演者在马克之前上车，她朝他露出甜美的笑容。她背着一把吉他，吉他袋的顶端高出她头顶一大截，看起来活像丧事版的比古登高帽子①。马克摆出一副漠然的扑克脸，这是各大都会生活在地底廊道的地铁族的标准表情。他在车厢最后方停了下来，倚靠着车窗，

_____

① 比古登地区（Bigouden），位于法国西南部。白色高帽子为当地妇女的传统服饰。

开始专心阅读爵爷的笔记，先重读被撕下最后一页的最后几行字，然后再衔接札记本里的内容。

爵轻信的札记

　　滂沱大雨已无所谓。我的心脏简直要跳出来了。我不可置信地一路走到前方的小木屋。它是个很普通的牧人小木屋，几乎废弃了，破烂的屋顶尚且够我躲雨。但吸引我目光的并不是木屋，而是木屋旁那个小石堆：几块石头叠在一起，约莫三十厘米宽、五十厘米长。前方竖了个木头小十字架。十字架的脚边，有个陶盆里种着一棵植物，一棵居然还活着的迎春花。

　　你一定可以明白我为何激动了。我面前的这个东西，是个坟墓呀，一个很小的坟墓！

　　我冷静思考。八成是某个牧人把他的狗埋葬在这里。或他的羊，或随便什么别的动物。还能是什么？

　　倾盆大雨继续落下，我躲进小木屋里，但雨水从残破的屋顶滴落，我不得不紧紧贴着木墙。我忍不住一直想，小木屋旁那个正在淋雨的坟墓，虽然大小和一个小动物差不多……但那个大小……也和一个婴儿差不多。

　　眼下，我一面等雨停，一面打量这个小木屋。屋内没有家具，但有一块长长的木板，或可充当临时床铺。木板一旁摆了一条卷成一团的灰色破旧棉被。土里有个像是刻意挖的小洞，洞里黑色的灰烬痕迹显示，几天前，或许几星期前，曾有人在这里生火。地上散落着垃圾，有啤酒罐、新旧不一的烟蒂，再度显示曾经有人以这个小木屋为栖身处，或附近偶尔有青少年来这里过夜。味道混杂了泥土味和尿臊味，是勉强可以忍受的极限。

　　整整过了一个小时，雨势才停歇。天色已暗，但凭着这么多年上山的经验，我已有备而来，随身带了个手电筒。我从小木屋出来，脚踩在泥泞中，用手电筒照向小坟墓。天空不时仍滴下几滴雨。我战战兢兢地前进：这几滴雨，究竟是先前大雨的尾声，还是下一场大雨的开端？光束划破了黑暗。那个十字架不过是两根绑在一起的树枝。用来固定的细绳，似乎磨损得并不严重。

了不起一两年吧？

我把手电筒光束指向盆栽。我在这方面涉猎不深，但迎春花应该不是一种很耐活的植物，尤其这里的温度这么低。所以是有人不久前才把这盆花放在这里，顶多几个月前放的。

这天晚上，乌七八黑的，我很难进一步观察。大树枝头滴着冰冷的水珠。现在温度急速下降。凭着手电筒微弱的灯光，我从恐怖峰下山起码需要两个小时，或许要更久。尽管如此，我仍待在原地没走……你现在越来越了解我了吧！我把几块石头翻开，想看看这个小石堆底下藏了什么。显然什么名堂也没有，只有泥土而已。不然，就必须带着铲子再回来好好挖，我才不想徒手扒呢。

不过你想也知道，是不是，我并不会那么容易放弃，我一手把石头一一搬开，一手费力地举着手电筒打光。过了十分钟，我换手继续。我觉得自己像个盗墓贼，像个趁着月黑风高的夜晚，掘出死尸加入自己僵尸兵团的厉鬼。一条狗、一头羊、一个婴儿……都好，无所谓。

我什么都没发现，净是石块和泥泞而已。我把石头胡乱放回去。

这天晚上，我回到自己的BMW车上时，已经是半夜，我以二十公里时速，又花了一个多小时，才抵达杜河畔我下榻的克莱毕福民宿。恶劣的气候变本加厉，现在降下的是一种融化的黏糊糊的雪片。我湿透了，冻僵了，脏死了，手指还渗着血。我这天夜里染上的感冒，花了十天才痊愈……而这一切只为了区区几块石头，为了一条狗的坟墓！一条我连尸体都没挖到的狗。调查这个案子快把我逼疯了。睡前，为了让心情平静下来，我一连喝了三杯民宿老板娘莫妮卡特酿的葡萄甜酒。

隔天，我回去找自然生态公园的水源暨森林维护员孟凯戈，就是那个体格健壮得像樵夫、长相帅气得像好莱坞影星的家伙。他开着吉普车穿梭在恐怖峰一带很多年了，理论上应该很清楚小木屋和坟墓的事。

被我一问，孟凯戈既感到意外，又很无奈无法给我一个满意的答案。是的，他知道那个小木屋，偶尔会有流浪汉或青少年去那里逗留，他总是尽可能驱赶他们。至于坟墓，他从来没特别注意过，但八成是狗的坟墓吧。在汝拉山区，把狗埋葬在小石堆下相当常见。山径路旁常有这种一小堆一小堆的石头。

我犹豫着是否要带铲子上恐怖峰，好好挖一挖那个坟冢。这天的天气比前一天更恶劣，气温又降了几度，依然下着大雨，且雨中带雪。徒步走上两三个小时，目的何在？我前一晚已经在那个坟冢的土里翻找过好几分钟了。

那个小木屋、那堆石块，和我所调查的案子，能有什么关联呢？

一定是风马牛不相及。

最后，我在最靠近的村子安德维列村喝了杯咖啡，等了半个小时，期盼天气好转。结果只是白白浪费时间。接近中午时，绵延的山头上下起大雪。我索性直接回巴黎了。

我的调查再度碰壁，我心想，要是把这件事告诉纳金，他一定又要笑弯了腰。

拜托，居然跑去挖狗的坟墓！

我当时还不知道，但一九八六年十二月二十三日这天，我犯下一个错误。也许是十八年调查中唯一一次犯错，但天哪，真是个滔天大错！我大可替自己找各种借口，下雪、太冷、太累、运气不好、怕被纳金笑，但又何必。我，一丝不苟又固执的爵轻信，这天上午居然放弃了，我气馁了，我没查到底。我敢保证，总共只有这么一次，却也是唯一一最不该松懈的一次……

但我又扯得太远了，抱歉。所以当时是一九八六年，名牌手链的酬金已高达六万法郎。依然无人出面领赏……我继续坚守调查的岗位，一面通过缜密的计划，试着压抑逐渐萌生的倦怠感……我去加拿大魁北克的希库蒂米区，待了很长一段时间，去见丽萝的外祖父母贝氏夫妇，但毫无斩获……

拉近和韦家的距离，也属于我缜密计划的一部分，而且这部分还挺愉快的。丽莉快六岁了，马克八岁了。我和他们共度了一九八六年六月二十一日……这天热得要命。那次是很早期的一次音乐节，海边游泳池前搭起了临时舞台，在迪耶普乐队的伴奏下，丽莉弹了两首钢琴曲子。她容光焕发，穿着漂亮的绿色洋装，一头卷曲的金发，是台上年纪最小的成员，而且是小很多！我们后来去吃妮可卖的炸点心。那天晚上人山人海。由于对孙女登台演出感到非常骄傲，韦妮可的气色显得格外的好。虽然只是短短一曲肖邦的时间，她却看起来特别美丽，几近幸福了。我看她看得目不转睛，她眼中只有台上独当一面的丽莉，而浑然不觉她的印花罩衫，一次也不曾遮住轻薄内衣下的丰满曲线。

稍后，我们一起去草地上，丽莉坐在我腿上吃可丽饼。她问我叫什么名字。

"轻信！"

"跷跷板轻信！①"

一夕之间，我被她取了这样的绰号，"跷跷板轻信"。她还记得吗？我从受雇于人的私家侦探，忽然摇身一变，成了小孩子的玩具。

马克则一心只想回到伯修尔街上的家里。他希望现在就走！世界杯足球赛正踢到八强对决，今晚是法国对巴西……就算马克没这么央求，我自己也不想错过这场比赛，而且在内心深处，我很高兴能和马克一起看球赛。妮可答应让我带马克回家，她则陪丽莉继续待在海边。

很不可思议的一晚……

就在快要中场休息前，斯托佩拉偷偷踩了巴西守门员一脚，普拉蒂尼随即把分数踢成平手，马克和我兴奋得互相拥抱；距离终场剩下十五分钟，法国守门员巴茨神来一笔，用反手化解了苏格拉底的罚球时，小马克紧紧抓着我的大腿；延长赛的时候，巴西很明显用力扯了贝洛内一把，那个混账裁判居然没吹犯规，气得我们齐声大吼大叫……而费尔南德斯踢进最后那一球后，我们一起出来到伯修尔街上，左邻右舍一片欢腾的景象，是我前所未见的。

一九八六年。

跷跷板轻信。

法国踢进四强，对上德国！

我必须承认，这和调查已没有太大关联了……

但还有什么好查的吗？

一九八六年时，我已不抱多大期望了……

---

① 在法文，"轻信"（Crédule）与"跷跷板"（Bascule）押韵，念起来朗朗上口。

32

一九九八年十月二日，下午一点四十一分

欧爱菈从自己所在的据点，可以将整个玫园一览无遗。她在古福蕾树林里待了下来。暖太阳巷走到底以后，她悄悄踏上一条通往树林间的小径，躲在一棵大树后面。如果有任何人进出柯家，从这里都能看得一清二楚。

到目前为止，玫园里没有任何动静，连大树下草地上的老柯雷昂也纹丝不动，像个公园里的现代雕像，只差没有藤蔓爬上他双腿，和没有苔藓长满轮椅的轮子了。

爱菈特别查看过这附近的街道巷弄。完全没看到蓝色 Xantia 的踪影！不过，她倒是一眼就认出了柯薇娜几乎是停在玫园大门口的 Rover Mini，它就是几个小时前停在凯伊丘街上的那辆小车。

所以不论是爵轻信或纳金都不在这里。她不知该如何是好。不顾一切，在这里继续等下去？免得……还是去按柯家门铃，登堂而入？去找那个柯薇娜，想办法逼她说话，问她跑去爵轻信家门口做什么？重点是，问她有没有见到纳金？

爱菈依然能感受到冰冷的大菜刀贴着她的腿。是呀，她确实很想和这个薇娜当面聊一聊。她脚下厚厚的一层枯叶沙沙作响。她想清楚了，除非不得已，千万别和柯家人打交道！

她想来想去，最好的办法是去报警。若无其事地告诉警方，她丈夫欧纳金已经两天没有消息了。发一则寻人启事，这个警方总做得到吧。或许还来得及，或许其实警方并不会问东问西。要是他们问了，如果她觉得那样有助于找到纳金，那么会的，她会毫不犹豫把自己所知道的一切全盘告诉警方。

说到底，她的供词还能帮纳金一把。她会告诉警方，他并不是独自犯案。他们一定能理解的，纳金也一定能谅解。现在，当务之急就是先找到他。

爱菈再度望向玫园。此刻她最希望的，就是那个女生，那个薇娜能出来。她会去堵她，去用菜刀架住她的脖子，威胁说她要是不说，就把她像沙威玛一样削成肉片。柯薇娜一定会实话实说，她疯归疯，应该还不想找死。

但爱菈依然不见那个女生的踪影，只看得到她的车子……

她犹豫了，在这里已经守了一个小时。

算了，该走了，她必须去报警。

爱菈站起来。

一声枪响令她震耳欲聋。

爱菈下意识地趴进枯叶里，那感觉像是倒卧在一片厚厚的地毯上。她呼了一口气，庆幸自己毫发无伤。她猜想那一枪的开枪地点距离她应该不到五十米。

是冲着她来的，还是只是她自己吓自己？是打猎吗？在这片树林里，在这个有钱人的郊区，应该有不少人喜欢打猎，说不定连围猎都有。

怎么办？

大喊一下："喂，我在这里……"

警告打猎的人？

搞不好反而招来杀手的注意……

不然就匍匐前进，试着回到往下几百米的暖太阳巷。到了那边，四周都是住家，她就安全了。

爱菈按兵不动，等待着，竖起耳朵聆听树林里任何的风吹草动。肾上腺素狂飙的感觉，令她回想起当年随父亲逃离政变的土耳其，他们在一辆卡车的假隔板内，一躲就是好几个小时。她仍记得到了边界时，靴子踏在木板条上的声音，而她就在木板条下几厘米而已，嘴巴被父亲捂着。

她犹如惊弓之鸟，草木皆兵。

此刻，树林里没有其他任何声音。只有树梢枝叶间的风声。

她等了好几分钟，漫长得宛如好几个小时。

什么也没有，只有一片平静恬然的树林。

她缓缓站起来，一面留意着树与树之间的影子，和枝叶间的风声。

半个人也没有。

树林里再度只剩她一人。她一定是听到什么流弹了。树间的回音把枪响声放大了，那一枪应该距离她很远，也许在树林的另一端吧。看来，是她太紧张了，她无论如何都该跑警察局一趟，从现在起越快越好。

她依然忐忑地向前缓缓跨了一步。她一手扶着最靠近她的那棵树。

那颗子弹就卡在树干上。

爱菈紧抓着树皮的手，瞬间冰掉了。

对方的的确确是冲着她来的……

大约在爱菈听到枪响后不到十分之一秒，她就感受到自己的肩膀应声爆裂。她倒了下去。她的锁骨在剧烈撞击地面时再度受到撕扯。爱菈痛得放声哀号。她跌趴在地上，无法翻身。她的整个上半身不听使唤，被痛楚完全占据。爱菈凭着未受伤手臂的仅存余力，努力想挺起身子，但徒劳无功，像个才几个月大、跌成趴姿却还不会翻身的婴儿一样。

她双腿猛蹬，脚掌寻找着施力点，想匍匐前进，想逃离这里。然而这困兽之斗的举动，只掀起一堆黄色枯叶而已，仿佛她在游泳池般的一堆羽毛中而想要游泳。

她痛得站不起来，却非得赶紧离开这里不可。

她听到有脚步声接近。被踩碎的枯叶发出恐怖的声音，越来越清晰。

然后什么都没了。

他来了，结束了。

爱菈不痛苦了。她只感觉到床铺般的厚厚一层枯叶，轻抚着她的脸、脖子和手臂。她想要在这种感觉、这种抚摩中死去。游走在她赤裸身躯上的，不再是树叶，而是纳金的八字胡，他那温柔、温暖又挑逗的粗胡子。她的思绪飞向土耳其，飞向安塔利亚海边，飞向她打算和纳金一起买下的那栋房子，那是他们的家，是他们的故乡，是她躲在父亲怀里逃离的故乡，那是好久以前的事了……

把手枪上膛的声音，冷冷打破了这片寂静。爱菈最后一次努力想转身，想看清楚他。

想知道杀害自己的凶手是谁。

她用没受伤的那只手臂，想把自己撑起来。

对方并未让她实现这最后的心愿。

下一刻，子弹穿透了她的后脑勺。

33

一九九八年十月二日，下午两点四十分

协和站。换车。

马克下意识地把札记本收进背包。背着吉他的微笑女孩也在这一站下车。他们并肩走在廊道里，几乎快触碰到对方了，感觉很尴尬，就和陌生人一起搭狭小的电梯时一样。

一名妇女蜷缩在廊道冰冷的地上，仿佛在向地狱的某个神祈祷。她身旁没有小孩，没有动物，没有音乐，没有纸箱的卡纸，也没有只言片语的解释说明，只有一张埋在膝间而看不见的脸和一个白色的盘子。盘内空空如也。人群自动从这个乞丐身旁绕开、闪避她或跨过她。马克不假思索，连脚步都未放慢，便从口袋掏出一个铜板放入盘中。吉他女孩不禁讶异地转头看了他一眼，那眼神意味着在她眼中，马克从原本的"在地铁里板着一张脸的匆忙浑蛋"，忽然变成"比外表看起来更有内涵却可惜没注意到她的男生"……

再过几米，廊道一分为二。马克依然深陷在自己的思绪中，他右转准备搭往夏贝尔门方向的12号线。吉他女孩则是左转，往拉顾内芙的7号线的方向，她只稍微停顿了一下，看着这个忧郁的高大金发帅哥离去。

玛德莲站。

现正接近巴黎乘客流量最大的一座火车站。此时不是高峰期，但也差不多了。站台上和车厢内的人流量顿时变大。这种情况下完全无法阅读。

圣拉扎尔火车站。

列车瞬间清空。每每看到圣拉扎尔火车站长廊里旅客们仓促的脚步，马克总感到不可思议：这些人像在冲刺，他们推挤走得较慢的人，放弃爆满的手扶梯，改而四阶四阶地奔爬楼梯，只要面前一出现又直又长的通道，便更加速向前冲……这些人如此分秒必争，到底因为真有燃眉之急，还是他们每天早晚这样赶来赶去，纯粹只是一种习惯，就像有些人固定慢跑健身那样？

他不久前才看过一篇报道，说有个人，是世上最伟大的小提琴家之一，名字是俄国名字，他记不得了，这位小提琴家某天跑到一个地铁站里，一连演奏了好几个小时。他没挂海报，也没正式宣传，只像个无名小卒般默默站在走廊里，拿出自己的小提琴。他每天晚上在世界各地的表演都是座无虚席，人们就算花上百法郎想一睹他的风采，有时仍一票难求，可是这天，地铁走廊里几乎没人停下来聆听他演奏。经过他面前时，所有那些打着领带的家伙连停都没停下来，只忙着冲去搭车，或许当天晚上，或那个周末，他们为了不想迟到，又是这样匆匆忙忙地，赶去听一位千万不容错过的著名音乐家的演奏会。

从今天早上到现在，马克首度决定稍微放松一下。他从容走到候车大厅。广阔的车站大厅里，有上千人站在那里等候，他们一动也不动，仰望着上方，宛若一群歌迷在舞台前等待摇滚巨星出场。只不过这些旅客眼睛盯的不是聚光灯，而是显示了站台班次的屏幕，或该说是还没显示站台的屏幕。于是屏幕前的旅客随着时间越累积越多。

从巴黎驶往鲁昂的班车，也是其中一班尚未公布站台的列车。马克穿越整个大厅，穿梭在丛林般的紧绷上班族之间，在车站的露天餐饮吧坐了下来。他向一名忙碌的服务员点了一杯柳橙汁，服务员立刻向他收钱，仿佛怕马克柳橙汁一到手马上逃跑似的……马克拿出手机。他的悠闲心情转瞬即逝，他狠狠地骂了一句，但立刻被淹没在车站的喧嚣中。

丽莉有电话打来！

偏偏要挑他在地底下时打来，简直让人以为丽莉亦步亦趋偷偷跟在他背后，等到他踏入地铁站的走廊后才留言给他……这样就不必和他通话了！

马克按了几个按键，然后把手机贴到耳边聆听留言。几乎快听不到，丽莉声音很小，像在讲悄悄话：

"马克，我是米莉。天哪，你跑去柯家做什么？马克，你就相信我这一次，明天一切就结束了，到时候，我会仔细说给你听。假如你真像你说的那么爱我，你就会原谅我。米莉。"

马克手机依然贴着耳朵，愣了一会儿。

相信她这一次……

原谅……

等待？！

想都别想！丽莉有事情瞒着他，接下来的几个小时会是关键，只有他能阻止她所说的这趟不归路。马克又按了几个按键，把丽莉的留言重新听一遍。有个细节令他不解。

"马克，我是米莉……"他把手机用力贴着右耳，用一根手指塞住左耳。他需要听得很清楚，但在这个人满为患的车站里却难上加难。

"你就会原谅我。米莉。"

马克再度按了几个按键，第三度重听留言。他要听的不是丽莉说了什么，而是背后的其他声音。那个声音有些遥远，有些模糊，但听了三次以后，他几乎可以确定了。为求慎重，他把留言又听了最后一次：在丽莉的说话声后面，他确确实实听到好几声救护车的警笛声。

马克把手机收入口袋，喝了半杯柳橙汁，一面试着思考。他只想到两种可能的解释。要么丽莉附近有车祸事故发生，可能在马路上或其他地方。要么她……本身就在医院或诊所门口！无论如何，这都是一项线索，终于有线索了！

马克把柳橙汁喝光，继续思索。假如想找巴黎市区哪个十字路口或哪个转角刚发生了车祸，实在是不智之举，那个现场状况一定很快就排除了，丽莉不可能一直待在原地，用这种方式是找不到她的。不过，如果从医院的这个假设着手……八成会需要查上好几十个巴黎地址……但这是他目前唯一的线索……

马克把空杯放回铝桌上。服务员连忙把杯子收走，仿佛在暗示马克，在这里的用餐时间是有限制的。马克不为所动，还有另一个问题一直挥之不去：为什么是医院？丽莉去医院做什么？他脑海闪过的第一个画面是丽莉受伤了，她被紧急送进手术室，身旁一群白衣护士忙进忙出……

不归路。她企图自杀！她并未等到明天。

怎么办？

马克的心脏像是要跳出来了。

打电话到巴黎所有的诊所、所有的医院？

其实，又有何不可？

马克今天第三次打电话给他在法国电信的同事珍妮。她立刻以多达十八条短信，把他所要的电话号码传送给他：巴黎市区内共一百五十八家诊所和医院……

不多嘛！

接下来的半个多小时，马克简直像接线员。每次都是相同的开场白：

"小姐，你好，请问你们医院今天有没有新来一个名叫韦米莉的病人？……不，我不知道哪一科……也许是急诊室？"

每一通电话的通话时间从几秒钟到几分钟不等。对方的答复总是如出一辙，大同小异："没有，先生，我们没有符合这个姓名的病人。你确定是这个名字吗？"打到第二十个号码时，马克停了下来。打完一百五十八个电话号码得打到地老天荒。他清楚意识到，为了这个薄弱的线索，他正在失去宝贵的时间：不过是几声救护车警笛声罢了……搞不好那救护车是丽莉打电话给他时，刚好从她身边呼啸而过而已……

服务员已经第三次来问他是否要点些别的东西。马克漫不经心又点了一杯柳橙汁，只为了打发服务员。那柳橙汁他碰都没碰。这是否就是爵轻信这么多年来的感受呢？明明一开始就知道会无疾而终，却仍发疯似的追查到底？在狂风暴雨的夜里，死守着火柴的微小火光？

马克抬头望向火车班次屏幕。依然没有从巴黎驶往鲁昂列车的相关信息。一切发生得太快了，他心想，实在太快了。救护车的警笛声……他口袋里的那个蓝色信封，虽然柯玛蒂有所指示，而他也答应过妮可，但他大可现在就拆开来看……还有那本札记、爵爷的那些笔记内容，在他身上活生生上演的这场悬疑噩梦……使他进退两难。

马克把第二杯柳橙汁一饮而尽。服务员立刻带着抹布冲过来擦桌子，脸上几乎要露出如释重负的笑容。马克仿佛故意和他唱反调，拿出了绿色札记本。

爵轻信的札记

一九八七年，名牌手链的赏金到了七万五千法郎。不可思议吧？就算是一件出自 Tournaire 的首饰，这价码在当年仍高得令人咋舌。至于我的调查呢，则彻彻底底停滞了……毫无任何新线索，我只能反刍旧线索，把相同的数据反复一读再读，读上十遍。

我去了土耳其几天，只能算是例行公事。雅斯阔饭店、金角湾、地毯摊商、博斯普鲁斯海峡的夕阳，全套的"丽莉悬疑之旅"行程；就跟着导游走吧。我也再度去了一次加拿大魁北克的希库蒂米区，去拜访贝氏家族，当时气温不到零下十五度！结果白跑一趟。

我还重回了迪耶普。好像回去过两次吧，其中一次是和纳金一起。这些呀，都属于美好的回忆。就是因为美好，我才想讲。另外也有点是因为必须让你多了解了解丽莉。我是指，了解她的心理状态。她的成长环境、关键因素、后天与先天，所有那些有的没的。我把所有细节统统告诉你，这样你就能自行判断。假如你想自己推论，这些都很重要呀。

当时是一九八七年三月，气候非常恶劣。我们听韦妮可说，时速六十里的狂风，已经连续吹扫了迪耶普十五天，从没停过。海边没有半只小猫。

妮可每说完一句话就咳嗽咳个不停。不论做什么事，她的肺都很吃力。

纳金很高兴。他喜欢来迪耶普。他喜欢下雨。他也喜欢马克，虽然马克有点怕他。纳金本身没有小孩，和我一样。但起码他有老婆！有像沙威玛一样圆滚滚的漂亮爱菈。纳金支持的自然是土耳其足球队啰。马克总是嘲笑他：几年前，一九八六年的世界杯足球赛淘汰赛时，土耳其以8:0惨败给英国！根本是"桌上足球的比分"，马克笑说。

纳金想让马克知道，自己并不是个小气的人，于是送了一件敦达·席兹的球衣给马克。敦达·席兹是有"伊斯坦布尔高卢区"之称的加拉塔萨雷队的左翼卫球员……"敦达·席兹"这个名字，你一定没印象。如果翻译成法文，迪迪尔·西克斯，你应该就恍然大悟了吧？迪迪尔·西克斯原本是法国籍，后来为了带领加拉塔萨雷队踢进冠军赛，不惜改入土耳其籍。迪迪尔·西克斯……怎会有人以迪迪尔·西克斯为偶像！这个家伙一辈子都在耍同一招假动作，假装朝外侧冲，再忽然勾回来……重点是，一九八二年在西班牙塞维亚举行的世界杯足球赛，对上德国的准决赛那次，这个家伙罚球时居然把球直直踢进守门员的怀里。当年，这个卖国贼正效力于德国的斯图加特队呢……这种人早该被大卸八块了！

结果五年后，纳金偏偏送了一件敦达·席兹的球衣给马克！根本是个隐姓埋名逃居国外的叛徒的球衣！好个榜样呀！马克年幼无知，傻傻披上了球衣。也难怪了，毕竟他没经历过一九八二年塞维亚的那一晚，那一晚令一整个世代的人心碎了……

至于小米莉呢，她对球赛一概没兴趣。一九八七年三月的这一天，她正在外面吹风淋雨。她披了一件荧光紫色的雨衣，雨衣的帽子几乎要遮住她的脸庞，只有金色的长发从雨帽露出来。她穿着一双相同颜色的雨靴，在伯修尔街上排水道的水洼里蹦蹦跳跳。她在找猫！妮可向我说明了原因，一面说一面感动得快掉眼泪。

当时米莉近七岁，小学一年级念六个月了，已能自己阅读，她很喜欢马赛尔·埃梅的《捉猫故事集》，红色系列的，主角是德尔菲纳和玛丽娜特，还有那些会讲话的农庄动物……

"《捉猫故事集》呢！"妮可赞叹不已，向我夸奖丽莉，"她七岁而已，才小学一年级！轻信，她很厉害吧？"

他们这个渔民小屋里，所有的书加起来不到二十本，而其中只有这本是童书。那你要问了，和这附近的猫有什么关系？我就快说到了。米莉很喜欢《农庄的猫》那篇故事，那只猫为了找大家麻烦，每天舔毛时都把腿举到耳朵后面，导致隔天必定下雨。都是因为这只猫脾气不好、个性不佳，害得农庄接连下了好几星期的大雨，最后农庄主人决定把它处理掉……但它在最后一刻被德尔菲娜和玛丽娜特救回。于是米莉合理地以为，既然迪耶普连续十五天来，大雨、狂风、冰雹和飞沙走石不断，那附近一带的猫必然是罪魁祸首，它们舔毛时一定也把腿举到耳朵后面了。这么一来，只有一个办法：劝附近的猫换不同的方式理毛。柏磊区所有的猫统统得改掉习惯。拜托，这里可是个渔村！米莉花上好几个小时亲近猫、和猫培养感情，轻声细语向它们解释说，它们害得她祖母妮可没办法工作赚钱。而且它们那么喜欢晒太阳，这么一来也不能出去躺在马路上晒太阳呀。

米莉曾试着拉我和纳金冒雨出去抓猫，好吓吓它们！有些猫不听她的话，尤其是野猫。

"好嘛，来啦，跷跷板轻信！"

"好嘛，跟我走啦，胡子！"

她用小手拉着我们。她的雨衣仍滴着水呢。纳金哈哈大笑，但宁可待在屋内喝咖啡，我也是。只有才九岁的马克不禁心软，在倾盆大雨中出门。他身上的咖啡色外套外面，加罩了那件显得太大的迪迪尔·西克斯土耳其队球衣。球衣湿透了，几乎可以看穿。

就像球场上在左翼被孤立的敦达·席兹那么容易被看穿。

我滥情的回忆或许令你看不下去了。我能理解。你有兴趣的是案子……也只对案子有兴趣。就快了，我就快说到了。无论如何，我并未放弃。请继续看下去吧，你绝对不会失望的。一九八七年十二月二十二日，一如往年，我如朝圣般前往恐怖峰。我于傍晚抵达杜河畔，先去放行李。我这个老光棍已经养成习惯了。民宿老板娘莫妮卡是个有点吨位又热情的女人，她说话带着浓浓的西南部腔调，几乎让我想起魁北克腔调。她总是替我保留相同的房间，那间可远眺恐怖峰的第十二号房，并会提早一个多月为我制作康高优特奶酪，让我配汝拉葡萄酒一起吃。案子停滞不前，我已在把自己逼上绝路……稍微犒赏一下自己总不为过吧。

所以话说这天，莫妮卡已在路口等我，我车子都还没停好，她就迫不及待对我说：

"爵先生，有人找你！"

我讶异地看着她。她又说：

"他在这里等你两个小时了。他上个月打过好几次电话，说要找你，我说你每年都是十二月二十二日的下午才会到……好像和你调查的案子有关。"

莫妮卡就像《007》电影里，M秘书见到邦德时那样对我一直咯咯笑，我惊讶又兴奋，赶紧进了民宿客厅。一名年约五十、保养得不错、穿着一件暗色冬季大衣的男子，一面等我，一面读着一份关于当地的简介折页。他起身迎向我而来。

"我是裴奥格。爵先生，我找你好几个月了。碰巧在《东部共和报》看到你刊登的小启事，我还以为恐怖峰空难事件的整个调查早就告一段落……不过显然，你还没收手。也许你能帮帮我……"

说反了吧，我原本还指望他能帮我呢。不过，算了……裴奥格看起来像个正经人，像个果决且讲效率的企业主管，不是个胡言乱语的人。

在民宿这个有着大片观景窗的客厅里，我在他一旁坐了下来。从窗内，可将整条山棱线尽收眼底，包括今年尚未被雪覆盖的恐怖峰顶。

"裴先生，我尽量啦。但我没想到……"

"爵先生，这是一段陈年往事了，我就长话短说吧。我在找我弟弟乔治，裴乔治。到如今，他失踪好多年了。我最后一次听到他的消息，是一九八〇年十二月的事了。当年，他隐居在恐怖峰上的一个小木屋里，离空难地点不算太远。"

34

一九九八年十月二日，下午三点零九分

马克抬起头。班次表屏幕上的字母，如电子版的拼字游戏般重新排列。

巴黎—康城。23 号站台。

候车大厅里有好一部分一直以来一动也不动的人群，忽然涌向狭窄的 23 号站台，像沙漏里的彩色沙粒从中央细颈往下滑落一样。马克曾在某个地方读到过，说一辆火车上可容纳超过一千人……差不多是法国一个一般县城的平均人口了。也难怪候车大厅里会挤得水泄不通：只要两三个班次误点，站台上便会多出好几千名站在原地干等的旅客……

此刻准备搭乘从巴黎驶往鲁昂班车的旅客便是这样站在站台上，登车站台依旧尚未公布。马克看了看自己的手机，他必须继续打电话到各诊所，通过这唯一的线索找到丽莉，就算它未必可靠也一样。他的手犹豫着要拿手机还是拿绿色札记本，结果好奇心占了上风。他总还能拨出几分钟，再读个几页吧。爵爷真的找到恐怖峰空难事件的目击证人了吗？

爵轻信的札记

云从瑞士飘来，这种情形并不常有。经过多年的经验累积，我对高汝拉区的气候变化越来越了解了。

"乔治是我弟弟。"裴奥格解释说，"他向来比我敏感脆弱，个性比较复杂。我们兄弟俩很不一样。他不到十四岁就开始离家出走，我们家住贝桑松①。他成天和帮派分子鬼混，常被警察送回给我父母管教。到最后，乔治被安置到特殊机构两年，但不见成效。"

我的手轻拍着沙发的扶手。这个裴奥格到底想说什么？

"爵先生，请放心，我就快说到恐怖峰的那一段了。"裴奥格大概也察觉到我不耐烦，"到了十六岁，乔治彻底离开了我们家，我就不详述了。他流落街头，酗酒吸毒样样来，有时也交易一点毒品。没什么太严重的情节。他只不过是成了流浪汉而已。如今，大家都称他们街友。他和其他几个人在贝桑松算是小有名气。我父母放弃了，我也是。当年，我有一份正当工作，我太太听都不想听到他的名字，所以爵先生，那情况你应该不难想象吧？圣诞节一家人团聚吃饭的场合，很难容得下毒虫……"

我的手指持续在沙发扶手上打节拍，但裴奥格不再望向这个方向，或假装没看到。

"我是死马当活马医。"他继续说，"我通过社工，也通过警方，与他保持某种间接联系。乔治不要别人帮忙。每次我向他伸出援手，就被甩一巴掌，这是比喻啦，你应该明白我的意思……"

我明白，但干我屁事。我毫不掩饰自己的不耐烦。废话少说吧，裴奥格。

"我就快说到了，爵先生。我们总还是断断续续会有乔治的消息，他有时会不见踪影，间隔有时长有时短，最长有过一两年。一九八〇年五月，他的音讯彻底断了。那时候乔治四十二岁，他看起来至少再老个十五岁。已经七年音讯全无。"

我受不了了。白色的瑞士云朵挂在山棱线上，和恐怖峰玩起捉迷藏。

"裴先生……这和我有什么关联？和十二月二十三日的空难事件有什么关联？"

---

① 贝桑松（Besançon），位于法国东南部邻近瑞士的城市。

"快了，我就快说到了。当时我非常担心，担心得要命。一丁点消息都没有。我自己向贝桑松的其他街友打听。不容易呀……但好啦，细节我就先跳过，他们最后告诉我，乔治跑去山上了。他不想再待在街头，主要是因为贝桑松市区有不少人跟他有过节。你知道的，毒品交易惹的祸。也有警方的人要找他，你明白吗？"

我明白……

"他们说，最后一次听到他的消息时，他住在瑞士边界附近高山上野外的一个小木屋里。那个地方呀，叫恐怖峰。因为飞机失事的关系，当年那座山峰经常被提起……这就是我最后一次听到我弟弟消息的情形。距离现在是七年前的事了。我找了好几个月，都找不到他的下落。之后，我算是放弃了，也不太指望有朝一日能再看到他。你想也知道，我太太觉得无所谓。可是七年后，一看到你刊登的小启事，我马上心情又激动起来！我心想：有何不可？既然有人仍在追查那一夜在山上发生了什么事，也许他凑巧发现了我弟弟的下落也不一定……"

裴奥格终于说完了！我的双手紧紧抓着沙发扶手，就像一个船长紧抓着他帆船的船桅。我的双眼寻找着窗外远方的地平线，远眺上头现在被浓浓雾气围绕的浑圆山峰。一九八〇年十二月二十二日至二十三日的那一夜，要是这个裴乔治就睡在小木屋里呢？要是这个乔治就是我调查七年来，从来没想过会存在，连找都没找过的人呢？

证人！

空难事件的第一线目击证人！要是乔治是第一个赶到现场的人呢？要是乔治是第一个在奇迹生还小女婴身旁，找到丽萝那条名牌手链的人呢？要是小坟墓是乔治挖的呢？

许多问题自动从我脑袋里冒出来：

"乔治养着狗吗？"

裴奥格一脸惊讶。

"奥格兄，别大惊小怪。"我差点脱口而出，"这个案子，我好歹查六七年了呢！"

"呃……有，有一只咖啡色短腿的混种狗。为什么这么问？"

我已经从面前拿了一份简介折页，在背后做起笔记。

"他抽什么，我是指你弟弟都抽什么牌子的烟？"

"好像是 Gitanes（一种法国烟）吧……不太确定。"

"他穿几号鞋？"

"差不多四十三或四十四。"

"啤酒呢？他都喝哪一款？"

"啤酒？这个嘛……真的考倒我了……"

裴奥格似乎被问得一头雾水，他喊暂停：

"呃……爵先生，为什么忽然问这些？你找到乔治了吗？他死了，是不是？你发现了他的尸体？……"

奥格兄，你给我冷静一点！

非常称职的民宿女主人莫妮卡，为我们送上热茶和饼干，饼干有点像斯贝库罗司①饼干，但更具汝拉风味，更厚且更长。裴奥格碰都没碰。我便不客气地把他那份一起吃了，一面把我去年的发现一五一十说给他听。小木屋、烟蒂、小坟冢……裴奥格几乎显得失望，我并未发现任何有关他弟弟的具体线索……我一面把饼干蘸进热茶，一面安慰他。我无法向他担保一定能找到他的弟弟乔治，更不能保证找到时乔治还活着，但我答应一定会在接下来几个月全力投入这件事。我并没有骗他。乔治可是我唯一可能的目击证人，我绝不会轻易让他溜走！奥格大老远从贝桑松跑来，真是太值得了，他赚到一个私家侦探，不但用全职的时间帮他寻找弟弟的下落，所有费用还由柯玛蒂埋单。而且这个私家侦探查起案子来还很固执呢。他留了他的名片给我。他是贝桑松银行的客服部主任。我再一次答应他会全力调查。

这一夜，我只睡了几个小时。小部分因为兴奋，大部分因为我喝掉一瓶

---

① 斯贝库罗司（spéculoos），一种传统饼干，常做成人物或动物造型，除了法国北部以外，在荷兰、比利时、德国西部亦为常见点心。

汝拉红酒以庆祝一夕之间得到新线索，后来欲罢不能又追加了几杯甜酒。这位民宿老板娘酿的甜酒真是好喝。

　　隔天早上天一亮，我就全副武装出发了。铲子、耙子、筛子……我决定充当盗墓贼，去确认小木屋旁埋的确实是乔治养的那只咖啡色短腿混种狗。我还带了好几包密封袋和试管，都是鉴定科警察所使用的最新款，以装进小木屋里的烟蒂和瓶盖，好确认最后在那里逗留的人是什么身份。我背包里装的东西足足有近十五公斤。过了杜河的弯道，经过高汝拉自然生态公园维护中心的门口时，那个维护员孟凯戈朝我招手。我这一身夸张的装扮把他逗乐了：

　　"假如你想找八千米的高峰攻顶，往这边去是找不到的……"

　　孟凯戈……除了偶尔有几所学校来这里校外教学，他绝大多数的时间都用在泡游客中心的实习生姑娘。至少这是他给人的感觉。这个痞子似乎一年比一年帅，一头长发逐渐转成银灰色，可是每年开学来这里实习的那些女学生呢，却永远是一模一样的年纪。他把一个用水汪汪大眼睛崇拜地望着他的金发漂亮甜心晾在一旁，朝我喊：

　　"走吧，轻信，我看不下去了，我开吉普车载你上山。最后那几公里得靠你自己走，但至少前面最辛苦的一段可以坐车。茱莉，我过二十分钟就回来，假如你想知道我后来那一晚在西斯匹茨卑尔根岛[1]上遇到了什么事，就乖乖待着别乱跑……"

　　孟凯戈在泥土路的尽头让我下车，他朝我眨了眨眼，随即回去找他的金发小美女打情骂俏。沿路上，我顺便问了他，不过他从来没听说过裴乔治这号人物。很合理嘛，毕竟是七年多前的往事了……

　　我一面走，一面试着整理一年前的回忆：那场冷飕飕的大雨、手电筒的微光、坟墓上的石堆……我轻而易举就找到了小木屋，走得整个人满身大汗。

---

[1]　西斯匹茨卑尔根（Spitsbergen），挪威北部的一座岛屿。

今年的天气和去年根本是天差地远。灿烂的冬阳洒满了整个山头，杉树顶端被染成了金黄色，有点像是瑞士悠闲版的秋老虎，只差没看到含苞待放的报春花、水仙和龙胆花了。

我兴奋不已，就像第一次跟踪时一样。调查这个案子以来，很久没有这种感觉了。我先从小木屋着手。那里的一切似乎仍是老样子。搞不好我去年离开这个世界尽头的小屋以后，再也没人踏进来过。我戴上手套，开始仔仔细细收集散落在地上的各式废弃物。我也稍微耙了一下，挖出陷入泥土表面的一些东西。

烟蒂、瓶盖、纸屑，等等。

若想找到裴乔治，这些统统可能派上用场，就算他大概老早已离开这一带了也一样。

我从小木屋出来。最困难的部分才刚要开始，那个坟冢。我走到小石堆前。木头小十字架依然竖立得好好的，十字架脚边的那盆迎春花已枯萎。所以这一年来，没有任何人来坟前更换鲜花。为什么？为什么这么多年都来献过花，偏偏今年没有？天气很热，我脱掉了毛衣，只穿衬衫，却依然满头大汗。早晨的清风帮助不大，只有树顶的高处有风而已。

我低头凝视那堆石块。

那堆石头怎么看怎么怪，我不由得心头一惊。那是一种挥之不去的怪异感觉：石头的排列方式和上次不一样了！有人挪动过它们。

我试着思考。凭什么这么笃定呢？我一年前看到这些石头时，是在一个大雨的夜里，只拿着手电筒随意翻动过它们……

就算如此，真的不一样了。绝不只是一种感觉而已，的确有人来过！一年前，我已把许多路标记号深深烙印在脑海里，甚至牢牢记住了每颗石头的形状、体积和摆放方式，那个画面清晰无比，就算是夜里看到的也一样。不是我说，但我在这方面相当厉害，我的视觉记忆力堪称无懈可击。

请相信我，这里整个乱掉了！

算了，不弄脏手就找不到答案。我开始小心翼翼把石块挪开，足足花了半个小时。灿烂的阳光让这一幕显得没那么阴森恐怖。我好几次停下来喝东西。

最后一块石头被丢到一旁后，我继续用铲子小心谨慎地翻挖。费这么大的功夫，到底是为了什么？我心想。为了挖出一条狗的尸骸！不然还能指望什么？指望有个小婴儿被埋葬在恐怖峰山上？

所以我挖呀挖，挖了将近一个小时。太阳已移至西侧，松树的凉爽树荫现在正落在被亵渎掘开的坟冢上。我挖的洞很深，超过一米了。我把十字架挪开，把它底下也挖了。我不死心，又坚持了半个小时。

到最后……什么也没有！

连狗、羊或兔子的一根骨头也没有。

我说真的，根本什么也没有！

这块土地上尽管矗立着石堆坟墓、十字架和凋零的盆栽，底下却是一片空白。我又累又沮丧，瘫坐下来。费了这么大的力气，竟然落得一场空。我一面喝东西，一面沉思。我的衬衫沾满了泥巴。由于坐在树荫下，又流了汗，我开始感到有点冷了。我来回踱步，试着暖和身子，一面继续思考，自言自语，把树当成交谈对象……忽然，我不禁笑自己是大傻瓜！

不！我当然没有白挖一场。对我和我的调查而言，最坏的情况反而正是发现坟里埋着动物尸骨。那么一来，坟墓的这整出戏就唱不下去了。假设我挖到了乔治那条混种狗的骨骸，接下来会怎么做？把狗遗骸交还给他哥哥奥格？

可是这个坟墓是空的！仔细一想，我正巴不得它是空的。这个空荡荡的墓穴，开启了各种可能性。我拭去额头的汗水，拿出民宿女主人替我准备的奶酪三明治。说穿了，只有两种可能性……

起初可能会认为这个坟冢是象征性的，就像国道上有亲人车祸身亡时，家属可能在出事地点的弯道旁竖立十字架和摆放鲜花。这种说法是站得住脚的……从伊斯坦布尔飞往巴黎的 5403 号空中巴士某位罹难者的家属或许正是如此，或许这位家属每年都来这里扫墓，由于无法找到遗骸，便设置了一座空的坟墓……一百六十八名罹难者任何一人的家属都可能做出这样的举动。可是，为什么要设在相距两公里的这里，而不是设在事故现场？为什么要挖个这么小、只够容纳一个婴儿的长方形坟墓？当时飞机上只有两名婴儿……到底是谁立十字架、堆石头，还替盆栽浇了这么多年水？韦家的某个人？柯家的某个人？谁？何时？为什么？

于是剩下第二种假设。石堆底下确实曾有过尸骨。某人每年都来偷偷低调祭拜这个亡灵，更换鲜花。可是今年再回来时，神秘人士发现坟墓被人挖开过。秘密被人发现了，或恐怕会被人发现。循着这种思考逻辑，神秘人士别无选择，只能另寻埋葬地点！把石块挪开，把骨骸挖出来，再把石块放回去……

因为石块确实被移动过，这一点我非常笃定。

第二个假设和第一个假设一样充满了不解之谜。为什么要这样大费周章，这么神秘兮兮？就为了埋一条狗吗？怎会有这种神经病？难道会是裴乔治吗？

没道理呀！

我再度擦了擦额头的汗水。我心情很平静。其实我正巴不得这个调查能出现一些新的疑问，随便一点什么转折都好。我有很充裕的时间能——检视我的每一个假设。我翻找背包，拿出特别带来的筛子。它是个木框的尼龙网筛，就像淘金者去河里筛泥沙时，至今还在使用的那一种。这堆土壤呀，我要细细过滤一遍！只要里面有一丁点的碎骨头，不论是狗、婴儿或恐龙的骨头，我都要把它揪出来。

绝不夸张，我在那里筛了五个多小时，就算是考古学家也没有我这么沉得住气。

我的坚持一直到下午三四点才获得回报。说真的，每年的那十万法郎酬劳，我领得理直气壮。筛子里，用食指拨开了所有小石子，把所有泥块都碎为松土后，在阳光下金光闪闪的，是个小得不能再小的金色小圈圈。

是个首饰的圈环。

一个顶多一毫米宽、二毫米长的椭圆形圆圈。

纯金的。

✈

　　"王八蛋，你想要我的签名照吗？"

　　马克抬起头，他的整个思绪仍在恐怖峰上，人仿佛突然从梦境中被抛甩出来。车站里的人声杂沓，和他阅读时森林里的幽静，恰恰形成强烈对比。

　　他和候车大厅里不少人一样，不由自主转头张望是谁在大声嚷嚷。不过是车站里的普通偶发事件罢了：有个歇斯底里的女生在骂另一个旅客……大家纷纷耸耸肩，很快就对这口角失去兴趣……只有马克除外。

　　马克听出了这个女性的声音……梦境霎时变成噩梦。距离大约三十米的地方，一台自动售票机前，柯薇娜正在大骂她后方的一名男子；那个家伙比她高出至少三个头。绝对是她。不是巧合，纯属阴魂不散。

　　她一路跟踪了他。

35

一九九八年十月二日，下午三点二十一分

　　摩托车骑进暖太阳巷，在玫园大门口停了下来。骑士匆匆下车，脱掉安全帽，拨了拨自己的黑色长发，按下对讲机门铃。

　　"喂？"

　　"有个柯夫人的包裹，限时专送，应该是急件吧。我是直接从总公司那边过来的。"

　　"她目前不方便收件，包裹就先放信箱里吧……"

　　"我必须当面交给她。"

　　"现在没办法耶，可能要等个几分钟。你能等一下吗？"

　　快递人员叹了口气：

　　"不太能啊。你哪位？"

　　"我是护士，琳达……"

　　"也行啦。"快递人员稍微犹豫了一下，"那就拜托你了，你会把包裹交给柯夫人吧？"

　　"这并不算太难吧……"

　　快递人员忍不住笑了起来：

　　"对了，琳达……你们这边很刺激啊！又是救护车，又是消防队，又是警察的，害得我差点过不了马恩河。是抓到什么变态杀人魔还是怎样？"

"差不多喽！他们在古福蕾树林里刚发现了一具女人的尸体，就在从这里再过去一点的地方。听说是被开枪打死的。他们还不确定是打猎意外或蓄意谋杀。很夸张吧？古福蕾这里居然发生命案！"

"起码能让这一带热闹一下……"

琳达收下那个牛皮纸大信封袋。她犹豫着要不要通知柯夫人。柯夫人在她的温室里，她最讨厌整理植栽时被人打扰了。她的温室俨然成了她的教堂。对她而言，从事园艺犹如参加教会活动，是神圣的一刻，琳达一点都不想亵渎。算了，等夫人回来再把信封袋交给她吧，琳达把它放在门口书桌的电话旁。

她不想抛下柯雷昂自己一个人太久。最主要的，她不想拖得太晚，她还得帮他洗澡、替他穿衣服、喂他吃晚餐、把点滴都接好……假如一切顺利，她傍晚六点就能下班。到时候的柯雷昂已经洗干净、吃饱喝足，可以上床睡觉。琳达就能回家，去接回自己的宝宝，享受一下天伦之乐……

她来到柯雷昂身旁，把轮椅推进浴室里。这是她最讨厌的时刻：把老头子抱到平台上，简直像在扛床垫。等琳达好不容易把他安顿好了，她喘了几口气，然后按下"升"的按钮。柯雷昂的身躯开始往上移动，直到她腰际的高度。浴室里一切都是自动化的最新款设备，和任何一所医院没两样，甚至还更先进。这方面无可挑剔，她可以安心工作，柯玛蒂很乐意砸钱。

琳达开始替柯雷昂脱衣服。

她挪动他，替他解开扣子、把手从袖子抽出来时，她简直觉得老头子是有反应的，仿佛他也借力使力，想让她更方便做事。三天前，琳达甚至觉得柯雷昂对她微笑了，是有意识地对她微笑。她明知道这是不可能的，至少医生们是这么说。这个瘫痪的老头无法辨认面孔、说话的声音或任何声响，无法记得自己的一举一动或今夕是何年。所以帮她把手从袖子抽出来，就更甭想了……

琳达顺着老人松垮的双腿，把他的卡其长裤脱掉，再脱已脏掉的内裤。几片黏在衣服上的枫叶，掉落在浴室踏垫上。

要是他们错了呢！琳达心想。

她照顾柯雷昂到现在已将近六年，早上两个小时，下午三个小时。她倾向于相信他并不是个坐在轮椅上任人推着走、只会吃喝拉撒的废物。

琳达开启温水，用沐浴手套搓肥皂。她洗澡总是先从生殖器官开始，接着洗身体的内侧。琳达身为人母到现在已经七个月，儿子取名叫雨果。她懂得分辨一个笑容到底是发自内心还是生理反射，能区分一个眼神究竟是心领神会还是空洞茫然。

沐浴手套顺着左腿而上。

在内心深处，琳达其实挺喜欢雷昂的，不过在这个冷冰冰的家里，大家都讨厌他。包括他的太太，和他的亲孙女，那个阴阳怪气的薇娜。她听说过太多有关柯雷昂的坏话。听说他以前是个蛮横跋扈的老板，能够在委内瑞拉、尼日利亚或土耳其，一口气开除上百名工人；听说他是个厚颜无耻、铁石心肠的人。那又怎样？她无所谓。六年来，对她而言，柯雷昂只是一具橡皮人偶、一个手无缚鸡之力的老头、一个柔弱的可怜虫，只能靠她保护和照顾，靠她提供一点温暖和慰藉。像她的小宝宝一样！

老人与护士，这两人能互相理解，毕竟每天相处五个小时。世上没有任何医生能看得出这份默契，柯玛蒂和柯薇娜就更别提了。是的，柯雷昂仍有沟通的能力，只不过是以他自己的方式……

一道门砰的一声关上！

琳达戴了沐浴手套的手，在老人松弛的肚子上顿时停住。是家里的大门，琳达明明记得已把它关上。她把沐浴手套放下，走了几步来到玄关。

一个人也没有，只是一阵风罢了。这种情形并不罕见，玫园是一所很大的宅院，有十多间卧室，二十几间厅室，至少总有一扇窗或一道门是开着的。琳达回到浴室里。雷昂仍光溜溜等待着。他需要她，就像她的小雨果需要他一样，可不能丢下他不管。

琳达犯了一个错。她只顾着想雨果和雷昂，没注意到一个异状。她没仔细看大门口旁的书桌。

牛皮纸袋不见了。

琳达再度气喘吁吁。她替柯雷昂洗完澡了，帮他换上了干净的长裤和睡衣衬衫，这是每天的例行公事。她坚持不肯让他穿成人尿裤，即使最昂贵的诊所都使用纸尿裤，她仍不为所动。不管，她天天替他更换衣服和床单就是了。

琳达把雷昂抬到他房间的特制病床上，他房间就在浴室隔壁。为了方便轮椅通行，不得不打掉墙壁，设了一道新的门。病床也是目前市面上最好的，完全电动控制，没话说。医疗方面，雷昂在自己家里远胜过去养老院的等死病房，在那种机构，老人能塞多少就塞多少，像乱葬岗一样。柯雷昂呀，至少能死于富贵之中。虽然孤独，却富贵。柯玛蒂自多年前就改睡楼上了。

琳达从床上把羽绒枕头拿过来，放在最靠近的一张椅子上。她把这个白色大枕头垫在柯雷昂背后，好让他在床上能坐稳，她就能喂他吃东西了。琳达看了看手表，再过不到一个小时就能上晚餐了。

她再一次确认老头子的身躯确实稳稳躺在病床上。他现在眼睛睁得大大的，直盯前方，只偶尔眨一下眼皮，他每次洗完澡都是这样。琳达听说过有个瘫痪的人，凭着眨眼睛表达字母，拼出单字和句子，就这样写出了一本书。太厉害了！要是她的雷昂也是一样呢？虽然医生们是那么说，但要是他的脑袋深处仍能正常运转，他只是被困在一层厚厚硬壳里的呢？要是柯雷昂有话要说，有事情想告诉她呢？只不过，她无法理解他的沟通方式。这个老头子，头脑里到底在想什么？琳达听说柯雷昂曾经是个了不起的人物，是个大老板，曾经叱咤风云。他从零开始，累积了可观的财富，在全球各地都有厂房。他主宰过一个不折不扣的帝国，曾是一个巨大金字塔顶端的法老王。现在却是由她来保存那些昔日的回忆，来照料这个木乃伊般的身躯。想必是因为这样，因为他所握有的权势，大家才会那么讨厌他。那是一种嫉妒。他现在无力反抗了，以前的那些弱者便落井下石。明明那些弱者所拥有的一切，都是拜他所赐，譬如玫园这个庄园就是一例。

琳达把一个小声音监控器放在柯雷昂的床头柜上，就像用来从另一个房间监听小婴儿哭声的那种无线电对讲机。她去厨房准备食物时，总会开启监听器。这么一来，她就安心了。其实这么做有点无聊啦。她去厨房时，瘫痪的柯雷昂哪可能出什么事呢？

琳达步出卧室时，朝老头子瞥了最后一眼，他依然眼睛瞪得大大的。

一个白手起家的天才，现在又回归原点了。

那道影子悄悄从琳达背后飘移过去，躲在墙壁和楼梯之间。琳达如果转过头来，稍微转个四分之一，就会看到这个影子了，但她直往厨房而去，并未转头。

琳达一向坚持亲手烹调柯雷昂的餐点。她的招牌粥，仅使用新鲜食材，内容包括蔬菜、火腿和十多种她去马恩瓦雷市场买的材料。她亲自削皮、切剁、搭配。柯雷昂对她的粥极其厌恶，吃进去的有一半都吐出来，但琳达也很有原则，不轻易让步。而且一个月以来，她还把分量加倍。她所熬的粥，分量超过雷昂所需要的，于是她把剩下的一半带回去给儿子雨果！以她回到家的时间而言，实在太完美了。老雷昂和小雨果的菜色一模一样。琳达是个聪明的女生，她并没有把这件事告诉柯玛蒂，但那老太婆总不至于为了两根葱、三个苹果和一片火腿而跟她计较吧！

琳达把监听器放在食物调理机旁，开始把面前的两根胡萝卜去皮。

她喜欢这个沉静的片刻，让她很有安全感。

那道影子从厨房门口掠过，它推开柯雷昂卧室的门，蹑手蹑脚进去了。琳达什么也没听到，什么也没看到。

老头子的目光直盯着这个步步紧逼的身影。他眼睛瞪得大大的，满是惊恐，仿佛看透了对方的来意。影子犹豫了，落在它身上的这个目光显得很不真实，几乎带有威胁之意。犹豫的感觉只持续不到一秒钟，影子继续前进。它对这个躺在面前的瘫痪身躯毫无同情怜悯可言，只有憎恨和不齿。

影子又逼近了，它看到床边的枕头，不禁泛起笑意。这是最完美的办法，既快速又无声无息。影子走向椅子。老头子的目光并未随着它移动，他依然瞪大眼睛，直盯着打开的房门。影子感到比较放心了，原来是它自己多虑了。这个瘫痪的老头并没有认出它来，他其实什么也认不得了。在它脚下，木头地板发出细微的嘎吱声。

琳达的菜刀刀锋在半空中停住了。她清楚听到雷昂的房间传来声音。一阵嘎吱声！琳达连刀子都没放下，本能地走出来到玄关，然后前往柯雷昂的卧室。总不可能是老头子自己下床了吧！

她不由自主把手里的菜刀握得更紧了。今天下午的气氛真是诡异。先是树林里发生命案，到处都是警察。然后又是那个快递人员，和那个包裹。还有刚才砰一声关上的大门。现在，一个瘫痪病人的房间里居然传来地板的嘎吱声。

琳达伸直了手臂，把菜刀在面前挥来挥去。她的手臂颤抖着。这栋屋子向来令她感到怕怕的，很像电影里的那种闹鬼宅院，譬如希区柯克《惊魂记》之类的。琳达平常尽量不去想那种事，但她在这里一向不太自在。她开始腿软，浑身发抖了。

琳达把菜刀直指前方，挺进卧室内。柯雷昂的目光仍是空空洞洞的。房间里也是一片空空荡荡。没人呀！琳达紧张地笑了一下，让心情缓和一些。这栋屋子和神经兮兮的这一家人快把她逼疯了。她为了地板的嘎吱声，居然拿着一把菜刀到处乱跑！她该换个环境、换个工作了，马恩河这一带到处都是有钱人家。顾不了柯老头。她对他再怎么有亲切感，也只能抛到脑后……她现在有雨果要照顾。

菜刀顺着她的腿垂下来。琳达心想自己必须集中精神，把给老头和小孩的粥继续做完，然后趁早走人。她步出卧室时，脚步比较稳健了。

厨房里食物料理机的声音让影子松了一口气。刚才，它太大意、太急躁了。这次，不会再让厨房里的护士听到声响了。影子小心翼翼推开客厅的门，它刚才就躲在这个有白色钢琴的客厅里。它双手拿起椅子上的羽绒枕头，又上前两步。丝质布料蒙住了柯雷昂的脸。没有任何动作，没有任何反应，好容易，简直太简单了。把一个瘫痪的人闷死，需要多少时间呢？一般正常的人会不断抽搐，然后忽然停止挣扎，但现在完全缺乏这类的参考指标。需要等一分钟？两分钟？三分钟？永无止境地等下去？

影子没有算时间。怎么办？它就只是等而已，能多久就多久。

忽然，意想不到的事情发生了。医生们都会说这是不可能的。柯雷昂的手臂猛然僵直了。这是否一个躯体死亡时的终极反应呢？是一种明知不可为而为之的自卫举动？影子并不罢手，仍用力按压枕头。柯雷昂的左手臂像是抽筋了一样，他手一挥，把床头柜上的东西全部扫到地上。放在针织小餐垫上的玻璃杯和水壶，摔到地上应声碎裂。

琳达失声尖叫！

这次，绝对不是幻觉，她确实听到房间里传来玻璃碎掉的声音。难道是她疯了吗？她再度握着菜刀，不假思索冲出厨房，连忙进到卧室。

她脚边有碎玻璃。

有水，水有点脏了。

没有其他任何人。

没有其他任何人，只有柯雷昂，他的双眼依然睁得大大的，几近椭圆形了，像个疯子。他嘴巴扭曲，毫无血色，活像电影《惊声尖叫》里的面具。

一丝气息也没有，死了。

琳达看得出一个人是活着或死了，她感觉得出来。她照顾老人已有近十年经验。

这个人死了。

是被闷死的。

枕头仍在床上，就在他脚边。

在当下，琳达对于面前这个断了气的人毫无悲伤的感觉，对这个她曾有好感的瘫痪病人毫无怜悯之意。在当下，她唯一的感受，唯一盖过所有其他情绪的感觉，就是惊吓。

她吓得魂不附体，吓得头皮发麻，她只想尖叫逃离玫园。

用各种方式不计代价远离这个疯人院。

36

一九九八年十月二日，下午三点二十二分

在圣拉扎尔火车站的大厅里，柯薇娜的脾气来得快，去得也快。她愤愤离开了售票机前的排队队伍。被她大骂的高个子耸耸肩转过头去，于是再也没有人注意这个歇斯底里的女生了。

只有马克除外。

原来，柯薇娜跟踪了他！马克感到怒不可遏。看来这个疯婆子打算一路尾随他去迪耶普。只不过目前他占据上风，因为这里是公共场所。他可以隐身在人群之中，既然如此，就好好利用这情势吧……

马克猛地站起来，把爵轻信的札记本收进背包。他把背包硬塞给火车站酒吧的服务员，丝毫不给对方回答的机会。

"麻烦你帮我保管一下……我马上回来。小心哦，里面有贵重物品。有……有我一整年的上课笔记。"

服务员一头雾水把背包捧在怀里，马克已经远离。薇娜就站在距离数十米的地方。她似乎在犹豫到底要去购票窗口慢吞吞排队、去自动售票机，还是干脆不买票了。她背对着他，正是个可遇不可求的好机会。

马克从带着大包小包行李的旅客之中穿梭过去，立刻朝她下手。他感到一股野兽般想发泄压力的强烈冲动。他的手放在薇娜肩膀上，紧紧抓住她身上的毛衣，几乎把她揪离地面。马克比薇娜高出三十厘米，体重是她的两倍。他不费吹灰之力就把她拖行了好几米，拖到一个清凉饮料和保鲜膜三明治的自动贩卖机旁边，与人潮稍有一段距离。

薇娜脸上挂着笑容，几乎没有惊讶之意。

"姓韦的，你离不开我啦？"

马克揪着毛衣的手，揪得更用力了。

"你来这里干吗？"

"你猜呀……"

马克的手逼近薇娜的脖子，一个细得不能再细的脖子，他凭一只手就能握住。马克把薇娜拽得更紧了。四周没有任何人注意他们，大家大概以为他们只是一对离情依依互相拥抱的情侣。

"你居然跟踪我？你怎么知道我会来圣拉扎尔？"

"好难猜哦，小宝贝……好难哦……小韦韦拔腿就跑，会去哪里呢？当然是去窝在奶奶裙子里喽。"

"好……算你聪明。我警告你，要是让我发现你和我搭同一班车，我一定立刻把你踹下车。"

马克加重手腕的力道。紧绷的毛衣领口，在薇娜的脖子留下一圈红色印痕。

"听懂没？"

薇娜开始呼吸困难。然而，她脸上仍半是皱眉，半是笑容。马克没松手，又问了一次：

"听懂没？"

薇娜窒息了。马克纳闷自己到底能耍狠到什么程度，到底能揪着这个脖子多久。薇娜根本是个欠扁的出气筒。在这个人潮汹涌的车站里，他不但感受不到任何恐慌症的症状，反而有一种力大无穷的感觉、一种盲目的恨意。他这样下去到底能到什么地步？

但他未能有更多时间想这个问题。他感觉到一个金属枪管插到他两腿之间，抵住他裤子的拉链。他本能地松开了手。

"你还是贴着我吧，姓韦的。"薇娜在他耳边呢喃，"这样别人才会以为我们是情侣，才不会看见我指着你蛋蛋的毛瑟手枪。但你的手立刻给我从我脖子拿开。"

马克的眼神迷失在偌大的车站大厅里。没有任何人特别注意他们。他们不过是互相拥抱的哥哥和妹妹。而其实，这也很接近事实了。薇娜的尖锐声音说了：

"你没带着背包？"

"没有呀。你又要在这里，叫我在光天化日之下脱光光吗……"

马克试着争取时间，但方法有些笨拙。他暗自骂自己怎么这么笨，他明明知道这疯婆子手上有枪呀。

"在这里把你剥光吗？有何不可？姓韦的，你长得还算不错。有点呆，但还算不错，而且还非乖乖照我说的去做不可。"

马克的脖子冒出汗珠。毛瑟手枪继续抵着他胯下的同时，薇娜的左手朝他的大腿摸过来，并慢慢往上移。他大吃一惊。枪口退后了几厘米，薇娜的手指钻进他牛仔裤拉链的褶皱里面。薇娜的身体朝马克靠得更紧，手部的触感也更鲜明了。

"你敢动一下，我就开枪。"

马克回想起爵爷心脏正中一枪的尸体。不是闹着玩的，这个疯婆子确实有可能当着上百名目击证人的面，光天化日下在车站里把他一枪打死。薇娜继续说：

"姓韦的，你怎么没变硬？嫌我不够好吗？"

马克脑袋空白，想不出话来反击。薇娜的手犹如爬虫类动物光滑的爪子，对他上下其手。薇娜抚摩他的性器，摸得很笨拙，虽然她的手很小，却摸得太用力。她尖锐的声音再度说了：

"怎样，怎么没变硬？硬不起来吗？也许，你比较中意我妹妹？"

马克深呼吸，让自己平静下来。他很想出险招，一把抓住这个疯婆子的肩膀，把她整个人甩出去。或许她其实不敢开枪。然而，他按兵不动，也不发一语。

"姓韦的，你成了哑巴啦？没话好说了吗？别告诉我你见到我妹妹不会硬起来！别想太多，我不是嫉妒。其实呀，一点都不会。我清楚地知道她很漂亮，她有多漂亮，我就有多丑。我们两个刚好可以平衡一下。美女与野兽。丑小鸭！"

薇娜的手往下探，抚摸马克的睪丸。应该说是笨拙地搓揉，仿佛这是她第一次摸到男性的生殖器官。

"你硬不起来，是吧？我告诉你为什么我不嫉妒。你不猜猜看吗？"

薇娜学得很快。她小小的手指变得温柔起来，在他的性器上滑动，溜入他两腿之间。马克觉得自己被玷污、被强暴了。算了，他没的选择，非推开她不可。把她抛甩到车站内的墙上吧。薇娜仿佛看透他的思绪似的，把枪口狠狠架在他睪丸上，痛楚加剧了。

"你不懂，对不对？那我来告诉你，我之所以变得人不人鬼不鬼，不能怪丽萝，一点都不是她的错。而是你的错，是韦家的错。是你们抢走了我妹妹……你还想狡辩吗？那些医生呀，他们说这叫'拒绝成长'。我以前和丽萝一样漂亮。我原本也应该变得和她一样漂亮、一样高大、一样身材火辣。但我拒绝成长了！韦家抢走了我妹妹，害得我没办法为了她而变得漂亮了。原本我们姐妹俩可以一起梳头发、一起化妆、一起打扮，一起变得漂漂亮亮。我们原本也该一起挑衣服，还有一起挑男朋友。可是呀，姓韦的，统统被你抢走了！你还要我为了谁而漂亮，啊？为了谁？"

马克现在冒着豆大的汗珠。薇娜稍微放开握住他性器的手指。她在他耳边轻声说：

"你和我妹妹上床了，对不对？老实说。"

该说什么呢？况且，薇娜这真是在问问题吗？马克颤抖着。路人漠不关心地从旁经过。这个车站里似乎没有任何人觉得这两个人有哪里不对劲。

薇娜的手指再度继续那淫秽的举动。

"姓韦的，你是个帅哥，应该有女生围着你转，应该有一大票女生围着你转。为什么还要我妹妹不可呢？你是个变态，是不是？"

毛瑟手枪的枪管更用力地抵着他的下体。

"要是你不硬起来，姓韦的，我就毙了你。现在丽萝要回来了。她要回来我们家了，回到她的家了。所有乱七八糟的事情都结束了。米莉那个小贱人已经死在飞机上，刚才连你自己都这么说了。绝不让你再一次抢走我妹妹……"

算了，别想那么多了。马克虽然动弹不得，起码还能反击，还能扭转局势，还能挑衅薇娜。见机行事吧。他逼自己说话，努力装出自信且不屑的口吻：

"你想要个妹妹，是吧？"

他已经很久一句话也没说。薇娜大感讶异，稍微松开了手。

"薇娜呀，相信我，你一点都不缺妹妹，也不缺弟弟。博斯普鲁斯海峡那边呀，你应该有一大票弟弟妹妹。你爸爸亚历一命呜呼以前，应该在土耳其留了不少小纪念品，你懂我的意思吧。你爸爸呀，他一点都没有硬不硬的问题……"

毛瑟手枪的枪管不再抵着他了。薇娜崩溃了。马克又说：

"你那时候已经不算小了，对于在伊斯坦布尔跟你爸爸上床的那些骚货，应该多少有点印象吧。你一定记得他在办公室乱搞，到处乱搞，害得你妈妈常掉眼泪。她不甘示弱，也找别的男人乱搞，别的有蓝眼睛的男人……"

薇娜兵败如山倒。马克乘胜追击：

"搞不好，丽萝根本不是你妹妹！"

薇娜放声大吼，圣拉扎尔车站大厅里大概没有人不转头看她。那只爬虫爪子般的小手，忽然用尽所有的力气，狠狠拧拽马克的性器。

马克痛彻心扉，倒了下去。毛瑟手枪消失在薇娜的口袋中，她则迈着小步离去，消失在人群中，犹如一尾鳗鱼消失在海藻森林中。

马克跪在地上，气喘吁吁，痛得说不出话来。

旁人纷纷赶来协助他。

终于。

37

一九九八年十月二日，下午四点十三分

马克正在穿越第五车厢。他依然找不到可以坐下来的位子。他恨死了从巴黎开往鲁昂的列车，尤其是周五晚间的班次。法国铁路局卖出的票数应该是座位数的两倍吧。

他的胯下仍隐隐作痛，不过痛楚正逐渐减缓。他在车站大厅的地上坐了十几分钟。凑热闹的旁人将他团团包围："还好吗？她下手还真重呀……"

他们半是担忧，半觉得好笑。这个男的刚刚还搂着一个女的，胯下却忽然被她赏了一记重击，导致他跌坐在地，看到这种情形到底该如何是好？该同情还是该大笑，实在很难抉择。

马克向车站酒吧服务员领回自己的背包。从巴黎驶往鲁昂列车的站台终于公布了，马克立刻直奔该站台，或至少是以他所能的最快的速度前往。每跨出一步都痛得要命。

到了第七车厢，马克放弃了。他跌坐在上下层车厢之间的阶梯上。并不是只有他这么做。楼梯间已经坐了一个带着三个孩子的母亲、一个专心阅读研究报告的公司主管和一个已昏昏欲睡的少女。这个姿势很不舒服，但好歹胜过站着。像这样挡着通道想必违反规定，不过周五晚间通往大巴黎郊区的列车班班爆满，一定没有查票员敢在这种时候上车。

他把背包塞在两腿之间，再度拿出手机。没有留言。

他拨打丽莉的号码。

还是一样，响了七声。

"丽莉……我是马克！拜托你，快接电话！你到底在哪里？我听了你的最新留言。我听到你说话声后面有救护车的声音。我受不了了。我正在打电话给巴黎所有的医院和诊所。快回我电话，求求你。"

马克暗自骂了一声。他浏览收件箱内珍妮传给他的一长串巴黎各医院诊所电话号码的短信。目前为止，他已打了二十多通电话，打给较大的几家医院。他必须继续打下去。他决定半个小时后再开始读爵爷的札记。

总是千篇一律：

"小姐，你好，请问你们医院今天有没有新来一个名叫韦米莉的病人？……不，我不知道哪一科……也许是急诊室？"

车厢里吵得不得了，马克很难听清楚院方人员到底说了什么，不过反正回复的内容永远一模一样。

他们的记录里没有任何名叫韦米莉的病人。

三十分钟当中，他又打给了二十二家医院。也许他语气不是很好，但效率相对提高了。他现在联络的是私立医院和专科诊所。他觉得根本不可能会在这类医疗机构找到丽莉。

这一切都是白费力气。他这样很不切实际，用这种方式是无法找到丽莉的……至少无法以这种方式在明天以前找到她。

他必须好好思考，想出办法把每一块拼图放回正确的位置。首先，他必须把爵爷的札记本读完，去迪耶普的路上，时间绰绰有余，剩下顶多三十页而已。

马克把手机塞入外套口袋，从牛仔裤口袋拿出撕下来的那几页爵爷笔记。最后一页的背面是空白的。马克从背包拿出一支圆珠笔，焦躁地用大写字体写下：

丽莉在哪里？

然后，下面加了一行紧密的小字：

在某家医院里？不归路？

他在最后三个字底下画线，并且列出三个问号：

轻生？
谋杀？
寻仇？

马克没深究原因，直接在"寻仇"底下画线。他继续写：

是谁杀了爵轻信？

然后，用小写字体：

柯薇娜

马克把圆珠笔含在嘴里好几秒，然后在"柯薇娜"后面加了个问号。列车晃动不已，但马克已经很习惯在火车上或地铁里阅读书写。他看得懂自己在写什么，这样就够了。

他激动地继续写着：

为什么三天前爵爷没朝自己脑袋开枪？
当天晚上，就在快半夜时，他到底发现了什么？
他有什么新发现？

竟然因此惨遭灭口？

关于在我祖父身上发生的那场事故，我们究竟错失了什么细节？

笔尖不断滑动。马克的字迹宛如汹涌海面上的浪涛。

回迪耶普仔细找一找我房间。花时间慢慢回想。

马克检视自己所写的内容。他忍不住数数看有几个问号，居然有十二个！而且他还没完呢。他感觉得到外套口袋里，柯玛蒂交给他的那个沉甸甸的浅蓝色信封。圆珠笔继续狂奔：

DNA 检验报告。是答案吗？

拆开信封？

为了想解决问题，而偷窥不该看的秘密？

不行，那样对进展毫无帮助。马克知道信封里有什么。丽莉不是他妹妹。丽莉是柯玛蒂的孙女，是柯薇娜那个疯婆子的妹妹。所有迹象都在指向这一点：爵爷的调查……丽莉戴的那枚浅色蓝宝石戒指……乃至于他自己长久以来的情感……

和妮可好好谈一谈？

马克又加了最后一个问号凑整数。一共十五个！
列车将于傍晚六点二十四分抵达迪耶普。
他现在有两个多小时要消磨。

　　列车在蒙特拉乔丽站暂停。约莫三成的乘客下车了，一些座位空了出来。马克站起来，在下层车厢找到一个靠窗的座位。他的胯下依然疼痛，但现在能把腿伸直便好些了。起码值得庆幸的是，薇娜没再死跟着他，不过他也无法确定那个神经病有没有随他上同一班列车。刚才在圣拉扎尔车站，她最后是消失在了人群中……马克叹了口气。他拿出爵爷的札记本，再度埋首阅读。

爵轻信的札记

　　那个丁点大的纯金小圈圈，仔仔细细被装入小塑料袋后，被送去了欧奈苏布瓦市那个全法国最好的刑事鉴定化验室。在恐怖峰小木屋里发现的其他烟蒂和啤酒瓶盖也一样。我在警界单位尚有一些人脉。我也有充裕的资金给付酬劳。这整件事并不违法，或不算违法啦。只不过是与正式调查同步进行的平行调查，但仍不失为认真的调查。

　　化验结果八天后出炉了。从小木屋坟墓里发现的两毫米小圈圈确实是纯金的。这是唯一一件可以确定的事。这个样本实在太小了，无法论定它究竟来自婴儿名牌手链或儿童手链，或成人手链或吊饰项链……或甚至是狗的名牌项圈！无法知道它到底是凡登广场 Tournaire 专柜手工打造的，还是出自法国东南部山区小村镇的不知名小银楼。

　　一件纯金首饰的小环圈……这下子案情更复杂了。为什么小环圈会被埋在小石堆下的坟墓里呢？它原本到底是什么东西的环圈？是谁埋的？

　　完全摸不着头绪呀！

　　小启事上，名牌手链的行情已达七万五千法郎。这个数字简直太离谱了……尤其假如这条手链——在最理想的情况下——还欠缺了一个环圈。反正，也只是个摆着好看的数字罢了。我很久以前就不指望任何人登门求赏了。

　　然而……我当时还不知道，水面下很快就将有动静，底下有一尾大鱼呢。说是说"很快"啦，其实都是相对而言。大鱼要等两年后才会上钩。但请少安毋躁，我就快说到了，就快了。以悬疑性而言，你应该没什么好埋怨的：

我如坐针毡整整一年，你却几页就读完了。

从恐怖峰小木屋搜集到的烟蒂和其他废弃物样本，也未能提供进一步信息。都过了六七年了，也难怪了。自从裴乔治一九八〇年短暂逗留后，应该又有不少流浪汉或情侣造访过小木屋吧……

案情又回到原点，我别无选择，非找到裴乔治不可。我曾花上好几个晚上的时间，试着打入贝桑松市区游民的圈子。贝桑松的夜生活呀，别人听了可能会想笑……甚至感觉颇有本土味，不就是乡下地方的一群酒鬼嘛，人数一只手数得出来，算不上什么凶神恶煞，只是常进出警局。一群拎着酒瓶勾肩搭背的家伙嘛。

你若这么想就大错特错了！我可以告诉你，在贝桑松当游民是一件令人肃然起敬的事。贝桑松是全法国最冷的城市，不论夏天或冬天，只靠纸箱过活，你觉得你有办法吗？在那里没有地铁站可以躲，而且火车站大厅晚上是不开放的。

一九八八年的一月到三月期间，我和他们共度了十来天，差点以为自己要被冻死了。我清晨回来时总是全身冻僵，热水澡一泡就是三个小时。你现在相信我了吧，就算经过了七年的调查，那个柯老太婆的钱，我依然赚得心安理得。

这么辛苦为了什么？你自己心里明白。

裴乔治之前的街友和毒友们，那些贝桑松夜生活的精英分子，他们告诉我，裴乔治一九八〇年十二月二十三日后曾经又出现过。他好端端下山来了，一点都不像被飞机撞过的样子，手腕上也没有任何手链，依然沉默寡言。他在贝桑松待了六个月，又开始堕落。他交易毒品，穷困潦倒，然后趁着警察还没抓他，也趁着哥哥还没找到他，自己跑去巴黎了。根据他那些酒肉朋友的说法，比起警察，乔治更怕哥哥的说教。

我只补充一个细节，最后一个细节。裴乔治下山时没带着狗。这倒是个好消息……不过他哥哥弄错了，乔治的狗不是小型犬。据他那些朋友所言，它是只公的大狼犬，是 XXL 版的。不可能塞得进小木屋旁的坟墓里，除非把狗剁成小块。但干吗要把自己养的狗剁成小块呢？干吗不干脆把洞挖大一点？这个该死的坟墓真是谜上加谜呀！

　　你想也知道，我不轻易打退堂鼓。我下一步要做的，就是去大巴黎区丛林般的疯子和游民之中，寻找乔治的下落。纳金查这个案子应该也查上瘾了。又是三个月全天候的明察暗访。刊登小启事啦，向警方、市府社工单位、收容所等打听消息。再次回到街头，彻夜拿着手电筒照着乔治的照片。照片上的乔治笑呵呵站在哥哥奥格家的圣诞树前。这是奥格所能找到的最近期照片……

　　真是一份很专业的差事，丝毫马虎不得，一步一个脚印。这份工作是在社会的最底层打滚，一般人难以接触，其实，正是我所喜欢的。柯玛蒂说得对，如果想找出答案，既需要时间也需要金钱，二者缺一不可。细节我就不赘述了。我和纳金联手出击，终于顺着裴乔治这条线索，找到一个名叫何沛卓的家伙。我于一九八九年六月，在特隆游乐园区的"塔嘎达"转盘①前，见到了这个何沛卓。对，你没看错，就是"塔嘎达"转盘！

　　"乔治替我工作了两季。"何沛卓一面说，一面留意着游乐转盘的情况。

　　许多少男少女甘愿花五法郎买票，被一个转盘打屁股，乐不可支地连打两分半钟。塔嘎达转盘可说是团体版的公园跷跷板。

　　"我并没有跟他要履历表。"何沛卓意有所指地笑着说，"我知道他打算跑路。他并不懒散。只要他上工时是清醒的，其他的事，我一概不管。"

　　"你最后一次见到他，是什么时候？"我问。

　　何沛卓连想都不必想。他只挥手要求一个坐在柜台、穿着一身粉红色的女生启动游乐设施。他的脸随着霓虹灯不断变换颜色。

---

① 特隆游乐园区（Foire du Trône），是巴黎市政府每年春季所举行的游乐活动，园区的游乐设施并非固定而是巡回式的。塔嘎达（Tagada）是一种转盘造型的大型电动游乐设施，可容纳约二十人，游客沿着转盘边缘围坐一圈，无安全带或固定措施，由控制人员操纵转盘摆动的幅度和频率，往往故意将游客甩离座位以增添乐趣。

"一九八三年秋天。确切来说，是十一月中旬。那时候圣罗曼游乐园区刚结束。在鲁昂堤道上举行的圣罗曼游乐会是那一季的最后一场游乐会。我们把东西统统打包好以后，就到此为止，准备过冬了。下一季再见。裴乔治如果想找我，他知道怎么找。到了下一季，他再也没出现过。我不觉得可惜，也没找他。在我们这一行，只做一季就不做的，大有人在。能做两季已经算不错了。第二年或之后，他再也没出现过。"

没辙了……

我意思意思又问了何沛卓几个问题，没问出什么特别的。这条线索只到鲁昂的堤道为止。仔细想想，其实鲁昂距离迪耶普不算远，距离韦家不算远呀……

有什么关联吗？八成没有。

接下来几个月，我转移阵地，改打听游乐园区。打听其他塔嘎达转盘和所有那些有的没的！

这个嘛，纳金还挺喜欢的，总比去找游民要好……有时候，周末，他会带着爱菈一起去。无限畅玩呀……过山车、幽灵列车、吃冰糖苹果，全都可以向柯老奶奶报账。我们又过了好一阵子才挖到新线索。花了好多年……

偶尔，为了转换一下心情，我会跑去迪耶普。

38

一九九八年十月二日，下午四点十九分

"我说一定是结婚啦！"

珠蒂的小手紧抓着幼儿园的户外围篱栏杆。

"才不是啦，傻瓜！才不是结婚！他们明明都穿黑色，是有人死掉了……"

马路上的丧葬队伍渐渐远离。珠蒂不太相信她同学莎拉所说的。莎拉总爱说一些夸张的话，好吸引别人的注意。如果有人穿得漂漂亮亮，像要去吃营养午餐那样在马路上排排站，如果有人从教堂出来，如果教堂的钟声一直响……那就是婚礼没错，这个她知道。她去参加过好多次婚礼了。至少两次，还有再之前的，她那时候还太小，不记得了。

"莎拉，你骗人！"

莎拉焦躁地摇晃栏杆。

"是有人死掉了啦！他们要去把他放到洞里面。我奶奶就是那样……"

"你骗人！"

"好啦，不然新娘在哪里？"

"她已经走掉了，我们刚好没看到而已！"

"最好是啦！而且今天是星期五！没有人在要上课的时候结婚啦。可是如果有人死掉，就不一样了，死掉没办法挑日子。"

珠蒂不得不承认她同学说得有道理。而且，莎拉又说了：

"再说，结婚的时候，大家不会这么老。你看，这些人都好老哦。"

"没有，不是每个人都好老！"

"都好老……"

"才没有！你看，那里。阿姨！阿姨！"

丽莉猛然回神。

她意外发现，眼前有两个五岁大的可爱金发小女孩，她们身上裹着色彩鲜艳的羊毛厚外套，头上戴着护耳毛线帽。

"阿姨，阿姨，是有人结婚，还是有人死掉？"

丽莉不禁微笑。幼儿园里的欢乐喊叫声，和这个不知名丧葬队伍的沉默，对比如此鲜明，令她感触很深。丽莉蹲下来，蹲到和两个小女孩相同的高度。

"是出殡。"她语气温柔地回答。

"哈，你看吧！"莎拉一派得意。

珠蒂皱起眉头。又有三个小女孩跑来黏在栏杆上。人行道上的丽莉俨然成了这一班学童的注目焦点，就像栏杆后面的迷你马似的。

"死掉的人是谁？"莎拉追问。

"我不认识她。"丽莉说，"我只是刚好经过。我不是家属。我是从对面那个白色大楼来的，也差不多该回去了。"

"你既然不认识她，为什么要难过？"珠蒂问。

丽莉难掩讶异之情。她朝小女孩更靠近了些，小女孩红通通的小脸蛋上撒着细小的雀斑。

"你为什么觉得我难过呢？"

"因为你眼睛红红的呀，而且应该是非常难过的，才会想要跟着一个你不认识的死掉的人一直走，而不是去，譬如说，逛街呀，去公园玩呀，看电影那些的……"

用毛帽和围巾包得密不透风的十五双眼睛，这下子全都盯着丽莉看。

"被你猜中了。"丽莉凑到珠蒂耳边轻声说，"但别告诉别人。你叫什么名字？"

"珠蒂，白珠蒂。我念幼儿园大班。你呢，你叫什么名字？"

"我不知道……"

珠蒂抿起嘴唇，仿佛她问了个不该问的问题。她若有所思了一会儿。这大概是她第一次遇到一个没有名字的人。她试着朝陌生阿姨微笑，就像和朋友吵架后，试着和对方和好那样。

"是因为这样，你才难过吗？"

39

一九九八年十月二日，下午四点三十九分

　　列车在维侬站暂停。马克望着刚下车的旅客们散去。站台上没有感人的重逢画面，没有喜悦的喊叫声，只有数十个急着回家的上班族。列车启动时，站台已空空荡荡，而铁轨另一头，停在小停车场内的车辆，在出口处塞车了。

　　太阳尚未完全消失在塞纳－马恩省河畔的小丘后方。为了避免夕阳逆光，也为了舒舒服服阅读摆在灰色小桌上的爵爷札记本，马克把窗帘拉起来。爵爷的调查即将届满十年……从此以后，马克的回忆不再只是朦胧印象，不再只是遥远的回音，而是往事的一个清晰具体版本，一个亲身经历过的个人版本，即将拿来与爵爷的版本做比对。

爵轻信的札记

　　一九九一年开学时，韦米莉准备上初中了。到目前为止，我对米莉的着墨并不多。然而，一定要让你了解所有这些年，米莉的成长情形是如何的，了解何以韦妮可最后会让步，何以柯玛蒂终究得逞了。以她的方式得逞了。

　　所以，话说米莉即将满十一岁……

　　我想，米莉一直都挺喜欢我吧。我也一样很喜欢她。大概是因为我生性有些敏感又孤僻吧。孩子们喜欢听寡言的大人说话。他们对这种害羞内向的性格应该很能感同身受。

　　对她而言，我是"跷跷板轻信"。

　　我想，我对马克也有一定的吸引力。不只因为我的足球知识源源不绝。我想重点是，身为私家侦探，在小男生眼中，应该很炫吧，像是活脱脱从电视里走出来的人物。像电视剧《百战天龙》里的马盖先，或迈克·汉默①……或《夏威夷神探》②，只不过没养杜宾狗，而且开的不是法拉利而是BMW……我说故事有时故意添油加醋。我喜欢这样。我常常一面瞎编一些故事逗得韦妮可呵呵笑，一面用眼角余光看着米莉日渐长大……

　　我暗自盼望能看到相似性。盼望有朝一日，她的容貌能彻底偏向某一边，偏向韦家或柯家。我盼望她脸上能出现和马克一样的笑容，或和柯老爷爷相同的神韵。无所谓，只要能发现真相，随便怎样都好。

　　没有。她依然比较像韦家人。主要是眼睛像，但也仅此而已……

　　至于其余的部分，一切变得很麻烦。韦妮可费尽心思想掩饰，起码起初时想掩饰，但事实摆在眼前，实在太明显了。在伯修尔街，米莉不像从飞机掉出来的普通人，反而更像从飞碟掉下来的外星人。米莉很爱上学。小学期间，她在班上成绩年年拿第一，反观马克总是低空飞过，只乖乖按照课表上课，并无特殊喜好。米莉喜欢音乐，喜欢美术，喜欢看书，不论什么内容都看得津津有味。在韦家，确实有一些唱片、一些书和一些画作，但数量并不多，比较像是备用，而非真的需要。就像家家户户的车库里总有一辆脚踏车或一盒法式滚球，以备不时之需那样……

　　任谁都看得出来，米莉是个与众不同的孩子。她很惹人爱、很善解人意，

---

① 　迈克·汉默（Mike Hammer），美国同名电视剧的主角，为私家侦探。

② 　《夏威夷神探》（Magnum, P.I.），美国电视剧，以夏威夷为背景的私家侦探故事，主角办案时常带着两只杜宾狗。

也很得到疼爱，但她缺乏资源。每星期二晚上，流动图书借阅车来停在迪耶普火车站的停车场时，就是她拼命吸收的时刻。她总有问不完的问题，把祖母都问倒了。才小学一年级就自己读完《捉猫故事集》，之后更是继续延伸。罗尔德·达尔、史特拉汶斯基、吉卜林、普罗高菲夫，净是些妮可从来没听过的奇怪人名。

家里出现这样一个特例，其实不无可能。我为了说服自己，便是这么告诉自己。一片荆棘里的花朵、一群凡夫俗子中的天才、一个法国版的美国梦。一个天赋异禀的孩子，不靠任何帮助或支援，凭着一己之力从中学一路念进大学；她从自己卑微的出身，汲取所需的力量和气势。她来自一个偏远又低下的地方，却永远以自己的根为荣。这个囚牢般的出身，使她永远无法成为某个家世显赫的"某某人之子"，无法成为贵族学校那些宛如复制人的金童玉女，却也成了她奋发向上的动力，成了她的旗帜。她成了她族人的领头旗手。他们更以她为荣了，她就是那个光宗耀祖的孩子。是否因为这样，穷人才生那么多孩子？为了增加中大奖的机会？

好啦，我自己这些不值钱的社会理论，就不多扯了。我只是想让你明白，米莉是如何在柏磊区日益茁壮成长的。这个孩子很有潜力……大家都很呵护她。当然，妮可也很呵护她。只不过别忘了，她自豪之余，心中的疑虑也如影随形。

妮可是否能坦荡荡为自己的孙女感到骄傲？丽莉真的是她孙女吗？过了七年、十年，失事悲剧的阴影依然存在。假如这孩子真是她的后代，真是她的孙女韦米莉，那么，是的，家里出了一个这么优秀的子孙，多么幸运，多么光荣，真是奇迹！可是假如她其实是柯丽萝……离乡背井，被误送到另一个家庭，迷失在另一个世界……受到百般限制和束缚……

客观来说，看着米莉在迪耶普渔村里长大，我实在很难不联想到掉落在美国的外星人Ｅ．Ｔ．，或被人遗忘在丛林里的泰山，又或是流落到小人国的格列佛。

"难免啦，"妮可有时如此告诉我，"一个由祖母独力抚养的孩子，难免会出现隔阂。"

她说得对，至少对了一部分。

到了十一岁，小学接近尾声时，米莉提出要求了。不，其实没有，米莉从来不会要求什么。米莉表示希望去脚踏车以外能去的地方，她希望去山谷的另一边，希望探索不同的世界，以及探索不同的嗜好，尤其是音乐。她想继续弹钢琴，不只因为她在这方面有天分，或因为老师们很鼓励她继续弹琴。不是的，单纯因为她想弹琴。甚至不只是想而已，是需要。

情况很简单。米莉的琴艺如果想更精进，家里就必须有一台钢琴才行，这样才能每天练上好几个小时。她已经量好客厅的尺寸了，只要把电视稍微往角落推，再把沙发往旁边挪，直立式钢琴是放得下的。不但放得下，而且赏心悦目，上面甚至还可以摆花瓶，可以摆那个从布雷勒河谷带回来的水晶烟灰缸。

只剩价格的问题。

最便宜的要三万法郎。姑且算两万好了，如果买二手琴的话。

韦妮可忍不住说："买钢琴！我可怜的小宝贝呀，我光是替你买衣服都很吃力了。为了让我们去圣盖波提厄玩一星期，我五月和六月每个星期天都必须工作赚钱，而且你念初中的文具费到现在还没着落呢。你音乐课的学费本来就不便宜，从你十岁以后就不是免费的了。孩子呀，如果是钢琴，那就更……"

米莉毫无怨言，她能理解。到了十一岁这个年纪，她已拥有一种几乎不该有的早熟心智。至少，她看起来是能理解的。她躲回自己的房间寻求慰藉。那是她的房间，也是马克的房间。妮可听到房间内传来笛子的乐声。笛子是米莉唯一的乐器，是支塑料笛子，是马克初中音乐课用过的。妮可由旋律听出是最近的一首流行歌，高德曼的《痛苦之城》①。

---

① 高德曼（Jean-Jacques Goldman），为法国流行歌手，《痛苦之城》（Leidenstadt）是他于一九九〇年撰写并演唱的歌曲。

一颗心当场碎成两半。

马克从球场回到家里，赫然发现祖母趴在沙发上崩溃痛哭。马克当时十三岁，他不知该如何反应。他只听到米莉的笛子乐声，很好听，却也很忧伤。

妮可拉马克也坐下来，把他拥入怀里，紧紧抱住他。

"别嫉妒米莉，懂吗，永远也别嫉妒米莉。"

当然了，马克心想。他怎么可能会嫉妒米莉？

"你必须继续像以前那样和她相处，永远把米莉当心爱的小妹妹……"

当然喽。她到底想说什么？

"就算我对你们有差别待遇也一样。马克，你现在长大了，可以理解了。"

差别待遇。什么差别待遇？

妮可缓缓站起来，马克也是。妮可脸上的笑容回来了，起码硬装出来了。她示意要马克搬沙发的另一头。

"马克，来帮我移沙发。我实在不觉得这里塞得下钢琴呀！"

在鲁昂市最具规模的钢琴专卖店，以现金一次付清购入的全新 Hartmann Milonga 钢琴，相对于米莉银行账户里的那笔钱而言几乎只是九牛一毛。

米莉说得对，沙发和电视中间确实放得下钢琴，刚刚好塞得下。

之后的一切，犹如顺理成章。首先是去巴黎上课，起初为期数天，后来则是一段时日。接着去国外，半是上课，半是演奏会，半是巡回演出：伦敦、阿姆斯特丹、布拉格……然后是买唱片和书籍。凭什么不让米莉买书呢？然后是服饰。凭什么不让米莉接触时尚呢？毕竟爱美是人的天性。米莉理应享有最好的，她当之无愧。妮可觉得自己不能再让米莉的发展受到任何限制，不能再那么一厢情愿了。免得万一……

你现在看懂柯玛蒂的手段了吧。打从一开始，她就很清楚自己在做什么。替米莉开银行账户，是在保险柜里下了颗毒蛇蛋，这颗蛋多年来在韦家眼皮底下渐渐孵化长大，最后毒蟒终于要蹿出来勒死他们。

米莉和马克之间的隔阂越来越深。我是指，物质上的隔阂。其余的部分，我稍后再说……不论是一时兴起想要的小东西，或最昂贵的奢侈品，米莉如今想要什么，妮可就会帮她买什么。只要是米莉想要的东西，预算没有上限。至于马克呢，则是得过且过。衣服是邻居的，单车是爷爷的，橄榄球的球鞋是学长的。

起先，米莉很坚持，她也想替马克买好东西。毕竟，妮可曾经告诉过她，那笔钱是她的呀！韦妮可并未让步。对她而言，这是尊严问题，是她和柯玛蒂之间的道义约定。

是一道绝不可跨越的红色警戒线。

柯家的钱，一毛也不可花在她孙子身上。

我也同意，这种态度可能有点奇怪。可是如果自己是韦妮可，谁又知道自己会怎么做呢？是的，我再说一次，柯玛蒂很清楚地知道自己在做什么，才会在一九八一年五月那个傍晚，亲自前来把这条沉睡的毒蟒送给韦妮可。

浅色蓝宝石戒指，像是个典押品。

你也许不相信，但这整件事中仍有它光明的一面。根据我所观察到的，精心策划的毒蛇蛋计划，最后流产了。马克并不嫉妒，从来都不嫉妒，甚至不是为了听奶奶的话才不嫉妒，而是自然的。只要米莉幸福快乐，他也就心满意足了。这部分我会再说明……会再仔细详述，我保证。

另一项奇迹，可能就更不可思议了。虽然生活中衣食无虞，虽然过着集各方宠爱于一身的黄金梦幻人生，但米莉并没有变成一个惹人厌的娇娇女……并没有像童书《草原上的小木屋》里的奈莉·欧尔森那样瞧不起英格斯一家人的俭朴生活。米莉依然像从前一样活泼单纯，一点也不介意拥挤的客厅、伯修尔街上紧紧相邻的平房、灰色的大海，和她赤脚的脚下太过粗硬的小石子。

米莉继续长大。她依然拥有韦家的湛蓝眼睛，和柯家的细致品位。她依然拥有韦家的亲切温暖……和柯家的雄厚财力。

你自己想破头去吧。

✈

马克抬起头，激动落泪。

飞速奔驰的列车，现正行经普萝丝潭。一艘满载沙石的驳船循着塞纳-马恩省河沿反方向航行。马克统统记得，笛子、沙发、钢琴，以及坐在钢琴前弹奏肖邦、柏辽兹和德彪西的米莉。他对这些曲目没什么概念，但觉得很优美。米莉绑着马尾，端正坐在钢琴前，手和手指一刻也不停歇。如今钢琴依然在迪耶普的客厅里，悄然无声，蒙上了灰尘。马克也仍记得丽莉的衣着。怎能忘得了？她的那些洋装和裙子，一年比一年美。都是为了他而买的，只为他一人而买的。

他怎么可能嫉妒？

不论是爵爷、妮可或任何其他大人，从来就没有人懂。柯玛蒂就更别提了。

列车在瓦德贺伊站暂停，瓦德贺伊火车站四周净是农田，新兴的市区迟迟未拓展到这里。马克犹豫了。再过不到十五分钟即将抵达鲁昂。他掏出手机，应该来得及再打几通电话到医院，算是意思一下……他联络了三家医院，都没结果。没有任何一家医院有名叫韦米莉的病人就诊。算了，马克已不抱太大希望。他目前最想赶快读完爵爷的札记。

那是他自己的少年时期，只不过是从爵爷的口中说出来。

有点像是你的私密日记，却是由陌生人所撰写的。

40

一九九八年十月二日，下午四点四十八分

韦妮可缓缓走向位于迪耶普渔港最末端的渔产拍卖市场。她来到摊架前。

"阿吉，今天有什么？别太贵的！"

鱼贩阿吉毫不犹豫回答：

"有比目鱼，夜里刚捞回来的。帮你包一条起来？"

"两条！"

阿吉的眼睛瞬间瞪得大大的，活像一条死鱼。

"两条？你晚上有客人？是米莉？是马克？还是有男朋友？"

乱讲！

"是马克啦，笨蛋！"妮可说。

"好，那我帮你挑漂亮一点的鱼。马克最近还好吗？"

妮可沉溺在自己的思绪里，只漫不经心随便回答一下，然后付钱。

"谢了，阿吉。我这星期会再拿镇政府的传单过来，有关港口的传单。上面都写得很清楚。"

鱼贩阿吉叹了口气。

"又是那没屁用的东西。镇政府的人应该少花力气在码头工人身上，多照顾一下摊商。相信我，到时候是我们会先完蛋，比渔民还更快完蛋……"

妮可已离开。阿吉是迪耶普最好的鱼贩，却也是个冥顽不灵的家伙，是船东和迪耶普工商会那一边的人马。总之，是个选举时总是投票给右派的人……妮可承认自己对事情的看法有些简单，但她觉得迪耶普就是这样，就是互相对立的两派人马。虽然她自己也开餐车去海边做生意，但她却从来不是站在摊商这一边。

叛徒！

而且还是双重叛徒，因为她吃的是对方阵营的鱼。

妮可继续朝海边走。她喜欢干燥的天气和平缓的风势，也很享受草地上的热闹气氛。在滨海草地这里，后来干脆设置了数十个全部一模一样的一整排白色小摊棚，棚顶挂着五颜六色的国旗，代表全世界的各个国家。每隔两年，迪耶普都会举行为期十天的国际风筝节。

空中已飘扬着许许多多色彩鲜艳的菱形、静止不动的巨大圆形和曲线绷得紧紧的三角形。天上很高的地方，可看到一条中国祥龙、一个南美印加面具、一只很大的蓝色猫咪，还有一个中空的圈环，环内有个风向仪飞速旋转着。全部宛如假想的七彩星座。

韦妮可仰着头走呀走，不免怀旧起来。她回想起之前几届风筝节的情景。二十世纪七十年代末，迪耶普是第一座开始举办风筝节的海水浴场。从此以后，这类节庆便被欧洲北部所有风势强大的大片沙滩所争相模仿。

一九八〇年和一九八二年，妮可和皮耶共度了最早的两届风筝节。两次十天的回忆。气氛很欢乐，收入也可观。他们的流动餐车，当年在海边俨然已是地标之一。第一届风筝节时，他们的儿媳妇黛芬怀有身孕，不久就要生了。她周末仍去帮他们的忙，帮得有点勉强。体贴的公公皮耶和丈夫帕斯，好不容易才说服她好好坐在椅子上别动，好不容易才让她明白，可千万别在这个周末动了胎气！最后，米莉于几天后的九月三十日诞生，仿佛她特意贴心等待……

随即发生了那场空难……然后是开庭审理。韦皮耶于一九八二年参与了第二届风筝节，最后于十一月七日在特雷波港倒下，从此一觉不起。风筝节是妮可人生中的某种节奏，犹如一个感伤的象征：生与死仅系于一线，随风吹拂。每逢为期十天的节庆，尽管皮耶不在身旁了，妮可仍继续把餐车开去海边。她别无选择，两年一度的风筝节毕竟是她最重要的收入来源。

马克和米莉年纪太小，一定不记得了。对他们而言，风筝节只是一场几星期前就令他们殷殷期盼的盛大嘉年华会。马克手上握着风筝线，颇有几分架势，很能在妹妹面前展威风。有个邻居送给他一个巨大昆虫造型风筝，是红色和金色的，有一条很长的尾巴，末端垂着彩带，翅膀则是透明的玻璃纸。毫无疑问，马克把他的风筝取名叫"蜻蜓"；因为偶尔仍有人这样称呼米莉。都是些可恶的笨蛋，譬如迪耶普的一些摊贩。

米莉，她呢，则埋头狂奔。她在摊位之间跑来跑去，跑遍世界上的每个国家和地区。秘鲁、中国、依索比亚高原、蒙古、厄瓜多尔、也门、魁北克……风筝就像是联系着世界各地孩童的丝线：只需要一点风就行了，其余都不用。

这是一门想办法亲近天空的艺术，目的只是营造欢笑。

越高越好。没有乘客，也没有旅客。

不会有空难。

一九八〇年以后，妮可每每看到天空，心情再也不同。小米莉瞬间跨越上万公里：日本、马利、哥伦比亚……她兴高采烈，奔跑回到雪铁龙餐车上。世界上所有的族群都在她家乡的草地上齐聚一堂。

"奶奶，你看到没？奶奶，你看到没？"

妮可离开了海边，心情很激动。今年，将是米莉人生中首度缺席迪耶普的风筝节。

她走进面包店，心想着恐怕得重演刚才买鱼时的戏码。果不其然。

"一条棍子面包吗，妮可？"

"一条棍子面包。再帮我加一个莎兰波泡芙。"

"真的假的？莎兰波泡芙？马克回来了？"

莎兰波泡芙是马克最喜欢的甜点，至少是他十岁时最喜欢的甜点。妮可明明知道马克已经长大，可能不爱吃小时候爱吃的东西了，但她喜欢这样宠他，而且马克是个懂事有礼的孩子。

妮可看了看手表。她的孙子再过两个小时就回来了。她沿着休闲码头缓缓走着，走向将柏磊区和迪耶普市区两地隔开的运渡桥。柏磊区宛如坐落在市中心的一座小岛。

她不禁回想起和马克在电话中的谈话内容，回想起柯玛蒂的蓝色信封，那份交给她孙子的DNA检验报告。柯玛蒂居然不准他拆看这个送给他奶奶的礼物。

可恶透顶！

妮可不得不停下脚步。运渡桥正缓缓升起，让一艘不太大的尼日利亚籍货轮通过。这里偶尔仍有船只通行。香蕉？菠萝？外国木材？

那个姓柯的老太婆以为怎么着？以为只有她聪明？以为只有她想到要比对DNA？以为爵轻信对她毕恭毕敬？以为他就这么明目张胆偷了米莉几滴血，而妮可这个做祖母的居然不吭气？

等待过桥的车流开始回堵。潮浪的腥味和车辆排放的废气，呛得妮可咳嗽不已。那个姓柯的女人，她从头到尾都没搞懂！爵轻信并没有那么混账，他并没有厚此薄彼。他一共化验了两份DNA，一共有两个蓝色信封，两位祖母一人一封。

妮可转头看。一个巨大的中国祥龙风筝，飞得比海边那排房子的屋顶更高了。她微笑了。在她柜子用钥匙上锁的第二个抽屉里，妥善收藏着爵轻信交给她的蓝色信封。信封里有她自己血液与米莉血液的比对结果，这结果将可望从马克乖乖带回来给妮可的柯玛蒂拿到的版本获得印证。

运渡桥终于缓缓放下。车辆蠢蠢欲动。妮可又咳嗽了。

妮可于一九九五年拆看过信的内容。时至今日，她同样也已经知道结果三年了。

她必须和马克谈一谈这件事。非谈不可了，就今晚吧。她仍能挽救一条性命。之后，就太迟了。当然，这是她早就该做的事。说来简单。

这种结果叫人如何启齿？

会是解脱吗？

也许……

前提是愿意失去一切。

41

一九九八年十月二日，下午五点十一分

列车行经情人湖的湖畔，横越玛诺瓦诺瓦塞纳－马恩省铁道桥，穿过雅时桥车站。马克甚至感觉不到额头所贴着的冰冷车窗了。他只打开了头顶上的小灯。

爵轻信的札记

二十世纪九十年代的头几年犹如一潭死水。我又去了几趟土耳其和加拿大，重返金角湾和希库蒂米，那些怀旧明信片般的往事就不再提了。也别忘了我仍年年都会去恐怖峰。纳金成天躲在小木屋附近守候，什么发现也没有！

完全了无新意。我开始丧气。至少，如果非得说个日期，我会说，我是从一九九〇到一九九二年的这个时期开始丧气的。我看破了。

裴乔治那头，也是死胡同一条。那个流浪汉呀，人间蒸发了，不知被塔嘎达转盘抛到九霄云外了，还是被鬼屋的鬼抓走了。名牌手链的酬金不再往上涨，卡在七万五千法郎了。

何必再涨呢？反正我过着几乎堪称惬意的半退休生活。

案子搁置了三个多星期，某天，我接到雷佐汉的来电。"七万五千法郎悬赏名牌手链"的小启事，每星期依然会出现在十几份报纸上，刊登费是事前便以自动汇款预付过的。

"爵轻信?"

"是……"

"我是雷佐汉。我看到了你的小启事,有关纯金手链赏金的小启事。我想我应该有消息可以告诉你。"

你能想象我的反应吗?我不太相信他。几年前被土耳其人骗过以后,我的心态成了一朝被蛇咬,十年怕井绳。

"你知道手链在哪里?"

"对……应该吧……"

尽管如此,我仍不禁兴奋雀跃。"轻信"这个名字,绝不是浪得虚名呀!

两个小时后,我们在盖吕萨克街上的"旗鱼酒吧"碰面了。我们各自都点了啤酒。雷佐汉看起来就是个偷拐抢骗的地方上的小混混,一副唯利是图的模样。他流里流气,目光闪烁不定,梳着一头往后的油发,让人实在不觉得他成得了什么事。

难道真会是这个家伙为我送来证据,送来唯一有用的证据?送来那十二年前在恐怖峰上捡到的名牌手链……让所有其他的一切可以立刻进垃圾桶,譬如眼睛的颜色、对钢琴的爱好、小木屋旁的坟冢……只要能亲手把这条该死的手链握在手里,我就大获全胜了:从飞机弹出来的奇迹生还女婴名叫柯丽萝。

"所以呢?"我问。我希望自己尽量透露得少。

"我昨天看到你的启事。我不常看报纸,结果一看到就忽然想起来……"

雷佐汉玩弄着自己手上那枚刻有姓名缩写的戒指。纯银的戒指上刻着大写的"ZR"两个字母。这年头,怎还有人戴这种玩意?

"嗯……"

让他自己说下去。

"是很久以前的事,将近十年了。应该是一九八三或一九八四年吧。一个状况很糟的家伙拿给我看过。实不相瞒,当年,我有时会多少帮一帮混不下去的人。"

原来我遇上一个大善人了……

"好啦，老实说，我有时候也给些毒品。说是'给'……其实是卖啦。那个家伙没毒真的快不行了。我大略知道这个人，他已在附近混一阵子，身上没现金了，什么也没有。他想用一个首饰跟我换毒品。一条名牌手链。据他说，是纯金的。还不错吧？"

这个大善人若无其事玩弄手上的戒指，仿佛完全不觉得自己在吊我胃口。不然，就是他是内行的，是专业的，故意让我干着急。他的厉害之处，或许就在于他太像个骗子，让人一眼就觉得他是个小瘪三，以至于容易自认比他聪明，结果掉以轻心。

千万别中圈套，假如有所谓圈套的话。让他再自己说下去。

"我想你应该很想知道那家伙的名字吧？"

正好趁这机会还以颜色：

"那家伙的名字，我知道。我要的是证据。能有手链就更好了。七万五千法郎的赏金，是为了名牌手链。其他的事，可以再谈。"

那枚姓名缩写戒指，消失在雷佐汉的右手中。他用力握拳。

"好，我愿意赌一把。搞不好说了半天，我们讲的根本不是同一个人。名字，多少钱？"

噔！戒指忽然出现在雷佐汉的左手。这家伙是怎么办到的？

"一万法郎。"我说，"名字如果对了，我给你一万法郎……"

"不行，我怎知道你没唬我？我把名字告诉你，你只要说'不对'，然后走人就行了。那我不就惨了？"

这个瘪三，没想象中的笨嘛。

"好。"我说，"你有笔吗？"

"有……"

"我把名字写在我啤酒的卡纸杯垫下，你也一样。假如两个名字相同，你就能拿到一万法郎。然后我们再继续……"

雷佐汉像个孩子般笑了。戒指又回到他的右手。

"赞，我很爱玩这种游戏。"

我们各自低头在啤酒杯垫背后写下名字，并神秘兮兮用左手遮住，像小孩子在玩文字游戏一样。

拜托，玩一局一万法郎呢。

我们同时掀牌。

裴乔治。

两张杯垫一模一样。

我的腰到后脑勺，整个背仿佛触电了。我们说的是同一个人！确实是我的裴乔治给这家伙看过一条手链。一切都对上了。

当心呀，轻信！内心深处一个小声音如此告诉我。千万别被冲昏头呀，你五年来为了寻找裴乔治的下落，问遍了巴黎的大街小巷。在街头，风声传得很快，巴黎原本消息最不灵通的人，到现在应该也知道你要找谁了。随便什么人轻轻松松都能把七万五千法郎的小启事和这个名字联想在一起吧……

"好，"我说，"你得到一万法郎了。我可以保证，绝对是干干净净的钱。我开张支票给你……我的杯垫甚至可以留给你做纪念，上面代签了乔治的签名……"

雷佐汉不禁皱眉。支票？他八成不习惯这种付款方式。

"那条手链，你曾见过吗？"

"见过……这消息，多少钱？"

"如果值得的话，一万法郎。"我说，"你能说得更详细吗？"

"看情况。你想知道什么？"

这个玩弄戒指（现在跑到左手了）的小瘪三，或许有点街头魔术师的天分，但我手中仍有最后一张王牌。多年下来，我也越磨越精明了。

"如果你真的见过我说的那条手链，你就该知道我想要知道什么！"

雷佐汉憨憨地傻笑望着我。完全看不出他到底是不是在虚张声势，看不出他到底是在耍我、在敲我竹杠，还是他是我这件案子最后唯一的终极证人。

"你说，再一万法郎吗？你想要证据？我信得过你吧？"

"说到做到。你如果打听过，应该听过我的风评……"

　　雷佐汉的双手忙乱了起来。他失手了，戒指掉到桌上。他紧张了，或至少他希望我相信他紧张了，这狡猾的家伙……我拿起我的啤酒杯垫和笔，开始写字。

　　利萝。一九八〇年九月二十七日。

　　和小启事上写的一模一样。

　　我把杯垫推向他。

　　"手链上刻着像这样的字样，没错吧？"

　　雷佐汉摩拳擦掌。戒指又回到原来的位置，套在右手手指上。

　　"抱歉噢，出生日期嘛，我完全不记得了。因为这是好多年前的事，而且就算在当年，我也不记得自己有没有仔细看了。不过，名字倒是对的……"

　　浑蛋！我心想。又是个骗子……

　　"……只不过，"雷佐汉以相同的语气继续说，"只不过如果我没记错，字好像不一样。应该是'丽萝'而不是'利萝'。"

　　我的脊背再度像被电击。这个姓雷的居然没掉进小启事的陷阱！我是故意写错字，好先行刷掉想蒙混过关的人。

　　冷静，千万冷静，我心想。

　　"好，你都答对了，又得到一万法郎。到最后，你曾帮过裴乔治吗？跟他交换了那条手链吗？"

　　轻信，我知道……真要这样，就美得冒泡了。

　　"你想咧……要是当年我早知道手链值七万五千法郎，当然跟他换。但没有，那个姓裴的拿那条烂手链跟我耗再久，我也不跟他换。不接受以物易物。毒品门都没有。只接受现金，其余免谈。"

　　他意有所指地盯着我看。

　　"支票也行啦……"

　　可恶！

　　"所以裴乔治又带着手链走了？"

　　"对……"

　　"你后来再看到过他吗？"

"再也没有。我想，以他当时的状况，应该很难长命百岁……"

再可恶一次！

我签了支票，签得心甘情愿。就算案情并未更明朗，柯玛蒂并不差这两万法郎。我所设的陷阱，把"丽萝"故意写成"利萝"，其实只要是稍微用心一点的骗子都不会中计，当年，报纸杂志上随处可见"柯丽萝"和"韦米莉"这两个名字。大善人雷佐汉只要稍微有点常识和胆量，带走两万法郎易如反掌。

他用那双灵活的手接下支票，仔细检视了一番。最后终于满意了，他站起来，伸手想和我握手。伸的是戴着姓名缩写戒指的那只手。

"谢谢。对了，还有最后一件事，就当作免费奉送的。"

我浑身起鸡皮疙瘩。

"什么事？"

"我现在想起来了。我当初之所以不肯收裴乔治的手链，也是因为手链坏了。我是指，链子的部分坏了。缺了一两个环圈。"

酒吧里的桌椅顿时在我周围天旋地转。天哪！没有任何人，除了我和纳金之外，没有任何人知道这件事。

42

一九九八年十月二日，下午五点二十九分

　　很难得，从巴黎开往鲁昂的列车居然准点抵达了。它于十七点三十分准时停靠站台。从鲁昂往迪耶普的列车则将在八分钟内出发。换车时间安排得很紧迫，但每当巴黎来的主要列车误点时，所有其他地方上的次要列车都会如弟弟等哥哥那样乖乖等候。自从马克去巴黎念大学后，像这样换车已经几十次，八分钟绰绰有余了。百般不舍地合上爵爷的札记本后，他快步走向贩卖各式三明治的小店。在他前面只有一个人在排队。马克买了一块苹果派和一瓶圣沛黎洛气泡矿泉水。妮可今晚一定会为他准备丰盛的拿手好菜，马克刚在巴黎地铁里吃的牛油火腿三明治早已消化殆尽了。

　　驶往迪耶普的区间车几乎空无一人，相较刚才巴黎到鲁昂沿途的拥挤喧嚣，对比十分强烈。马克按照惯例，找窗边的位子坐下来。车厢内只有其他两名乘客：一个耳朵戴着随身听耳机的青少年，和一个正在睡觉、占了两个位子而仍突出到走道上来的高大家伙。

　　马克打开面前的灰色小桌，把背包放上去，拿出背包里爵爷的札记本。顶多只剩下二十页还没读，等读完再决定下一步要怎么走吧。他回想起丽莉的留言，他有一个晚上再加一个白天的时间可以把事情解决。

站台上，站长焦躁地吹哨了。

马克本能地转头看。他额头贴着车窗，顿时愣住了，像是受到重重一击。

是她！

一个娇小的身影，朝站长恶狠狠瞪了一眼，咬牙切齿骂了几句，随即跳上几乎已启动的列车。

是柯薇娜。

马克花了好几分钟偷偷盯着车厢与车厢之间的那道滑动门，但毫无动静。薇娜大概躲在这班列车上的某处，马克一点都不想去找她。他才不想傻傻再被堵一次。眼下，他还剩二十页要读。

等读完后再来管那个疯婆子。

爵轻信的札记

走出"旗鱼酒吧"，离开雷佐汉后，我心中几乎可以笃定：这个小瘪三说的是实话！我越想越觉得一切很合情合理。裴乔治在小木屋流浪期间，于一九八〇年十二月二十三日成了恐怖峰空难事件的目击证人。他是第一个去到现场的人。他亲眼见过奇迹生还的小婴儿。他趁救援队赶来之前，先捡走了金手链，像个饥不择食的落魄掠食者一样。

你听懂我的意思了吗？所以从飞机弹出来的幸存小婴儿，是柯丽萝……这一点几乎可以确定了。而这个"几乎"，也正是最大的问题所在……因为尽管表面看起来是如此，但雷佐汉身为一个专业骗子，仍可能捏造了一切。他有这么多年的时间可以慢慢琢磨……于是最后又回到原点：仍然只有假设，虽然是可能性很高的假设，却仍只是假设而已。没有任何铁证……

是假设……是怀疑……是证据……还是机缘巧合……你高兴怎么想就怎么想。毕竟，我统统告诉你了，你现在知道的和我一样多。自己看着办吧！

如果要坦白到底，只有一件事我还没跟你说。其实它不只是一件事，而是一种感觉。感觉这种事，实在很难解释得清楚，比描述搜寻恐怖峰的经过或逐字誊写证词稿都困难得多。说穿了，到这个地步，我的感觉是，累积到目前为止的所有证据，譬如名牌手链、小坟墓、土耳其大市集的衣服等，全都是可以直接丢进垃圾桶的废物。眼睛的颜色或对音乐的天分也是一样。

真相不在这里，真相和一种感觉有关。说得更明确一点，是和一段关系有关。

马克和米莉。

我想，是时候提一提他们之间的特殊关系了。这两个可怜的孩子，他们也身不由己。人生已擅自替他们做主。

虽然妮可很用心，但她太远了，离他们太远。我的意思是，她跟马克和米莉太疏远了。她白天、晚上和周末都要工作，要操持日常生活大小事，祖孙之间也有年纪差距。没有妈妈可以抚养马克和米莉，没有爸爸，也没有爷爷了。于是，米莉和马克自然而然越来越亲近。这两个金发小萝卜头，像两个小天使似的，简直能去拍广告了。然而，他们却又如此不同……

好啦，我打开天窗说亮话吧。我知道丽莉和马克迟早会读到这些字句。我会尽量努力不要漏气。反正，到时候不管他们做何感想，我已不需面对。

马克……有着一双天蓝色的眼睛，目光仿佛飘向遥远的天际，仿佛眺望着远古迪耶普海盗时期的黄金岁月。那双眼睛足以迷倒美人鱼。然而，马克并不是个只会做白日梦的人。他只是很单纯地深爱自己的家、自己的家乡、朋友、祖母……最爱的是米莉。

马克只是深爱着他所熟悉的事物，这份爱随着时间越来越深，非常浓，浓得……很内敛。马克是个低调的人，是个腼腆的人，是个几乎不太说话的人。

然而，他是迪耶普高中小女生心目中的白马王子。一个心如止水的白马王子。打从我第一天认识马克，如严谨调查员般开始观察他以来，他便一心一意只为米莉付出，同时充当她的哥哥、父亲和祖父。充当她所需要的一切。他是她的避风港、避雷针和避雨棚。

也是她的专属天堂。

小米莉亦不枉费他的疼爱。只要有她在的地方，必定充满活力。她甜美可爱，一点也不像她身边的环境，不像陆续倒闭的工厂，不像水泥和砖石的围墙，或肮脏的街沟。她又像其余部分那样美不胜收，美得像迪耶普海滩的夕阳，像秋季时节的雅尔科森林，或像滨海峭壁上的彩虹。

宛如一只迷途的蝴蝶，宛如迷途的蜻蜓好了，如果你坚持要这么说的话……

米莉让韦家小屋的生活面积增大两倍、十倍，用音乐、用肖邦或萨提的旋律让屋子膨胀，让它像一颗幸福气球般高飞，飞越峭壁悬崖，再让它爆开成欢笑声。

她心情难过时，便用音乐疗愈自己。

犹如一只迷途的飞虫。

她只是与众不同而已，并不狂妄自大。有些孤独，却也不那么孤单。每当马克在莫理斯－杜米尔运动场泥泞的赛场上抢到球时，米莉总不吝大声吼叫欢呼。她常穿上球鞋一跑就是十几公里，从迪耶普，到普尔维尔、瓦伦维尔，再到埔奕，路线包含六座悬谷和五百米的起伏落差。

她宛如小镇上的大太阳。她小时候，每每见到她，连我也融化了。

跷跷板轻信。

她三个月大时差点丢了小命，以至于后来再也不想浪费任何一寸光阴。而且，她也好以她的马克为荣。他是她的守护天使、她的金发天使……

马克和米莉很早就知道他们不是兄妹。至少，不太算是。不太像其他一般兄妹。韦妮可死守的秘密，才到幼儿园上学就失守了。父母们会谈，孩子们则会传，越传越离谱。

保罗朗日凡小学的孩子们发明了一种游戏：他们在米莉身边跑来跑去，跑的时候敞开手臂，低着头，模仿引擎的轰轰声；他们原地旋转，当自己是失事下坠的飞机，最后在仅距离她几厘米的地方扑地坠毁。这就是保罗朗日凡小学校园内，学生们最喜欢的游戏：最后瘫在遮雨棚下的柏油地面上，假装死翘翘了。

马克在米莉身边，不厌其烦扮演战斗机的角色。他凭着自己优势的身高，犹如金刚屹立在摩天大楼上，毫不留情地将胆敢靠近的不识相敌机一一摧毁。

就算被师长惩罚也在所不惜。然后一切又重新上演。

马克和米莉从来就不是真正的兄妹，他们在困惑中长大。

"哦，男生爱女生！"下课操场上，不时有比较委婉的同学这样戏弄他们。

对，他们彼此相爱，这太明显了。但究竟是哪种爱？

我想马克大概于十岁开始思索这个问题。从他出生以来，或该说，从坠机意外后，他和米莉就睡在同一个房间。两人睡上下铺，他在下，米莉在上。妮可尽可能从旁协助：马克自己一个人继续睡在两人原本一起睡的小房间，米莉则搬来和祖母一起挤。

妮可从既有的条件中想出办法。她总是处理得宜，或者几乎如此。

所以刚才说到，究竟是哪种爱呢？

我承认，我试图厘清过。我曾像无耻的狗仔队，意图偷窥他们。我塞了一台大炮相机到纳金手里，以备不时之需……

结果无用武之地。感情并未在底片上显影。

究竟是哪种爱？

只有他们自己才知道答案。也还难说……

我则毫无头绪……

连科学也没能帮我。

这是比较后来的事。

丽莉十五岁了……

DNA 比对报告……该死的 DNA 比对报告。

该来的躲不掉，我早就料到柯玛蒂终究会这样要求。她终究会把道德放一旁，不顾上帝，不顾她的信仰，而让基因畅所欲言。她想要知道真相，这是人之常情。她能撑这么久已经堪称奇迹。

以我个人来说，实在颜面无光。我尤其感到害怕。你换成我的立场想想嘛，我调查了整整十五年，最后竟敌不过试管里的三滴血液。

多可悲！滚蛋吧科学！

✈

爵爷的字句在马克眼前跳跃。

"究竟是哪种爱？只有他们自己才知道答案。也还难说……"

诺曼底地区的高低起伏地形，在他眼前一览无遗。映入眼帘的还有核电厂的高压电线，一路绵延相连到迪耶普。

"究竟是哪种爱？"

这个自以为拿着大炮镜头就能一窥究竟的老家伙，到底懂什么？有谁能懂？

"哦，男生爱女生……"

马克耳边仍回荡着同学们的戏弄声，还有那些笨蛋拙劣模仿的引擎轰轰声。

"哦，男生爱女生……"

丽莉，你在哪里？

马克不想再打给任何诊所了，再打下去只是白费力气。

"哦，男生爱女生……"

除了他们，有谁清楚？有谁知道他们之间的秘密？

没有任何人知道。这部分，不论是爵爷或别人，都不曾写在任何札记里。

这是不到两个月前的事。

八月十六日。

丽莉还没满十八岁。

马克闭上眼睛。

这是不到两个月前的事。

43

一九九八年八月十六日，下午六点整

有没有搞错呀，马克心想。居然想在八月中这时候跑步！已经傍晚了，气温仍高达近三十度。今年诺曼底一反常态，热翻了！

丽莉不以为意。她拿出球鞋，在伯修尔街的家门口蹲下来，仿佛不跑就不舒坦。马克叹了口气。他无奈地脱掉帆布便鞋，然后去找运动鞋。丽莉轻快开心地说：

"走吧，懒惰虫！"

她用一个天蓝色小发圈把一头金发绑成马尾。马克很喜欢丽莉把头发往后绑。这样她的脸和额头有放大的效果，优雅得像个小公主。丽莉一切准备就绪，她在门口跳跃暖身，等不及了。

"快点！"

"好啦……"

自从丽莉高中毕业考试体育项目的越野障碍跑，在满分二十分中得到十八分的高分后，她就爱上了跑步。她跑了一整个春天，每星期跑步和健身五个小时，由马克充当教练。

马克迟迟找不到左脚运动鞋，不禁不耐烦起来。

"不想来就算了……"

"想……想。"

丽莉拿起一瓶矿泉水，仰头对着嘴喝。一条细细的水丝沿着她的嘴唇、下巴、颈部流下。马克感到不自在，别过头去。这不是第一次了。

"在水桶后面，我是说，你的运动鞋……"

"谢谢……"

马克也开始系鞋带，动作有些僵硬。丽莉穿了一套 Sergio Tacchini（著名运动服饰品牌）牌的运动服，颜色是淡紫色和白色的，像是奥运三项全能冠军穿的那种运动服。区区几片弹性布料，价格却贵得惊人。短裤贴身得犹如第二层皮肤，上衣则把丽莉的胸部绷得太紧，不过倒忠实呈现了她平坦的小腹、纤细的腰和白皙的肌肤。

"喂，好了没？"

马克不情愿地起身。

不情愿，是因为有不好的预感？因为八月十六日这天太闷热？因为一点微风也没有？还是因为丽莉的语气？很雀跃？太雀跃？

开头总是最吃力的。他们穿越柏磊区，经过运渡桥，取径海岸水泥堤道，冲上陡峭的上坡路段，直到城堡博物馆。

丽莉总是跑在前面。马克紧跟在后。他们先经过高尔夫球场，接着是倚山傍海且建筑风格前卫的安格高中。丽莉淘气地朝校园的方向挥了挥手，象征道别。

从现在到普尔维尔有约一公里的平路。感觉可以像这样一直跑下去。忽然，到了某个转弯处，视野豁然开朗。阳光下的普尔维尔悬崖壮丽无比。下坡时，丽莉又加快速度了。堤道上，海边露天咖啡座的观光客纷纷转头看丽莉。尤其是男人，对这个忽然出现且活力充沛又身材姣好的金发女孩看得目不转睛。他们被她裸露修长美腿的规律律动所催眠，仿佛这双腿是时钟永不停歇的指针。马克采取一种保镖般的心态，如苍蝇的视觉般三百六十度紧盯全场。他实在很想把手搭在丽莉肩膀上，就算在跑步也不介意。

他已习惯见到男人色眯眯盯着丽莉，但他心里仍很不是滋味。普尔维尔海滩的五百米一下子就跑完了，现在他们已来到瓦伦维尔的上坡，是最陡的一段路，风势也最弱……这个坡面因为景观好且气候佳，一些最美的别墅都盖在这里……高低落差近一百米！

丽莉开始有点吃力。马克轻轻松松继续跟在后面。他凝望着远方原始的席伊山谷，尽量避免看正前方。丽莉的臀部正好落在他眼前，又圆又翘，跳跃摆动着。

他不由得心绪混乱。丽莉自己意识到过这一点吗？再过一个弯，海岸就结束了，终于。马克加速，冲到丽莉身旁。他们并肩跑着。丽莉转头看马克，笑得很灿烂。

好美。

马克心头涌起一股悸动。这不是第一次了，不，一点都不是！但从来没有这么激动、这么强烈过。接下来的四五公里，一直到他们的目的地瓦伦维尔滨海墓园，几乎都是平坦路段。瓦伦维尔是阿尔巴特海岸线上树林最茂密的乡镇，能够出现树荫，真是凉快。他们陆续经过安格宅院和穆提耶花卉公园，几乎总是并肩前进，毫不在意后方超车困难的车辆。

距离剩下两百米时，丽莉作势冲刺。马克让她领先五米。他实在不该这么做……丽莉赤裸的背上淌着汗水。汗珠顺着背脊滑向腰际。香汗淋漓的肌肤，宛如一座甜美的泉源，让马克只有一个念头：潜进去。

冷静，千万要冷静。

马克加速，笑眯眯超越丽莉，又放慢脚步，以便最后和她同时抵达终点线。丽莉筋疲力尽倒卧在草地上。马克再度别过头去，避免看那躺在阳光下的美丽胴体。

他继续往前走，推开滨海墓园的大门。几秒钟后，丽莉也赶了上来。这里并不荒凉，一点都不荒凉。有足足二十多名观光客穿梭在这个小小的墓园里，寻找乔治·布拉克①的墓碑、欣赏墓园教堂里他所创作的彩绘玻璃，或与壮丽的景观合影留念。迪耶普、克里耶、特雷波港，一路下去甚至可以到毕卡迪

---

① 乔治·布拉克（Georges Braque，一八八二至一九六三），法国画家和雕刻家，与毕加索共同发展出立体主义。

的欧特。

有多少恋人梦想着在这里举行婚礼？这座可爱的砂岩小教堂，就这么隐身在天与海之间的一片绿地里。

马克自己……也梦想过吗？

他挥走这些荒谬的念头。

"我们回头吧？"

他听说这里的悬崖比其他地方的悬崖风化得更快。底下全部烂掉了。岩层已经进水，一碰就碎。迟早有一天，小教堂、墓碑，整座砂岩墓园，一切都将垮进海里。

一切的一切将统统泡汤，两天内就被海水扫得了无痕迹。

丽莉从墓园入口处的水龙头直接喝了一口水后，已经又上路了。

马克顺从地跟着她。

观光客车辆从对向车道络绎不绝而来。由于路旁是维护得很好的草皮边坡，现在无法再并肩跑步了。马克被迫跑在丽莉后面，不得不看到那淌着汗珠的背脊、圆润的臀部，和有着细绒般金色汗毛的颈背。

然而，这样实在不应该。

为什么？

为什么？他心里有个声音大吼。

什么都别看了，只要专心注意自己的心跳和步伐就好，假装自己是个没有情感的机器人吧。

他们已踏上返回普尔维尔的路。"美好年代"风格的别墅争奇斗艳，一栋比一栋华丽。忽然，丽莉左转朝小埃栗谷的方向而去，它是位于悬谷末端的一片小沙滩，几乎是无人境地，只有熟人知道……不过在八月十六日这天，熟人应该也不在少数。马克再度加速跑到丽莉身旁。

"要去哪里？"

丽莉的目光闪烁了。

"秘密！愿者上钩！"

她又向右转，进入茂密的树林。已经没有路可言，只有一片柳树小森林。他们才跑了顶多两百米就出了树林。右侧有个小池塘，想必是进入了一座农场。丽莉在一片开放式的农田里继续大步前进。

他们现在顺着相当陡的斜坡往海边而下。丽莉依然跑着。在他们上方的草原，几头牛半是惊讶、半是恐惧地盯着他们看。

不过，倒是没见到任何农人。丽莉顺着一条通电的围篱继续向前。显然，她对这里熟门熟路。马克专注回想了一下，他经常参考查阅的海岸步行路线图，在脑海里浮现。他们在小埃栗谷的北侧转弯。凭印象判断，他们应该是先后穿越了焦松农场和莫达尔农场。马克这下子知道他们要去哪里了：莫达尔港口。他没去过，只从地图上看过。它是个一般观光客到不了的小海湾，也无法从海边的其他路径前往。它是个私人沙滩，只有当地的农场主才能通行，不过地主应该极少去那里。

通往海面最末二十米的悬谷已坍塌。底层的陶土裸露，如褐红色的舌头般流向大海。他们必须跨越一个十米的洞口，并不难爬，而且好处是，由于这个洞口的关系，从农田那头完全看不到沙滩。

丽莉踩在松滑的陶土上。她修长的腿和薄如肌肤的运动服，沾了红色泥土。她英挺地站在小石子上，一副自豪的胜利姿态。

马克从容不迫地一路跟着她。海面开始缓缓退潮，在小石子区后方留下足足三米的沙滩。

丽莉把蓝色发圈拉掉，头发如金色瀑布般落下。马克不禁心头荡漾。

"我一时兴起啦！"丽莉俏皮嘟嘴说，仿佛在撒娇道歉，"一起去游泳如何？"

马克并未回答。他忐忑不安，依然有一种不好的预感。

"走啦。"丽莉说，"我都满身大汗了！难得天气这么好。今天是夏天以来天气最棒的一天！"

丽莉说得对。至少，若纯以天气的角度而言，她说得对。

平静的海面、燥热的气温、沙滩、这里的恬静……

他们的亲密默契。

叫人如何抗拒？

反正，丽莉也没等马克。两只球鞋丢在小石子上，她已一跃潜入水里。她的紧身运动服既适合跑步，也适合游泳。马克穿着一件度鲁斯运动场图样颜色的宽松 T 恤和一件休闲五分裤。T 恤和球鞋一样被抛到小石子上，五分裤将下水湿透，湿透就算了。

他们游泳游了将近一个小时，并无任何逾矩行为。

马克心情渐渐平复。丽莉的胴体隐藏在英法海峡灰色的海水里。他们并肩游泳，时而游蛙式，时而游自由式，自在又快乐。

丽莉的坚持是对的，她总是对的。此刻是徜徉大海的绝佳时机。

他到底在想什么？

还以为是某种陷阱吗？

根本是他自己多虑了……

陷入沉思的他，忽然被泼了一脸的水。丽莉哈哈大笑，又泼了马克一把水。他也反击。丽莉假装回击，让马克逃开，然后轻轻一扭腰，爬到他背上，把他的头踩到水底下。马克并未挣扎，丽莉的体重也完全不足以和他抗衡就是了。

马克把口中的咸水吐掉，吸了一口气。丽莉比他领先两米，仍哈哈大笑着。

"不……"

马克先是抓住了丽莉一只脚。她嬉笑抗议：

"这样不公平啊！"

他把她拉向自己。他们小时候，在家里小浴缸的肥皂水里，他曾这样和丽莉玩过无数次。他孔武有力的双手握住丽莉轻盈如羽毛的腰。丽莉臀部紧绷贴身的运动布料贴上了马克的胸口。

"你作弊……"

丽莉依然笑盈盈。

马克伸出手，抓住她的一侧手臂和肩膀，以恰到好处的力道轻轻推了一下，让丽莉沉下去，只沉几厘米。马克利用她的重量当作施力点。他浮出水面，丽莉则往下沉。丽莉的胸部印在了马克的腹部，且继续往下。她的肩膀、脸庞，乃至于不想沾到盐水而闭上的双眼，拂过他的上半身。

往水中多潜了一米。

丽莉的脸贴上了马克湿透的裤子。她的嘴，几乎是不小心地，碰到了他的性器。

马克勃起了。

性欲高涨。

又怎能不如此呢？

远方，清亮的海面上，一辆渡轮离开迪耶普港口，朝纽哈芬的方向起航。几个白色小三角形在它后方摇曳着，想必是海鸥吧，或是小风帆，距离这么远，很难分辨。

丽莉和马克沉默不语。他们缓缓游回岸边。沙滩几乎干了。丽莉趴躺下来。

"等我让风吹干一点再走？"

她语气尴尬，只说了这几个字。那是一个新的声音，仿佛她蜕变了。是成年人的声音了。马克下巴顶着膝盖一直坐着，双手抱着折曲的双腿，凝望海平线。

这样过了多久？几分钟？几个小时？

渡轮许久以前便已航向英国，消失在海平线那头，而海鸥，或小风帆，也已回到岸上。海面上现在如荒漠般空空荡荡。

丽莉忽然沉默起来。马克只看得到她落在沙滩上的影子。她交叉手臂，往上一拉，脱掉身上的运动服。她轻巧地把衣服平整地摊在沙子上，好让它容易风干。她弯腰俯身时，马克连头都不用转，就能看到两个乳房在沙地上的影子，娇小而紧实，宛如剪影，犹如艺妓的身形。

偏偏这场折磨还没完……

丽莉的双手沿着腰腿而下。影子摆动着，像是在跳舞。弹性布料先是缓缓几毫米几毫米地滑动。她的第二层皮脱落了。是的，她的确在蜕变。布料掉落到沙地上。

宛如一片松垮又无用的死皮。

马克凝视着那个静静不动、由千万颗闪亮小沙粒所形成的黑色影子。影子依然是同一个，和片刻前的那个影子依然相同。相同的纤腰，相同的长腿。不论是否有那第二层皮，身体的轮廓是相同的。

然而……

丽莉又躺了回去，和刚才一样，依然是趴躺着。

马克等了好几个小时，又或是好几分钟。

没有任何人来救他，放眼望去没有任何小帆船，没有迷路的游客，也没有大发雷霆的农场地主。

丽莉感觉到马克暖热的手，放在她背后腰上。黏在手心上的沙子，使他触感有些粗糙。她颤动了，回过头来。

她的十八岁青春年华，还能给谁呢？

✈

马克睁开眼睛。他浑身冒汗。隔着车窗，无尽的一连串高压电塔仿佛迎面撞上他的脸。

他不由自主向后闪避。

是他有问题吗？

马克感觉到化验室蓝色信封的那二十克重量，在他口袋里沉甸甸的。那份 DNA 报告。

是他们有问题吗？

只要拆开，就能知道，就有证据了……

车厢的门开了，柯薇娜走了进来。

第三部分 不如一起归去 ✈

马克一眼就认出了那几乎无法辨读的窄小字迹。
是薇娜。
他心中浮现出一片平静祥和的感觉。

44

一九九八年十月二日，下午五点四十九分

热水如大雨般打在丽莉赤裸的身上。丽莉在水柱下闭上双眼，希望能稍微找回一点平静的感觉。至少希望能镇定一点。她的手胡乱按压湿软的杀菌肥皂。她简直是歇斯底里地搓洗身体：胸部、腹部、阴部。乳白色的肥皂泡沫缓缓流到她两脚间。丽莉冲水冲了很久。她想尽办法，拼命让自己变得干净。至少在表面上看起来干净。粉饰太平。

她裹了一条白色大浴巾，终于出来。水滴顺着濡湿的头发滴在浴巾上。丽莉用手一抹，抹去镜子上的水雾。她模糊的映象吓了自己一跳，仿佛自己的脸被换成了一个陌生女子的脸。镜中那鬼魅般的轮廓，再度消失在雾气中。丽莉用力刷牙，刷得太用力，都流血了。

刚才在马路上，在舒瓦吉大道的那个十字路口，她全部吐光了。她把自己像在燃烧般的五脏六腑统统吐在人行道上。伏特加、威士忌、龙舌兰……她四只脚趴在路边水沟旁时，一名年轻警察正好路过。他递了一张面纸给她。她弯着腰把自己擦干净的同时，旁边一位母亲推着娃娃车从她的呕吐物上过去。年轻警察大可把她带回警局。要不是她用水汪汪的大眼睛苦苦哀求，他原本应该是会那么做。

"警察先生，这是第一次。"

她很勉强逃过一劫。

她又吐了一次。这次是半个小时前，在这房间里的床尾。她已经吐到没东西可吐，吐得痛苦得要命。

丽莉从浴室出来。

房间里，躺在另一张床上的女生，显然等她很久了。

"你进去冲澡时，她们来清理过……"

这个女生还不到十六岁，红色的头发理成平头，牙齿已发黄。

"你算是运气好的了，"女生继续说，"我从来都吐不出来。有时候，我简直觉得我里面烂掉了。我好想狂吐一下。"

丽莉一点也不想聊天。黄牙女生才不管那么多，她只想找个发泄的对象而已。

"我已经是第二次来这里。"她又说，"我是惯犯啦！所以他们不爽了！昨天训话训了三个小时。那些白痴，快把我闷死了。"

丽莉仍站着，目光移向稍远处，望向窗外。黄牙女生终于生气了。

"少在那边装清高，等着瞧吧，你迟早也会有这一天。"

丽莉望着停车场上来来去去的救护车。她在外面徘徊了将近一个小时才决定进来。她甚至在对面，跟着不知名过世老妇人的送葬队伍走了一段路。丽莉能清楚看到圣伊波利特教堂的塔顶钟楼，但就在隔壁的幼儿园却被奥斯曼风格的公寓遮住了。马路上车辆的噪声，盖过了孩童们的喊叫声。或说不定孩子们进教室或回家了。丽莉已不太有时间概念。她的心绪一团混乱，身体痛苦不堪。她到底在这里做什么？接下来的好几个小时，她要怎么熬过去？

"第一次的时候，我和你一样……"

闭嘴啦！丽莉在内心大吼。

丽莉把手机留在浴室衣架上的衣服口袋里。手机是关机状态。然而，她心里只有一个非常强烈的念头：打电话给马克！要他快来。要他把她拥入怀里，像以前在学校时那样保护她，把坏人赶跑。

只要他能在身边就好。

打一通电话给他就行了。不论马克在哪里，他都会即刻赶来。

黄牙女生不死心：

"你知道吗，其实也不必内疚啦。那些白痴，管他们怎么想呢。他们会拼命让你有罪恶感。叫他们去死啦！"

"谢谢。"丽莉仍不由自主说。

她能付出的只有这样了。她望着前方的一棵大松树，希望能看到一只鸟，或任何的生命迹象，但什么也没有。

不，马克不会来了。她不会打电话给他。不论马克或其他任何人都不会知道她在这里。这里最基本能做到的，就是不透露姓名。不，她不会打电话的。虽然打电话是她最想做的事，虽然她肚子痛得像要撕裂，虽然再度有隐隐反胃的感觉，但必须和马克保持距离。

至少必须暂时这样到明天。

丽莉转向黄牙女生。起码有一件事，这个女生能帮得上忙。丽莉嘴角泛起苦涩的笑意。

"可以跟你要根烟吗……"

对方不曾有机会回答她，因为房门打开了。一名身形宛如狱卒的女护士踏入房里。

"韦米莉小姐？"

"我是。"

"时间到了，精神科医生可以见你了。"

45

一九九八年十月二日，下午五点五十七分

柯薇娜以她那独有的娇生惯养千金的变态笑容，直盯着马克看。活脱脱是童话故事里的连环杀人狂。她在车厢内的第一排座位坐了下来，恰恰坐在与马克相对的位置。

她面对着他。

窗外，诺曼底地区的单调景致不断飞速闪过。

马克按兵不动。薇娜的毛瑟手枪一定就在她唾手可得的地方。伺机而动才是上策。眼下，马克只想把爵爷的札记先读完。只剩下五页而已。

他不禁打了个寒战。丽莉在莫瓦尔沙滩上的动人身影又浮现在他脑海。接着浮现的是一长串的医院电话。他千万不能分心，必须把最后几页读完，同时留意薇娜的动静……然后一有机会就夺下这个疯婆子的手枪。

爵轻信的札记

我知道你已经不耐烦了，就算还剩下几页！你开始慌张了，你想知道答案。然而我明明告诉过你，别以为会有什么圆满的大结局，别以为会有什么戏剧性的结果，别以为到了最后一行，就会有个克里斯蒂笔下的波罗探长跳出来指出真正的凶手……我知道，你想听的，不是我这些半吊子的心理分析。你听腻了。爵老爷爷的老古董调查方法、起起伏伏的各种心情，和那些不可靠的线索，统统不想再听了；你一直很有礼貌又客气地听我慢慢说故事，但现在，你其实只关心一件事：那份DNA比对报告！无所不能的伟大科学、基因的奇迹。请放心，那份DNA报告，我一定会仔细说，别着急。那是丽莉的生日礼物：庆祝她十五岁的三滴血。

请见谅，但在这之前，仍有几件小事必须先搞定……纳金和我呢，继续不死心地寻找流浪汉裴乔治的下落，这个毒虫说不定口袋里正带着一条价值七万五千法郎的名牌手链到处乱跑……

最后是纳金找到了乔治，几乎是偶然中找到的。几个月来，我们试图清查所有已故——不论是意外身亡或非意外身亡的游民或街友。这天，是一九九三年七月一个起雾的早晨，纳金把乔治的照片给一名警察看，这名警察所负责的辖区是哈佛市的内日区，是个挤在码头仓库间的奇怪郊区。这警察隐约有些印象。于是他们回局里翻找档案，确实有过这个案子。

一九九一年一月二十三日，在油槽区发现了一具溺毙的无名尸。当时的气温已连续一星期跌至零度以下，这家伙就算血液里的酒精高达两克多，在冰冷的水里也撑不过五分钟。在他身上并未发现任何身份证件，但警方拍下了尸体的照片。绝对没错，确实就是裴乔治躺在他那条破了洞的毯子上。手里空无一物，口袋里也是。没有遗书，没有狗链……也没有名牌手链。

死胡同里的一堵墙。

我亲自通知了他的哥哥裴奥格，他简直像松了一口气。他个人的调查已宣告结束。他可以把这一页翻过去了，我却还不行。

这个混账裴乔治在冬天带着他的秘密一起离开了人世。那天晚上，他在恐怖峰上到底做过什么事？他到底看到了什么？

✈

薇娜居然闭上了眼睛！

诺曼底地区高低起伏的景色，对她似乎产生了催眠的作用。

这家伙，似乎不习惯长途旅程嘛，马克心想。

他轮流阅读爵爷的札记和监视车厢另一头的柯薇娜。薇娜抗拒着睡意，已经好几分钟了；她睡着一会儿，又忽然惊醒，瞪大眼睛寻找马克。这次，薇娜的眼睛闭上半分多钟了。

马克决定了。他蹑手蹑脚，悄悄起身。他和薇娜之间只距离不到二十米。但愿薇娜别在这时候睁开眼睛……

马克已前进了足足十米。薇娜的头依然静静不动歪向一边，倒在蓝黄座椅的侧边，像个玩累了而睡着的小女孩，脸上挂着几乎堪称天真的笑容。马克继续前进。他觉得自己宛如回到小时候，回到迪耶普儿童活动中心，玩着"静悄悄国王"的游戏：他不能被盲眼喷火龙（蒙着眼睛的其他小孩）的爪子抓到，并要去拯救被绑在椅子上的公主。当然，他的公主是丽莉。

只剩五米了。列车稍微向右偏转。薇娜的头倾斜了几厘米，再度静止不动。马克如雕像般僵住，甚至停止呼吸。

薇娜忽然睁开双眼，直直盯着他，像极了两颗用弹弓弹过来的黑色弹珠。

她还来不及反应，下一秒，马克的八十公斤体重便扑到她身上。他是基于翼锋橄榄球员的本能反应，不假思索飞扑上去的。他用右手捂住薇娜的嘴，再凭着左手单手架住她的两只手臂。薇娜只能瞪大眼睛，拼命蹬腿。车厢内的另外两名乘客，那个听随身听的少年和睡觉的大个子，完全没有吭声。

马克把薇娜推向窗边，且依然牢牢架着她。她身旁放了个绿色假鳄鱼皮的旧式手提包。马克心里有个简单的计划：先把枪夺过来再说，然后要谈什么再慢慢谈……

他右手依然捂着她的嘴，身体更用力地压住薇娜，以免她乱动，并用左手翻找手提包。

几秒钟就够了。他从包里拿出那把毛瑟 L100 款手枪。薇娜的双眼愤愤瞪着他。马克用枪指着她，然后缓缓把手从她嘴巴上移开。

"你想去迪耶普观光？"

薇娜一脸不屑。

"对呀，我是风筝迷。听说这周末，会有一大堆风筝迷去迪耶普朝圣……"

"你有问必答，是吧？"

"要看是什么问题。要是我大叫，你怎么办？"

"我就毙了你……"

"不会吧？你怎么可能伤害你亲爱的大姨子？"

"很难说哦……我毕竟是个姓韦的，是个坏人……"

薇娜叹了口气，她显然一点也不希望引起旁人注目。

"薇娜，你知道这是晚上的最后一班车吧？你打算在迪耶普过夜？"

"搞不好哦……你知道，我毕竟是个姓柯的，总是很有办法的……"

"不管你有没有办法，我警告你，要是被我奶奶妮可遇见你，她一定把你剁成碎肉喂海鸥……"

"你的冷笑话到底要讲到什么时候？"

马克稍微挺起身子。这个女生的自信，他很看不惯。必须挫挫她的锐气，必须攻她的弱点，逼她说话！这就像和一个有性格障碍的人打心理战，只要让她自相矛盾，她就会不攻自破。马克把空出来的手，放在薇娜大腿上。她不禁退缩，头部撞上车窗。

"你是希望借住我们家吧……你想睡我房间，是吗？"

手继续往上伸。这以牙还牙的手段未免下流，但马克不管。

"抱歉了，美女，但今晚，我的蛋蛋微恙，你应该懂我的意思吧……"

"你再不住手，我就要喊了……"

马克的手放在薇娜的淡紫色毛衣上，就在她乳房下方。

"你知道，假如你懂得好好打扮，其实你并不算太丑。"

"把手拿开……"

薇娜说话的声音似乎破损了，像一道水泥墙开始出现裂缝。马克继续施压：

"我是说，会更性感。几乎算正点了，可爱的小胸部……"

马克的手放到毛衣上围的其中一个小凸起上。他感觉到薇娜的心跳加速。

"再说，你多的是钱可以把它们变大，是不是？"

心跳更剧烈了。薇娜的手指握着马克的右手臂，却仅犹如十根心有余而力不足的小残肢，根本伤不了他。

马克向前倾身。他的嘴巴凑到薇娜的脖子旁。他感觉到她的身体僵了好几秒，手指像是抽筋了，瘦小的身躯瞬间变成一棵枯木。然后薇娜顿时瓦解，仿佛她全身的骨头忽然散掉了。

马克推开她的手，在她耳边呛声：

"薇娜，再也不准碰我！听懂没？再也不准碰我。"

车厢的门猛然开启，一名列车员走了进来，是一名相当年轻的女列车员。她从他们身旁经过时，连停都没停。她仅朝紧紧相拥的马克和薇娜匆匆瞥了一眼，嘴上浮现一抹微笑后，随即消失在下一个车厢。

马克放开薇娜，以枪指着她。

"演戏演够了。你到底来这里做什么？"

"你去死啦……"

马克脸上泛起笑意。

"薇娜，你让我觉得好笑。你明明应该让我觉得很闷，我却想讲道理给你听，像讲给一个小妹妹听一样。"

"浑蛋，我比你老啦！"

"我知道。很奇怪吧？大家都说你是个可怕的神经病，可是我却不这么觉得。"

"什么叫'大家'？你是说那个姓爵的？"

"嗯，是呀……"

"他说的话，哪能相信……"

薇娜逐渐恢复冷静了。马克不能被这份气势唬住。他把枪握得更紧了。

"现在，他确实不能再说你坏话了。一颗子弹正中心脏……一枪毙命！是因为他讨厌你，你才杀了他吗？"

短短不到一分钟，薇娜的身体似乎再次瓦解。她再睁开眼睛时，深褐色的眼珠闪烁不已，几乎感人了：

"姓韦的，你胡说什么？我……我又没杀爵轻信……"

她的声音故作镇定：

"不过，我还真想亲手杀了他。我进到他家的时候，他已经死了……"

"少耍我！我在他家里的时候，他的尸体直接倒在我身上。你的车就停在他家门前。"

薇娜的瞳孔放大了。她深色的双眼，犹如两只苍蝇在罐子里慌张乱飞。

"我到的时候，他已经死了。我发誓！我最多只比你早两个小时到爵轻信的家。他那时候已经冷掉了，他的头塞在壁炉里，壁炉也冷了。"

马克咬了咬自己的嘴唇。

她说的是实话，他心想。

他发现爵爷时，爵爷已死了好几个小时。薇娜说的似乎是真话，听起来相当合理。他是否要不顾自己所看到的种种迹象，而傻傻去相信这个疯婆子的话呢？如果是这样，会是谁杀了爵轻信？他眼前浮现丽莉的影像。

"我为什么要相信你？"

"你爱信不信，我才无所谓……"

"好。那你去爵爷家做什么？"

"我是蜻蜓迷。我想去参观他的收藏。你也是，不是吗？"

马克忍不住微笑了。然而他手上握着毛瑟手枪，仍不敢掉以轻心。薇娜又补上一句：

"姓韦的，搞不好，爵轻信根本是你做掉的。到时候警察发现的会是你的指纹，不是我的指纹。"

可恶！她倒也没想象中那么疯嘛！马克顿时乱了方寸，说话有些结巴：

"难道你……你知道发生了什么事？根据爵轻信在他札记本里所写的，他打算寻短见，打算在一份旧报纸前，朝自己脑袋开一枪……"

"不是的……"

薇娜很短暂地犹豫了一下，约莫只来得及让窗外飞过三座高压电塔。

"看来那个白痴不知道怎么拿枪。"

她说谎！至少，关于这一点，她说谎！难道爵爷在遇害前联络过柯家？难道他向她们透露过札记以外的内容？

"爵轻信有新发现！"马克几乎是喊着说，"他一定向你祖母报告过。

他跟你们说了什么？"

"我死也不会说！"

这几乎已经把话说绝了……薇娜双手交叉于胸前，头瞥向车窗，像是在表明她言尽于此。车窗开了一个约十厘米的缝口，微风吹拂着薇娜少数几根没被漆色发夹夹住的头发。马克的目光落到她的手提包上。

"好。"他说，"既然你什么都不肯告诉我……我只好自己来。"

马克把空着的手伸入手提包。

"姓韦的，不准碰我的包包！"

薇娜像弹簧般跳了起来。她被逼急了，张开嘴巴扑向马克拿着毛瑟手枪的手，想用牙齿撕裂他的血肉。马克空着的手立刻伸过来，一把挡住她的胸口，并将她用力推回座椅上。

"浑蛋！"薇娜紧抓着马克的手臂，一面咬牙切齿说。

她小小的双脚，猛踢马克的膝盖。他犹豫着要不要乘机痛扁她一顿，随即作罢。他只把手臂伸直，继续让两人保持距离。薇娜紧抓着马克的上衣，想用自己仅有的力气捏它、扯它、撕它。

她不是马克的对手，两人实力太悬殊。她放开了手，再度退到座椅深处，头倚着车窗。

马克喘了口气。薇娜的长发乱了，长发下难掩一抹窃喜的笑容。两人拉扯过程中，一个蓝色信封从马克的口袋掉了出来，滑落到座椅底下，但他浑然不觉。她只要等他离开以后再把它捡起来就行了。或许没什么重要的，只是一些笔记或一份电话账单……但或许可能是别的东西……

马克打开了她的鳄鱼皮手提包。

信封待会儿再说吧，薇娜心想，这个王八蛋总不至于要……

"姓韦的，不准碰！"

薇娜怒火中烧却无能为力。

"这么激动呀？你这个淘气鬼，在这里面藏了什么好东西？"

马克的手在包包内随意摸索。有一串钥匙、一部手机、一支口红、一个也是鳄鱼皮的钱包、一支金属圆珠笔、一本小行事历……

薇娜的双手开始发抖，仿佛失控了。

马克掐中要害了！她就是看到了这本行事历，才忽然变得这么激动。其实，也称不上行事历，只是个普通的小记事本，大约七厘米宽、十厘米长而已。马克已猜出了薇娜如此惶恐的原因：这是一本私密日记，或之类的东西。

"姓韦的，敢打开来……你就死定了。"

"那就告诉我呀。关于爵轻信，你知道什么？"

"我告诉你，你死定了！"

"随便你喽。"

马克单手翻开小记事本。每一页几乎都是相同的形式。左页是薇娜的手绘图画、照片，或拼贴，右页则以稚气的小小的字写着三行字。简短的三行字，格式有如短诗句。

他想必是第一个翻开这个记事本的人，更是第一个阅读的人。他不忘把枪口继续对着薇娜。她似乎虎视眈眈，想等他一不留神就飞扑过来。他随意翻到其中一面。左页贴着一个神圣十字架的图片。但是，耶稣赤裸的身体上方，戴着荆棘的头部，被换成一张眼神火热的年轻男子的脸，想必是马克所不认识的某个电视明星吧。他低声念出右页的文字：

以我的念珠，抟塑出你的曲线

触碰十字架上，你的身躯

将我自己献给你

"好样的你。"马克奚落道，"原来做礼拜，看到耶稣时，你心里都在想这种事……"

薇娜咆哮：

"你懂个屁啦！这是俳句，是日本短诗。你不懂的！"

"那你奶奶呢？她也不懂吗？我能用短信发给她看一看吗？"

薇娜皱起眉头，像个犯了错被责备的小孩。马克持续施压：

"怎样？快说，不然我要继续了。关于爵轻信，你知道些什么？"

"去你的……"

马克的手指撕下记事本的那一小页，揉成一团，从半开的车窗扔了出去。

"你说得对，我也不跟你客套了，这篇写得很烂。换一页如何？喏，我们来玩个游戏。我问你一个问题，如果你不回答，我就找一篇来读。如果我不喜欢，就撕掉；如果我喜欢，就发短信给柯奶奶。"

马克的手指拨弄着页面，一面发出大笑声。笑得太大声了。他想故意表现出自信满满的样子，实际上却觉得自己侵犯了别人的隐私，而感到越来越不自在。薇娜垂头丧气坐在座椅角落，像只丝毫无力反击的麻雀。马克每撕掉一页，就像拔掉她翅膀上的一根羽毛。

页面翻动着。马克在一张空中巴士的照片前停了下来。这张飞机照片被修剪得很仔细，贴在一座壁炉里。

钢铁之鸟，

炼狱中的天使

我的骨肉

"不错嘛。"马克评论说。

他喉咙里仿佛结了个球，使他吞咽困难。但他不想被人看穿。

"不过最后一句'我的骨肉'不行。薇娜呀，你至少该加个问号嘛。算了，撕掉！"

两页纸都消失在车窗外了。薇娜不寒而栗。马克继续：

"怎样，还是嘴硬吗，薇娜？你跑去爵爷家做什么？"

"你去死啦！"

"随便你……"

页面又翻动了。马克的目光停在一张小女孩卧室的照片上，这想必是从某本家具手册里仔细剪下来的。页面的右侧，薇娜贴了一张班乔的照片，就是那只咖啡色和橘色相间的绒毛大熊。卧室中央的床上则贴了另一张照片：

当然，是丽莉的照片。照片上的她盘腿坐着，八九岁。这照片一定又是爵爷偷拿走的……

马克很吃力地让自己的口吻听起来像是事不关己。他的喉咙像在灼烧：

被遗忘的玩具
我好想念你
被抛弃了吗？

"你这个姓韦的烂人，"薇娜愤愤地说，"亏我还带你看丽萝的房间……"
"我等着听哦……"
薇娜向马克用力竖起中指。
撕掉，扔到窗外。

马克翻阅得更仔细了。他必须下猛药，必须更狠一些。他的手指停在其中一页，几乎是最后一页了。右侧页面是一张丽莉和他的合照。日期并不难回想：一九九八年七月十日，所以是不到三个月前的事。丽莉刚收到毕业考成绩单。她得到了优的成绩！马克和她在迪耶普海边互相拥抱。

马克不禁微笑。原来爵轻信，或欧纳金，竟然扮演起狗仔队的角色。这也不能怪他们！毕竟，他们有约在先，受雇于柯家。况且，爵爷在他的札记里对这一点也直言不讳。只不过巧手薇娜，居然借此玩起图文剪贴手工来了。笔记本里照片上，拥抱着马克的人，并不是丽莉，丽莉曼妙身材上的脸，移花接木贴了薇娜的脸，看起来非常突兀。一张木乃伊般干干瘪瘪的脸，竟放在女神胴体上。

马克以毫无感情的声音念道：

用眼神拥抱你的爱人们
呻吟，搂住你的恋人们
孑然孤独，美妙的游戏

薇娜闭上双眼。她成了只落入陷阱的小老鼠，没有洞穴可躲。马克内心天人交战着，他很想把笔记本还给她，站起来，丢下她，径自离去。薇娜只是个受害者，无端被卷入恐怖峰空难的这场巨大连锁反应。她迷失了，彷徨了。

就和他一样。

只是个孩子，一早起来却在镜子中遇见恐怖妖怪。只是个孩子，却陷入七情六欲的禁忌情感旋涡中。马克尽管仍用枪指着薇娜，却听到自己说出比子弹更伤人的话：

"薇娜，这张给我留着做纪念，还是要寄给你奶奶？"

薇娜的目光迷失在诺曼底地区一望无际的玉米田里，她用力扭拧手指，仿佛终究将扯下一根手指来。马克再度在她伤口上撒了些盐。他的喉咙成了一片干枯沙漠。

"不然我拿去给丽莉看好了，她应该会觉得很好玩吧！"

马克的手指开始撕这一页。薇娜睁开眼睛，以出奇缓慢的语调说：

"爵轻信二十九日晚上打电话给我祖母。当时，他仍活得好好的。他说有新发现。据说是整个案子的关键。就这么巧，偏偏在最后一天，离半夜剩五分钟的时候！偏偏就在他打算一面盯着一九八〇年十二月二十三日的《东部共和报》，一面朝自己脑袋开一枪的前一刻！他需要再有一两天搜集证据，但他信誓旦旦表示有把握能解开这团谜。他也需要再有十五万法郎……"

马克轻轻合上薇娜的笔记本。

"你怎么会知道这些？"

"我从另一台电话偷听的。我很懂得如何低调不引人注意。我在这方面甚至很有天分……"

"你祖母相信了他？"

"不晓得。就算半信半疑，她还是答应给钱了。反正她不在乎钱……爵轻信已经诓了她十八年，也不差这最后几天了……"

"你呢？"

"我什么？"

"你相信爵轻信说的话吗？"

薇娜脸上出现一副匪夷所思的表情：

"难道你相信这种鬼话？就在半夜十二响钟声的前一刻，忽然挥一挥魔法棒似的就找到了答案，你觉得这种说法站得住脚？"

马克沉默不语。

窗外，玉米田已换成席伊山谷的苹果园。薇娜转向马克，低声继续说：

"我去爵轻信家，是为了找他，为了叫他别再烦我们。我想告诉他，一切都结束了，丽萝已满十八岁，她可以自己做主了。你也是，你看完了整个调查始末，我也是，所有细节我都知道。名牌手链、钢琴、戒指……还能是怎样！你自己刚才在玫园也说了：活下来的是丽萝。米莉十八年前就在飞机上烧死了；你大可去这样告诉你祖母。你就是这么想的吧？她也是这么想的，不是吗？"

对，马克就是这么想的。薇娜说得对极了。

"既然不是你做的，你知道是谁杀了爵爷吗？"马克问。

"不知道，也无所谓。"

"会不会是你祖母？为了不付钱给他？"

薇娜冷笑。

"区区十五万法郎？拜托……"

马克闷不吭声，随即又想到一个问题：

"爵爷有没有告诉你祖母，他打算用什么方式搜集最新的证据？"

"有呀，他说他要去汝拉山挖一挖，要去恐怖峰附近杜河边的一家民宿。我奶奶就是把剩下的钱寄去那里。"

去汝拉山？他每年都去的地方？可是现在是十月耶！到底为了什么？

"他跑去那里做什么？"马克问，"去找答应要给你祖母的证据？"

"他只是在耍我们啦！"

马克并未回应。他站起来，把毛瑟手枪小心翼翼收进上衣口袋，然后把小记事本还给薇娜。

"我们握手言和吧？"

"听你在放屁！"

46

一九九八年十月二日,下午六点十分

马克回到自己的座位。他无声无息地经过那个依然戴着随身听耳机的少年和睡觉的大个子。大个子睡到都把自己的马丁靴脱了丢在座椅下了。列车正行经龙格维尔苏席伊区,最后的几座苹果园再度消失,变成一片玉米和油菜当道的黄色汪洋。再过不到十五分钟就将抵达迪耶普。

马克坐下来,一口气喝掉半瓶多的圣沛黎洛气泡矿泉水。他先确认毛瑟手枪依然在口袋里,然后朝车厢那头瞥了一眼。薇娜缩在原地,没有动静。马克赶紧拿出爵爷的札记本。他决定把札记内容一口气读完。只剩不到五页了。一切发生得太快。在这场地狱旋涡里,假如他不想发疯,就必须一步一步慢慢来,尽可能保持冷静,就算不知道这团团迷雾最终将把他引向何方也一样。等合上札记本后,就该是时候好好思考薇娜所说过的话,和思考爵爷最终从帽子里变出了什么新把戏,竟落得被灭口的下场。

爵轻信的札记

柯玛蒂于一九九五年间,很干脆地向我提出了要求:将小韦米莉的DNA,去和柯家整个家族的DNA做比对。我在鉴定中心有人脉,她也知道我和韦家变得很熟。请你换成我的立场想想。怎能拒绝呢？你明白的，实在很难晚上去韦家做客吃吃喝喝，隔天又去一五一十讲给柯家听。这样可说是一个屁股坐两张椅子。不过算了，别提了，反正我沮丧也好，为难也罢，你其实无所谓，而且你是对的！

假如以纯技术角度而言，我绝不能带着一个生日蛋糕登门，然后劈头就向韦米莉，或向她祖母，索讨一份血液样本。我也承认，我的伎俩相当老套，我送了一只有裂缝的窄口小花瓶给丽莉当作生日礼物，一不小心就会在她手中破碎。结果效果比我预期的更好。丽莉才刚用拇指和食指拿起花瓶，花瓶就破了。我假装不明所以，连忙捡拾沾了鲜血的玻璃碎片，拿去垃圾桶丢，只不过我把一部分碎片收入了自己口袋的塑料袋里。

根本是小孩子的把戏。神不知鬼不觉。

几天后，我便收到化验室的比对结果。如果我说我会内疚，你一定不相信。我说这些，只是想向你解释，为什么我向鉴定中心要求了两份报告。只有一个比对化验，却有两个信封。一封给柯玛蒂，一封给韦妮可。我亲手把各自的信封交到各自手中。

很公平。

因此，她们已经知道真相三年了。科学的证实！

就是这样！我可以只说到这里为止，说我把信封交给了两家人，到此结束。奶奶们，再见不送了。你们自己想办法吧！

但我没那么纯洁善良。不，当然不是那么一回事，我终究抗拒不了诱惑。对，这份结果，我也看了。你想嘛，都调查了十五年，却查不到什么具体证据。我迫不及待要看比对结果，就像个被关了十五年的犯人，一出狱便迫不及待要找妓女那样……

这样的比喻很贴切，果然是个神一样的结果。

如果说比对结果令我大吃一惊，这么说还算是委婉文雅的了。说得难听的话，我是一屁股跌坐在地上，对，就是原本坐了两张椅子的那个屁股。仿佛那上头有人，可能是恐怖峰上的某位神明，继续在和我们开大玩笑。

我想，就是这份检验报告，使我彻底灰心丧气，我从此一蹶不振，无可挽回地一败涂地。这个结果荒谬又可笑，足以让人想把所有这些年来的调查统统丢到火堆里烧掉，然后我自己也跳进去烧死算了，因为我始终没能揪出躲在这整件事背后的巫婆去烧。

尽管如此，一九九五年以来，我像条忠心耿耿的老警犬，依然尽忠职守。我犹如以慢动作，吃力地继续调查。纳金已经一阵子没跟了。他花不少时间打黑工，有时也去哈斯拜大道帮爱菈卖沙威玛。

一九九七年十二月，我最后一次去恐怖峰朝圣。我这就把我的最后一块拼图交给你。依然令人百思不解……你往下看就知道……

所以话说，这是我最后一次去汝拉山区朝圣。我打算痛痛快快享受我最后的大餐：民宿女主人莫妮卡特制的康高优特奶酪、孔泰奶酪和葡萄甜酒。把最后的一些细节收尾一下，然后就准备纵身一跃。这是我的朝圣之旅，汝拉就是我的露德①圣城，都是一样的，都是盼望奇迹出现，却不曾如愿。

最后一个灵感，是夜里在小木屋时萌生的，我也不知道为什么会这样。大概非要等六十二毫升的黄汤下肚，我的想象力才开始发挥吧。柯玛蒂给了我十八年的时间进行调查，她这么做是对的。显然我是个慢热型的人，而她也看出了这一点。我一早带着一把铲子和一个塑料大垃圾袋上恐怖峰。我像个神经病似的在小木屋旁，就在坟墓的那个位置拼命猛挖，挖了一个小时。十公斤的泥土呀！没筛选，没过滤，什么都没做。我把挖到的东西一律带走。我把所有东西像个苦力一样扛在肩上，就这样徒步走了两公里路。到了路口，自然公园的那个帅哥孟凯戈，开着吉普车载我和大袋子一起下山。隔天，我把这十公斤泥土丢进我 BMW 的后车厢，把车子弄得脏得要命，然后一路开到鉴定中心，把东西交给我在鉴定中心的朋友。

不用说你也知道，他没给我好脸色看。十公斤的废土等着要用显微镜检

① 露德（Lourdes），位于法国西南部的小城，相传圣母曾在此显灵，是信徒朝圣的圣地。

测！想从里面找什么？找一个神经病自以为会出现的证据？

赖杰洛，亦即我鉴定中心的这个朋友，最近刚多了第三个孩子，还多了一笔邦度夫区小豪宅的二十年房贷要缴——看到信封袋里的钞票后，他并未犹豫太久。这笔钱是他身为鉴定中心公务员三个月薪水的两倍有余，他当初凭着博士学位才争取到这个职位，薪水却还不到医生薪水的四分之一。他化验可能得花上好一段时间，但我不管。

过了将近一个星期，他打电话给我：

"轻信？"

"嗯？"

"我按照你要求的，当了一星期的园丁。你想要知道你那堆该死的土的 pH 值、腐殖质成分和酸度，对吧？你打算拿它来种什么？种蔬菜养老？"

"杰洛，废话少说。"

"好，轻信，都是土……全都是泥土而已。"

他在"全都是"之前稍微犹豫了一下。我仍心怀一丝希望。既然是"轻信"，就轻信到底吧。

"没别的了？"

"有……但这下就真的是微乎其微的微量，不能作为判断依据……"

"说来听听……"

"既然你坚持的话……泥土里，也有一些骨头残迹。少之又少，少得像分子、像灰尘，几克不到。这是很合理的，毕竟是森林里的泥土。泥土，不过就是堆肥，是各式各样死在地上的东西累积而成……"

我继续追问。赖杰洛坐在这个领域的第一把交椅上，绝顶聪明，而且他手边使用的是法国最好的设备器材。

"杰洛，是什么东西的骨头？"

"骨头只有几克而已啦，轻信。分量这么少，科学上，根本无法判断……"

"好……科学上。但你自己呢，你怎么看？"

赖杰洛犹豫了：

"我的直觉吗，这就是你想知道的吗？好，但我有言在先，这部分不会写进报告里。依我的直觉嘛，我会说这些比较像人类的骨头，比较不像动物的骨头。"

天哪！

人类的骨头！

这个杰洛，我非得再榨一榨不可。我感觉得出来，他有一些料还没爆。他知道我这些年来一直在调查这个案子。

"杰洛，有办法判断时间吗？"

"没办法……你这个东西还不到十年，朝这方面是行不通的……"

"我是指，能不能判断骨骸主人的年龄啦，杰洛。不是指他什么时候被埋葬的。"

杰洛沉默了许久。我感觉到，他接下来要说的话，我应该不喜欢听。

"轻信……这部分就真的见仁见智了，要怎么说都行……"

"开场白就免了吧，杰洛……"

"好啦，好啦。照我的看法，这些碎人类骨头的主人应该相当年轻……"

冰冷的汗珠顺着我背后滑落。

"有多年轻？"

"这个嘛……"

"小孩子？"

"过头了，轻信。"

我的脑袋像被老虎钳夹住，新的每一字每一句都把我夹得更紧：

"杰洛，你什么意思？难道是婴儿？这些该死的碎骨头是婴儿的骨头？"

"我就跟你说，只是凭空推测而已嘛，可信度是零。但硬要说的话，就是这样……这些碎骨头，是人类婴儿的碎骨头。"

天哪！

如果你是我，你会怎么做？调查了整整十八年后，居然听到这种事！老实说嘛，你会怎么做？除了朝自己脑袋开一枪，还能怎样？

最后的八个月不能包括在内，用来写这本札记的最后十天也不能算数。就这样了。今天是一九九八年九月二十九日，现在是半夜十一点四十分。东西统统收拾好了，一切到此为止。再过几分钟，丽莉将满十八岁。我将把笔收进面前的这个笔筒。我将坐到这张办公桌前，把这份该死的一九八〇年十二月二十三日的《东部共和报》摊开来，然后心平气和朝自己脑袋开一枪。我的鲜血将沾满这份纸张泛黄的报纸。我失败了……

我身后姑且留下这遗嘱，给丽莉，给任何有兴趣的人。

我在这本札记里，记录了所有的蛛丝马迹、所有的线索、所有的假设。整整十八年的调查，全记录在这一百多页之中。假如你已仔细读完，那么你现在知道的和我一样多。也许你比较厉害？也许你能发现什么我所忽略的调查方向？也许你能发现什么关键，如果真有的话？也许……

又有何不可？

对我而言，已经结束了。

若说我既无悔恨也无遗憾，那是言过其实，但我尽力了。

这些是最后的遗言了，下一页空白。

马克极为缓慢地把爵爷的札记本合上。他把气泡矿泉水一口饮尽。现在，再过五分钟，列车就将进入迪耶普火车站。仿佛变魔术似的，没穿鞋的大个子睡醒了，少年也在收拾随身听。

马克感觉自己的脑袋在空转，宛如脱链的脚踏车轮。他必须放慢速度，必须好好思考。必须先和他祖母妮可谈一谈。所以如此看来，她已收到DNA比对报告，三年前就知道丽莉不是她的孙女。其实，已经很明显，她自己都承认了，才会把浅色蓝宝石戒指送给丽莉。

生还的是丽萝，而非米莉。这是唯一可以确定的事，至于其余的部分……

恐怖峰上的坟墓是谁挖的？名牌手链是否曾埋在里面？还是埋的是狗？还是婴儿？婴儿的身份为何？这些问题在他脑海里翻腾，爵爷一个答案也没给。是谁杀了爵爷？为了掩盖什么真相？是谁杀害了他的祖父？

丽莉到哪儿……

一声喊叫划破了车厢内的寂静。

那像是精神错乱的惨叫。

是薇娜！

穿马丁靴的大个子还来不及反应，马克便冲上前去。薇娜整个人蜷缩在座椅角落，瘦小的身躯如抽筋般颤抖着。她的手掌是打开的且无力垂着，宛如割腕轻生的人那样。

薇娜的眼神央求着马克，仿佛她迫切需要援助，仿佛她打开的手，是登山客在伸手向同伴求救，不然就要失足坠落了。

马克的目光往下移。薇娜纠结的手指下方几厘米处，有个拆开的蓝色信封，一张白色的信纸躺在座椅上。

马克明白了。信封应该是他刚才和她拉扯之间从他口袋掉出来的。薇娜忍不住拆开看了DNA检验报告，她完全不知情，她祖母什么都不曾告诉过她。可是为什么要惨叫呢？

马克焦躁地拿起这张印有国家公安部鉴定中心笺头的印刷信纸。整份报告总共只有区区六行字。

亲子血缘关系鉴定

比对韦米莉（样本1，编号95-233）
与柯玛蒂（样本2，编号95-234）

比对韦米莉（样本1，编号95-233）
与柯雷昂（样本3，编号95-235）

比对韦米莉（样本 1，编号 95-233）

与柯薇娜（样本 4，编号 95-236）

然后，再往下一行……如断头铡刀般的结论：

亲子关系不符合。

彼此无任何亲子关系。

准确度为 99.9687%。

报告书从马克手中滑落。

丽莉和柯家没有任何血缘关系。

丽萝死了，生还的是米莉。马克和她拥有相同的基因，相同的父母，相同的血脉。不论他怎么想，不论他心中的直觉如何，他对他妹妹的情感竟只是一种邪恶至极的不伦冲动。

47

一九九八年十月二日，下午六点二十八分

马克以缓慢的步伐，走在迪耶普的休闲码头上。火车站距离柏磊区不到一公里。一条面目可憎的中国龙在天上张牙舞爪，就在他的正上方，仿佛这个妖怪划破层层的云，刻意来这里嘲笑他，使既有的混乱气氛更加混乱。

马克加快脚步。他心中只有一个念头，就是和祖母好好谈一谈。他无法不一直想着那份 DNA 报告的结果。丽莉和他竟拥有相似的基因！然而，他所相信的、内心最深处所感觉到的，都与这份报告结果相反。比起他心中最深切的感受，这单薄的一张纸、这号称科学的伪专业，又算得了什么呢？

不！

丽莉不是他妹妹！

迪耶普港口里那些朴实的小游艇安分地背对着大海。在他和港口的正前方，露台广场上人潮络绎不绝。风筝节的会场里，处处可见人大吃淡菜配薯条，盛况丝毫不会输给西北部海岸的庆典。马克即将来到联结柏磊小岛和市区的运渡桥前，他放慢了脚步。他下火车时，薇娜仍蜷缩在车厢座椅上。他只把那张鉴定中心的检验报告书捡起来，收进口袋里。薇娜无动于衷，继续维持胎儿般的姿势一动也不动。

各餐厅门口前的聒噪等待队伍越排越长。马克视若无睹，努力压抑心中蹿起的无声怒火。

不!

丽莉不是他妹妹!

爵爷一定是弄错了,他弄混了,提供给化验室的血液样本是错误的。不然就是他说谎。不然就是柯玛蒂故弄玄虚,故意给他们看一份假报告,一份假得离谱的报告! 不然就是没人说谎,但丽萝仍可能不是柯家的骨肉。她也许是被领养的。她的生父也许不是柯亚历。大家对她在土耳其出生时的情形一无所知。连爵爷在他的札记里也承认,刚开始调查的那几个月,他自己也怀疑过。譬如那个蓝眼睛的脚踏船出租行老板……

他过了桥,经过位于右手边的烟酒小铺,然后踏进伯修尔街。他越来越不常回迪耶普来,顶多一个月一次,尤其是丽莉和他一起去巴黎念书以后,他就更少回来了。他家就在他面前了,和这条路上其他十五栋房子模样相似,是一栋以红砖和燧石砌成的房子。院子完全被橘色和红色的雪铁龙 H 款厢型车所占满,仿佛这院子是以车身的尺寸特别量身打造的。马克注意到车子的前侧和后侧都生锈了,车门凹凸不平,还有一道道的黑色刮痕。哪怕只是挪出院子一下,这车子有多久没移动了? 如今,再也没有人嚷嚷着要在这么迷你的院子里玩耍了。

马克按了门铃。妮可立即开门。他祖母温暖又饱满的身躯令他感动不已。她紧紧拥抱他许久。如果是平常的时候,被抱住这么久,他一定很不自在。但今天不会。他们祖孙两人心里都清楚。妮可终于放开他。

"你还好吗,马克? "

"还好……"

马克连语气都懒得装了。他的目光打量着家里的小客厅。他每回来一次,它似乎就更小一些,也似乎更暗一些。Hartmann Milonga 钢琴依然夹在沙发和电视之间,只是积了一层灰尘。琴键上堆了一叠纸张、账单、传单、报纸、折页。这些东西没别的地方可塞,既然现在钢琴不用了,堆在这里又如何？

　　餐具已就绪：两个盘子、两条素麻色餐巾，还有一瓶家常苹果酒。马克就座。妮可在厨房和客厅之间的短短五米范围内来来回回地忙碌着。她端来两份比目鱼片，是地道迪耶普的做法，用奶油酱汁佐淡菜和鲜虾。妮可不但厨艺精湛，也擅长让谈话气氛热闹起来，知道如何打开话匣子：马克的课业、迪耶普港口的未来展望、准备发送的倡导传单、她肺的老毛病、家里漏水的屋檐（"马克，你有空的时候能不能帮忙看一下……"）。她一人的活力和热情足足有两人份，就像许多老奶奶一样，每次为了能和亲人说上几分钟话，中间总要熬过好几个星期的漫长沉默。马克的回答多半只有单音节。他的目光在屋内打转，最后总会回到相同的地方，亦即钢琴的上方。在那叠纸张中，马克发现有个蓝色信封，和柯玛蒂在玫园交给他，后来又被薇娜偷看的那个蓝色信封一模一样。那是爵爷送的毒糖果。所以妮可把这信封在她记忆的秘密抽屉里收藏了三年，现在又把它翻找了出来……

　　谁会是第一个开口的人？

　　妮可正聊着说有位不太熟的邻居住院了，癌症末期。马克躲进自己的思绪里。所以这么说来，他祖母三年前就知道真相了。她握有证据。生还的是米莉，她这些年来所抚养的，确实是她的孙女。妮可大获全胜。她之所以把浅色蓝宝石戒指送给丽莉，想必只是为了可怜柯玛蒂，就像妮可在街上遇到乞丐，总是会给个铜板……

　　柯家的下场竟沦落到和乞丐没两样，还能轮到他祖母来施舍，令他心中五味杂陈。迪耶普火车站里，薇娜蜷缩在车厢座位上的景象，依然在他脑海里挥之不去。

　　妮可端来饭后奶酪。她一如往常，不吃甜点，却自豪地在马克的盘子里放了个莎兰波泡芙。一个恶心的绿色巧克力甜点！马克大约十二岁起再也受不了这种东西，但从来不敢向祖母明说。它是最便宜的一种糕点……他乖乖咀嚼着泡芙。妮可又继续讲传单、镇政府和商港的事。马克已无心聆听。他的目光移向壁炉上方相框里，望着那张他父母帕斯和黛芬的合照。他们穿着婚纱，在绵绵细雨中，站在圣母教堂前。从马克有记忆以来，这个相框一直放在这个位置，挂在这同一根钉子上。变了调的幸福。

妮可端来用锅子煮的热咖啡，然后分装成两杯，她喝的是无糖的。是她跨出了第一步。很小的一步。

"你最近和米莉联络过吗？"

"没有……呃，没有直接联络。"

马克犹豫了：

"我……我觉得她在医院，或在诊所之类的地方……"

妮可不禁低头。

"别担心，马克，别想太多。她现在已经成年了，她知道自己在做什么……"

她起身收拾杯子。

"她知道自己在做什么"……妮可的话语在马克混乱的脑袋里翻腾。这些到底只是身为祖母所说的安慰话语，还是她另有什么事瞒着他？

马克站起来帮妮可的忙，一起在厨房到客厅、客厅到厨房之间来回穿梭。穿梭到第二次时，他在一张照片前愣住了。这明明是一张熟悉的老照片，收在置物架上的一个木头相框里，摆在一副播棋棋盘和一个气压计台灯之间。照片中的人物是韦皮耶和韦妮可。他们并肩在迪耶普副县会前游行，面前拉着一条巨大布条，上面写着"抗议！罢工！"不难猜出他们当时的年纪，这照片是一九六八年五月的六八运动时拍摄的。妮可和皮耶还不到三十岁。他们的长子尼谷由妮可牵着手，帕斯则由皮耶背在肩膀上。他年纪五六岁，手里紧握着一支红色小旗。马克凝视着齐聚在同一张照片上的祖父、父亲和伯伯。他们全都逝去了，没有留下半点回忆给他。马克勉强装出镇定的口吻：

"妮可，我进房间一下，想找一找我的学校笔记。几分钟就好，马上回来。"

回答他的是餐具放在桌子瓷砖上的声音。

马克走进他的房间，房间里收拾得井然有序。马克一个月在这里顶多只睡一天，妮可却仍不辞劳苦，坚持仔细打扫。

马克觉得自己好像又回到了童年；都是爵爷那本该死的札记和所有那些历历在目的往事害的。塑料直笛依然放在书桌上。是他的笛子，就是丽莉借去吹高德曼、卡布列尔①或巴拉万②的歌的那支笛子。上下铺的床依然靠着墙壁。自从丽莉搬去妮可的房间后，上层床铺到现在已八年没人睡。马克仍记得他们共度的深夜。丽莉喜欢编故事，常常越编越长。马克躺在自己床上，听着上方丽莉的声音。不过有几次，丽莉感到害怕，于是把她小小的手臂伸向他。马克从自己床上坐起来，握着她的手，直到她放松下来，直到丽莉睡着。有时则相反，丽莉阅读到很晚。灯光害得马克睡不着，但他毫无怨言。太阳本来就明亮，总不能要求它熄灭。

丽莉绝不可能把这拥挤小房间，拿去交换柯家的大卧室，交换那一大堆礼物，交换班乔大熊或其他东西。这一点，马克非常笃定。毕竟，蜻蜓和蝴蝶很相像，小时候需要的是个温暖的茧。至少在蜕变之前是如此……

马克抖了抖身子，仿佛回忆如雪花般落在他肩上。他走向衣柜，推开衣服。衣服所剩不多。妮可把太小件的衣服都捐给了慈善机构，只留下他黄色和蓝色的橄榄球衣，尺寸从"幼""小"到"中"，不一而足……还有一件红色和黄色的足球衣，孤零零挂在衣柜里，背后印着"敦达·席兹"字样，尺寸是"十二岁"。

马克蹲下来，翻找地上纸箱里的上课笔记。他所要找的东西，在最上层：去年上欧洲法律课所做的笔记。这门课主要在于熟记一连串的日期：会员国加入欧盟的日期、条约日期、指令日期、选举日期……所谓的法律课不过尔尔，很讨厌的死背书而已。马克一下子就找到了他要找的活页夹，并翻到要找的那一页。虽然他成绩并不突出，但东西倒是整理得有条有理。上面写着："一九九八年二月十二日。欧盟边界近况。"这堂课提到土耳其，因此他听得比较专心。马克重读自己的笔记：军事化的土耳其、政变、回归民主体制……

---

① 卡布列尔（Francis Cabrel），法国流行歌手。

② 巴拉万（Daniel Balavoine），法国已故流行歌手。

他花了好几分钟确认一些细节。豆大的汗珠沿着他手臂流下。终于，他把活页夹合上，手心冒着汗，浑身起鸡皮疙瘩。他现在明白爵爷的札记里哪里兜不拢了。

一切环环相扣。

马克坐在床上，尽可能用最快的速度思考。

不，他祖父的死并非意外。韦皮耶确实是遭人杀害！这下子有证据了，斩钉截铁的证据。但如果这个细节兜不拢，尽管只是个很小的细节，所动摇的却可能是这整个调查的根本……

"马克？"

妮可的声音隔着薄薄的墙壁穿透过来。

"马克？还好吗？"

句尾紧接一声咳嗽。那是一声沉重的咳嗽，隔着纸板般的墙壁听起来更大声了。马克决定暂不思考这件事。他站起来，把活页夹收进背包，并把课堂笔记放回原位。他倚着那张上下铺的床，站了好几分钟。闷热的空气使他无法正常呼吸。

妮可以颤抖的声音又喊了：

"马克？"

"来了，妮可。来了。"

房间门一打开就是客厅。餐具已洗完收好，餐桌上铺了一条蕾丝桌巾。妮可坐在桌前，哭泣着。在她面前的桌上，马克认出是那个蓝色信封。

是那份 DNA 报告。

是三年前爵爷给她的副本。

48

一九九八年十月二日，晚上十一点十九分

马克拉了张椅子也坐下来，就坐在他祖母面前。他从口袋里，缓缓拿出柯玛蒂交给他的那个被撕毁的信封，把它放在自己面前。

两个蓝色信封。各自面前各有一个。

"我知道柯玛蒂也有一份。"妮可轻声说，"这是当然的了，但我想她并不知道爵爷也给了我一份。"

"你说得对。"马克说，"她并不知道。"

妮可用白色的手帕擦了擦双眼。

"她到底跟你说了些什么？"

马克别无选择。他正是为此而来，就是来把话讲开。他讲了很久，讲到自己去柯家的事，简单叙述了爵轻信札记的内容、最后的几页、DNA 比对报告、爵爷的内疚，等等。他只跳过一件事，即爵爷的命案。一种说不上来的尴尬，使他无法就这么把这件事告诉他祖母。这样太唐突了。他必须先审慎思考，反刍一下爵爷的札记内容。回到原点，把一切重新检视一遍。

妮可用手帕捂住嘴巴，咳嗽了一下。

"马克，爵轻信在他札记里并不算说谎，但他也并没有说出完整的真相。事实其实有点出入。轻信总喜欢添油加醋一番……"

妮可的语气，当作爵爷仍在人世一样，令马克心酸。

"丽莉的十五岁生日时，"他说，"我也在现场。我都看到了，也仍记得很清楚。我记得生日礼物是个一碰就碎的花瓶，割伤了丽莉的手指，爵爷一面捡拾碎片，一面道歉……"

"没错，你说得对，但他没提后来的事。"

马克脸色发白。

"后来的事？"

"你还记得吗，马克，后来你和米莉出门了。你们去马侬家，庆祝她的十五岁生日，玩到半夜以后才回来……"

马克把手放在被撕毁的蓝色信封上。他焦躁地把它在桌上推来推去。妮可又咳了一下，想清喉咙，但声音依然沙哑。她接着说：

"家里只剩下我和轻信。他坐在沙发上喝水果酒，我则在洗碗盘。一面洗，一面哭……"

"你……你在哭？"

"马克，我可不是笨蛋。轻信领柯家的钱，替柯家办事。我也觉得她迟早有一天会要求进行 DNA 比对。她本来就有权这么做。换作我是她，我也会这样……但不是用这种方式。这种手法太拙劣了。一个包装成生日礼物的陷阱。丽莉生日时，轻信是我们唯一邀请来家中做客的朋友……"

马克感到越来越尴尬了。从前，祖母从来不曾这样和他说心里话。

"你是什么时候发现的？"

"一看到米莉流血和看到轻信收拾碎玻璃……我就发现了。笨手笨脚的轻信呀，他还不如带针筒和止血带来算了，还不如坦坦荡荡的。我也只要求他这样而已。这是从一开始，我们就说好了的：我愿意让他进我们家门，但他所调查到的内容，也都必须让我知道。"

"他不是说到做到了吗？他给了你一份报告的副本……"

妮可的眼眶再度溢满泪水。

"不完全是，马克。不完全是。他说到做到了，只差一件事。我一面洗碗盘，一面掉眼泪。然后我顿时下了决心。这时刚洗好一把刀，我心一横，在小指上划了一刀。只是个小伤口，足以流几滴血而已。我把手指包扎好以后，端了个小酒杯去给轻信，杯里装了我几毫升的鲜血。他一看到就明白了，他并不是笨蛋。"

"他有什么反应？"

妮可首度破涕为笑。

"他呀，有点生气，像个恼羞成怒的小孩子。但轻信并不是坏人。他道了歉，并承认自己的行为很幼稚。他的态度几乎要令我感动了。他答应我会替玛蒂做柯家的比对化验，也会替我做韦家的比对化验。然后……"

妮可又咳嗽了，仿佛接下来要说的话哽在喉咙。马克犹豫了，他感到越来越尴尬：

"妮可……你到底想跟我说什么？"

白色手帕在妮可手中揪成一团。

"你真的想知道？毕竟，这不是什么罪过。而且轻信应该也不会写在他的札记里。"

不，其实，马克并不是真的想知道。妮可任由自己泪流满面，连擦拭都不擦拭了。

"这天晚上，我们做爱了。你们出去庆生的时候，我们在家里做爱，像老夫老妻一样。这是第一次。自从你祖父过世后的第一次，也是唯一的一次。爵轻信喜欢我很多年了。他人很好，几乎是唯一一会进这个家里的男人。他……"

"妮可……"

马克站起来，温柔而笨拙地把双手放在祖母的肩上，然后把手指放在她唇上。爵爷气绝身亡的模样仍在他脑海里挥之不去。

"你并不需要告诉我这些事……"

"需要，马克。我需要告诉你。"

妮可擦了擦眼泪，站起来，把手帕塞进口袋。

"好啦，马克。你说得对，我不要再拿老太婆的陈年往事烦你了。"

她走了几步，理了理桌上的餐巾，然后注视着马克面前的蓝色信封。

"你拆开了信封？"

"这……这说来话长。姑且说，是一场意外，不过，是的，我拆开了信封，也看了内容。"

"那么你就明白为什么我会掉眼泪了，马克。不只是因为轻信的关系。我哭是因为米莉。"

马克独自坐在沙发上，觉得自己像个笨蛋。他也站起来，心中有一股强烈的不祥预感。他的双腿颤抖着。他想不通了。"我哭是因为米莉。"妮可的话语再度在他脑海里回荡。为什么哭是因为米莉？这份 DNA 报告，反而才是她的正式出生证明呀……

他轻轻拿起柯玛蒂交付给他的那个被撕破的蓝色信封，把它放到妮可手中。然后拿起桌上爵爷给他祖母的信封。

他把信封打开。

阅读了内容。

幽暗的客厅开始天旋地转；钢琴、相框、餐巾、沙发、电视，全都卷入一场不真实的旋涡中。

报告书从他手中滑落。

这份 DNA 比对结果完全没道理可言。

49

一九九八年十月二日，晚上十一点三十七分

　　小石子卡在屁股里，薇娜很不喜欢这种感觉，又硬又冰冷。一轮仅半满的无力的月亮，差强人意地映着海滩。薇娜找不到其他能过夜的地方。从鲁昂驶往迪耶普的列车靠站许久后，那位年轻的女查票员又来到车厢上。她对薇娜的态度相当和善，客客气气地请她下车。可是被人骂"贱女人"以后，她就没那么和善。随即赶来两位男查票员，与她联手一起把薇娜赶出了车站。

　　薇娜沦落街头。这是必然的结果，都是那该死的风筝节害的，市区里一间空房也没有了。

　　薇娜在市区闲晃了整个晚上，连吃都没吃。她不饿，也无所谓。她在街头晃荡了很久，然后才去海边。她想等那里安静一点再去，不然到处乱七八糟的，一大堆风筝、音乐、旗帜、演奏、气球、松饼，和迪耶普海边继韦家之后，接手在那里卖杂七杂八食物的各式小贩。

　　现在已接近半夜，终于散场了。只剩几个荧光色的几何形状仍飘扬在空中，以紧绷的长长绳线，拴在地上的插桩上。这些风筝，薇娜也不在乎，她没兴趣欣赏飘在她头上的这些宣纸。假如她真想做什么，那莫过于剪断所有这些绳线，让它们像死掉的太阳一样统统掉进海里。

剪断绳线。切断她的电话。诅咒她那做了 DNA 比对且骗了她这么多年的祖母。剪断脐带。

薇娜躺下来。她打算就睡在这里，睡在这些小石子上。其实，就算有冰冷小石子卡在屁股里，她也不在乎了。

"呦呵，小美女，时候不早了，你是不是该回家找爸爸妈妈了呀？"

薇娜待在暗处，只把头转向声音的来源。海滩上来了三个男的，距离她大约十米。他们三人手里各拎着一个矿泉水瓶，瓶里装着橘色液体。这是双重伪装，一定既不是水，也不是柳橙汁。

"小妹妹，你这样自己一个人，恐怕会遇到坏人哦……"

说话的是三人中最高大的那一个。他的右眼皮穿了个银环。另一个比较矮的秃头站在稍后方，在小石子上踩得不太稳。他穿着一双上了蜡的牛仔靴，靴身又长又窄，更加不利于踩在小石子上。还有一个，身形则令薇娜联想到班乔大熊，因为底盘较稳，所以站得也比较稳。

那个穿了银环的家伙更靠近了。三米。另两个跟了上来。薇娜抬起头。

"天哪，居然是个老的，"牛仔靴男说，"远远看，还以为很嫩咧……"

"说不定她真的很嫩呢。"银环男说。

棕熊男和牛仔靴男哈哈大笑。薇娜低头，仓皇翻找自己的手提包，结果气得大骂一声！她这才想起来，毛瑟手枪在火车上被姓韦的拿走了。

银环男又上前一米。

"你呀，小美女，你在找艳遇哦。你这种女生呀，我很爱哦。你知道吗，今天算你运气好。三个男人，给你一人独享哦……"

"滚啦，浑蛋。"

三个家伙后退了一米，只有牛仔靴男没有，他在小石子上滑了一跤。银环男再度上前。

"喂，兄弟们，咱们遇上一个小辣椒哦……"

棕熊男也很会说话。他是三人之中最会花言巧语的一个。

"我们不会伤害你的，只是想玩一玩……"

"就是呀。"银环男顺势说，"小美女，我超喜欢你的造型。五十年代，对吧？超帅的。我一直幻想被我奶妈吸，不知道是什么感觉。"

他又往前一米，继续说：

"只不过，我奶妈呀，她牙齿早掉光光喽……"

棕熊男和牛仔靴男再度哈哈大笑。真是捧场的观众。他们也跟了上来，站在第二线。薇娜贴在地上，试着后退，并大吼：

"你们再过来，我就把你们都干掉！"

三个男人不以为意，兴致盎然地看着薇娜蜷缩在小石子上的瘦小身躯。

"原来这小姐会咬人呀。来啦，别逞强了，我知道你也想要……"

银环男又逼近一步。他不该这么做的。

他只听到咻的一声，也许在微弱的光线中隐约看到一个影子。下一刻，他的眼睛闭上了。那个小银环，奇迹似的垂挂在血肉模糊的残破眼皮的一丝肉上。下一秒，又一颗小石头砸断了他的鼻梁。

"他妈……"

第三颗石头稍微偏掉了，没打中他张得大大的嘴巴，而是粉碎了他的右侧颌骨。

只要捡起来的重量适宜，且投掷的距离适中，三四米吧，一颗挑得好的石子，是可以要人命的。就算掷得不够准，最起码也能使人终身残废。薇娜或许没意识到这一点，但那三个家伙可是亲身领教到了。在某些情况下，就算是最死脑筋的人也能很快变聪明。攸关生死嘛。

他们落荒而逃。

一场石头雨继续落在他们身上。牛仔靴男在小石子上又滑了一跤，失声大骂。一发石头子弹击碎他的锁骨。棕熊男也没灵活到哪里去。石头纷纷击中他的背和后脑勺。薇娜的石头，现在是疯狂乱掷了，掷出的力道因为愤怒而变本加厉。

"我们会再找你算账的，贱人！"银环男逃到射程范围外后撂话说，"我们会再找你算账的！"

"最好是啦！"薇娜回呛，"我可以去告诉警察，说有人想强暴我，而且那个人很好认，他瞎了一只眼……"

三人的影子，一跛一跛离去。

一个小时后，海边起风了。薇娜感到很冷。她站起来，活动一下僵硬的四肢。她在万籁俱寂的市区里，缓缓走到火车站。当然，此刻的火车站大门深锁。薇娜最后在车站门口的长椅上睡着了。

50

一九九八年十月二日，晚上十一点五十一分

韦家的客厅静止不动了，就这么永远凝结了。

马克颤抖的手，伸去捡掉落地上的纸。这纸和他在火车上看到的那张一模一样，相同的国家公安部鉴定中心笺头和相同的印刷字体。结论也同样简单扼要：短短三行字。

亲子血缘关系鉴定

比对韦米莉（样本 1，编号 95-233）
与韦妮可（样本 2，编号 95-237）

亲子关系不符合。
彼此无任何亲子关系。
准确度为 99.94513%。

马克把鉴定报告放在桌上，仿佛丢开一张着火烫手的纸。妮可也是一样，随即在沙发上崩溃大哭。

两份报告的结果都是亲子关系不符合！

马克支支吾吾吐出一个几乎听不见的问题：

"这……这是什么意思？"

妮可掏出手帕，擦掉眼角的一滴泪，露出一抹奇异的笑容。

"爵轻信真爱开玩笑，你不觉得吗？"

"你……你知道这件事？"

"不，马克，我向你保证，没人知道这件事。当然轻信除外。我三年前就看过这份亲子关系不符合的比对结果。三年来，我都以为米莉不是我的孙女，以为米莉在空难中丧生了，以为我抚养长大的是柯丽萝……我已接受这个事实。我甚至愿意在她满十八岁时，把蓝宝石戒指送给她。我几乎要乐见其成了。"

妮可停顿了一会儿。她下意识地拉了拉披在肩膀上的羊毛披肩，把它在扣子扣到颈子的衬衫上重新披好。她无限温柔地凝望着马克。

"乐见她的未来，更乐见你们俩。这样简单多了。这份比对结果，早就是心知肚明的……"

马克沉默不语。他忽然站起来，把两张鉴定书并排在一起，加以对照。怎么看都不像是伪造的资料。马克实在很想把它们撕碎，让它们变成一团烂泥。他几乎是用喊的语气：

"妮可，爵爷弄错了！他可能弄错了样本，搞混了，颠倒了……化验室那边也可能出错。这其中一定有什么原因！"

"轻信所给我们的这个结果，可能正是我们想要的。"妮可轻声说。

马克吓了一跳。

"怎么说？"

"只有他知道自己交了什么血液样本给化验室……他高兴怎么做就怎么做，高兴得到什么样的结果，就能操控出什么样的结果。他调查了整整十五年，什么也没查到，所以也许他决定自己来写故事的结局……"

妮可沉思了一会儿才又说：

"其实，两份报告都是亲子关系不符合，说穿了，倒也挺聪明的。效果甚至出奇地好。这么一来，柯玛蒂就会相信她孙女死了，彻彻底底死了，她就不会再来找我们麻烦。我想，爵轻信并不太喜欢她。而我呢，又心碎了一次。米莉不是我孙女，也不是你妹妹。这份亲子关系不符合的报告呀，三年前，害我哭了好几夜，但也让我放下心中的一块大石。不然每次米莉和你互相对望，我就心如刀割，就好痛心，每一分每一秒都是如此……"

马克坐到沙发上，紧贴着妮可，把头放在她肩上。他伸手搂住祖母丰腴的腰，手指玩弄着羊毛披肩。妮可把脸转向孙子。

"你明白的，马克。你当然明白了。这意味着你们没有血缘关系，不是兄妹。可怜的孩子呀，你们是自由的。轻信以他的方式观察你们、爱着你们，他确实可能想出这一招……"

她凝视桌上的两个蓝色信封。

"要不是两份报告同时出现在同一张桌上，他这一招确实可能奏效……"

马克站起来，在客厅内焦躁踱步。尽管妮可这么说，但他仍然很难接受，很难相信这一切是爵爷设计好的！在札记内容中，关于这两份 DNA 比对结果，爵爷显得和他们一样震惊。不过震惊的部分搞不好是假装的，其他部分可能也不单纯……

"妮可，我出去一下，去透透气。"

妮可不发一语。她用手帕一角，轻轻按压眼睛。马克把手放在大门把手上。妮可原本就颤抖的声音更加颤抖了：

"你不问问我米莉在哪里吗？"

马克愣住了。

"难不成你知道？"

"不，不算知道。确切地说，我不知道。但我懂她所说的不归路、所说的谋杀是指什么。天哪，这怎能说是谋杀？"

马克感觉自己的心脏像要爆炸了。不到十分钟内，这是他的人生天旋地转第三次了。恐慌症的所有症状似乎瞬间一扫而空，就像忽然受到惊吓而不再打嗝了一样。

妮可犹豫了。

"一个做祖母的，多少能猜出这种事。"

马克的手在门把上僵住了。他几乎是吼着说：

"猜出什么事呀，妮可？"

妮可回答的语调，却是尽可能轻声细语。是因为低调？因为不好意思？

"马克，米莉怀孕了。她怀了你的孩子。"

马克的手从濡湿的门把手滑落。妮可继续以相同的轻柔温暖语调说：

"她要去堕胎，马克。她去医院是为了这个。"

马克背靠着伯修尔街上的一个大型垃圾桶。一轮微弱的月亮照着这一排宛如一个模子刻出来的小房子。巷子的那头，两只猫竖着一身的毛，默默盯着对方。他心想，不晓得它们是不是丽莉七岁时曾试着亲近的猫。说不定就是那时候的猫，只不过老了十岁。

马克感到内心出奇平静，比几分钟、几个小时前都更平静。事情的优先级一下子改变了，仿佛他忽然抛开了所有多余的顾虑，来了一场思绪大扫除。两份互相矛盾的 DNA 比对报告可以先搁置一旁，他祖父的命案也是。马克此刻只想着一件事：丽莉独自一人在巴黎某家诊所的某个病房里，有孕在身，怀了一个孩子。

他们的孩子。

马克走向这条街上唯一亮着的街灯。两只猫犹如雕像，一动也不动。他曾试着连打五通电话给丽莉，都没打通。现在再打电话给巴黎的那十几家诊所也没用了，如果病人有所要求，诊所一定会尊重隐私，不对外透露病人的姓名。

丽莉必然也提出了隐匿的要求。

马克只好再一次在语音信箱留言。他倚靠着街灯，活像个月光下自言自语的酒鬼。

"丽莉，妮可统统告诉我了。是我视而不见，什么都没看懂。对不起，我真是盲目。你在哪里？我必须陪在你身旁。我不会跟你讲大道理，也不会叫你一定要留住孩子，统统不会。我也不瞒你，调查没有进展。根本毫无头绪，一团迷雾。我只能仰赖自己的直觉。你也知道我的直觉是什么。我知道你觉得光凭直觉是不够的。等我，丽莉，求求你。让我去陪你。我一定马上赶到。让我去，求求你。我好在乎你。马克。"

语音留言飞向晴朗的夜空。

两只猫互相接近了。它们发出尖锐的声音，仿佛想拼个你死我活。然而，这只是场游戏，它们每天晚上都旧戏重演。

马克席地而坐，就坐在他对每个石块都了如指掌的小人行道上。以前某天，丽莉在这里跌倒过，就在他所坐的这个位置。没什么大碍，骑三轮车摔倒，轻微刮伤，流了点血；那血早就被诺曼底的雨水冲刷殆尽。

马克闭上双眼。

一个孩子。他们的孩子。

他内心升起一股无声的怒气。不是气丽莉，是气命运的捉弄。他受不了这种使不上力的感觉。

街上一户二楼的窗户打开了。一位邻居从窗口探出头来，不耐烦地喊了一声。马克不认识他，想必是新搬来的住户吧。其中一只猫听到主人的召唤，便扬长而去。另一只猫等了几秒，没辙了，便轻步走向马克。

马克一伸出手，猫便来磨蹭。它的毛仍有些僵直，灰灰的，脏脏的。这只老公猫以前应该常常被丽莉摸得打呼噜。

马克当然明白为什么丽莉想去堕胎。他低头看手机，浏览先前收到的短信。这不是年龄的问题，也无关担心自己是否能当称职的母亲，或怕可能影响自己未来生活上或工作上的发展。是丽莉不希望生出一个乱伦的孩子。

马克的手指紧握猫儿的灰毛。由于迟迟无法确认自己的身份，丽莉一点也不想冒险生出一个妖怪。这是一定的了。

他抬头望天。要是他能找到一个能确认身份的证据呢？他仍来得及阻止这一切。只要找到关键就行。猫儿跳到马克的腿上。他低头看它。

"猫老大，你说对吧？不然，在出生前，要爸爸是做什么用的？你不觉得这样会很帅吗？到时候等她长大了，譬如十五岁，或者说十八岁好了，我就能看着我女儿的眼睛，握住她的手，亲口跟她说："宝贝女儿呀，当年好险哦。要是我没查出真相，要是我没最后一刻找到那该死的证据，今天就没有你喽。心肝宝贝呀，也许我没把你怀在肚子里十个月，但你的命是我救回来的哦。对呀，我救了你一命呢。因为我好爱你妈妈，好想和她生个孩子。一个爱的结晶……'"

猫忽然一溜烟跑掉了。

"你说得对。"马克说，"我想太多了！"

丽莉在阳台抽烟。不该抽烟的，但她不管。一根烟，只抽了一根。其实是三根啦，只抽了三根。隔壁床的红发黄牙女孩很上道。她把整包烟都留给她："你自便吧。"

丽莉聆听马克的留言。她用指尖回答。马克不可能找得到她。这样也好，她必须独自一人把这条路走完。

这个孩子无论如何都不能留。人活在世上不能没有身份，这一点，丽莉比任何人都清楚。她怎能把这种终生痛苦加诸别人身上，尤其还是个无辜的孩子，她的亲骨肉？她怎能忍受自己也把这种诅咒传给别人？

丽莉的左手心紧紧握着马克送给她的图瓦雷克十字架。她右手的手指颤抖着，一面夹着烟，一面按着手机的按键。烟雾袅袅上升，被小屏幕的背光映得微微泛蓝。丽莉把她长长的信息分成四次发出。

马克，一切很快就会结束了。别担心。这种手术很普通，过程只要几分钟。

我明天还要见好几位医生。他们说为了麻醉，需要多做些检验。或许只是心理医生的拖延战术吧，想再多给我些时间考虑。谁知道。

结果我要等到后天才能进手术室。你不用替我担心。我的决定是对的，一切都会很顺利的。

你好好保重自己。丽莉。

　　马克在自己房间里，躺在儿时的床上，看到了丽莉的短信。他立刻试图回电话给她，但她没接。

　　他反复看着这几条短信。只有一句话特别吸引他的注意力："结果我要等到后天才能进手术室。"说得确切一点，是只有两个字特别吸引他的注意力——"后天"。

　　他忽然多了一天的时间可以查明真相！马克心里尽想着这件事了。他多出一天的时间。仿佛是命运在向他招手，事情仍有转机。

　　他定定地凝视他上方的床铺。几个小时就这么过去，就像小时候，丽莉阅读到很晚，或隔壁邻居太吵，或他自己一个人睡不着时那样。马克一直醒着。一个想法逐渐成形，就像院子里一条太整齐的走道上蹿出一株野草。他越想越觉得，这整件事，一切都互有关联：他祖父的命案、爵爷的命案，或许还有他所不知道的其他命案……以及丽莉的身份！

　　答案呢，爵轻信已经找到了。他发现了真相，才会惨遭毒手。他原本打算去汝拉山区，去恐怖峰。其实想想也合理。一切是从那里开始的，终究也该在那里结束。答案就在恐怖峰上……不然也不可能在别的地方了。

　　凌晨四点。马克忽然下床，穿上一件毛衣。说到底，他又有什么好损失的？他反正毫无头绪，只能把爵轻信的札记一读再读。不行！这个办法不够好。至少不适合他。他在黑暗中蹑手蹑脚，走到他祖母的房间里。

　　"马克？"妮可睡眼惺忪地问。

　　"妮可，家里的厢型餐车，还能动吗？"

　　"你说那辆雪铁龙？"

　　妮可错愕地揉了揉眼睛。她朝床头柜上的闹钟望了一眼，但并未说什么。

　　"呃，应该还能动吧。我现在一年开不到几公里。我上次发动的时候，它……"

　　"车钥匙还是摆在客厅的第二个抽屉？证件也是吗？"

　　"对，不过……"

　　马克在祖母的脸颊上亲了一下。

"谢谢，别操心……"

　　妮可原本要说"路上小心"，但这几个字成了一连串咳嗽声。她用手帕捂着嘴。妮可知道自己这一夜再也无法成眠。接下来的几夜也是。

51

一九九八年十月三日，清晨四点十二分

　　厢型餐车一发就动了。这辆车，马克已开过好几次，都是短距离。两年来，多半是他负责开车去迪耶普市区，或把车停进院子里。妮可教过他倒车入库的参考点：信箱，以及对面邻居家的左侧窗板。只要严格遵守这两个参考点，就能刚刚好停进来。

　　韦家的雪铁龙H款厢型车，是法国出产的最后一批这种车款。韦皮耶于一九七九年买下这辆车，而雪铁龙公司于一九八一年停止生产这款经典的小卡车。皮耶买的是加长版，有点像七十年代肉贩常用的那种车。橘色的车身，配上红色的扁扁车头，让这辆车看起来像条憨憨的大狗，两颗圆圆的车灯是眼睛，金属支杆上的后视镜则像耳朵。一条有着波浪形钢板的沙皮狗。丽莉都称它是她的大狗狗。这条懒洋洋的大狗狗睡在门外，占满了整个院子。

　　皮耶和一位在奈维尔市开修车厂的亲戚，亲手改装了这辆车。它也被定期送去给这位亲戚保养维修。这辆雪铁龙看起来不如实际上老旧。里程数已有二十八万三千公里。修车厂亲戚都说它是"不死老妖"。尽管车身伤痕累累，处处可见生锈痕迹，雨刷用胶带勉强固定，前侧车门已有些松脱……但马克别无选择。

　　他看了看手表。现在是清晨四点多，迪耶普沉睡着。他所穿越的这个鬼城般的小镇，上空有好几个随强风飘扬的宣纸脸谱镇守着。这辆雪铁龙动起来很吵，但起码还能动。马克并不想高兴得太早，他有六百多公里路要赶。出门前，他查看了地图。他决定避开巴黎，绕北部而行。他把路线统统记在一张纸上：纳夫夏特尔昂布雷、波维、康瞥尼、苏瓦松、韩斯、沙隆昂香槟、圣狄斯尔、朗格勒、维苏尔、蒙贝利亚、恐怖峰。他计算过，全程大约需要十个小时。前提是一路顺利的话。

马克沿着港口前进。只要走完香吉大道，他就出迪耶普了。一路上，一个人影也没有。到了香吉大道尽头，马克从火车站门口经过。他下意识地转头看。有个女生睡在长椅上……

雪铁龙忽然紧急刹车。起码，刹车还能正常运作呀！

喇叭也是。

柯薇娜瞬间惊醒。下一秒，她的手立即握住一颗她离开海边时特别随身带走的小石头。她疯归疯，仍不失谨慎。她站起来，终于认出这辆红橘餐车驾驶座上的马克。他摇下车窗。

"你总不至于要拿石头砸车吧？"

"谁叫你要拿走我的枪！"

"枪在我口袋里啦，安安稳稳的。上车吧！"

薇娜难以置信地瞪大眼睛。

"你是要去买菜还是怎样？"

"叫你上车啦。我要去朝圣。像你这么想不开，应该也会想去。"

薇娜走上前来，手里依然紧握着石头。她满腹狐疑地打量车身的锈迹，和车门与引擎之间的车窗。

"别告诉我你打算开这辆有轮子的棺材去恐怖峰。"

这话听起来有弦外之音，马克尽量不去想她是否故意的。

"我猜你从来没去过汝拉山区那里，而且你一定想去，想得要命。"

薇娜放开手中的石头。

"这倒是被你说中了！"

马克打开副驾驶座的门。黄色的金属踏板很高，薇娜上车爬得有些吃力。

她不禁发牢骚：

"你这辆破车，我看连巴黎都到不了。"

"随你怎么想。再说我们不走巴黎，而是从北部绕过去……"

马克把自己列的城市路线递给薇娜。

"浑蛋。"她说，"一堆乡下地方……最好别半路抛锚。原来，我们两个比起来，你才是神经病！"

马克闷不作声。他们默默走一号县道。道路顺着布雷地区的山谷地形蜿蜒而行。过了十分钟，马克率先打破沉默：

"抱歉，昨天没请你来家里吃晚餐……下次再补请喽。"

"不劳你费心。我可以自己想办法。我在附近交了些朋友……"

又是十分钟的沉默。他们即将抵达纳夫夏特尔昂布雷。

"我们去那边要干吗？"薇娜忽然问。

"我说过了，去朝圣……"

薇娜一脸好奇地望着马克。

"你就这样说走就走？我还以为这出戏已经唱完了。我祖母都去做了那该死的 DNA 比对了。蜻蜓是你妹妹，白纸黑字写得清清楚楚。是因为你和她上床了，才怕怕的吗？"

马克已进入郊区地带，他猛然用力踩刹车。薇娜整个人贴在座椅上。安全带太高了，勒住她的脖子。

"假如我每酸你一下，你就要踩刹车，那这路可有的走了……"

酸一下……

一想到自己竟必须再忍受这个女生十个小时……他设法反击：

"那个安全带，抱歉，我把儿童安全座椅忘在保姆家了……"

"哈，哈，哈。"薇娜假笑，"如果你能说些够水平的笑话，这路上应该可以比较不无聊。"

马克一点都不想跟着起哄。他再度沉默许久，然后终于问：

"那个该死的 DNA 报告，难道你相信吗？"

"我死也不相信那团废纸！"

"很好，我们看法相同。"

薇娜扯着安全带，忍不住又说：

"根本是胡说八道！我一直都知道爵轻信是你们这边的人。因为他内疚，还有因为你祖母的大奶子……"

这次，马克没踩刹车，但他认真考虑是否要现在就把她丢在这路边。要不是他需要她，或许他真的会这么做。他必须要有耐心，薇娜将会派上用场，她不知不觉中已逐渐松了口风。她这就提到了爵爷的内疚。才只是个开端而已……

他们沉默了近一个小时，直到波维。国道上，空旷又单调。薇娜向前倾。沾着灰尘的老旧安全带戛然束住，刮了她的耳朵。

"我猜你的汽车音响坏了吧？"

"音响的确不行了，没错，不过录音机应该还会动。我们小时候听的那些录音带应该还在……"

薇娜哈哈大笑。

"天哪！录音带，现在还有这种东西哦？"

"你找找看你前面的置物柜，应该有个十几卷吧。"

薇娜打开置物柜。

"录音带，长什么样子呀？"

她转向马克，眼神中简直带有一丝淘气。

"别踩刹车！我开玩笑啦！"

她花了几分钟检视那些录音带，然后没给马克看，就自己把其中一卷放入录音机里。一阵夹杂着警笛声的强烈吉他声，立即填满车内。这首歌是《塞吉之歌》①，歌词叙述一个人独自夜游的心情。

光听第一个和弦，马克就认出这张专辑是《摇滚诗篇》。

"明天，明天。明天和昨天一样。"夏雷立·顾杜尔带着浓浓鼻音的嗓

---

① 歌名原文为《La ballade de Serge K.》，出自夏雷立·顾杜尔的《摇滚诗篇》（Poèmes Rock）专辑。

音唱着。

"我就知道你会放这个。"马克说。

"我想也是。怎能让你失望……"

马克不禁微笑。他们进入波维市区。虽然现在才早上五点，但车子开起来并不轻松。他们一而再，再而三被红灯拦下来，这红绿灯的时间不知是哪个有毛病的公务员设定的，好像故意要让遵守速限的驾驶人员到每个路口都遇到红灯。

"你说得对。"马克趁行进中说，"没错，《摇滚诗篇》是法国摇滚史上最棒的专辑……"

"我对这没概念。我只听过一首歌，想必你也知道是哪一首……可是因为你没有CD，这下子非把整个A面先听完不可……"

"你平常都听些什么？"

"没在听音乐。"

夏雷立·顾杜尔的嗓音填满了接下来的沉默。他们终于出了波维市。A面结束了。薇娜默默把录音带换面，并把音量调高。太高了。钢琴的乐音一响起，车内便跟着震动。

> 像个没了翅膀的飞机……
>
> 我唱了一整夜，
>
> 是的，我唱给那个
>
> 整夜不相信我的人……

马克感到一阵头皮发麻。薇娜闭上双眼，张开嘴巴，唱着歌词；或该说，只是假装唱着，她嘴巴动着，却未发出任何声音。

> 就算我无法飞翔，
>
> 我仍会勇往直前，

是的，我要下注，
即使没有本钱。

马克不由自主稍微放慢了车速。这首歌，他听过不下一百次。总是自己一个人听，想躲起来的时候听，心中犹疑时也听，从来不当着丽莉的面听。丽莉受不了这首歌，只要一听到就会尖叫。她八岁时，在她好朋友马侬家里，把一台收音机摔烂在厨房地上，只因为电台刚好播放了这首歌。

聆听风的声音，
它从门下穿透进来，
来吧，把床换掉，把感情换掉，
改变人生，改变日子……

薇娜似乎感动落泪。吉他的独奏声让人情绪更加沸腾。马克凝望着地平线。

哦，蜻蜓，
你呀，你有着脆弱的翅膀，
我呢，我有着破碎的身躯……

夏雷立·顾杜尔的声音慢慢离去。薇娜擤了擤鼻子。马克不发一语。车子继续前进。国道持续经过一些令人惆怅的小城镇，它们盼望出现改革却迟迟无法如愿，只好用大广告牌公布公路上的车祸死亡人数和每日经过的大货车数量，聊表弥补之意。二十分钟后，他们接近康瞥尼市。车流量开始变得密集。

出康瞥尼时，马克转向薇娜。

"到下一个乡镇，如果看到有开门营业的面包店，我们可以停下来买些东西吃。"

薇娜转头看厢型车的后方。

"哦？我还以为你会把驾驶座让给我，我一面开车，你一面去后面弄吃的。可丽饼啦、松饼那些的……就像以前爷爷奶奶那样。"

马克沉默不语。不必多说什么了，他已下定决心。是时候了……反正，以某种方式来说，是薇娜先挑起了这个话题。他们经过一个名叫卡特诺瓦的小镇，小镇的中心、教堂、学校和镇政府，当初在建造的时候，刻意与国道保持距离。马克把车子停在一个尘土飞扬的停车场上。水泥花坛的那一头，所有房子、所有商店都是关着的，包括那家自豪地贴着四十九法郎外带套餐菜单的餐馆在内。马克确定毛瑟手枪依然在他口袋里以后，拔下车钥匙，下了车。停车场四周矗立着几棵桦树，树叶被来来往往的大货车熏黑了。马克走到稍远处，在一棵树后面小解，然后回到车上来。

薇娜一动也没动。马克走到副驾驶座旁，把车门打开。他从牛仔裤后面口袋，拿出五页纸，交给薇娜。

"喏，读一下。"

薇娜惊讶地瞪大眼睛。马克解释说：

"这些是爵轻信的笔记，从札记里撕下来的，是他的调查内容。你读一读，这个段落很重要。读完以后，我还有别的东西要给你看。"

52

一九九八年十月三日，早上六点十三分

柯玛蒂划了一根火柴，拿到煤气灶前。一圈蓝色小火焰包覆了那一锅清水。她转过来，看了那份一九八〇年十二月二十三日的《东部共和报》最后一眼，然后撕下头版。她把它卷成长条状，凑到火边。纸卷立刻燃烧起来。直到火焰熏黑了柯玛蒂的指甲，她才放手，让余烬掉落在洗碗槽内。

这个头条消息已无用处。她昨天下午，在门口大厅里发现了这个包裹。包裹里装着折好的报纸，就像她向秘书吩咐的那样。所以那个秘书果然挺有办法的。她看了报纸，不到一分钟就明白了。怎能不明白呢？

爵爷没有信口开河，他说得对极了。真相一目了然，这么说还真是贴切，但有个前提，只有一个前提而已，就是要过十八年以后再翻开这份报纸。

真是造化弄人！

所以，他们从一开始就搞错了方向。

更糟糕的是，她丈夫做出了愚蠢至极的傻事。他杀人害命了，结果竟是白忙一场。她自己也没好到哪里去，她袖手旁观。为了丽萝，她接受了这件事，自以为是为了大局着想。他们竟错杀无辜。对方和他们一样，也是受害者。迟早有一天，将会东窗事发。到时候，她没有勇气面对凡人的审判，至于上帝的审判呀……

柯玛蒂毫不犹豫地把手指浸入水里，发现水才微温而已。琳达在楼上的客房，在睡觉。她发现雷昂断气后，在大厅晕了过去。她走了不到十步便瘫倒在地板上。玛蒂给了她一颗安神丸，又加了颗安眠药，让她躺到床上，打电话给她丈夫，说她今晚将在玫园过夜。雷昂状况不好时，琳达偶尔会在玫园过夜。琳达的丈夫没多说什么，毕竟玛蒂付的薪水很优渥，优渥到足以让琳达愿意乖乖加班。

玛蒂拉开柜子，拿出一个用报纸包着的玻璃小瓶子。琳达快醒了。不用想就知道，她醒来后的第一件事就是冲去报警。玛蒂并不会阻止她。不然还能怎么办？总不能杀了这可怜的女孩吧。回想起来，昨天下午，她应该多等几个小时，等琳达回家以后再说。那么一来，家里只剩她和雷昂，就像每天晚上一样。一切都会简单得多……可是她实在忍不了那么久！看到了报纸，明白了真相以后，叫她怎么办法再等上几个小时？这些年来，她不下千万次想过要亲自讨公道。讨公道……未免说得太好听。她唯一的功劳，就是让一个废人能少痛苦一些。至于公道，上帝早已公平以对。

现在轮到她把自己的悔恨放到天平上了。

至于警方要怎么想，丑闻要怎么传……

都无所谓了，届时她已无须面对。

柯玛蒂的手指再度伸入煤气灶上的锅水中。几乎烫了！她如释重负松了一口气。一切很快就将结束。她把煤气关掉，把沸腾的水倒入一个大陶碗，把碗连同小玻璃瓶和一个小汤匙，放在一个银色小托盘上，然后步出厨房。

玛蒂从樱桃木大阶梯缓缓上楼，打开右边的第一道门，进入丽萝的房间。她端详着这个堆满了玩具和礼物的偌大卧室。玩具和礼物花了多少钱不重要，重要的是每一年、每一个生日、每一次圣诞节，它们都意味着一份希望。丽萝并未被遗忘。每一根摇曳的蜡烛，都代表着她有一丝机会仍活在人间。那脆弱的小烛光，昨天下午，彻底被吹灭了。

雷昂滥杀了无辜。

玛蒂把银托盘放在床头柜上。为了来到床边，她推开了一个有着蕾丝绲边的天蓝色娃娃车，并小心翼翼跨过一组袖珍中国餐具。她轻轻推开睡在儿童床上的大熊，薇娜都叫它班乔。她在床上躺下来，这张床本该是所有这些年丽萝睡觉的地方；但丽萝再也不会躺在这里了。玛蒂旋开玻璃瓶的盖子，把瓶内的土黄色液体，全数倒入陶碗的热水里。

"我的最爱。"玛蒂喃喃说，"我的秘密。我小心翼翼珍藏在温室里的白屈菜，留到特殊场合用的。现在就是最特殊的场合，也是最后的场合了。"

玛蒂用银汤匙搅拌，白屈菜的汁液与热水混在一起，成了玛蒂所要的致命毒汤。

她曾在某处读过，如果想谋杀某人，不可能用白屈菜。连杀她丈夫也不行。据说白屈菜的味道令人受不了。因此误食身亡的案例少之又少，据她所读到的，以前只在德国有过一例吧。因此犯罪小说的作者们，从来不会把白屈菜写进自己的书里。

玛蒂把小汤匙轻轻放在银托盘上。她把手伸到脖子后面，解下十字架。

就算是为了自杀，白屈菜也绝非首选……或者该说，它是求死意志特别坚定的人所专用的。她微笑了。她不是那种会吞整盒安神丸，或用针筒注射无痛药剂的人……那种自杀未免太舒服了！根本是自相矛盾！用那方式面对最后的审判，再虚伪不过了！

柯玛蒂把那碗白屈菜汤凑到嘴边。她不禁皱起眉头，但仍继续把陶碗往上托。她一饮而尽。

实在是令人难耐的苦涩。

但她不会有半点怨言。

换作是别的时代，为了赎罪，她甚至会要求别人将她鞭打至死，用木桩插进她的心脏，或把她活活烧死。

玛蒂躺在丽萝的床上，这是个死人的床。

她把十字架握在手里。

从现在起，不会太久了。

53

一九九八年十月三日，早上六点二十二分

　　马克在停车场上走动的同时，薇娜坐在厢型餐车的后座，阅读撕下来的那五页。他背包里带了一些饼干和一盒柳橙汁。他吃光了饼干，喝掉半盒柳橙汁。一辆货车也来停在停车场上，距离他们的雪铁龙约五十米。一个拿着保温壶的家伙下了车。想必壶里装的是咖啡。马克犹豫着要不要向他要一些。

　　薇娜手中握着那五页纸，从雪铁龙上跳下。

　　"你高兴了吧，我读完了！这就是你想要的？想用你爷爷的意外，让我良心不安？只能说，算他倒霉……但除此之外，你到底想怎样？当年我才八岁，不过你想也知道，我多少听过一些内情。你到底有什么问题？假如是想告诉我你这辆橘色和红色的餐车是辆灵柩车，那就免了！我今晚不打算睡在这里面……"

　　马克沉默不语。或许他逐渐习惯了薇娜这种尖酸的幽默。说穿了，这是她唯一一会的沟通方式；说不定对她而言，甚至是某种疗愈。说不定这种电击式的疗法对他也有效，毕竟所有这些年来，他身边净是沉默、避讳和禁忌。马克蹬上车，翻找背包，拿出他欧洲宪法的上课笔记活页夹。

　　"喏，现在再读一读这个……"

　　"什么？全部？！"

"不用全部读啦。只要看二月十二日，关于土耳其的那一课。"

薇娜叹了口气。

"先给我柳橙汁和一些吃的。"

马克把自己剩余的早餐递给薇娜，她狼吞虎咽吃得精光。假如她患有厌食症，也未免掩饰得太好了。

"好啦，这是什么鬼东西？"

她拿起活页夹，翻到马克所说的那一页，然后皱起眉头。

"不好意思，我看不懂你的鬼画符。你在学校成绩一定逊爆了，尤其跟丽莉比起来……她一定很厉害，她……"

马克默默听着。这是幽默，是有疗愈效果的幽默！

"你呢，你有什么专长？"

"我是特殊教育老师的世界纪录保持人。十五年换了三十七个老师……最后那一个，连两天都撑不完就跑了……"

"那你还好意思说我……"

薇娜忍不住笑了。她把饼干包装纸和空果汁盒丢在地上。

"对，可是我呀，是因为我太特别了。那些老师应付不来。他们不晓得该把我归在哪一类，你懂吗？"

她又抬起头。

"×，我实在看不懂你写的蚂蚁字……"

"你只要看日期就好了。日期你总看得懂吧？你不至于特别到连日期都看不懂吧？"

"你太抬举我了……"

"快看啦！"

"凶屁呀你……"

她仍念道：

"'一九二三年十月二十九日，阿塔图尔克领导下的土耳其成为民主体制；一九六一年九月十七日，总理阿德南·曼德列斯因违反宪法而遭处决'……好啦，你到底想说什么？"

“继续！”

“×……‘一九八〇年九月十二日，境内发生政变，权力回到军方手上；一九八二年十一月七日，进行全国大选，回归民主’……”

“好。”马克打断说，“现在，再回去看爵爷的札记。看最开头几行。”

“你真的很烦啊！”

薇娜把纸张扔在地上。

“好了啦，我们别去了吧？假如你开这辆破车，不想等到万圣节才到汝拉山的话，现在就该走人了……”

马克心平气和弯下身去把那几张札记捡起来，开始念：

“‘一九八二年十一月七日这个星期天，我整个周末都待在地中海岸的安塔利亚——这座位于南部的大城，有‘土耳其蔚蓝海岸’的美誉，一年有三百天出太阳—— 一位土耳其内政部高官的别墅里’……中间我稍微跳过：‘这位高官最后拗不过我，某个周末正好要在自家宴请土耳其国安单位的人，索性邀我一起去。纳金破天荒没随我同行，爱菈坚持要他回去，印象中，好像是因为她生病了……这样反而令我非常困扰，没人帮忙翻译的情况下，我整个周末都在鸡同鸭讲，而且其他那些人一心只想和老婆躺着晒太阳而已……一点都不觉得我的请求有什么好着急的。其实，连我自己也越来越意兴阑珊了’……”

薇娜焦躁地把手指上的棕色戒指转来扭去，并把目光瞥向停车场另一头的那辆货车上。

“现在呢？”她喊得很大声，大声到货车司机也听得见，“是要把你这辆烂车停在这里，开始烤松饼吗？”

拿着保温壶的司机听到了，他一脸不解地看了看薇娜，随即耸耸肩转身离去，心情并未受到多大影响，仿佛遇到一只只会吠而不会咬人的小狗而已。马克直直盯着薇娜。她虽然语气放肆，却再次显得像虚张声势。只不过是顾左右而言他罢了……

“薇娜，我来替你归纳整理一下吧。就是日期上有些兜不拢……爵轻信在他的札记里，说他和土耳其内政部的所有官员在一起，说一九八二年十一月七日的时候，他们带着妻小在海边玩得乐不思蜀……"

"多谢，我不是文盲，好吗？"

"……可是，"马克接着说，"一九八二年十一月七日这一天，恰恰是土耳其的大选。回归民主的大日子呀！军权统治垮台了，是历史性的一天。你不觉得，这个周末，那些土耳其高官，应该有别的事要忙吗？"

薇娜耸耸肩。

"姓爵的弄错了日期。就这么简单。毕竟，都过了十五年……"

"弄错个屁啦！"马克大吼。

拿着保温壶的司机倚靠着他卡车的车身，有趣地望着这一幕，仿佛马克和薇娜是连续剧的主角。

"要不要帮你装个助听器呀？"薇娜朝那司机咆哮。

对方自讨没趣，没吭声。马克继续：

"薇娜，我可以告诉你真相是怎样。一九八二年十一月七日这一天，爵爷人并不在土耳其！至少，他绝对不在安塔利亚的什么别墅里。那么，他为什么要说谎呢？为什么要编一个这么粗糙的不在场证明呢？因为他当时人一定在别的地方。别的地方，好，但会是哪里呢？一九八二年十一月七日的这个周末，他能躲在哪里呢？到底是哪个他不该出现的地方呢？为什么要特别强调纳金在法国，而他在土耳其？这样纯粹是为了让人对纳金起疑！"

"怎么可能有这种事？"薇娜插话说，"我觉得你比我还神经病。"

马克一把揪住薇娜毛衣的领子。她并未反抗。她口袋里没有枪了，连颗石头都没了。

"要是温和的爵爷，这个有耐心、仔细又诚恳的私家侦探，这个跷跷板轻信、韦家的好朋友、我祖母的仰慕者、被调查弄得灰心丧气的叙述者，这个忠实、单纯又可怜的爵轻信……要是这家伙，只不过是个拿钱办事的走狗呢！要是他是个畜生，被你祖父要求去除掉我祖父母，好争回丽莉？要是这个畜生居然答应了呢？……"

马克纠结的手指，扭扯着薇娜的浅紫色毛衣。她依然不发一语。停车场上，保温壶司机已回到自己的货车上。一阵吱吱呀呀的收音机声音传了过来。

马克强忍泪水，继续说：

"爵爷就算在他的札记里明明白白说出这件事，也不会有什么危险……就算其余的一切或许是真的，或许他对我们的关爱、对我祖母的感情也是真的……太老套了，刽子手狠不下心杀掉该杀的人，于是爱上了这个人……内疚化为迷恋。太可悲了！亏我们好多年来都邀这家伙来家里做客……这个杀害我爷爷的凶手。亏我祖母还跟他……"

马克忽然放开薇娜，在停车场上走了几步，下意识地捡起地上的饼干包装纸和柳橙汁纸盒。他走向十米远那个最靠近的垃圾桶。

"你爱怎么说就怎么说！"他大喊，"我知道事实的经过就是这样。是爵轻信！一旦明白了这一点，他这整篇札记的居心叵测，就太明显了……他是个走狗，是个小人，从一开始就有迹可循……"

马克把废弃物丢进垃圾桶。

"是我爷爷。"薇娜的声音说。

马克从来没听过薇娜用这么轻柔的声音说话。他转过头来。

"是我爷爷。"薇娜又说了一次，"是他一个人的主意。是他第一次心脏病发作后的事。他对我奶奶这种漫长的调查没信心。他是个主动出击型的人。在我奶奶之后没多久，他也找上了爵轻信。他给了爵轻信一笔巨款，如果你想知道的话，大约是凯伊丘一栋房子的价码。条件是看起来必须像一场意外……按照那些律师的说法，如果韦家二老死了，姓威的——就是那个专审儿童官司的威柏尔法官——麻烦就大了，但我们赢回丽萝的胜算很大……姓爵的一点也不是什么纯洁善良的货色，这我爷爷打听过了。一九八二年十一月的那个周末，他从土耳其往返法国一趟。神不知鬼不觉。其余的，对他而言并不太难。"

"你怎会知道这些？"

"当年我八岁，还不是很懂事，但已经开始偷听每个人说的话。我就是那只到处钻洞、躲在暗处的坏坏小老鼠。我奶奶也是很久以后，等到韦皮耶死后才想通这件事。可怜的她呀，良心有多么过意不去，就用不着我多说了。杀人害命呢！她向上帝祷告时，这种话怎么说得出口呀？没多久，我爷爷就二度心脏病病发了。他的计划砸掉了。我奶奶认为这是上帝的正义，于是再也没提过这件事！"

"你呢，薇娜，你怎么看？"

薇娜犹豫了一秒。她焦躁地拨弄自己落在车子金属踏板上的鞋带，然后回答：

"我认为我爷爷是对的呀！不然你以为呢？有可能会成功嘛，让韦家二老不见，咻……然后我妹妹，被你们抢走的丽萝，就可以回来她房间了。你呢，就把你丢到孤儿院，活该！这就是我的看法。"

"现在呢？如今，你怎么看？"

这次，薇娜并未犹豫：

"还是一样！"

他们继续上路。薇娜换了一卷录音带。是她随便挑的，因为封面的天蓝色很好看。是险峻海峡乐团的《Brothers in Arms》专辑。主唱马克·诺弗勒的嗓音交织着激昂的吉他乐声。是她率先开口：

"但说到底，姓爵的仍是混账一个。不知道为什么，他从来就唬不了我。或许因为他隐约晓得我知情。"

马克听得心不在焉。他心情糟透，觉得自己被出卖了。爵爷在札记中所说的，到底有几分是真，几分是假？

"四天前，他还想敲诈我奶奶。"薇娜继续说，"就凭他那什么最后一刻有新发现的鬼话。他要求十五万法郎，等证据到手后，还说再要三倍的价码……我不知道是谁干掉了他，但这世上从此少了一个败类呀！"

马克的手指在方向盘上，跟着《Your Latest Trick》萨克斯风的旋律打节奏。他思索着薇娜刚说的话。

"我不知道是谁干掉了他"……

他回想着发现爵爷尸首时的情形。心脏中枪，头部倒卧在壁炉里，像是某种恐怖仪式。尸体的脸上满是水疱和灰烬。

"更别提那份 DNA 比对报告了。"薇娜继续说，"你我都知道还活着的是丽萝。所以这报告更证明了姓爵的实在是烂到骨子里了。"

马克混乱的思绪里，忽然萌生一个强烈疑惑；原本只是小火花，被强风一吹，在他脑海里成了一片燎原野火。

"再说，"薇娜总结说，"姓爵的根本是个没用的饭桶。给了他一百万，连两个在睡觉的老家伙都搞不定……"

马克的双手紧紧握住方向盘的老旧皮套。马克·诺弗勒的吉他奏完最后一个音符。

只是幽默而已，具有疗愈效果的幽默。

54

一九九八年十月三日，早上十一点三十三分

　　他们从出发到现在已经过了五个小时。橘色和红色的雪铁龙 H 款厢型车一路挺了过来。上高速公路时确实有些吃力，极速大约在时速一百到一百一十公里之间。车上的录音带已全部听完：堪称八十年代流行乐的几张必听杰作。巴拉瓦纳的《Sauver l'amour》、我的化学浪漫合唱团的《Famous Last Words》、雷诺的《Morgane de toi》、高德曼的《Positif》等。

　　他们在维特里方索瓦暂停。维特里方索瓦这个小城镇像是不知打哪里冒出来的，从香槟区的玉米田中忽然出现在眼前，事先连个高塔钟楼都看不见。他们在国道和马恩区之间的一家餐馆吃午餐。他们是店内唯一的客人。马克心事重重，只点了一份奥姆蛋色拉。薇娜则尽情享用当日套餐的所有菜色，包括火腿冷拼盘、油葱牛腩和焦糖烤布蕾。

　　"您的这位小姐胃口很好哦！"餐馆老板朝马克眨了眨眼说，"这么多东西，她怎么装得下呀！"

　　他们再度上路。

　　经过圣地洁，然后是首蒙。

　　接着是巴黎盆地的边缘。谷田平原尽头矗立着成排的半屏山，亦即陡峭如阶梯的山壁，翻过山头后，山脚的凹陷处是树林，接着又是谷田平原。雪铁龙厢型车从半屏山下山时冲得有点猛，仿佛刹不住了，只求能有个反向坡道让它减缓速度。雷诺的《En cloque》唱第三次了。他们近两个小时没说一句话。薇娜打破沉默：

"你觉得丽萝会想要一个像我这样的姐姐吗？"

马克正穿过一个名叫费比优的小村镇。他没搭腔。

"你比较了解她。"薇娜又说，"你觉得她能理解吗？能接受一个像我这样的姐姐吗？又坏，又普通，又凶。"

马克依然没说话。硬要选择的话，他宁可选薇娜的疗愈式幽默。

"我可以改。"她继续说，"你可以去告诉她吗，说我愿意改？"

"你真的确定丽莉是你妹妹吗？"

"那当然。这件事，我们两个是同一阵营的，不是吗？"

他们再度沉默。沉默了两个小时。马克不禁羡慕起薇娜的斩钉截铁和信心。她似乎活在自己的世界里，丝毫不受外界影响。马克正要出维苏尔时，收到丽莉发来的短信。手机在他口袋里振动。他一手掏出电话，一手继续开车。

马克，我明天早上十点进手术室，一切都安排好了，别担心。我之后就会打电话给你，一切都会很顺利的。亲亲。米莉。

"明天早上十点"……再过不到二十四个小时。

高德曼高亢的嗓音唱着"让我飞翔！"，马克下意识地更用力踩油门。他们正行经一处缓降坡，不过雪铁龙餐车并未因此而速度加快。随着里程数逐渐增加，马克心中的那个荒谬假设也越来越成形，可信度越来越高，随时可能成为具体事实。

三个小时后，他们已来到蒙贝利亚市区。路况很顺畅。以这个地区稀疏的车流量看来，交通设施似乎供过于求：大马路很宽广，并另有铁道。这座城市的建设规模，似乎仍停留在标致汽车工厂的全盛时期，当时该厂员工高达四万多人，是全欧洲最大的工厂……如今只剩不到三分之一。

马克把一份比例二十万分之一的法国公路地图丢给薇娜，要她负责指引他们去杜河和瑞士边境的交界处，到恐怖峰的山脚，也就是克莱毕福当地；然后要找到莫妮卡的民宿，亦即爵爷札记中所说的那个当地最漂亮的小屋。

"我们去那边要干吗？"薇娜发牢骚问，"你想拿回我奶奶给爵轻信的钱？"

马克耸耸肩。他偷偷确认毛瑟手枪依然在他口袋里。这枪是否将必须派上用场呢？是否真如他所料，他们打从一开始就被耍得团团转？

薇娜没再多问，专心研究地图。她表现得相当不错。从蒙贝利亚出来十公里，过了彭地华德以后，橘红厢型车浩浩荡荡开始攀爬汝拉山：先是顺着杜河的一条狭窄山谷路，直到圣希波利特，接着是一条陡峻小县道。厢型餐车爬得很费力，轰隆轰隆喘个不停，但仍然翻过了山头，途中有个大弯道，先弯向瑞士境内距离边界三十公里处，随后又乖乖弯回起始的法国境内；站在这个弯道上所看到的杜河壮阔无比，美得令人咂舌。接着，厢型车轻松往河畔下山，进入一片松树森林，森林内点缀着有着金黄树叶的落叶树。

莫妮卡的民宿，想错过都难。沿着杜河只有一条路，直通对面的瑞士边界。浅色木材搭建而成的小屋，倒影落在平静的河面上。马克屏住呼吸。他忐忑地再次摸了摸口袋里的手枪，然后把车子停到民宿对面的停车场。一个"法国民宿"标志的招牌，显示他们确实没找错地方。

停车场上除了橘红厢型车外，没有任何其他车辆。在这个遗世独立的边界村庄，时间仿佛暂时停止了。马克感到呼吸困难。难道他的调查，即将在这条小路的尽头告终？

"要走了吗？"薇娜问。

"等一下……"

马克从口袋掏出毛瑟手枪，并确认枪已上膛无误。

"你拿我的枪干吗？打算绑架周婆婆吗？"

马克盯着薇娜许久，然后说：

"你还记得爵轻信的尸体吗？"

"记得呀。"

"你记得什么？"

"什么叫记得什么？"

"你记得在爵轻信家里，看到一具尸体，尸体穿着爵轻信的衣服、鞋子，戴着他的手表……"

薇娜忽然脸色发白。马克继续说：

"尸体的头部倒在壁炉里，整张脸被烧得起满水疱，烧得面目全非。"

薇娜开始扭自己的手指。

"你这话是什么意思？"

"跟我来！"

他们下车。莫妮卡已站在民宿门口，民宿四周的大花盆种着许许多多天竺葵。

"你好！"马克喊，"请问这里是莫妮卡的民宿吗？"

这样的开场白并不突兀，一块漆木招牌上用大大的字母刻着民宿的名字。

"我们……我们是爵轻信的朋友。"

莫妮卡的脸立刻亮了起来。

"爵先生！我当然认得他。他每年十二月都会来这里，已经十多年了。"

"他……他今年好像打算提早过来。"

老板娘露出抱歉之意。

"对，但你们运气不好。他今天早上才刚走。"

马克感到脚下的地面仿佛忽然被抽空了。他身旁的薇娜也停止呼吸。莫妮卡没发觉两位访客的神色有异，以相同语气继续说：

"他和以前一样，昨天和前天都睡在这里的十二号房。前天，他几乎整个上午都待在民宿，在等一封信，等收到了才出去。是呀，他收到一封很厚的信呢。不过今天，他一大早就走了，大约六点吧。"

马克好不容易挤出几个字：

"你……你知道他会再回来吗？"

"哦，应该不会了吧。他每次来，通常只待一两晚。就像他说的，他是来朝圣的。你们这位朋友，是一位有点奇怪的先生呢。人很好，很客气，这没的讲。胃口也好得不得了。不过呀，他那恐怖峰的事，还有飞机空难那些的，都十八年了，真是的。那种不幸的事，干吗还一直念念不忘呢，你们不觉得吗？"

马克愣了足足好几秒，然后才支支吾吾说：

"他……他能告诉我们一些事情。你知道他去哪里了吗？"

莫妮卡摘掉几根天竺葵的枯枝。

"哦，你们也知道，爵先生不是那种会说心里话的人，就算喝了一公升的酒也一样。我没事也不会问东问西。所以，我真的不知道。他一定是回巴黎去了吧。他通常不是都那样吗？"

马克又追问了一下，只是意思意思而已。他并未从老板娘口中多打听出什么。他们回到厢型车上。

"我就说吧，这王八蛋从一开始就在唬我们！"

马克默默不语。他感到一股深深的无力感。爵轻信居然还活着，但人间蒸发了……这个案子的最后一条线索，就这么从他指缝中溜走……薇娜又说：

"既然你发现姓爵的是装死，还找了另一个家伙当替死鬼，我们干吗还大老远跑来这里？"

"闭嘴啦……"

薇娜拍手鼓掌。

"姓韦的，你真是天才。开车开了十个小时，六百公里。结果来到这里像白痴一样……不会先打个电话吗？"

"闭嘴。"

"你至少可以请我在这里住一晚，房间看起来不错。"

"我叫你闭嘴。"

"起码请我吃喝一顿。来灌一灌红酒，这我有兴趣……"

"跟你实在讲不通，我应该现在就一枪毙了你，然后丢进杜河，让你漂去瑞士……"

薇娜惊讶地直盯着马克：

"那个姓爵的是人渣，早就不是新闻了。所以你到底有什么毛病？干吗忽然变得这么啰唆？你有急事吗？你明天要跟我妹妹结婚吗？你已经订了婚礼蛋糕吗？"

"别想了，反正你不懂，你没慧根啦。"

马克焦躁地转钥匙发动车子。

"去哪里？"薇娜又说，"要回去了？不参观了？"

"闭嘴啦！我说过我们是来朝圣的，所以这一趟要走就走到底。"

55

一九九八年十月三日，中午十二点零一分

爵轻信以望远镜监视邮差的动静。邮局的小卡车太好认了。每逢弯道，鲜黄色的车身，在清一色墨绿的杉树林之间总是特别显眼。车子慢悠悠朝这里上来。邮差在小路上每一栋小屋的信箱前都停一下。这里的小屋一律坐北朝南，面对着日照最长的山面。邮车至少还要十分钟才会到这里。

这辆雪铁龙 Xantia 停在再往上几公里处，还要再拐三十几个弯，就在快要到圣希波力特镇的地方。爵轻信又窥看了邮车上的邮差一会儿。

十分钟……

这次会是对的人吗？这已经是他跟监的第八个邮差，之前的都没成功。总有时来运转的时候吧。其实，也无关运气不运气，只不过是方法和毅力的问题罢了，向来如此。他追踪这个毕梅兰已经三天。这个女生已与家人断绝往来。不论是纸本或电子电话簿，她的姓氏在任何电话簿上都遍寻不着。他去行政机关也找不到任何她的相关资料。她或许结婚了，但地方上没有任何毕梅兰的结婚登记记录，他把蒙贝利亚一带的四十五个乡镇都找过了。于是他灵机一动，想到了邮差。就算毕梅兰选择在电话簿上隐藏自己的联络方式，就算她改名换姓，或许仍有人以她从前的姓名寄信给她。或许是儿时玩伴，或许是以前订阅的信件……邮差应该会知道这些事，尤其是这种偏远山区乡

下地方的邮差，应该对每一户的情形都了如指掌……

只不过之前的七个邮差都不认识任何名叫毕梅兰的人。

不认识就算了。他仍必须继续追查下去。从接下这个案子起，大风大浪他见多了。再说，他动力十足……他从来不曾这么接近目标过。

人生的延续，到底所仰赖的是何物？亏他四天前，差不到一分钟就要朝自己脑袋开枪。

爵爷再度用望远镜窥看。邮车前进了十几个弯道。

他紧握了自己口袋里的枪，是一把半自动的马特巴左轮手枪。自从这家美国枪支公司倒闭后，他的这把枪几乎成了玩家争相收购的典藏品。他甚至必须以天价从加拿大进口子弹，六颗一盒的子弹要价四十加币。他不在乎。他手头阔绰，前所未有地阔绰。昨天早上，他在莫妮卡的民宿收到柯玛蒂额外寄来的十五万法郎。

这还只是订金而已。

人生夫复何求？

良心吧，也许求个心安？

他回想起自己的札记本；此时此刻，丽莉和马克应该已经读完了。他们不太可能跑去他家，不太可能发现那具尸体。不过就算他们去了，他也已做好万全措施。在他们眼中，他仍会是个受害者，而非凶手。至于其余的部分……他处理得够漂亮吗？他们是否起疑过？譬如一九八二年十一月那一晚，轻而易举却足以害命的在煤气管上动的手脚？

多年下来，爵轻信已说服自己相信，自己只不过是柯家的一颗棋子，只不过是他们手中的工具罢了；他深信自己其实一点也不想杀害韦家夫妇。就算他拒绝了柯雷昂的提议，这件事也会有别的人渣去做，而且手段或许更凶残，韦妮可未必能保住一命。从此以后，他便力求弥补。他设法弥补韦家，弥补妮可，弥补她的两个孙儿。他耐心地去认识他们，甚至去爱他们。对，爱他们，尤其是爱妮可。从那之后，他再也没有出卖过他们。他在调查的时候，总是尽量做到不偏不倚。为了他们，把整个过程尽可能翔实地写进札记里。

只有特雷波港的那一晚除外，这是当然的了。

他不是什么纯洁善良的人，也从来没说自己是。但他很严谨仔细，就连做 DNA 比对时也是。这该死的 DNA 比对报告简直要令他发疯，四天前，甚至差点逼他走上绝路。

这一切都结束了。那个一事无成、饱受悔恨折磨的孤独私家侦探，结束了。他解开了那一大团谜。现在只差掌握住最后一个证人而已。

毕梅兰。

黄色邮车出现在转角。它就停在 Xantia 旁。邮差现身了，是个年轻人，长长的头发编成雷鬼辫，用红色印花头巾绑着。体格像个运动健将，感觉有办法骑越野自行车翻山越岭……

爵轻信大摇大摆挡住他的去路。

"抱歉，我想请教你一个问题。能不能告诉我，毕梅兰住在哪里？"

年轻邮差一脸狐疑望着他。

"抱歉，上头有规定，不能提供这类信息……"

典型的标准答案。但爵轻信心中其实暗自窃喜。这邮差对"毕梅兰"这个名字有反应。他知道她！终于找对了人。只要再逼他说话就行了！年轻邮差把三封邮件放入面前的信箱后，已转身准备回邮车上。

"小伙子，你等等。我是认真的。我是警察！"

爵轻信掏出他那张宣过誓、印着法国国旗的侦探证。十次有九次，靠这个东西就能搞定。

"那又怎样？"对方连看都没看，"我在忙啦，我正在值勤。请你去向我主管提申请。那些流程呀，要找他才对……"

这家伙够讨厌。别打草惊蛇，还不是时候。先动之以情。

爵轻信假装自己是个有要务在身的警察：

"这事很紧急，攸关生死。我不能透露太多，但每一分每一秒都很重要……"

年轻邮差打量了爵轻信好一会儿。

"可是我什么都不能说啦。抱歉，这牵涉到个人隐私。你只要打一通电话到总局就行了……"

"不行，电话簿里找不到毕梅兰。至少用这个名字找不到……"

"那就是她不希望别人烦她嘛……"

这家伙真的很脑残。他运气真够好。

"年轻人，你有义务要协助警方办案。"

对方摇着一头辫子，嗤之以鼻。

"不好意思。把老实人的资料告诉警察，这种事我实在做不出来。都什么年代了……好啦，拜拜。"

他掉头就走。

"好。"爵轻信说，"多少？"

邮差叹了口气。

"什么叫多少？"

"她的地址，你要多少？五千法郎？一万法郎？"

"警察是这样办案的吗？"

他哈哈大笑。

"我不信……"

好吧，不闹了，爵轻信心想。

这样下去，什么也问不出来。邮差已回到邮车上，忽然马特巴手枪长长的枪管抵住他的太阳穴。

"其实，警察确实是这样办案的！"爵轻信说。

对方浑身发抖，刚才的傲慢轻浮瞬间一扫而空。他本能地把双手平放在方向盘上。

"别激动，别激动。"

"所以呢，毕梅兰？"

"不认识，没听过。"

爵轻信把枪口抵得更用力，扳机上的手指也扣得更紧了。邮差的太阳穴冷汗直流，汗水沾满了枪口。

　　"我刚才说过，这事攸关生死。现在也攸关你的生死。告诉你一个秘密吧，我不是警察。我是个连环杀人狂，人称邮差杀手。你懂了吗？我最讨厌黄色。谁敢跟我乱说话，我就请他吃子弹……所以呢，毕梅兰？"

　　"我发誓我……"

　　"好吧，那我就先请你的膝盖吃子弹好了。以后别想再爬山溯溪……别想再滑雪、骑越野自行车、攀岩、泡妞……"

　　爵轻信把枪口往下方移，清楚地指着腿部。

　　"好啦，我说！"邮差大喊，"别乱来。她改用了她老公的姓，或她同居人的姓。姓卢，卢梅兰。她住在隔壁山谷，出蒙贝利亚以后走三十四号县道，到了丹恩玛丽镇后的第一栋屋子就是了，是村外唯一的一栋，如果我没记错的话，窗板是天蓝色的。"

　　"你怎么知道这些？"

　　"每年还是有三四封寄给她的信写着'毕梅兰'。"

　　"你看，其实并不难嘛……"

　　爵轻信终于不再掩饰欣喜之意。他找到了最后一个证人！他将是第一，也是唯一达成这件事的人。就算有别人猜到、翻开了那份陈年的《东部共和报》，并看懂了个中奥妙，又哪能找得到毕梅兰呢？哪能这么快就找到她呢？不，他大可放心。他遥遥领先。

　　"你……你找毕梅兰，要干吗？"

　　"这就不用你操心了，年轻人，你神经还不够细。我只是想和她叙叙旧而已。"

56

一九九八年十月三日，下午三点二十三分

马克凭本能开车。雪铁龙厢型车并未出什么问题。现在可不是出乱子的时候呀！车子努力地攀爬每一个弯道，直到恐怖峰山脚。马克穿越安德维列村，然后驶进一条白色细砾石小路，路旁两侧堆了绵延数百米的木柴。错不了，只要循路边的"高汝拉自然公园山庄"箭头形小木牌指标继续走即可。

他把车停在公园山庄前，一片围绕着展览馆小屋的大草皮上。山庄的门口设置了一张法国和瑞士汝拉山区的大地图，详列了这个地区的各条登山步道。他所在的停车场旁，有个小游戏区，设有一些木质游乐设施，有杠杆、溜滑梯和爬绳，想必是为与父母爬山爬得意犹未尽的小小登山客所设的。

"现在四点。"马克说，"不到天黑，我们就能到山顶了。"

薇娜毫不掩饰脸上的嘲讽之意。

"你上去又能找到什么？"

"不找什么。你知道吗，你不一定要一直跟着我。"

"你很无聊啊，不然你以为我干吗大老远跑来这里？"

马克走进公园山庄。他买了一份这个地区的两万五千分之一比例的地图和一份步道图。在柜台值班的是个高大的褐发女孩，头发绑着印第安人般的长辫子。有个男的抚摸着她的手，好像在教她要按那个按键。他的另一只手却放肆地摸着这个女实习生的屁股。

这位想必是孟凯戈吧，马克心想。

就是自然公园那位有着帅气眼神的维护员，那个专门搜集刚毕业漂亮实习生的痞子。

马克出来和薇娜会合，并把地图摊在公园山庄前的一张桌子上，迅速找出了通往恐怖峰山顶的路径。他把地图收好，然后打开厢型车的后门，拿出一个背包，塞了一床睡袋、一只手电筒、一瓶水、一条火腿和几包饼干。

"你居然准备了东西？你这车子的后面，原来是阿里巴巴的藏宝箱呀！"

"你知道，我祖母家地方不大，没有地下储藏室，也没有车库。所以，东西都堆车上……"

"可以分我一些吗？"

"可以。别带太多东西，包包总不能比你还重。"

"少来了，到时候才爬到一半，你就哭着找奶奶了！"

马克硬是笑了笑。他不想再理性思考，不想再想什么计划了。他也知道自己准备走的这一趟，实在没什么道理：爬上恐怖峰，回到失事现场，然后寻找爵爷所说的小木屋和坟冢……这时候的爵爷可以在任何地方，但绝不在山顶上。他只是意气用事而已。纯金名牌手链、婴儿的骨头碎屑、目睹空难的游民……全都可能是爵爷布下的圈套。他到了山顶以后，还希望怎样？希望出现奇迹吗？

他皱起眉头。

是的，其实，他正是希望如此。

他们上路了。一如预期，攻顶的过程耗费了足足两个小时。马克脚程相当快。薇娜紧跟在后，毫未显露疲态。这段山路并不算难爬，高度落差约五百米，森林步道沿途均设有清楚路标。越往上爬，映入眼帘的杜河下游、瑞士境内和碉堡般的圣乌桑小镇也越显清晰。他们在半途停下来解渴。气温有些闷热。马克满身大汗，他背包下的衬衫已湿透。薇娜倒是仍穿着毛衣，且身上一滴汗也没有。爬完一个缓升坡的茂密松树林后，便能抵达恐怖峰顶。

马克更加快步伐。薇娜不但跟得上他的脚步、跟得上他的节奏，连呼吸的频率都跟他一模一样。这消耗体力的过程，竟让他们磨出某种默契，马克不禁这么想。才怪，他下一刻又改变心意。

失事现场毫无预警忽然出现在他们眼前。

他们面前没有森林了。

仿佛有一群开垦的樵夫来过这里，伐出一小片出人意料的空地。而且大小尺寸非常精准，犹如刻意测量过：它又长又窄，像一条光秃秃的皮带，约一公里长，四十米宽。后来补植了新的松树，但高度连一米都还不到，活像派来巨人国增添人口的先锋小矮人。它们是一群在五颜六色游乐场里嬉戏的欢乐小矮人：这条长方形的空地上满是黄色和蓝色的龙胆花、杓兰，和橘色深浅不一的山金车花。

薇娜和马克并肩站着，一动也不动。

这里已看不见任何当年空难的痕迹。没有任何遗迹，没有大理石碑，连个立牌也没有。马克心想，这样也好。只有遍地的野花。再过个二十年，新栽种的松树将长得和森林里的其他大树一样高，它们的枝丫将如手互相碰触衔接，然后渐渐地，晒不到阳光的野花将窒息、逝去，无法再开花，被蕨类和苔藓所取代，顶多只会剩几株水仙花。

然后一切将从此被遗忘。

他们默默站在原地。马克立足的地方一丁点都没改变，就在森林和长方形的空地之间，仿佛不敢逾越雷池半步。薇娜稍稍上前，在草地上漫步。最高的野草约到她大腿的高度。马克不由自主感到自己心跳加速。他吞咽有些困难。恐慌症发作的这些初期症状，他太熟悉了，在这里发作得比较缓慢，或许是因为海拔的关系吧。都是对害怕感到恐惧害的……

他什么都没说，也不动，只是更用力呼吸。薇娜应该听到了，也可能没听到而因此感到意外，或甚至可能了然于心，有何不可呢。她回过身来。阳光照得她眯起眼睛，让人觉得她说不定在对他微笑。那是一种哀伤的笑容，一种抑郁的停歇，一种恬静的绝望。马克咳嗽了。他绝不会向薇娜坦承这件事，但他觉得自己呼吸顺畅多了。是的，就算严刑拷打他，他也宁死不招，但他不得不承认，有这个疯婆子和他一起在这里，让他有安心的感觉，尤其这个圣殿般的境地，藏着他们心中共同的秘密。

他们大约待了一个小时。云层下方的夕阳，已几乎降到树梢的高度。

"去小木屋吧？"马克轻声说。

薇娜并未回答，只默默跟着他走。

马克查看了地图好几次。他们在森林里找了近一个小时，很多地方看起来都很相像，他们不断折返。难道一切是爵轻信凭空捏造的？薇娜不曾说半句风凉话。她甚至在他试着从地图辨认方位时，努力从旁协助他。天色逐渐转暗时，他们终于找到传说中的小木屋。爵轻信没骗人！它和他在札记中所描述的一模一样：是个普通的牧人小木屋，一旁有一堆石块，小屋的屋顶已破破烂烂。有那么一瞬间，马克甚至希望爵轻信就在屋内等着他们。他本能地把手伸进口袋，摸了摸毛瑟手枪。

其实没有这个必要。

小木屋里空无一人。屋子比爵轻信所描述的更干净，不过他也说过，他把所有废弃物用塑料袋装走了，以找怪人裴乔治的下落。

这个姓裴的流浪汉呢，又真有其人吗？

马克从小木屋出来，绕了屋子外围一周。爵轻信所描述过的细节，应有尽有。譬如被翻掘过的土地、散落数米的石块，附近还有两根断掉的树枝，或许原本可组成一个十字架。这一点，爵轻信也没骗人。小木屋旁确实有个小坟冢，他曾两度挖开墓穴，用筛子滤出一个金环圈和一些人类婴儿碎骨屑。

现在，这些又有什么用？

马克看了看手表。

傍晚七点三十六分。

他并未再收到丽莉的短信。他在距离小木屋几米处的一段枯树干上坐了下来。太阳已在这个世界的屋脊下山了，至少是在他世界的屋脊下山了。这里远离一切，只有个疯婆子相伴。其实她也没那么疯，没那么危险，没那么坏。

他失败了。他将放任自己沉溺在痛苦回忆里。他将用哀戚往事填满自己的思绪，免得想到此时此刻，丽莉正睡在一家诊所的病房里，再过几个小时就要进行堕胎手术，因为他们的爱的结晶，基于某种令人无法接受的约定俗成，注定无法见容于世上。他也不愿去想，唯一能帮助他的人，亦即杀他祖父的凶手，此时正逍遥法外，完全不可能在这一带遇见。

薇娜来到他身旁。

"可以开动喽！"

她在一块布上随意摆了带来的水、饼干和火腿。

"好丰盛的大餐呀，是吧？"

他们默默吃着。现在小木屋的光源只剩月光，屋子看起来越来越像森林里妖魔鬼怪出没的破旧鬼屋。他们各自都知道此时已来不及下山，将必须一起在山上过夜。他们并未讨论此事，但已有默契，毕竟他们正是为此而来。

为了来恐怖峰上过一夜。

他们是两个迷失在没有墓碑的墓园里的孤儿。

等东西统统收拾好了，马克从背包拿出爵轻信的绿色札记本，交给薇娜。

"喏，你应该找这个东西好一阵子了吧？或许你比我聪明。"

"这是那个混账的日记？"

"没错……"

"谢了。"

薇娜拿着札记本、她的睡袋和一只手电筒，进到小木屋内。马克则朝反方向离去，一面走，一面用自己手电筒的光束照路。他在森林里游荡了好几分钟，以小木屋为中心绕了个大圈。他回来的时候，小屋内隐约泛着薇娜手电筒的微弱光芒，就像灯笼里摇曳的烛光那样。

马克进到屋内。薇娜睡着了。她蜷缩在睡袋里。爵轻信的札记本是翻开的，就放在她脸旁。

马克不禁微笑。这个大他四岁、长年饱受怨恨折磨的女生，令他不由得感到心疼，像另一个需要他保护的小妹妹。他悄悄到她身边，拿起绿色札记本，再从木屋出来。他又去坐在枯树干上，下意识地翻到最后一页，读起最末几行字。

我在这本札记里，记录了所有的蛛丝马迹、所有的线索、所有的假设。整整十八年的调查，全记录在这一百多页之中。假如你已仔细读完，那么你现在知道的和我一样多。也许你比较厉害？也许你能发现什么我所忽略的调查方向？也许你能发现什么关键，如果真有的话？也许……

又有何不可？

对我而言，已经结束了。

若说我既无悔恨也无遗憾，那是言过其实，但我尽力了。

"我尽力了。"

没有任何新灵感出现。他试着打电话给丽莉，但在这个偏远的山区收不到任何信号。马克不禁骂自己是笨蛋。跑来这种地方，实在是个烂主意。他只好重看存在手机里的旧信息。他读着下午在车上收到的最新一条短信：

马克，我明天早上十点进手术室，一切都安排好了，别担心。我之后就会打电话给你，一切都会很顺利的。亲亲。米莉。

明天早上十点。

他觉得自己真没用。

一只猫头鹰的呜噜声，为夜色更添阴森气息。猫头鹰，又称鸮，或枭，就像爵轻信这种枭雄。马克不禁微笑。他对猛禽类没什么概念，反正那只夜禽躲在树梢上，某个看不见的地方。

马克开启手电筒。光束照到的净是树叶。

"你躲在哪里？"他高声说。

他的声音消散在深山里。

"难以捉摸，是吧？躲在暗处？你在这山上，天天偷看偷窥多久了？很多年前，有只大铁鸟坠落在你的地盘，你那时候就在这里了吗？睡在小木屋里的裴乔治、他挖过的坟墓和那条名牌手链，那些你也都见过吗？还有好几年后，来当盗墓贼的爵轻信……快告诉我，你到底看到了什么？"

传来的呜噜声几乎有欢快的感觉。

"你就这么瞧不起我吗？你真的认为我没机会了？或许你说得没错……可是，你想象看看。想象一下嘛。我的小女儿，她十二岁了。我们父女俩一起在野外搭帐篷露营。夜里，我讲故事给她听。譬如我可能说：'宝贝呀，你知道吗，当年那个晚上，我遇上大麻烦。我在高山上，完全没辙。可是我无论如何必须第二天早上十点以前想出办法。你妈妈在世界的另一头。宝贝呀，只差那么一点点，你就永远看不到星星，我就永远听不到你的笑声，就永远握不到你的小手。你知道吗，你爸爸在最后关头救了你。当年那个晚上，他很聪明哦……'"

手电筒的光束再度扫向枝头。一个黑影子飞走了。可能是猫头鹰，或其他夜禽。

"你说得对，我想太多了……"

马克回到小木屋。他感到冷，于是钻进自己的睡袋，在薇娜旁边躺下来。他仰躺着，双眼透过屋顶的破洞望向天空。这些破洞犹如通往无限苍穹的天窗。他必须再仔细想想，必须对自己进行严刑拷打，反复逼问自己，直到自己的潜意识、记忆或直觉，向他吐露些什么，不论什么都好，只求能找到某个关键。他必须善用仅存每一个小时的每一分钟。

一旁的薇娜睡得很不安稳。她并未苏醒，但不断变换姿势，不时发出小小的惊叫声。她渐渐越来越靠向马克，本能地想贴近他温暖的身体。她是否曾和男人一起睡过？是否曾躺在男人身旁过？

此时应该早已过了午夜子时。前一夜，马克不曾合眼。他不知不觉沉沉地睡着了。

累坏了。

他睡了三个小时。

是薇娜的尖叫把他惊醒的。一声惨叫。薇娜在小木屋内浑身发抖直直站着。她长发乱了，看起来像个惊恐的巫婆。她睡觉时并未脱掉毛衣，毛衣下露出两条细瘦的腿。她两脚不停原地跳跃，仿佛站在炽烫的木炭上。

"还……还好吗？"马克睡眼惺忪地问。

"还好啦，没事。别担心，我习惯了。"

她躺了回去。马克担忧地望着她。

"没事啦！"

"你确定？"

"对啦，快继续睡！我不需要保姆。别烦啦。快睡！"

"我好像有点睡不着了……"

"那就自己含拇指呀……你一定也会做噩梦，总也能自己解决吧……自己想办法！"

薇娜背对着马克。她的睡袋碰到了他的睡袋。贴得这么近，感觉很奇怪。马克又无法合眼了。

现在是凌晨四点，是个关键时刻。他必须现在马上采取行动。之后，就太迟了。

薇娜又睡着了。

采取什么行动呢？马克的双眼依然凝视着夜空。星星出现又消失，八成是被云层遮住，那些看不见的云层，不断被汝拉山区的劲风推移着。这些星星就像一颗颗的假流星，承诺着永远不会实现的愿望。就像夜行飞机上的闪烁信号灯，比较靠近，且转瞬即逝，让人误以为是星星。

采取什么行动？

　　马克的思绪总不免回到绿色札记本的最后几行字，想着那临时喊停的轻生举动。

　　爵轻信是否只是虚张声势？

　　当天晚上，写完札记，放下笔后，他真的发现了什么吗？就在距离半夜剩五分钟时，难道他有什么没写进札记里的新发现？马克拼命回想。昨天薇娜在火车上到底说过什么？马克集中精神。他唯一认得的两个星座——大熊座和织女星刚刚在他眼前消失了。薇娜说过的话，在他一片漆黑的脑际浮现：

　　"爵轻信二十九日晚上打电话给我祖母……他说有新发现。据说是整个案子的关键。就这么巧，偏偏在最后一天，离半夜剩五分钟的时候！偏偏就在他打算一面盯着一九八〇年十二月二十三日的《东部共和报》，一面朝自己脑袋开一枪的前一刻！他需要再有一两天搜集证据，但他信誓旦旦表示有把握能解开这团谜。他也需要再有十五万法郎……"

　　马克反复思索这些内容。倘若这些话属实，爵轻信应该是在他凯伊丘街的住处，面对着熊熊燃烧的历年档案，准备朝自己脑袋开枪的时候，发现了答案。前两天上午，马克曾在屋内仔细找过：他什么都没发现。薇娜也一样……只找到一具尸体。他到底漏掉了什么？马克试着想象爵轻信死前的画面。对准太阳穴的枪口，和一份将沾满鲜血的报纸。为什么爵轻信临时打消念头？他听到了什么？看到了什么？

　　读到了什么？

　　灵感这么自然而然乍现，仿佛得来全不费力气：一九八〇年十二月二十三日的《东部共和报》！爵轻信的目光，最后想必就是落在这份报纸上。

　　说不定答案就印在这份十八年前的旧报纸上？有何不可？反正都到这个节骨眼了，就算这不是线索，起码也能当个方向。

　　马克蹑手蹑脚站起来，以免吵醒薇娜，她依然睡得不安稳且不时发出小小惊叫声。他把自己的东西统统丢进背包，从口袋掏出从爵轻信札记本撕下的页面，取了其中一张，翻过来，在背面写道：

我去买早餐。

马克

他把留言放在地上，放在薇娜的脸旁边。步道图也留给她。他则带走地图。马克又看了一眼这个窝在睡袋里的小女孩般的身躯，这个灰蓝色的睡袋对她而言太大了。薇娜一定有办法自己下山的。

太阳尚未升起，但一片微弱的曙光，已隐约映出远方山头的轮廓。星星陆续消失。最后一天的黎明。马克想着白色病房里的丽莉。

他上路了。

57

一九九八年十月四日，早上六点零五分

　　早上六点。爵轻信在 Xantia 车内伸展了一下筋骨。他的车子停在一条泥土小径上，地上的几丛野草努力在车轮印之间求生存。这条小径就位于丹恩玛丽镇一出镇的地方，再走几十米就是毕梅兰的家。或该说是卢梅兰才对，这才是她现在的名字。

　　他的这个埋伏地点太完美了。如果有车辆来丹恩玛丽镇，不用等它们到他面前，他老远就能先清楚看到它们。自己看得到别人，别人却看不到自己。这是干这一行最基本的本事。爵轻信心想，他已经好多年没有这样彻夜跟监了。这让他回想起年轻时，开始替柯家办事之前，去法国东南部或西南部海岸，在赌场外彻夜守候的时光。纳金的这辆 Xantia 车，几乎和他当年开的破铜烂铁一样不舒服。

　　爵轻信从前座的大置物箱拿出保温壶装着的咖啡。他用塑料杯倒了一杯。一碰到仍烫口的咖啡，他忍不住蹙眉。

　　他多的是时间。毕梅兰要到上午九点才会回家。她在贝尔福 - 蒙贝利亚医院担任护士的工作，值的是夜班。爵轻信趁她起疑之前，在电话中和她聊了很久。当然，他把整个通话过程录音了，这是最起码该想到的事，他可是花了好大功夫才捞到这尾大鱼。然后，他在莫妮卡的民宿，用了近一晚的时间，把他们的对话用他的个人计算机誊成逐字稿，再打印一份出来。

爵轻信朝副驾驶座瞥了一眼。打印的逐字稿就放在一旁的这信封袋里。卢毕梅兰只要签名就行了。

爵轻信又喝了一口，这咖啡有股恶心的塑料味。

柯家愿意砸多少钱买这个信封袋？一大笔钱，这是一定的。很大一笔钱，至少要有十八年的薪水那么大笔……

爵轻信绝不会客气，柯家一定得付出代价，他们多的是钱，多到满坑满谷。他的良心值多少呢？……值一缸钞票，但缸子是达那伊得斯①的缸子？

他咬住自己的嘴唇。有咖啡的烫，也有疼痛感，像是心头酸酸地揪了一下。这一大笔钱，他原本可分成两份的……要是纳金肯听话就好了。或许不是对等均分，但至少足够让纳金和爱菈买下土耳其的那栋别墅。但纳金不肯再跟了。这次，他退缩了。他说他"已金盆洗手"。他认为，柯家给的钱够多了。这个案子已成回忆，结束了。爵轻信知道自己不该拉高音调。纳金是个好人，但容易紧张。

"轻信，我会去找警察哦。"他曾威胁说，"要是你一直闹，我真的会去。我其实老早就良心不安了……"

"什么叫你老早就良心不安？你这话是什么意思？"

爵轻信一时慌了。纳金说话从来不会随便说说。爵轻信要求他把话讲清楚，要他保证，结果场面失控了。纳金率先拔枪，而爵轻信开枪的速度比较快，事情就这么简单。他想都没想过自己会杀了纳金；其余的事同样是始料未及。纳金倒下时，头恰恰落在壁炉旁。由此而生的灵感，接二连三地自动串联下去。先把纳金的脸稍微推向火边，让他变得无法辨认；再把他拖出来，及时剃掉残存的八字胡，并把他的衣服、鞋子和手表换掉，万一丽莉或马克起疑了，

---

① 此典故出自希腊神话。达那伊得斯指达那俄斯国王的五十个女儿。她们原许配给达纳斯孪生兄弟埃古普托斯的五十个儿子，然而她们在新婚之夜，奉父亲之命杀害自己的丈夫。只有一个女儿没有听命于父亲，于是其他四十九个女儿被天神惩罚，必须永世在地狱里，提水注满一个有洞而永远注不满的缸子。后来达纳伊得斯缸常指无底缸或无尽苦劳之意。

多少能争取一些时间。他原本也没打算要杀爱菈，但事到如此，他已别无选择。爵轻信太了解她了，她一定会直接跑去报警。纳金并未参与任何事，但想也知道，纳金对韦家二老的意外事件是知情的，而这个笨蛋在枕边，想必统统毫无保留地告诉了老婆。这能怪他吗，谁叫纳金要把爱菈卷进来？她昨晚打过电话给他，还语气惊慌地留言给他。他不得已，只好折回巴黎一趟，开车开了五个小时的高速公路呀。他偷偷跟踪她，从哈斯拜大道的小店，一路跟到凯伊丘，再到古福蕾的树林。最后在那里遇上千载难逢的机会，一了百了。然后又以一百八十公里时速，从三十九号高速公路飙回汝拉山区，回来堵那个邮差，回来把案子了结。

爵轻信勉强把杯子里的东西硬吞下去。他又蹙眉了。

欧纳金、欧爱菈。

这些年来，他们是他唯一的朋友，却被他亲手击毙。

事情怎会演变成这样！

是呀，柯家一定得付出代价！

一切非他所愿，都不是他决定的。全是迫于无奈。一波三折，幸好最后有如倒吃甘蔗。

毕梅兰。

她是神秘特别来宾。

爵轻信看了看车内的液晶绿色数字钟。

六点十五分。

他有的是时间。他目前大幅领先呢。

领先所有的人。

58

一九九八年十月四日，早上六点二十九分

马克把雪铁龙厢型餐车停在蒙贝利亚市中心的停车场，距离东部共和报报社不到五十米。他从恐怖峰下山花了大约一个半小时，厢型车在自然公园山庄前乖乖等着他，然后他开了四十五分钟的车后抵达蒙贝利亚。大清早第一家开门营业的咖啡馆的服务员，告诉了他东部共和报报社的地址：儒尔维特广场十二号。

报社大门是关着的！很合理嘛。时间还这么早，不然他想怎样？

他上前去，心中紧紧守着最后一丝希望：但愿能在不到四个小时内，亦即丽莉进手术室前，找到一个确切的证据。

在他面前，一道铁卷门使他一点也无法看到报社内的情形。马克转过身来，环顾自己所在的停车场。停车场上停了三辆漆着"东部共和报"字样的货车。显然，现在时间还早，派报的工作尚未开始。一切还来得及！

马克快步走在人行道上，接着取径库维耶大道，然后转入莫理斯德罗兰巷。巷里正忙碌着。一辆小货车横停在马路中央，三名工人在车后方，把用胶膜包着的一捆捆报纸装上车。收音机里的地方电台发出吱吱呀呀的声音，一位活泼的主持人播送着今天的星座运势。

"你们好。"马克说，"报社还没开门吗？"

　　他不禁咬了咬自己的嘴唇。这句话问得蠢到不能再蠢了。一名工人看着他，连嘴上的烟都没拿开，直接说：

　　"你运气好，再过五分钟我会去开门。"

　　马克喜出望外，没想到工人下一句便说：

　　"等我把洋装穿好就去陪你哦。"

　　另外两名工人扑哧笑了。马克尴尬不已。

　　"过三个小时再来吧，小帅哥。现在呀，我们都在忙……"

　　马克站到工人面前。工人口中的这个小帅哥，比他高出足足一个头多。马克采取低姿态：

　　"先生，我没办法等那么久。我拜托你帮我一个忙。真的没有人能替我开门吗？我只是要查一个东西……"

　　"不然他可以去问问士官长。"仓库里传来另一名工人的声音。

　　外面的三名工人听了哈哈大笑。马克并未跟着笑。

　　"小伙子，既然你这么坚持。"

　　工人按了一下对讲机。

　　"蒙女士？仓库门口这里，有人找你。"

　　几分钟后，传说中的"士官长"蒙女士出现了。她是个身材娇小而优雅的女人，细细的腰犹如黄蜂，裙子的长度刚刚好落在膝盖，晒成古铜色的双腿，插在一双红色高跟鞋里；这一切却毁在一张太严肃的脸上，从这张脸能清楚看到，多年来为了一步一步爬向公司阶层的顶端，她付出了多么大的牺牲。她鼻梁上戴着一副小眼镜，一手捧着一沓冗长的清单，一手则拿着圆珠笔。完全就是一副士官长的架势……

　　"什么事？"严肃的面孔问。

　　马克拼命想该怎么编说词。该怎么说才好呢？怎样的借口，能让士官长蒙女士愿意在早上七点打开她档案室的门？掏出毛瑟手枪架着她？……别闹了……

　　"所以呢？"蒙女士又问，一面隔着眼镜看了自己手表一眼。

马克慌了：

"呃……是这样的……我……我需要查一期旧的《东部共和报》，很旧的一期。很明确。我需要查的日期是一九八〇年十二月二十三日……"

士官长露出浅浅笑容。

"看你这样子，应该是有急事吧……"

"急得要命……"

"好……再怎么急，应该都能等到九点吧，九点报社就开门了。"

这段对话内容，三名把一捆捆报纸装上车的工人，全程听得津津有味。蒙女士已踩着又高又细的鞋跟，转身准备离去。

"不行！"马克大喊。

士官长转过来，神情更盛气凌人了。马克决定不计后果，一股脑说出来：

"你听我说……我的太太怀孕了。怀的是我们的孩子。她打算再过两个小时就去堕胎，因为她对她父母的身份没办法确定。可是我深深相信关于她身份的证据，就在我要找的那一期报纸上……"

蒙女士听得目瞪口呆。三名工人顿时停下手边的工作。蒙女士狠狠瞪了他们一眼，他们立刻继续做事。她那盛气逼人的目光，随即回到马克身上。

"你想阻止你太太堕胎，是这样吗？你真的以为……"

"浑蛋！"马克大吼，"你别在这种时候搬女性主义那一大套鬼话出来！我只是想看一看那一期报纸。我只是请你给我个机会，一个小小的机会……"

起码他好不容易让士官长动摇了。马克继续说：

"至少，你还记得恐怖峰的空难事件吧？"

蒙女士摇了摇头。这很合理，马克心想，当年她顶多十几岁吧。不管了，他必须继续说下去……

"当年，《东部共和报》是率先报道空难消息的报纸，'蜻蜓''雪地奇迹生还的女婴'的说法也是从那时候开始的！我来就是为了她。我要找的就是那一天的报纸！"

显然，士官长听得一头雾水。她完全摸不着头绪，她不喜欢这种感觉。她以前在学校念管理课时学过，在把情况彻底了解清楚前，千万不能妄下定论。

"马赛，"她说，"你在我们报社待四十年了，恐怖峰上的什么空难事件，你有印象吗？"

马赛正等着别人来问他，他老早偷偷把烟捻熄了。

"那当然喽，蒙女士。那次是本地最大的惨案。一九八〇年的圣诞节前夕，就在那山头上，死了将近两百人呢……"

"这件事跟我们报社有关？"

"那当然喽！我们报社抢到独家头条，隔天早上就报道了。尤其是报道了唯一的生还者，是个小女生，一个小婴儿。后来，所有电视都引用我们的消息。报社连续专栏报道了好几个月……细节我就不提了，不过……"

"你还记得那个生还者叫什么名字吗？"士官长打断问。

"当然记得，怎么忘得了？她叫韦米莉，是诺曼底那边的人。"

蒙女士转向马克。

"那你呢，你是什么人？"

"韦马克……"

"她先生？"

马克犹豫了一下。

"对……呃，不对……这……这有点复杂……"

她并未追问。

"你太太预定几点进手术室？"

"十点……"

"在这里？"

"不是，在巴黎。"

"太扯了。你很扯……"

"很紧急。我只是想看一看那份报纸。我答应你，要是救得了孩子，以后让你当孩子的教母！"

士官长爽朗地哈哈大笑。

"什么跟什么呀！拜托千万不要，我讨厌小孩子。"

她又犹豫了最后一下。

"好吧，你跟我来。"

蒙女士带他来到地下室充当档案数据室的一间大厅。大厅墙面并未粉刷油漆，没有窗户，因此只有长长日光灯管投出的白色灯光。档案的归纳方式非常简单。各期《东部共和报》平放在一座座大木柜里，先以年归档，再以季归档。

马克拉开标示着"一九八〇年，九月至十二月"的抽屉。他直接从一叠报纸的最底部找起，轻而易举就发现了十二月二十三日出刊的那一份。他把它拿到大厅中央的大桌上摊开来。

一张巨大的彩色照片，占据了头版的几乎整个版面：一个残破的飞机机舱，四周的树木熊熊燃烧。真是个骇人的画面。大雪、烈火和钢铁，仿佛要联合起来灭绝一切人类的生命。希望，出现在另一张比较小的照片上，那是贝尔福－蒙贝利亚医院前，由一名消防员抱着的新生儿：丽莉。几行字批注着这张照片：

一九八〇年十二月二十二日至二十三日的夜里，从伊斯坦布尔飞往巴黎的5403号班机，在法国、瑞士边界的恐怖峰不幸发生坠机意外。飞机上共一百六十九名乘客和机组人员之中，一百六十八人当场死亡或受困而遭大火夺走性命。唯一奇迹生还的是一名三个月大的婴儿，在飞机碰撞地面时她被抛出来，机舱随后付之一炬。

仅此而已。

马克端详了照片好几分钟，仔细观察照片上的其他面孔、机舱、火焰、每一棵树和雪地里的黑色痕迹等。他把那短短几行字一读再读。

没有，没有半点灵感可言。

又是一次假警报，又是一条死胡同。这次真的没辙了。

马克双手抱头，稍微坐正了些，环顾大厅四周的白墙。

就在这时候，也是一直等到了这时候，他的目光才落在报纸头版的其他几则文章上。几乎乏善可陈。足球赛事，索绍队以三比零赢了昂杰队；高汝拉区，近莫雷兹市的一家眼镜工厂，有工人发动抗争；圣诞老人在本地区各乡镇的巡回活动详情……

然后，在版面的最下方，有个篇幅仅寥寥几个字的小小边栏。是一则寻人启事。

毕梅兰，十八岁，失踪至今已三周。

寻人启事并随附一小张三厘米长、两厘米宽的彩色身份照片。

马克看了差点昏倒。不可能。一定是假的，是伪造的。

这个十八岁女孩毕梅兰的脸庞，正是丽莉的脸庞。

这张照片上的女孩并不只是和丽莉长得像而已，不是的，而是根本就是她。一模一样的湛蓝色眼珠、一模一样的颧骨、一模一样的笑容，下巴中央也有一模一样的深窝。只有发型略微不同，丽莉的头发稍短一些。

旧报纸上登的这张照片，堪称丽莉目前照片的复印件，完全就是她学生证上的照片、她地铁月票上的照片，也是马克皮夹里所珍藏的她的照片。

太不可思议了！

早在一九八〇年十二月二十三日就出刊的这份报纸上，居然同时出现在医院大门口被消防队员抱在怀里的三个月大丽莉，和他两天前，亦即一九九八年十月二日，才见过的笑容甜美的十八岁丽莉……

难道他神志不清了？

他是否在做梦，是否即将满身大汗从丽莉身旁惊醒？

还是更糟？

即将在恐怖峰上的小木屋里，从薇娜的身旁惊醒？

59

一九九八年十月四日，早上七点十二分

太阳光束从小木屋屋顶的破洞穿透进来，就像警匪电影里银行金库的一道道激光束那样。其中一道光束终于落在薇娜脸上。她先是很享受脸颊上舒适的暖意，在睡袋里翻了几次身，然后才睁开双眼。

她下意识地伸手想摸找身旁马克的睡袋。

手却只摸到干干的泥土。

一个人也没有。

没有睡袋，也没有温暖的身躯，什么都没有。

只有一张纸，一段留言：

我去买早餐。

马克

猪头！而且还自以为幽默。

一旁摆着步道图。这意思再清楚不过了："你自己想办法吧！"

薇娜自言自语发牢骚，猛地站起来。自己真是大傻瓜！她早该料到会如此，千万不能相信姓韦的人。剩下她一个人在这恐怖峰山顶，手机收不到任何信号，这下子，她可好了。她像个小孩子般傻傻上当了，现在只有一件事可做：下山。

睡袋、灯、昨天所剩的食品，薇娜统统原封不动丢在小木屋里，随即上路。下山途中，她一次也不曾欣赏那把瑞士山脉照映得如喜马拉雅山的清晨阳光。

足足一个小时后，能看到自然公园山庄了。已经有几个小孩子，在小游戏区的木头游乐设施间玩耍，他们的父母则在他们后方几米处，费九牛二虎之力绑那仿佛永远绑不完的登山鞋鞋带。停车场上不见任何雪铁龙厢型车的踪影。想也知道！那个姓韦的王八蛋果真丢下了她一个人。

她下意识地查看手机。终于收得到信号！她将能够离开这鸟不生蛋的地方了。屏幕上出现一个小小的黄色信封图示，吸引了她的注意：她的语音信箱有新留言。从昨晚到今天早上之间，曾有人打电话给她。想必是她祖母玛蒂吧。还能是谁呢？薇娜按了几个按键后，不禁感到讶异。留言来自一个未知的电话号码。

是韦马克？还是爵轻信？

薇娜把手机凑到耳边。

"薇娜，我是蕾秋，柯蕾秋，你的姑婆……"

蕾秋？蕾秋是她的姨奶奶，是拉保尔市家族香水厂的继承人。她找自己干吗？她大概十年没和蕾秋讲过话了。

"薇娜，可怜的孩子。快回电话给我。古福蕾玫园发生了可怕的事情。哦，我的天哪。你的奶奶和爷爷走了。他们被人发现双双躺在各自的床上，发现时已经断气。孩子呀，他们一起去天上了。"

薇娜关掉手机。她的手垂了下来，仿佛手机霎时有一吨重。她凝视着阴暗的森林，任由高山上这片忽然显得陌生的寂静笼罩自己。她不能再浪费时间思考、掉眼泪和祈祷。她必须行动。必须查明和报仇。她必须专心一致地对付唯一的一个目标，一个活生生且如假包换的目标，那就是他。

　　她的手指在她的包包里，紧握住那把毛瑟 L100 款手枪。那个姓韦的自以为聪明，但昨天夜里，他不该睡着的：只要她愿意，轻轻松松就能装疯卖傻，假装自己做噩梦。她只不过是讨回自己的枪罢了。反正，那个故意逞强的韦马克，根本也不敢真的开枪。

　　她就不同了。

60

一九九八年十月四日，早上七点十九分

"喂，珍妮？"

马克仍在东部共和报报社的档案室里。他法国电信的客服同事珍妮这整个周末都在值班。这是他手上唯一的筹码，一定要好好利用。

"珍妮，又是我，马克。我需要请你帮个忙，一个大忙……"

"什么忙都行，你知道我不会拒绝你的。"

"我需要查一个电话号码和一个地址。毕梅兰，'毕业'的'毕'……"

"查哪里？"

"先查一下汝拉县和杜县，然后查弗朗什孔泰区，然后再查整个法国……"

"没问题……"

马克听到珍妮手指敲键盘的哒哒声。他的目光不由自主一直盯着一九八〇年那份《东部共和报》的头版。居然这么相像，感觉很超现实。这个毕梅兰，究竟是什么人？这其中一定有合理的解释……

"抱歉呀，马克，"珍妮的声音说，"结果是零呢。没有任何叫毕梅兰的人，汝拉县没有，法国任何地方也没有。"

"或许她选择隐藏自己的联络方式？"

"那个部分我也查过喽！零。"

"可恶。如果查全法国，有其他姓毕的人吗？"

"等等……"

电话里又传来手指机关枪般的敲键盘声。

"有，三百四十八个……"

"缩小到汝拉县呢？"

"我帮你查……变少了。剩二十三个，但没有叫梅兰的人。"

"可恶！她搞不好改名字了……"

"这梅兰是什么人呀？"

"说来话长。很扯的一段故事，但我只剩几分钟能改写结局。珍妮，能不能再查查看申请终止服务的号码？一样，还是用'毕梅兰'这个名字去查。"

"这种要怎么查？"

"你去旧数据库。只要用'系统管理员'账号就能进去。电子化以后，就能在线查申请终止服务的号码，至少十五年内的数据都查得到……"

"马克，我们没有'系统管理员'的权限呀。万一被发现，就别想在公司里混了……"

"才怪。我进去过十几次了！拜托啦，珍妮，很紧急……"

"我丑话说在前面哦，你要请我吃大餐才行。必须要是米其林星级餐厅那种的。"

"好啦，好啦，你说什么都好，快。"

马克再度听到计算机键盘的叮咚声。

"珍妮，你知道，我已经有对象了……与其去餐厅吃大餐，你……你会不会比较想帮忙救一个小宝宝一命，而且以后当她的教母……"

回应是一阵劈头骂："什么跟什么呀？你的小鬼关我屁事！至少要米其林两颗星了，那餐厅。我当之无愧，你说的那女生，我找到了。她是五年前，一九九三年一月二十三日申办终止服务的。那时候，她的地址是贝尔福市康德拉稣兹街六十五号。后来就咻，人间蒸发了。"

"珍妮，查看看有无申请转接的号码！"

"什么？"

"转接的号码！通常，如果客户来申办终止号码，是因为他们搬家了，或搬去别人家住，所以他们就会要求，在前几个月的时间，把旧号码转接去新号码。这类号码也已数字化归档，可以用'系统管理员'账号去查……"

"你疯了！餐厅要三星级的。还要香槟喝到饱。"

"好啦，好啦，外加匈牙利小提琴手伴奏，如果你要的话，还可以请猛男热舞！"

"那我当然不客气喽！"

马克拿着电话等候，等待的时间仿佛永无止境。

"你说得对。"珍妮的声音终于说，"毕梅兰曾经申请把号码转接到一个名叫卢罗恒的人那里。我猜你应该想知道他的地址吧……在杜县的丹恩玛丽镇。详细地址是维拉小径四五六号。我在做的这事情，你知道牵涉到个人资料问题吧。你找这个毕梅兰要干吗？是你前女友？跟我前天帮你查的那些医院诊所有关？"

马克匆匆记下地址，就抄在手边最靠近的纸上，抄在《东部共和报》头版上。

"珍珍，你最棒了。保证请你吃大餐。说不定还能吃到塔节糖①。可以请你再帮最后一个忙吗？你现在手边可以上网吗？"

珍妮叹了口气：

"可以啦。"

"你上 Mappy 网站，帮我查去维拉小径四五六号最快的路线。"

"×……我实在太好讲话了……难怪要喂我吃塔节糖……"

橘色和红色的雪铁龙厢型餐车缓缓沿着三十四号县道往上爬。过了蒙贝利亚之后，这条路再走十公里，能直接通到瑞士边界。马克的脚一直踩着油门，但车子的速度似乎并未跟着加快。随着海拔越来越高，人烟和房舍也越来越

---

① 塔节糖（dragées），一种以糖衣包坚果（常为杏仁核）的浅粉色糖果，多见于新生儿洗礼庆宴、婚宴等欢庆场合。

稀疏。这条县道在一处溪流的河床边蜿蜒了一番，随即继续向上攀升。村落越来越罕见，只有零零星星的几栋小屋，还能证明高山脚下有些许人迹。

丹恩玛丽镇于拐过一处弯道后映入眼帘。依照珍妮的说法，卢毕梅兰的家就位于一出丹恩玛丽镇的边陲，即往瑞士的方向再上山一些，还不到山脊的地方。雪铁龙厢型车驶入小镇上，镇里空无一人。这时才早上八点，连面包店或咖啡馆都还没开门。

又拐了一个弯后，他已出了小镇。

马克把车靠边停。他打倒挡，好不容易停进了人行道旁一个难停的位子。

他可不想又自投罗网一次！爵轻信想必也在找这个毕梅兰。所有这些年，造访了迪耶普这么多次，爵轻信早就认得了这辆橘色和红色的厢型车，想不注意它都难！如果把车一路开到毕梅兰的家门口，那好比是敲锣打鼓去找她。

气温很凉爽。马克快步前进，他刻意走在边坡，而避开路面。过了第三个弯道，他便看到那辆 Xantia。车子刻意低调地停在大路旁的一条小径内。就在小径上方，他看到一间独栋小屋；想必就是毕梅兰的家。马克从边坡又往上爬了些，地上的草仍沾着露水。他向前走。就算从 Xantia 的后视镜也看不到他。

爵轻信浑然不觉，他手中拿着一个白色杯子，仍悠然等待着。马克继续不着痕迹地前进。他知道，万一有什么状况，他永远都可以掏出向薇娜借来的毛瑟手枪，不过他的计划——如果称得上计划的话——并非如此。他的计划直接多了！爵轻信年近六十五岁，马克则是二十岁，而且拥有一身橄榄球员的体格。他们就用男人的方式好好解决一下吧。

爵轻信根本来不及反应。Xantia 的车门瞬间被打开。一个不知从哪里冒出来的身影，一把抓住了他的手臂，又抓住他的肩膀。他被抛甩到车外，摔趴在小径的泥土地上。他仍看不清来者是何人，对方便狠狠踹了他的背一脚。他痛得扭来扭去。对方又踹一脚，正中他的尾骨。

爵轻信不禁大吼。

"他妈……"

　　仅吼到一半的骂声，消散在山里的一片寂静中。第三脚踹中他背后的腰部，逼得他不得不翻过身来。他疼痛不已的身躯面前，站着一个高大身影。

　　是韦马克。

　　他怎么知道？怎么找得到这里的？怎么这么快？

　　"马克？"爵轻信支支吾吾说，"你……怎……怎么……"

　　爵轻信把鲜血吐到地上，试图站起来。马克的脚踩住他胸口。

　　"别动……别动，不然我像踩蟑螂一样踩扁你……"

　　"马克，你何必……"

　　"闭嘴，少再跟我来那一套。你天花乱坠的连篇谎话，我看两天了。你那什么人生、什么调查、什么内疚不内疚的屁话……"

　　马克踩在爵轻信胸口的脚，踩得更用力了。爵轻信脸部扭曲，呼吸困难。马克从容不迫地说：

　　"我们两个呀，别玩猫抓老鼠了。直接讲重点吧。就像踢足球直接射门一样，你还记得在迪耶普，我坐在你腿上一起看球赛吧。我竟然坐在杀我爷爷仇人的腿上。要不是你失手，我奶奶也没命了。"

　　"马克，你不觉得……"

　　马克的鞋底踏在爵轻信脸上，同时践踏着他的下巴、嘴巴和鼻子。他呼吸不顺，痛苦地扭曲着。

　　马克抬起脚后，他吐出一口掺杂着泥沙的鲜血。

　　"我没时间听你鬼扯了，跷跷板轻信。或该叫你'墙头草轻信'……"

　　爵轻信又吐了几口，他似乎快喘不过气来。

　　"你……你怎么会知道？是……是柯家人告诉你的？柯玛蒂？还是柯薇娜？"

　　"信不信由你，是我自己想通的……像个大人一样，自己想通的。"

　　"我……我也不愿意呀，你一定要相信我。我……我只不过是听命行事……我很后悔。我对你们是真心的，后来……我喜欢上……"

　　这次的这一脚，踩在爵轻信的锁骨上。爵轻信翻了一圈，又翻回仰躺姿势。他血淋淋的手扶着自己的肩膀。

"别踹了，马克。别踹了……求求你。"

"那就闭嘴！少在那边扯什么内疚、什么动了心的刽子手那一套……我来这里不是为了听你说那些！我要的是丽莉的身份。我要真相！"

爵轻信扭曲的脸上，首度浮现一抹笑容。

"原来，你还没弄懂？至少，还没完全懂……你还是需要侦探来替你服务一下……"

马克再度抬起脚，作势要攻击。

"我也不确定。你自己说说看吧。"

"你怎么知道要来这里……怎么这么快？"

"我没你那么慢，就这么简单……别想拖时间，我现在分秒必争。DNA的事，是怎么回事？还有报纸上那张丽莉的照片呢？"

爵轻信又泛起笑意。

"你爷爷的事……是有人出卖我，还是真是你自己猜到的？"

"刚才就说过，是我自己猜到的啦！刚才也警告过你，别想拖时间。"

爵轻信痛得大吼，翻成侧面。马克很想狠狠践踏他一顿，便走上前去。爵轻信痛得扭曲身体，手臂沿着腿摸索下去。马克立刻看穿他的意图：他想掏枪！

幸好，马克早就料到这种事。他把手伸进背包里想拿毛瑟手枪，用它来指着……

背包里居然没枪！

毛瑟手枪不见了！

马克快速回想。昨天夜里，他睡觉时，薇娜醒着、站着，假装自己做了噩梦。他现在后悔也来不及了……

爵轻信用自己的马特巴手枪指着他……

"你动作很快呀，马克。真的，我很佩服。可是你感情用事了。太老套了。你明明胜券在握。老头子都被你踩在脚下了。答案就躺在 Xantia 的副驾驶座上。也就是我那札记的后续和结局。那信封袋里装有一切的解释，我希望能靠它狠狠捞一笔。原本你只要稍微弯个腰，就能拿到它……"

爵轻信摇摇晃晃站起来。他破了的嘴唇流了很多血，米色长上衣沾了尘土和血迹。他很勉强地靠着右腿撑站起来。马克一个字也说不出来。居然要功亏一篑了，输得这么不值得。

"你这小浑蛋，把我扁得挺惨的。你没手软嘛。不过话说回来，我也承认是我活该。换作是我，我也会这么做。甚至下手会更重。"

爵轻信走了几步，用没拿枪的手，摸了摸受伤的肩膀，另一手的枪则依然指着马克。

"都是你啦，马克，你害我别无选择。关于你爷爷的事，你是唯一知道真相的人，是如今唯一还活在人世且知道真相的人。当然，当初的教唆者也是知道的，不过，想让老柯开口只怕没那么容易。马克呀，我实在一点也不想杀你，可是叫我还能怎么办呢？"

字句终于缓缓出来了。马克望向 Xantia 车，轻声说：

"对于欧纳金，你也一样，别无选择吗？是这样吗？"

爵轻信吃力地改倚着受伤的一腿。

"哎呀，马克，人生总是充满意料之外的事。人很难逆势而为，要逆流而上就更困难了。六天前，我原本打算朝自己脑袋开一枪，死在自己家里，一个人孤独地死掉，game over（游戏结束）了。就只差那几分钟。今天，我竟成了最后赢家。然而，我身不由己，不得不冷血杀了对我而言最重要的两个人，欧纳金和爱菈。再加上你，就是三个了。"

马克直打哆嗦。他感到全身宛如结冰了。握着马特巴手枪的爵轻信，和他相距三米。若想扑上前去，或想夺下爵轻信的枪，都是白费力气。他只要一轻举妄动就会被立刻打死，马克很清楚这一点。这条山上的小路，看来很难会有人车经过，况且，他们躲在这条小径里，若要发现他们，几乎是不可能的事。

"马克，你听我解释。有人付我一大笔钱，要我去杀一对夫妻，并把命案弄得像意外事故。我在世界上其他地方，早就杀过人，好几次了，那时候的酬劳少得可怜，和柯雷昂付的优渥酬金根本不能相提并论。这么大一笔钱送上门来，没有人会拒绝的……当时呀，马克，我哪知道自己会喜欢上那个命大活下来的女人？"

叫他住口啦！爵轻信甚至不是因为发疯了才说这些。连这种借口都不能套用在他身上。下面这些字句，自动从马克口中说了出来。难道他还希望能对这个人动之以情吗？

"丽莉有身孕了。是我的孩子。她再过一个小时就要堕胎了。"

马特巴手枪纹丝不动。

"这是可想而知的事，马克。很顺理成章……是你不该来这里打破砂锅，实在不该。你原本可以和丽莉一起过幸福快乐的生活。你们很登对，真是天造地设。丽莉要心碎了。可是你害我别无选择……我们就别再拖下去了吧？"

爵轻信把枪口瞄准马克的心脏。马克全身僵硬，一动也不敢动。一切就将到此为止了。怪就怪在，他脑海浮现的，却是以前伯修尔街时的快乐时光：一九八六年的世界杯足球赛、费尔南德斯的罚球、迪迪尔·西克斯的球衣、丽莉的钢琴乐声……

"马克呀，所有这些痛苦和难过，这一切根本不该发生。不能怪任何人。或许可以怪毕梅兰吧。但她也认为自己那样做，是两害相权取其轻。"

我必须移动，马克心想。必须杀他个措手不及……

爵轻信仿佛看透了他的心思，不但没松开握着枪的手，还向后退了。

"马克呀，人总是会对人生留恋，这就是问题。这就是最大的问题，就算明知毫无希望了，仍然留恋。柯家和韦家这么多年来的争夺，都是无意义的战争。所有战争都是这样。只是误会而已。我想，你现在已经明白真相了吧。当年那一晚，米莉和丽萝，她们两个都死在恐怖峰上了。她们两个都在坠机事故中罹难了。马克，请相信我，我真的很遗憾。"

爵轻信的手指扣下扳机。

在起着白雾的寂静早晨中，一声枪响，从这个山头回荡到另一个山头。回音应该在瑞士都听得到。

61

一九九八年十月四日，早上八点十四分

爵轻信面朝下，倒卧在地。他背后涌出一摊鲜血，犹如一座赤红色小喷泉。

薇娜出现了，她两只手臂在面前打得直直的，手里握着那把毛瑟 L100 款手枪。她尖细的声音打破了沉默：

"姓韦的，别以为我开枪是为了救你的命！我只是没办法忍受有人说丽萝死了……"

她任由毛瑟手枪掉落到她脚边的地上。她浑身颤抖不已。这次，不是虚张声势了……她真的开枪，真的杀人了。

"你……怎么……"

薇娜焦躁地试着解释：

"我……我并不比你笨。我也想到了札记。自然公园的那个家伙，那个孟凯戈，他开他的吉普车送我到东部共和报报社。你替我省了不少力气。一九八〇年十二月二十三日的报纸仍摆在桌上，你甚至把毕梅兰的地址就写在头版……我立刻带着地址跳上出租车。我请司机把我放在下面，刚要进丹恩玛丽镇的地方。"

马克犹豫了。他该采取什么样的态度呢？感谢薇娜，拥抱她一下？什么都不做，保持现在这个样子？他走上前去。薇娜立刻僵住：

"别碰我！"

她瘫倒在地上，像个断了线的傀儡。她痛哭失声。马克只听懂不太真实的断断续续几个字。

"奶奶，爷爷……昨天，去天上了。走了，走了……"

他转过来，打开 Xantia 的车门。爵轻信没说谎，车内座位上摆了个白色信封袋。马克把它拆开。里面有四页打字稿。马克走到薇娜身旁。她仍像胎儿般蜷缩在地上痛哭。他在她身旁坐下来，轻轻念出打字稿的内容：

"我就全盘告诉你吧，爵先生。毕竟，我并没有做什么伤天害理的事，我没有什么好自责的。既然你找到了我，就该是我说话的时候了。这是我迟早必须做的事。就当作时候到了吧。我以前是个所谓的叛逆少女。才十七岁，就和父母不太来往。我很久以前就不去上学了。我到处闲晃，跟很多人一样。我父母费了一番功夫，终于把我拖去政府的就业服务站。我四处打零工，最后找到了高汝拉区自然公园'环境科'那个为期数周的短期工作。由于是短期，工作内容主要是去森林里捡垃圾。一份很普通的工作。我和一小群其他实习生一样，主管是公园内恐怖峰的维护员孟凯戈。他真是帅翻了。只要是他看对眼的小女生，他都会很温柔。他很懂得怎么碰和摸，不会让人有压迫感。他比我大十多岁。我和很多其他女生一样，也爱上了他。我们第一次做爱是在野外树林的一处灌木丛里，一旁有小溪，他对那片森林了如指掌。后来又这样了好多次，工作期间天天有，工作结束后又持续了好几个星期。地点五花八门，什么地方都有。我知道他也和别人交往，但我以为他对我不一样，以为他是真的爱我。我很想相信他的山盟海誓。很老套吧，是不是，爵先生？傻女孩和风流男……"

"然后呢？"

"我怀孕了。我太晚发现，过了六周才发现。我已经开始向下沉沦。没有工作、越来越不和家人来往，也和朋友越来越疏离。这个孟凯戈，他的肉体呀、他带给我的快乐，实在是一种致命吸引力。"

"所以孟凯戈是父亲？"

"对，他是我自始至终唯一的男友。某天晚上，在贝尔福郊区一家破烂旅社的房间里，我们做完爱以后，我把怀孕的事告诉了他。"

"他反应如何？"

"很老套啦，爵先生。老套得要命。他把我赶出房间，说我只是个想占他便宜的贱女人，说根本无法证明孩子是他的，让我去堕胎算了。"

"可是，你并没有去堕胎？"

"没有……我也并不是真的自己决定要留住孩子。我只是拖了好几周都没有任何行动。转眼间就第七周、第八周了。我对孟凯戈依然爱得难以自拔，像着魔一样。我深深相信自己有办法让他回心转意，让他回到我身边。当时我本身也荡到谷底。我已没有固定住处，四处流浪，每周回爸妈家不到一次。等到隆起的肚子变得太明显时，我甚至根本不回去了。我只打电话而已。"

"你是在医院分娩的？"

"对，在蒙贝利亚医院的病理科。我才刚成年，状况不太好。宝宝不很大，才两公斤多。她于一九八〇年八月二十七日出生，是个女孩。我一周后出院，没填写出生证明那些身份表格，而且把表格丢进垃圾桶了。"

"事情就这么简单？"

"爵先生，你知道的，住院的那一星期，我遇到过几十位不同的护士，和几十位不同的医生。医院的某个档案夹里，应该找得到我孩子的出生数据，找得到她的出世证据。但谁会去管这孩子仍在我身边，被我所抚养？我没有一个家人知道这个孩子的存在。"

"这个小宝宝，你帮她取了什么名字？"

"她从来没有名字。很奇怪，是吧？我告诉医院说我还没想好，说我要和孩子的父亲先讨论一下。然后就带着孩子出院了。我很快就沉沦到谷底，前后才几星期。仅有的几个儿时朋友和家人，我一概断绝往来。当时是夏天，我睡在街头，孩子整天抱在胸前吃奶。我筋疲力尽。和我来往的，是一些不会批判我的人，有酒鬼，也有毒虫。我迟迟下不了决定。该哭哭啼啼回家，躲进爸妈怀里？他们俩都在贝尔福的阿尔斯通公司，从事高铁车厢的组装工作。还是带着孩子回去找孟凯戈，努力说服他相信？我小女儿的眼睛好蓝好蓝，有点像我，但更像她爸爸，她爸爸有一双迷死人的哈士奇犬般的蓝眼睛。还是要让自己在街头自生自灭……"

"你后来怎么会决定离开？"

"我没的选择，一个小女生带着个小宝宝在蒙贝利亚流落街头，终究会引人注目。不出几星期，社工就会一直来缠着我。我虽然成年了，却也知道再这样下去会怎样。社工一定会把孩子安置到别的地方，把我送回贝尔福的爸妈家里。他们不会管我是否愿意。爵先生，我必须承认，后来做的事情，不见得都合法。我贩过毒，偷过东西。我也出卖过自己的身体，好几次。我想你应该能理解，为了生存，我不得不离开蒙贝利亚。"

"你就是这时候认识了裴乔治？"

"对，那个可怜的家伙。他和我一样四处碰壁，需要另谋出路。警察、社工，还有他家人，统统在追着他跑，和我情况一样。虽然我状况不佳，但他对我有好感，觉得我长得不错。那个白痴，我想他已经暗想着替我拉皮条。我从来不让他碰我。可是情况就是，我们有共同的目标，想一起远离这里。汝拉山区、恐怖峰，我觉得怎么看都很理想。那里离蒙贝利亚很近，而且没人会去那里找我们。当时是十二月的第一个星期，天气还算温暖，我们也很习惯睡在户外。重点是，我可以再见到孟凯戈，可以再和他不期而遇。他将会认出我，认出孩子来。认出她的眼睛。他将无法否认自己就是孩子的父亲。爵先生，我知道这样听起来很不可理喻，但当时的我就是这样，仍执迷不悟，认为孟凯戈就是我唯一的救生圈。"

"最后，你遇见他了吗？"

"我们一起住进我们在靠近恐怖峰山顶所发现的一间小木屋。气温有点凉，但我们可以生火，有能遮风避雨的屋顶，其实几乎可说比沦落街头要好。关于你的问题，爵先生，我这就说到了。有的，我曾遇见过孟凯戈。几乎天天遇到。恐怖峰并不算高，那片森林并不算大。我怀里抱着孩子，曾和他擦身而过。他没认出我呀，爵先生！他连看都没看我一眼。短短几个月之间，我从原本还算辣的漂亮姑娘，忽然变成一文不值的垃圾。我变胖了，胸部成了下垂的松弛赘肉。我眼神中的光彩不再。我变得面目全非。"

"你也没和他说到话？"

"爵先生，你不明白。我感到丢脸，够丢脸了。他居然连认都没认出我。难道我变得这么丑吗？他后来又认识过别的女人吗？爵先生呀，我顿时明白，他再也不会碰我了。他再也不会想要我了。既然如此，他怎还可能会要我的孩子呢……我的最后一丝希望，在恐怖峰的山坡上破碎了。我一无所有了。我的孩子犹如铅球，犹如多余的瘤，我们一起沉沦。爵先生，这个孩子呀，别以为我不爱她，别以为本能母爱荡然无存了。才不呢！恰恰相反。但我已没有东西可以给我的孩子了。无法给她个父亲，没有奶水，连给她个名字都没办法。你能想象吗？这时山上忽然下起大雪。当时是十二月二十二日的早上。我们在小木屋里，整天设法生火，勉强取暖。我什么都得自己打理。那个姓裴的，十之八九的时间都因为嗑药而恍恍惚惚，要不是我在场，他早就冻死了。非要我把他赶出屋外了，他才肯去捡木柴。"

"然后就是那一夜……"

"对。暴风雪呀，愈演愈烈。姓裴的早就恍惚得不省人事，我猜他应该连爆炸声都没听到。小木屋剧烈摇晃，像发生地震一样，像要世界末日了。从小木屋就能看到一公里外的树着火，在大雪下熊熊烧着。我被深深吸引。我把孩子用毯子包住，就走了出来。其实，并不会冷，因为那里像个大火堆，反而很热，热得你皮肤刺刺的……"

"你不害怕吗？"

"不怕，一点都不怕。那是个很奇特又不真实的画面。冰与火。还有那架躺在深山里的飞机，都扭曲变形了，钢铁当着我的面被烧熔化，像不堪一击的橡皮一样。我知道自己是事故现场的第一个目击证人，但我没想到救援人员会那么慢才赶来。"

"你就在这时候发现了她？"

"你是指那个小婴儿吗，爵先生？对，就是这时候。"

"她……她已经……"

"对，她已经死了，肿胀了。在坠机时死了，好几分钟前就断气了。山上那种炼狱，没有哪个小宝宝能存活得了。我不懂那些荒谬的说法，怎么大家都信以为真……爵先生，那个小婴儿确定死了。我当下觉得这样很不公平。"

"怎么说？"

"换个说法，就是很残酷啦。将有一整家人为这个死去的小宝宝哭泣。她是个小女生，身上穿着裙子。从此只能怀念。人生就这么毁了。而我呢，却没办法给我自己的女儿任何未来。她不论是以前，或将来，都无依无靠，没有家人，只有我，可是我却这么微不足道。你明白我所说的'残酷'是什么意思吗？你明白我所说的'不公平'吗？"

"我明白……"

"对，这道理不难懂。死在大雪中的小婴儿，和我女儿的年纪几乎相同。我不假思索就行动了。该怎么说呢？这是我第一次觉得自己是个真正有用的人，第一次做出了某种勇敢的举动，第一次拯救了一条性命，这就是我当时心中所想的。拯救一条性命，拯救一个家庭，也拯救我的女儿。大概有点类似医生或消防员的心情吧。我怎么也没想过，自己在那一夜竟会萌生这样的感觉，它让我在之后，在这整件事之后，想要成为一个护士或之类的人，想要拯救生命。"

"可是你把这个雪地里死了的婴儿衣服脱掉了？"

"是为了救她,爵先生。是为了救她！我已经告诉过你了，你没听明白吗？我把我自己这个没有未来的孩子，送给一个温暖且想必有钱的家庭，这家人永远不会知道我做了什么牺牲，他们将因奇迹降临而喜极而泣，完全不觉得有异。这当中简直有一种神圣的感觉……"

"但后来事情的发展并非如此。完全走调了……"

"爵先生，我哪儿料想得到呢？我哪知道飞机上会有两个小婴儿？哪知道她们会和所有其他乘客一样，双双在空难意外中丧命？我哪儿预料得到，后来事情竟演变成那样？爵先生，那天晚上，我以为自己做了一件善事。是的，善事。后来，我从报纸上，看到整个事情的经过。两家人的你争我夺、开庭审理等。我能说什么？我能做什么？我只能沉默。事情本不该变得那么复杂。我在现场等了将近一个小时，直到救援人员终于赶来，把我穿着新衣服的孩子抱在怀里。最早的一批消防队员提着手电筒边喊边找，我远远一听到他们的声音，就把我的孩子放到雪地上，离飞机稍有距离而又不至于太远，足以被大火烘暖而又不至于烧伤。我亲吻了她最后一次。再过几个小时，她就会有一个全新的家。我把在空难中丧命的小婴儿赤裸的遗体，用毯子包起来，带着她在炽热的夜色里逃走了。"

"是你把她埋葬在小木屋旁？"

"不然还能怎么办？能请你告诉我吗？那个姓裴的依然因为嗑了药而不省人事。我在大雪中，跟神经病一样，徒手狂挖泥土。我全身湿透，双手流血了，挖了很久很久。我快弄完时，姓裴的从我背后出现。小婴儿的遗体已放入墓穴里。我一篇祷告词也不会，只好自己编了几句，然后用泥土把墓穴埋好，姓裴的像是发疯了，他以为埋的是我自己的女儿，他以为是我杀了她……"

"他看到孩子手腕上的名牌手链后才明白？"

"对，我当时太慌张了，根本没发现那条小手链。手链上刻了个名字：丽萝。姓裴的一眼就发现了它。还发现它是纯金的。我们的交易很简单，手链归他，但他必须闭嘴。他从孩子手腕上扯下了手链，然后走了，我再也没见过他。我呢，则又待了一会儿。我把被雪淋湿的泥土推进墓穴里。我忙乱找来大小不一的石块，堆成一摞。我的手指冻僵，几乎无法弯曲。我花了好大的功夫才用两根树枝做成一个十字架。我回小木屋里，靠在余烬旁，睡完了下半夜。其实，没有，我想，那一夜，我并未成眠。之后的夜里再也无法成眠了。"

"接下来几年，你又回去坟前？"

"对……这个嘛，也被你发现了。渐渐地，生活又回到轨道上。我父母四处找我，在报纸上刊登了那些你也知道的寻人启事。我最后还是回贝尔福去了。我回学校念书，成为护士，就像之前跟你说的那样。我六年前认识了罗恒，卢罗恒。他是医院里的担架员。我父母年纪大了，父亲五年前过世，母亲则在去年往生。和罗恒交往以后，我们并未结婚，但我仍想要冠他的姓。罗恒对我的过去一无所知。其实这些事没有任何人知道。罗恒想要个孩子，我还来得及生，我才三十六岁，但我也不知道。我心情很复杂呀，你明白吧。"

"我明白，梅兰。但关于那个坟墓，你还没告诉我。"

"就快说到了，爵先生。是的，我每年都会回那里去。每年的八月二十七日都会回去，那是我孩子的生日。仿佛被埋葬在恐怖峰上的，是我的亲生孩子。爵先生，你明白吗？她仿佛是我自己的孩子，而不是外人，不是那个丽萝。我回去扫墓，去十字架前上花。某年，很久以前了，一九八七年的时候，我发现有人翻动了石块。是谁呢？我知道韦家和柯家的官司还没结束，其实我知道它不可能结束，知道它没办法结束。"

"除非有某人，跑来挖出埋在小木屋旁、裹在毯子里的那个婴儿遗体。好比说，某个不死心的私家侦探。"

"是呀，我吓到了。如果这孩子被挖出来，等于我的过去也要被挖出来了。于是我把那个坟墓清空，抹去了最后的证据。"

"你在别的地方挖了别的坟墓吗？更隐秘的坟墓？"

"爵先生，这事与你无关，我自己知道就够了。现在，你打算怎么办？"

"我也不知道，我们能碰个面吗？"

"我好像没的选择。我现在只能任你宰割了。碰面越快越好。罗恒明天早上五点有班，我则是夜班。你看，医护人员很辛苦呀。我八点从蒙贝利亚医院下班，还要再加上回到家里的时间，不如我们约明天早上九点在我家碰面吧？过了这么多年，你都还能找到我，想必你应该也知道来我家的路要怎么走……爵先生，希望你能低调一点。我展开了新的人生，也成功了，要忘掉过去并不容易。那天夜里，在恐怖峰上，我的出发点并不是要伤害任何人，恰恰相反。我只是没料到……"

"料到什么？"

"……"

"梅兰，料到什么？"

"……料到我女儿十八岁时，竟会和我这么像……"

这时九点多了。贴在汝拉山坡上的薄雾开始消散，飘向山顶。马克率先发现，往下几个弯道处，还没进丹恩玛丽镇的地方，出现一辆白色小车，那是一辆菲亚特的 Panda①。它缓缓靠近，从他们面前经过，在上方几米处停下来，就停在那栋有着天蓝色窗板的小屋前。马克注意到车子的后风挡玻璃上，贴着象征医疗的蛇杖标志。驾驶员是一位女性，她在座位上静静不动待了好一会儿，他们只看得到她的金色头发。终于，车子熄火了。

车门打开后，出现一张陌生却出奇熟悉的面孔，脸上挂着疲惫的笑容。

① 为菲亚特公司有史以来首款获得欧洲年度车型的 A 级车。

62

一九九九年五月二十日，迪耶普，欧培槟产后护理中心

汤姆在他的透明塑料小床上熟睡着。他的身体缓缓升了起来。只看得到他圆滚滚的小脸蛋，和就一个才四天大的宝宝而言，已经很长的金色头发。

马克握着丽莉的手。她很疲惫，眼睛不由自主闭上。她享受着此刻的平静。终于能和马克及汤姆独处了。安静的感觉，犹如珍贵稀有的新鲜空气，让她想大口汲取，待会儿可能又会有护士如旋风般进来。

妮可刚从房间出去。丽莉婉约和善地让她明白，自己需要休息。妮可不介意日日夜夜守在小汤姆身旁。全迪耶普都已知道这个消息。她所做的第一件事，是去尚瓦尔墓园告诉皮耶，但然后她的双腿忽然恢复了二十岁时的活力，跑去各个店铺，一家一家地宣布了这个好消息。一个曾孙呢！她只差没发传单昭告天下了……马克一想到不知何时全迪耶普——从市长到港口商会会长——会捧着花束上门来，心里就不禁七上八下。

马克坐在床边，丽莉的头倚靠在他肩膀上。害得他不敢动了。他用指尖，把毕梅兰送的小卡片拿过来。卡片用订书钉，钉在好大一束玫瑰花上。比马克买的花束还大三倍。

祝福小汤姆。丽莉，我不是个称职的母亲，再次向你道歉。或许你愿意

以外婆的身份接受我？我会尽一切力量试着弥补错过的时光，弥补我的沉默所造成的伤害。如果你愿意，我相信还来得及。至少对汤姆来说，还来得及。谁不希望有个三十六岁的外婆呢？

请好好照顾马克。

梅兰

到目前为止，丽莉一直不肯与母亲相见。梅兰并未坚持。丽莉没有那个勇气。她需要时间。现在有汤姆了，他将成为两代之间的桥梁。丽莉休息了才不到三分钟，一位护士又进房里来。

实在不得清静，马克心想。

但她有很好的理由！护士手上费力地抱着一个好大的礼物包裹。

"这是快递人员刚送来的。"护士特别说，"幸好我们不是天天收到这么大的包裹。卡片给爸爸，包裹给妈妈。"

护士出去了。丽莉看到这么大的礼物，不由得瞪大了眼睛。有一米宽、两米长那么大耶！

"那就拆开来吧。"马克说。

"简直像蓝色小精灵的小捣蛋送的礼物。"丽莉说，"你确定它不会爆炸吗？"

"要看是谁寄来的……"

马克拆开白色小信封的同时，丽莉着手处理包裹，大片大片地撕开包着纸箱的彩色包装纸。

马克一眼就认出了那几乎无法辨读的窄小字迹。

是薇娜。

他心中浮现出一片平静祥和的感觉。

"是谁？"丽莉一面问，一面继续用力拆包装纸。

"一个朋友。"马克轻轻答，"一个很要好的朋友。"

"哦？"

丽莉终于拆完包装纸了。她双手并用，撕开纸箱。箱子里出现一个咖啡色和橘色相间的绒毛大熊。丽莉惊喜大叫：

"天哪！好漂亮！"

马克读着卡片上薇娜的扭挤字迹。

给小杂种。

他最好给我好好爱护它。

他忍不住微笑。他紧握住丽莉的手，然后转向绒毛大熊。

"哈喽，大块头。这一刻，你等很久了吧？你终于见到丽莉喽！"

新手妈妈丽莉瞪大双眼。

"丽莉，我向你介绍，这位是班乔。"

（全文完）